ENTRE LOS SUEÑOS

LA TRAMA

ENTRE LOS SUEÑOS

Elio Quiroga

Papel certificado por el Forest Stewardship Council®

Primera edición: octubre de 2018

© 2018, Elio Quiroga
Autor representado por Bookbank, S. L., Agencia literaria
© 2018, Penguin Random House Grupo Editorial, S. A. U.
Travessera de Gràcia, 47-49. 08021 Barcelona

Printed in Spain – Impreso en España

ISBN: 978-84-666-6457-8
Depósito legal: B-16.721-2018

Impreso en Liberdúplex
Sant Llorenç d'Hortons (Barcelona)

BS 6 4 5 7 8

Penguin
Random House
Grupo Editorial

Para Beatriz

Los hombres despiertos no tienen más que un mundo, pero los hombres dormidos tienen cada uno su mundo.

HERÁCLITO

Las emociones no exploradas nunca mueren. Son enterradas vivas, y volverán más tarde de peores formas.

Atribuido a SIGMUND FREUD

PRÓLOGO

Los golpes lo llenaban todo. Llenaban sus vidas en aquel instante como si no existiera nada más.

Permanecía abrazada a su madre, en la oscuridad del cuarto, que las rodeaba como un agua abisal.

No se habían atrevido ni a encender las luces.

Habían cerrado la puerta por dentro.

Ella estaba aterrorizada, y lloraba en silencio. No quería elevar la voz, ni que su madre lo notara. Oía la otra respiración agitada y percibía los latidos desbocados al apoyar la cabeza contra su pecho.

Apenas se había hecho de noche. En la lóbrega negrura, se recortaba la puerta cerrada, por cuyas rendijas se colaba la luz del pasillo, que se mantenía encendida.

Los golpes, que llegaban en andanadas, sacudían la puerta, y entonces, durante unos momentos, la luz penetraba hasta ellas fugazmente, arrastrándose por el suelo, hasta sus pies. Una luz rastrera, malvada. Como lo que se ocultaba al otro lado.

En un movimiento reflejo, horrorizada, como si la luz fuera a quemar sus tenis, encogió las piernas y se hizo un ovillo.

—¡Abrid la puta puerta!

Las dos siguieron en silencio, mientras los golpes, brutales, hacían vibrar la única barrera que las separaba de él. Se preguntaba si resistiría aquellos embates. Y qué ocurriría si la puerta se abría finalmente y entraba en la habitación.

—Os lo dije —sonó la voz, en un tono inesperadamente bajo—. Os lo advertí. Ahora no tengo más remedio.

Entonces su madre estalló en un alarido rabioso que se articuló en tres palabras:

—¡Déjanos en paz!

Y ella se sumó al ruego desesperado.

—¡Vete! ¡¡Márchate!! —chilló con todas sus fuerzas.

—¡Solo quiero entrar y que hablemos! —se oyó desde el otro lado de la puerta, de donde venía la luz, de donde llegaría el espanto si la madera o la cerradura cedían—. Será solo un minuto. Por favor. Podemos hablarlo con calma.

—¡¡No!! —gritó su madre—. ¡Déjanos en paz!

Ella se quedó callada, espantada, temiendo que alguna de las dos flaqueara, se levantara y le abriera la puerta.

Hubo unos segundos de silencio lóbrego, en los que los golpes se detuvieron. Pero fueron rotos en añicos enseguida.

—¡¡Malditas!! ¡Abrid la puta puerta ahora! ¡Os voy a reventar!

Ella lanzó un gemido y ocultó la cabeza en el pecho de su madre.

Tenía catorce años, pero en aquel momento se sentía tan vulnerable como si fuera un bebé. Y las lágrimas, imparables, empapaban su rostro.

—¡He llamado a la policía! —mintió sollozando.

—¡Pues lo arreglaré antes de que vengan! ¡Sé cómo hacerlo!

—¡No, tú no vas a arreglar nada, tú quieres hacernos daño! —gritó su madre, en un llanto.

—¡Abrid, malditas seáis!

Oyeron entonces carreras en el piso superior, y luego golpes a la puerta de la casa. Eran los vecinos. Habían bajado a ver qué pasaba. A ella le resultaban unos cotillas odiosos, pero por una vez deseó verles la cara.

Una voz sonó en la lejanía, en el rellano de la escalera.

—¡¿Estáis bien?! ¡¿Pasa algo?! ¡Vecina, soy yo, Carmen, la de arriba! —dijo la voz de mujer.

Entonces los golpes a la puerta del cuarto arreciaron, como si buscaran una última oportunidad furiosa. Golpes y luego patadas. La puerta empezó a combarse. La parte inferior de la madera se quebró. Madre e hija chillaron, horrorizadas. Y ya no hubo palabras al otro lado, solo golpes, cada vez más duros, más brutales.

Les parecía que la puerta iba a estallar en mil pedazos en cualquier momento.

Se abrazaron con desesperación.

De repente, el estruendo cesó.

Unos pasos se alejaron.

Sonó un portazo.

Y luego, el silencio.

Se miraron, tras permanecer varios minutos eternos abrazadas muy fuerte, como si se les fuera la vida si se separaban. Poco a poco se soltaron la una de la otra.

Ella se puso de pie. El tiempo seguía pasando, con una lentitud desesperante.

—¿Qué vas a hacer? ¿Adónde vas? —preguntó su madre.

—Voy a ver a dónde ha ido.

—No. Aquí estamos seguras. Espera un poco. Ahora vendrá la policía. Cuando lleguen, saldremos.

—Nadie los ha llamado, mamá. Nadie ha llamado a la policía —replicó ella, viendo que su madre parecía tan aturdida que confundía la realidad con sus invenciones—. A no ser que Carmen lo haya hecho.

Los golpes en la puerta que daba al exterior del piso sonaron un par de veces más, y luego se detuvieron.

—Puede que esté escondido detrás de la puerta, esperando a que abramos —comentó su madre con un hilo de voz, muy asustada.

Ella, que se estaba poniendo de pie, se detuvo durante un instante. Tenía razón. ¿Y si las esperaba, agazapado, con el cuchillo de cocina con el que las había perseguido por la casa hacía media hora? Habían tenido mucha suerte hasta aquel momento, pero podía estar al otro lado de la puerta, como un depredador, esperando simplemente a que salieran del refugio seguro del cuarto de ella. El cuarto donde tantas cosas habían pasado, cosas que no se atrevía ni a recordar.

Se terminó de levantar, miró a su madre en la penumbra y se acercó entonces a la puerta, sigilosamente. Paso tras paso, temiendo que en cualquier instante la madera estallara en astillas y que él entrara.

Y con toda la precaución del mundo, intentando que no se la oyera ni respirar, pegó el oído a la puerta.

No oyó nada.

Ni siquiera pasos en el exterior.

Ningún movimiento, aparentemente.

Se giró y miró en silencio a su madre.

—No salgas —le dijo en un susurro que destilaba temor.

Ella le indicó a su madre que no lo haría. No tenían prisa. Estaba claro que él seguía en la casa.

No iba a salir a encontrarse con la vecina y destaparlo todo, a poco que se revelara qué hacían ellas dos escondidas en su dormitorio, bajo llave, protegiéndose de él y de su cuchillo de cocina. Y del chorro de odio que se podía advertir al otro lado de la puerta tras la que se protegían.

Esperaron. En la oscuridad, esperaron. No se atrevieron ni a encender la luz del cuarto. Fuera de la habitación, la luz artificial del pasillo era la única referencia en la oscuridad que las rodeaba.

Su madre siguió sentada en el suelo, temiendo que sus piernas flaquearan si intentaba ponerse de pie.

Pasaron los minutos, uno tras otro, en una parsimoniosa y desesperante procesión.

Y el silencio seguía allí.

Ella se incorporó y se acercó de nuevo lentamente a la

puerta del cuarto. Se detuvo tras ella y pegó la oreja a la madera. Lo había hecho en muchas otras ocasiones. Había desarrollado un sexto sentido para notar al otro lado cómo alguien respiraba o simplemente estaba. Ella lo llamaba «su sentido arácnido», como el que tenía Spiderman —le encantaba aquel superhéroe, tenía decenas de números atrasados que atesoraba—. Y la había ayudado algunas noches a poder dormir tranquila.

Tras unos segundos de escucha atenta, no notó nada. Al otro lado no había nadie. El pasillo estaba vacío. Se giró entonces hacia su madre, que la miraba con ojos abiertos y asustados. Asintió en silencio y llevó la mano a la llave que las separaba del mundo exterior y que estaba puesta en la cerradura. Su madre no movió ni un músculo. Ella giró la llave, descorriendo la cerradura, consiguiendo que el movimiento no causara sonido alguno; luego, tras volver a escuchar durante un instante más a través de la madera y asegurarse, giró el picaporte lenta, sigilosamente, como había hecho tantas veces para poder cruzar el trecho que iba al cuarto de baño sin ser oída, y abrió muy despacio, asomándose con prudencia.

La recibió la luz del pasillo, que la deslumbró.

Dentro del cuarto aún no habían encendido las luces, y la habitación permanecía envuelta en una penumbra espesa.

Lenta, prudentemente, salió al pasillo y miró a su alrededor: nadie.

La luz del baño estaba encendida, y una sombra asomaba por ella, recortada, dentro del umbral. Se hallaba a unos seis metros, así que decidió avanzar hacia ella. Aquella sombra extraña le provocó una sensación terrible, espantosamente oscura, y a la vez una certeza.

Se asomó un instante hacia el interior del cuarto, donde su madre la esperaba, aún encogida en el suelo, y le indicó en silencio que aguardara. Su madre ni siquiera asintió, paralizada.

Avanzó por el pasillo hasta llegar a la puerta del baño. Primero lo hizo lentamente, pero luego aceleró el par de pasos que quedaban.

Cuando lo vio ya sabía lo que se iba a encontrar.

No hizo lo que suele hacer la gente, acercarse al cuerpo e intentar elevarlo para que la soga no se cierre durante más tiempo, intentando que el otro respire. No tenía sentido. El salto lo había dado a conciencia, desde el borde de la bañera. El cuello estaba roto y la curva obscena de una vértebra asomaba por un lado, ante la glotis, que había sido empujada hacia delante de un modo repulsivo.

Se limitó a quedarse un instante allí, mirando a su padre y sus pantalones grotescamente manchados.

El cuchillo estaba en el suelo.

Con él se había cortado salvajemente la muñeca izquierda, que se veía abierta como si de ella surgiera una sonrisa abominable. El suelo se hallaba empapado de sangre, y también agua, o tal vez orina. Ella se quedó mirando aquello; el tiempo pasó y no hizo nada más durante un buen rato.

Un calor sofocante salía del baño, como si toda aquella sangre y todo aquel cuerpo hubieran emanado una gran energía y todavía la irradiaran.

Oyó entonces a su madre caminar arrastrando los pies por el pasillo y la vio asomarse al cuarto de baño.

No la detuvo. Quería que lo viera.

Su madre no dijo nada. Se limitó a mirar con ella, en completo silencio. Estuvieron como diez minutos más así, paralizadas.

Luego ella salió del baño y llamó a la policía usando el teléfono de la casa.

Tuvo que repetir la llamada varias veces.

Sus dedos temblaban tanto que era incapaz de marcar el número correctamente.

Sus ojos, además, estaban empañados por las lágrimas.

1

Veinte años después, el correo electrónico entró en su móvil con un zumbido molesto. Lo había puesto en vibración ya no recordaba por qué motivo.

Al principio no le prestó atención. Era un mensaje del IAC, el Instituto de Astrofísica de Canarias. La habían llamado en un par de ocasiones para participar en algunas conferencias sobre astrofísica en la isla de Tenerife que habían ido bastante bien, pero poco más.

Estaba ocupada en otro asunto que en aquel momento le parecía mucho más importante: mirar destinos atrayentes. Debía tener el viaje planificado en un par de días. No sabía si ir a Chiang Rai, y allí visitar el Templo Blanco y de paso la Casa Negra, porque le habían dicho que había poco más interesante por allí que ver, o conformarse con dar un salto a Phuket, donde estaba la isla con la playa aquella en la que rodaron una película de James Bond cuyo título no le venía a la cabeza.

Recordó de pronto el motivo de haber dejado el móvil en vibración: necesitaba concentrarse en el viaje y dejarlo cerrado todo de una vez.

Entonces fue cuando se paró a pensar en el email.

El IAC.

La lista de espera.

No. Era imposible. No iba a pasar.

Pero ¿y si por una vez ocurría y el mensaje era por eso?

Cogió el móvil y abrió el correo electrónico.

El texto era escueto.

Por suspensión de un proyecto previo, dispone del tiempo solicitado en el MAGIC-II a partir del 3 de febrero. Rogamos confirmación antes de 24 horas o su solicitud pasará de nuevo a la lista de espera.

Le dio un vuelco el corazón. Lo sintió físicamente. La víscera había saltado dentro de su pecho.

—Joder... —murmuró.

Acto seguido marcó en la memoria de su móvil el teléfono de Juan.

—Hola, caracola —respondió él—. ¿Has mirado lo de la excursión a Phuket?

—Juan...

—¿Qué pasa?

—¿Tenemos seguro de viaje para los vuelos?

—Claro. Lo pillé, como me dijiste.

—Menos mal.

—¿Qué ocurre? ¿Ha pasado algo?

—¿Estás sentado?

—Claro.

—Nos han dado el tiempo del MAGIC-II.

—¿Qué? ¿Estás de coña?

Juan no se lo podía creer. Habían presentado la solicitud al IAC sabiendo que la posibilidad de conseguirlo era ínfima. El MAGIC-II tenía ya una extensa lista de espera de tres años. Bien es verdad que su proyecto destacaba, porque manejaba un puñado de temas de moda: materia oscura, una nueva partícula por descubrir, un modelo de la estructura del universo... Asuntos que para cualquiera que no fuera astrofísico sonarían a un galimatías, pero que estaban en la «frontera de la ciencia», ese concepto tan excitante que parecía diseñado por profesionales del marketing. En resumen, la suerte les sonreía.

Tailandia tendría que esperar.

Sin darse cuenta, los dos acabaron gritando por el teléfono, entusiasmados.

—Es la mejor peor noticia que he recibido en mi vida —rio Juan.

—Voy a confirmar el mail —dijo Sonia, notando que la voz le temblaba de la excitación.

—Caray, sí, rápido, no sea que se arrepientan.

—Te llamo luego.

—Y yo te quiero.

—Yo también. Si no llamo, nos vemos en casa.

—Vale.

—Beso.

—Otro.

Sonia sonrió y colgó la llamada. Se echó hacia atrás en la silla de su despacho, un pequeño espacio decorado con imágenes de galaxias remotas, púlsares y novas en explosión. Eran fotos preciosas, espectaculares, solo que todas las había realizado ella durante los ratos libres de sus años de investigación. Las llamaba sus «fotos de familia».

Tras enviar el mail de confirmación, llegó otro correo electrónico que les informaba de que debían estar en Tenerife a la mayor prontitud para iniciar los trabajos. Y a la mayor prontitud significaba al día siguiente; el correo adjuntaba dos billetes electrónicos.

Se levantó de la silla y salió de su despacho. El edificio estaba desierto; era festivo en Madrid, y a ella le encantaba trabajar en solitario. No tenía nadie alrededor con quien compartir la buena noticia, pero le daba igual.

Lo habían conseguido. El sueño se estaba haciendo realidad.

A dónde les llevaría era todo un misterio.

Cuando Juan entró en el piso, Sonia le estaba esperando con dos copas de vino en la mano y sus dos trolleys en mitad del salón. Ella ya le había avisado por WhatsApp de que saldrían al día siguiente rumbo a Canarias. Se miraron sin decirse nada. En las ocasiones importantes solían decirse las cosas sin hablar. Y aquella era, tal vez, la más importante de sus vidas. Ella le sonreía, sin creerse todavía lo que les estaba pasando.

Se había puesto un bonito vestido de color vino entallado que reservaba para alguna cena especial en Tailandia. Estaba preciosa. Le tendió una de las copas. Brindaron, ambos con una intensa mirada en los ojos que lo decía realmente todo.

Se habían conocido seis años atrás. Por entonces eran dos jóvenes doctorandos. Él llegaba del CIEMAT, donde había estado becado para estudiar plasmas en confinamiento, con un proyecto de investigación sobre partículas, el campo que amaba realmente, y que complementaba al suyo. Ella, coincidencias de la vida, pasaría a trabajar allí unos años más tarde.

Estaban entonces fuera de España, en un país extranjero, y eran la generación que constituía una de las primeras cabezas de puente del futuro de Europa, única nación soñada que, a pesar de las barreras idiomáticas, podría ser una realidad en un par de generaciones. Se sentían especiales y privilegiados. Oxford era un sueño para ellos. Se trataba de la universidad donde había estudiado Stephen Hawking, del campus donde Einstein había paseado, charlando tranquilamente con Erwin Schrödinger.

Se llevaron muy bien desde el primer momento. Ella estaba terminando una relación que había ido enrareciéndose poco a poco y que ya resultaba insostenible. Él se llamaba Javier Santana, era médico, psiquiatra, y se había quedado en Madrid. La distancia había contribuido a acabar con la relación, aunque ninguno de los dos había tenido todavía el valor de decirle al otro que aquello no tenía camino, ni futuro. Por miedo, seguramente; eso que hace que nos callemos tantas cosas a lo largo de nuestra existencia.

Antes de que Juan llegara a su vida, Sonia había estado

completamente sola en Oxford. El ambiente en el que trabajaba, si bien interesante y estimulante, era un poco frío, y estaba ya distanciada de forma irreversible de Javier, que la última vez que había viajado a Inglaterra había tenido una actitud bastante indiferente con ella y no se había mostrado nada interesado en su trabajo, con su eterna excusa de que era «de letras» y no se enteraba de nada de lo que hacía Sonia. Además, le había contado recientemente que le habían dado una plaza hospitalaria en Canarias, en una isla todavía por determinar, por lo que en el futuro lo tendría mucho más complicado para poder viajar al Reino Unido. Ella, conocedora de que entre las islas Británicas y las Canarias había un montón de vuelos chárter a diario, muchos más que con Madrid, sabía que no era así en absoluto.

En aquellas circunstancias Sonia se mostró inesperadamente receptiva ante aquel delgado pero atractivo chico de sonrisa irresistible e imparable sentido del humor. Desde el principio la hizo reír, se sabía un montón de chistes de física cuántica y relatividad, y además tenían gustos parecidos en música, películas y lecturas.

No, Juan no le fue indiferente desde el primer momento, aunque su relación había sido puramente laboral y tan solo cordial durante un par de meses. No porque ella no quisiera empezar algo con él, sino porque prefirió no mostrarse demasiado entusiasmada.

Y una noche la cosa cambió de manera inesperada. Había llegado el invierno y los días apenas duraban un suspiro, hacía frío y se sentía terriblemente sola. Javier había dejado de llamarla y de mandarle wasaps, y ella también había hecho lo mismo. Ninguno de los dos había añadido nada más; aquello se estaba muriendo solo.

Juan dio el primer paso. La invitó a cenar con la excusa de hablar un poco de sus tesis doctorales respectivas, que requerían de algunas tareas coincidentes y en las que podrían colaborar. Compartían director de tesis, James Henrikson, una eminencia en su campo, que había propuesto a Juan que intentaran unir sus doctorados en un único proyecto ya que los puntos en común de ambos podían complementarse en un trabajo más grande y ambicioso.

El local en el que se vieron no era nada especial, uno de tantos pubs de la ciudad universitaria visitados por los estudiantes en el que hacían buenas hamburguesas y un *fish and chips* que, sorprendentemente, resultaba bastante apetitoso. Se sentaron ante unas cervezas, aunque a ella lo que más le gustaba era el vino, y charlaron, cenaron, siguieron charlando y, cuando se dieron cuenta, ya era medianoche.

Él la acompañó, cortés, a su apartamento, y por el camino no pararon de hablar y se interrumpían mutuamente, aligerados por la cerveza. Olvidando el frío de las calles oxonienses, se reían y bromeaban sobre ecuaciones diferenciales, espacios de Hilbert y modelos de materia oscura. Cualquiera que les oyera pensaría que estaban completamente locos. Pero en aquella velada los dos pudieron ver en el otro algo nuevo y asombroso, esas cosas que pensamos que solo les pasan a los demás: que se complementaban a la perfección, que eran como dos piezas de un puzle que solo encajaban la una con la otra. Él tenía una forma de pensar libre, pero a la vez rigurosa, sin ponerse fronteras ni límites, y aquello casaba perfectamente con la espontaneidad de Sonia, una física teórica libérrima, algo que escandalizaba a sus profesores de facultad en Madrid pero que en Oxford se veía con simpatía y se estimulaba. Hubo un flujo de ideas entre ellos realmente enriquecedor para los dos, y además se divirtieron. Y aquel estímulo mutuo se había prolongado durante toda su relación.

Un par de semanas después, ella amaneció repentinamente excitada; había tenido un sueño erótico protagonizado por Juan, y él, por azar, se pasó a verla por su apartamento sin avisar. Apenas le dejó hablar al abrirle la puerta; se abalanzó sobre él, le besó con ardor y se desnudó ante sus ojos. Sonia era muy hermosa y había cautivado a compañeros de estudios y a algunos profesores, desde el instituto. Pero le costaba intimar, se sentía muy vulnerable, y el salto al sexo le costaba darlo. Mucho. Con Javier estuvo un largo tiempo sin decidirse a dar el paso. Sin embargo, con Juan, a pesar de haber esperado varias semanas para conocerle mejor, una vez se decidió fue imparable. Y todo por aquel sueño y aquella visita inesperada. Parecía que las cosas se habían unido en una conjunción perfecta de coincidencias: estaba llena de necesidad de tacto, de cariño y de sexo. Y supo que todo aquello Juan podría dárselo.

La primera noche, eso sí, fue un desastre. Él tuvo un gatillazo, repentinamente azorado por la procacidad de ella, que era, en el fondo, muy sexual y desinhibida cuando se soltaba. Ella lo aceptó con cariño, y al día siguiente Juan pudo mantener una erección que a Sonia le pareció magnífica. No estaba especialmente dotado; se mantenía dentro de la media, cosa que la joven contemplaba con seguridad, pero era un estupendo amante, demostrando ser tan imaginativo y divertido en la cama como fuera de ella.

Sonia no podía creerse haber tenido tanta suerte, perdida en Oxford, recién salida de una relación de final bastante triste, tan gris como los cielos británicos de días terriblemente cortos que estaban viviendo en aquel invierno. Pero les daba igual, el pasado quedaba atrás. Estaban enamorándose.

El sexo empezó siendo estupendo para ella, que siempre había sido muy peculiar al respecto y muy refractaria a su propio placer. Javier era un amante solícito, inteligente y divertido, y no resultaba raro que acabaran riendo mientras hacían el amor, relajados y tranquilos. Durante las primeras noches que durmieron juntos ella descubrió que Juan meditaba según una técnica budista, cosa que la sorprendió agradablemente, ya que ella misma siempre había estado interesada en la meditación, y de hecho la practicaba de manera esporádica, a su aire, aunque era algo que se guardaba para sí misma. Javier, que era un tipo que creía mucho en cosas sobrenaturales y parapsicología, la solía reprender por ello, ya que se suponía que ella era una física, alguien netamente racional que solo se basaba en los hechos. Pero a Sonia le sentaba realmente bien meditar, pues la ayudaba a concentrarse y a focalizarse en los problemas.

El sexo con Juan fue para ella liberador, si bien le costaba mucho llegar a un orgasmo satisfactorio, pero poco a poco la situación iba mejorando.

Por primera vez en mucho tiempo tenía a su lado a una persona con costumbres afines y con quien podía hablar tanto de física avanzada como de técnicas de meditación, y que además no se cerraba ante nada. Eso sí, tardó un poco en abrirse a él con respecto a su familia y los detalles de su vida en Madrid. Para ella era un asunto delicado, pues la llevaba a hablar de su pasado, de los primeros años de estudios, de una depresión diagnosticada que nació de un acontecimiento que prefería evitar comentar y, en resumen, de asuntos dolorosos que la hacían sentirse muy expuesta. Con Javier, a pesar de ser psiquiatra, se había guardado ciertas partes de su intimidad y su vida pasada, casi instintivamente, aunque él era quien en realidad más sabía de ella, pues la había psicoanalizado. Pero había tardado años en abrirse a él.

Sin embargo, con Juan, cuando decidió mostrarse emocionalmente, lo hizo sin tanto miedo. Aunque había cosas que se guardaba todavía para sí misma.

Mientras iniciaban su relación, su director de tesis, Henrikson, consiguió su propósito de que unieran sus doctorados en un único proyecto, algo no siempre sencillo de llevar a buen fin. Así nació un trabajo en el que llevaban enfrascados seis años y que estaban a punto de terminar con el experimento que les habían concedido en el IAC. Se trataba de un proyecto que podría ser de gran importancia para el futuro de la física, y que desarrollaban con gran discreción.

Todos aquellos pensamientos estaban surcando su mente como ecos del pasado mientras ambos bebían de sus copas y se miraban a los ojos. Todavía no se habían dicho ni una palabra. El vino estaba muy bueno; ella tenía un excelente gusto para el tinto, y lo elegía con cuidado. Le gustaba el de crianza, ni demasiado joven, ni demasiado viejo. Ni demasiado afrutado, ni demasiado seco o fuerte. Por lo general, un ribera o un rioja. Tenía un ojo para los caldos que casi nunca fallaba. Acababa de comprar aquel vino en una bodega cercana a la calle Toledo para celebrar el acontecimiento. Y había acertado plenamente. Juan la miró con una sonrisa.

Ahora vivían en la calle de la Bolsa, en pleno centro madrileño, gracias a una amiga de Juan que les dejaba el piso por la mitad de lo que costaría en realidad. Aquello no duraría mucho, pues la chica estaba planeando reconvertirlo en un apartamento turístico, pero todavía les quedaban unos meses para disfrutarlo.

Los últimos tiempos habían sido ajetreados para Sonia y Juan. Habían regresado de Oxford, ya que su tesis requería ahora el soporte experimental, y en la espera de tiempo del telescopio, necesitaban vivir de algo. Ella había entrado en el CIEMAT gracias a un programa de becas, y allí seguía, afinando su parte de la tesis, bajo la estrecha supervisión de Henrikson desde el Reino Unido. Juan, por su lado, se dedicaba a programar aplicaciones para una empresa de internet, un trabajo ligero y que le proporcionaba tiempo libre para concentrarse en la investigación. Se pasaban el día, cuando estaban en casa, escribiendo en sus portátiles, haciendo cálculos, pasándose papeles y corrigiéndose el uno al otro.

El trabajo iba lento, como todos los doctorados, y encima ellos habían elegido dos temas realmente complicados.

Llevaban un año y medio ya en aquella situación, viviendo en Madrid y contactando con su profesor por Skype o email, a la espera de que hubiera un espacio libre en el telescopio que habían solicitado. El estudio se había ralentizado un poco, pues había llegado el momento en que se encontraban con la pared de la necesaria fase experimental. Y mientras tanto, el dinero escaseaba. La beca de Sonia no daba para mucho, cubría el alquiler, y el empleo de Juan se iba todo en pagar la luz, el agua, el gas ciudad, el wifi, la comida y un par de salidas al mes. No se podían permitir más en aquellas circunstancias.

Su relación estaba en un período de calma. No se había estancado, solo se mantenía embalsada, como decía ella.

Un buen día, dos meses atrás, Juan había llegado a casa con un precioso anillo de oro y se lo había puesto en el dedo anular. Le pidió matrimonio, y a la semana siguiente los casó el alcalde de Miraflores de la Sierra, un pueblo del norte de Madrid, que era amigo del colegio de Juan.

Nada había cambiado en realidad entre ellos, pero los dos pensaban que había llegado el momento en sus vidas de comprometerse en la relación. Ella había estado tomando anticonceptivos hasta entonces y él había adoptado precauciones durante los seis años que llevaban juntos; en realidad, hacía pocas semanas que habían tomado la decisión de ser padres. Juan siempre había sido reacio a la idea, pero ser madre era uno de los sueños de Sonia, y él se plegó a sus deseos, aunque no había sido fácil que lo hiciera. Aquel asunto había protagonizado la mayoría de sus discusiones y encontronazos, pues Juan consideraba que no tenían la estabilidad suficiente como para mantener a un hijo, y ella insistía en que si él conseguía un trabajo de programación a tiempo completo y ella cerraba una oferta de empleo que el CIEMAT haría pública en unos meses, no tendrían problemas. Era cierto que carecían de sostén familiar, ya que Juan era hijo único y había perdido a sus padres recién cumplidos los veinte en un accidente de tráfico, y Sonia, también hija única y huérfana de padre, apenas conservaba contacto alguno con su madre. Estaban solos, pero se tenían el uno al otro.

Acercaron sus labios y se besaron despacio. Notaron el leve sabor del vino en la boca del otro, y sus lenguas jugaron levemente, con una dulzura tranquila, apenas rozándose. Terminado el beso, se miraron.

—¿Todo bien con el seguro de viaje? —preguntó Sonia.

—Sí. Lo hemos recuperado todo. Está arreglado; bueno,

falta mandar un par de documentos, pero todo controlado.

—Me alegro. Hay que ponerse con el equipaje —dijo Sonia señalando los trolleys.

—¿A qué hora sale el avión?

—A las nueve.

—Pues a por ello.

Juan sonrió. Ella le devolvió la sonrisa. Había mucho que preparar. Se iban por dos meses como mínimo; probablemente más, si todo iba bien. Pero, como siempre les pasaba, se quedaron así, tranquilos. Ya se preocuparían más tarde. Se sentaron en el sofá y se acabaron el vino. Charlaron de cómo les había ido el día. Luego hablarían de lo importante, de lo que les esperaba. De algo que podía cambiar sus vidas para siempre.

Y al final, se pusieron con el equipaje.

Cuando se disponían a acostarse, Sonia se sentó ante su portátil y mandó un mail a James Henrikson, su mentor y director de tesis, para informarle de las novedades. Estaban a punto de poder realizar el experimento que tanto ansiaban, muchos meses antes de lo previsto.

La respuesta de su profesor apenas demoró diez minutos. Él había sido el principal responsable de que les hubieran dado una especial prioridad, no solo porque creía en ellos profundamente, y en los revolucionarios conceptos que su tesis implicaba, sino porque al menos otros tres equipos en otros lugares del mundo, según había tenido noticia recientemente, estaban tras la pista de otros telescopios similares para realizar experimentos análogos. En la física actual, haber llegado el primero, esto es, haber probado experimentalmente un modelo, era casi lo más importante de todo. Sonia agradeció a Henrikson el que siempre estuviera ahí para echarles una mano. En su respuesta, su maestro le decía que lo hacía todo por puro egoísmo: quería que los siguientes premios Nobel de Física fueran alumnos suyos.

2

Sonia y Juan facturaron sus dos trolleys, que habían llenado apresuradamente el día anterior con ropa y útiles cotidianos. Habían dormido unas pocas horas, excitados con la perspectiva, y bromearon con que, de haber ido a Tailandia, no habrían estado ni la mitad de nerviosos de lo que estaban en aquellos momentos. Pasaron gran parte de la noche charlando y riendo. Hicieron el amor y, a eso de las cuatro y media de la mañana, Sonia se quedó dormida sobre el pecho de Juan, que también cayó finalmente rendido. A las seis y media de la mañana sonaron a la vez los despertadores de sus móviles y saltaron de la cama para ducharse, vestirse y correr al metro para llegar con la debida antelación al aeropuerto.

Con las prisas se dejaron en el salón el bolso de ella, con la documentación de los dos en su interior. Cuando se dieron cuenta de ello, afortunadamente, apenas habían atravesado el umbral de su casa. La calle de la Bolsa era un pequeño oasis de calma en una zona saturada por el turismo masivo, en la que, o bien legiones de japoneses precedidos por guías gritones, o bien americanos en Segway, o chicas celebrando despedidas de soltera a grito pelado, se cruzaban, bocata de calamares en ristre, esquivando las estatuas vivientes y los músicos ambulantes que se buscaban la vida por la zona.

El piso era un tercero sin ascensor, pero tenía unas estupendas ventanas aislantes que les garantizaban el silencio necesario para poder trabajar y descansar sin complicaciones. El dormitorio estaba en el interior, separado del salón, que daba a la calle, por una gruesa pared, que el arquitecto que lo había reformado había decorado con sendas cristaleras. Aquello aislaba aún más el lecho, y apenas llegaba ruido alguno del exterior. Solo oían, de vez en cuando, las carreras de la hiperactiva hija de los vecinos del cuarto piso, que vivían justo encima de ellos. Eli, que así se llamaba la pequeña —no sabían si por Elisa, Elisenda o Elisabeth—, era hiperactiva, y se pasaba el día correteando sobre sus cabezas. Sus padres, que además eran presidenta y vicepresidente de la comunidad, no hacían más que pedirles disculpas cuando se los cruzaban por las escaleras, a lo que Sonia y Juan respondían con una sonrisa, pensando en que probablemente algún día ellos tendrían a su propia Eli corriendo de aquí para allá en aquel piso que habitaban.

Algún día.

Estaban en ello desde hacía ocho meses, y no había habido suerte todavía. De hecho, preocupados, habían pedido varias consultas médicas, y Sonia estaba a punto de someterse a un tratamiento hormonal de fertilidad, que se retrasaría probablemente hasta el final del experimento que iban a iniciar.

De modo que salieron de la casa, bajaron por la calle del Correo y llegaron a la estación de Sol, donde tomaron la línea 3 del metro hasta la plaza de España para transbordar a la línea 10 hasta la estación de Nuevos Ministerios. Una vez allí, la 8 los llevó hasta la Terminal 4 del aeropuerto Adolfo Suárez Madrid-Barajas —Juan solía bromear con el largo nombre del aeródromo de la capital—, donde facturaron y pasaron el control de seguridad sin más incidentes, excepto que a Juan le pitó el arco de seguridad, algo que casi siempre le ocurría, indefectiblemente, cuando viajaban. A ello él solía comentar que en realidad era Terminator, y lo que parecía volver locos a los detectores era su esqueleto metálico.

Desayunaron a precio de oro en una de las cafeterías del aeropuerto y se relajaron esperando el anuncio del vuelo. Un leve retraso en el embarque lo aprovecharon para comprar algunas chocolatinas y prensa para el vuelo, y, cuando despegaron, empezaron a plantearse seriamente en dónde se habían metido, en la responsabilidad que entrañaba el trabajo que estaban a punto de iniciar, la de ojos que estudiarían los resultados de su investigación una vez la hubieran terminado, así como en las consecuencias que podría tener para la historia de la ciencia.

A medida que habían construido aquel modelo cosmológico que se pondría a prueba en su experimento, habían ido olvidando lo revolucionario, extraño y poderoso que era, y no esperaron las reacciones hostiles de muchos de sus compañeros de disciplina cuando empezaron a divulgarlo para obtener opiniones. Y es que sus tesis doctorales, complementarias hasta ser una gran revisión de una parte importante de la cosmología, podían cambiar muchas cosas en lo que se sabía sobre el universo. El experimento que iban a emprender era vital, no solo para su modelo físico, ya que lo desmentiría o lo confirmaría, sino para sus propias carreras. Se habían empeñado en defender como real lo que bien podía ser solo una entelequia matemática, sin preocuparse demasiado por las consecuencias, y todo ello a pesar de las reticencias de sus profesores españoles, gente que, por mor de la dinámica universitaria del país, eran claramente conservadores y nada amantes de los riesgos.

Se habían lanzado a la piscina sin pensarlo. En aquel sentido, el haber pasado a trabajar bajo el paraguas del CSIC, del que dependía el CIEMAT, y viniendo de Oxford, le había supuesto a Sonia un fuerte shock cultural. La universidad española tiende a crear cuadros de profesorado poco imaginativos, muy conservadores y escasamente amigos de los riesgos, y en la institución pululaban especímenes así por todas partes. Juan había decidido guardar las distancias, manteniéndose al margen gracias a su empleo de desarrollo de software, pero Sonia necesitaba la beca que le permitía investigar, así que seguía soportando con estoicismo el estado de cosas y las luchas intestinas de aquel ente público supuestamente orientado a la investigación básica.

Pero ambos estaban decididos, y por encima de los miedos de sus profesores, habían optado por correr el riesgo. Un riesgo que en la fría, brumosa y apagada Inglaterra había sido recibido con los brazos abiertos y alentado, y que en España se mantenía rodeado de siniestras amenazas de fracaso y descrédito si no lograban encontrar las pruebas que lo respaldaran. No, el país no estaba diseñado para alentar la innovación, por mucho que los medios de comunicación insistieran en lo contrario, y la prueba era que España solo había tenido dos premios Nobel científicos en un siglo, y que ambos habían trabajado más bien en contra de sus contemporáneos o fuera del país, peleando siempre contra oposiciones realmente enconadas. Poco había cambiado en ciertos aspectos la universidad española desde los tiempos de Severo Ochoa y Ramón y Cajal.

Pero por una mezcla de ingenuidad e ilusión, y seguramente animados por el aliento de su período en Oxford, se habían decidido a buscar ellos mismos el respaldo experimental que necesitaba su modelo físico, que era en extremo audaz y sorprendentemente revolucionario. También sabían que su mentor, y ya un buen amigo, desde la universidad inglesa había contribuido a que en el comité de selección del IAC dieran prioridad a su proyecto tras la inesperada baja de un equipo noruego a causa de un error en el modelo matemático que habían descubierto demasiado tarde. De modo que sabían que posiblemente tampoco se encontrarían demasiadas sonrisas de aliento en Tenerife.

Pero les daba igual. Estaban en camino, creían en sí mismos y, sobre todo, tenían fe en lo que se traían entre manos.

El vuelo salió con un retraso de veinte minutos, algo relativamente normal en un aeropuerto tan atestado como el de Madrid. Había viento de morro, lo que hizo que se ralentizara un poco y llegara casi tres cuartos de hora más tarde de lo programado al brumoso aeropuerto de Los Rodeos, situado cerca de la ciudad de La Laguna, la segunda urbe más importante de la isla de Tenerife, justo donde estaba ubicado el moderno edificio del Instituto de Astrofísica de Canarias.

El de Los Rodeos es un aeropuerto realmente extraño, situado en un lugar pésimo para la práctica de la aviación. Cubierto de forma frecuente por nubes bajas, estas, junto a sus cortas pistas, hacen que las maniobras en él sean bastante problemáticas. Por tanto, en el pequeño aeropuerto es rutinario el desvío de vuelos al segundo aeródromo de la isla, Tenerife Sur, también conocido como aeropuerto Reina Sofía, cuando las condiciones climáticas en Los Rodeos se ponen difíciles.

Hay una leyenda urbana que dice que, cuando se estaban haciendo los estudios preliminares para la instalación de un aeropuerto en la isla, allá por la década de 1930, los ingenieros que supervisaban las operaciones marcaron con una gran equis la zona de Los Rodeos por sus pésimas condiciones meteorológicas, indicando con ello que el área no era apta como aeródromo. Meses después, tras el despido de aquellos ingenieros, el mapa fue interpretado justamente al revés por el nuevo equipo al cargo; se entendió entonces que la equis significaba que aquel era el lugar elegido para construirlo. Esa es la manera en la que los habitantes de Tenerife se explican que el que fue su único aeropuerto durante casi medio siglo esté situado donde está, en una meseta visitada por nubes bajas y nieblas de forma cotidiana, lo que lleva a que sea cerrado cada pocas semanas por meteorología adversa o baja visibilidad.

A finales de los años setenta se construyó un segundo aeropuerto en el sur de la isla a raíz de una espantosa catástrofe aérea, la peor de la historia de la aviación civil, en la que dos aviones Boeing 747 repletos de pasajeros, precisamente a causa de la nula visibilidad, colisionaron en la pista. Así, Tenerife tiene el extraño privilegio de ser una de las pocas islas del mundo con dos aeropuertos en su territorio.

Sonia y Juan tomaron un taxi en la terminal del aeropuerto, cargando las pesadas maletas con ruedas que habían recogido en las cintas de equipaje, y el conductor, un señor entrado en años con fuerte acento canario, gruñó cuando le informaron del destino al que se dirigían, ya que La Laguna estaba «demasiado cerca».

No le faltaba razón. El trayecto en coche al IAC desde el aeropuerto apenas tomaba siete minutos, por lo que le dieron una pequeña propina al hombre que, tras una larga espera en la cola de taxis, había hecho una carrera muy corta para sus expectativas. Así que el individuo se marchó gruñendo, pero menos, y ellos se encontraron finalmente ante la entrada acristalada de uno de los institutos de observación del cosmos más famosos y más utilizados por la comunidad científica mundial. Habían avisado por WhatsApp de que llegaban con algo de retraso a su cita. El director del instituto no les había respondido, pero esperaban que no se molestara demasiado, ya que todo había sido a causa de imponderables de la aviación.

El interior del edificio del IAC era muy parecido al conglomerado de hormigón y acero en el que trabajaba Sonia, dentro del CIEMAT, en la Ciudad Universitaria de Madrid. Un par de años antes, recién llegados de Oxford, cuando hacían turnos de noche para usar tiempo de proceso del potente ordenador de la institución, Sonia y Juan jugaban al escondite como dos críos entre las gruesas columnas de los pasillos, se metían mano en los laboratorios desiertos y hacían el amor sobre las mesas de trabajo que al día siguiente ocuparían otros doctorandos y los jefes de investigación. A Sonia le excitaba mucho aquello; fantaseaba con que las cámaras de seguridad los captaran haciendo el amor sobre las mesas de reuniones, y al día siguiente algún guarda de seguridad o un físico con décadas de publicaciones de alto nivel se masturbara con su imagen. Ella tenía algo de exhibicionista cuando se sentía liberada, y a Juan, al principio, le había gustado y también le excitaba todo aquel juego imaginativo. Pero luego la cosa fue torciéndose, y ya no fue tan divertido. No porque los pillaran, ni porque jamás sucediera nada de lo que ella fantaseaba —las cámaras estaban desconectadas por falta de presupuesto y porque, según decía el encargado del mantenimiento de los edificios, a nadie en su sano juicio se le ocurriría robar en el CIEMAT, pues allí solo había papeles, ordenadores de mesa con más de diez años a las espaldas y muebles con cerca de dos décadas desde que se compraron en alguna adjudicación presupuestaria masiva por cualquier contrato del gobierno—, sino porque Sonia empezó a pedirle que las convirtieran en realidad, jugando, inocentemente siempre, con sus límites. Juan no era como ella, desde luego, y se mostraba bastante inseguro cuando se veía confrontado con sus fantasías, por lo que ella misma fue apagando sus procaces juegos, y eso fue también apagando el fuego y la pasión de su propia sexualidad. Al final, sus relaciones se habían vuelto un poco rutinarias y silenciosas. Juan, no obstante, seguía siendo un buen amante, solícito y pendiente de sus deseos. Tal vez demasiado. Sabía darle lo que necesitaba, y había aprendido a tocar los botones adecuados en los momentos precisos como para que ella respondiera fogosa y excitadamente, pero la sombra de tener que reprimir su propia imaginación había hecho a Sonia un poco más retraída, y al mismo tiempo Juan no parecía querer darse cuenta de ello. A ella le costaba un enorme esfuerzo abrirse, y cuando lo había logrado, el otro lado no respondía. Precisamente por aquella razón había surgido la idea de tener un hijo, e incluso la boda improvisada en Miraflores. La cuestión era intentar dar un poco más de fuego y gracia a la parte más íntima de su relación. Y de hecho, se aplicaban intensamente a intentar que ella se quedara embarazada. Pero la falta de resultados era frustrante y empeoraba el ambiente entre ellos en el aspecto sexual. Por otro lado, Sonia, a pesar de todos los intentos, seguía sin tener orgasmos satisfactorios, algo que jamás se había atrevido a confesar a Juan.

Caminaron por el pasillo, examinando las puertas de los diferentes despachos que se encontraban, en busca del rótulo con el nombre del director.

—Parece el interior del CIEMAT —dijo ella mientras avanzaban.

—Sí.

—Donde hemos follado tantas veces.

Juan miró a Sonia con reprobación. Ella no había esperado aquel gesto censor por su parte, y no se sintió nada bien. Su comentario había sido perfectamente inocente, cómplice, como solo eres cómplice con tu pareja y amante. Pero la joven lo dejó pasar, como siempre hacía cuando ocurrían cosas así. Juan estaba nervioso, y no estaba para bromas. Quedaba debidamente anotado.

Siguieron caminando por los estrechos pasillos de hormigón en busca de la puerta del despacho del director, y solo les acompañaba el traqueteo de las ruedas de sus dos trolleys. Era sorprendente tanto despacho vacío, tal ausencia de personal. El IAC había pasado por malos momentos, y realmente se mantenía en funcionamiento gracias a las aportaciones que hacían las instituciones internacionales que alquilaban sus telescopios, amén de por los caros proyectos de nuevos equipos que se seguían instalando en el parque de telescopios del Roque de los Muchachos, en lo más alto de la isla de La Palma. Pero hacía varios meses que habían tenido que hacer un recorte de personal.

Finalmente se detuvieron ante la puerta del despacho que estaba al fondo del pasillo. Llamaron, y acto seguido entraron en la oficina.

No se esperaban una cara tan larga cuando tras ser conducidos por la jovial secretaria del director penetraron en los dominios del jefe.

Como ocurría en tantos espacios docentes, el lugar era modesto, presidido por la mesa del director, ante la que había otra auxiliar, redonda y con varias sillas alrededor. El conjunto se completaba con dos librerías atestadas, amén de montañas de papeles repartidas por todos lados y de cualquier manera: en el suelo, en las mesas, en un par de sillas... Era el sino de las instituciones científicas españolas: la falta de espacio, de buen equipamiento, de presupuesto, y sobre todo de profesores brillantes, que todo al final tiene que ver con todo.

En la mesa de Rodolfo Aparicio, el orondo director del IAC, había un ordenador bastante viejo con una pantalla pequeña, seguramente de la primera o segunda generación de pantallas planas, y que estaba pidiendo a gritos una actualización. Aparicio los miró entrar sin disimular su hostilidad y les señaló la mesa redonda.

—Por favor, si quieren tomar asiento ahí, estaremos más cómodos. Un momento, que acabo una cosa —dijo, haciendo un gesto hacia la pantalla de su ordenador.

Sonia y Juan, que dejaron sus maletas de ruedas a un lado, asintieron y se sentaron en dos de las sillas que rodeaban la atestada mesa circular. Aparicio, tras un par de minutos de teclear cansinamente, suspiró, se levantó y se sentó en la tercera de las sillas. Les costaba verse entre tantos papeles, una situación que, en otras circunstancias, habría movido a Sonia a tener un ataque de risa. Pero el director del IAC no parecía estar para risas en aquellos momentos.

—Miren, voy a ser absolutamente franco con ustedes —comenzó tras unos instantes de silencio bastante incómodos—. Cuando aquí se cae un *slot* de tiempo —dijo—, pues se asigna al siguiente en la lista, y si el siguiente no puede o no quiere acudir, se ofrece al otro, y así sucesivamente. Una estructura FIFO. *First in, first out*, perdonen el tecnicismo, pero soy informático antes que físico. No sé si me siguen. —Sonia y Juan asintieron—. Cuando los noruegos dijeron que no, lo lógico era ofrecerlo a los siguientes en la lista, que son unos profesores de la Universidad de Dublín que tienen una interesante idea sobre los agujeros negros en los centros galácticos. Pero resultó que no lo podían adelantar, ya que no lo tenían previsto. Entonces me surgió una gente de aquí, canarios, que podrían haber aprovechado ese espacio. Se trata de gente muy válida, y así íbamos a proceder; esos tiempos muertos preferimos dárselos al talento local, que de otra manera no tendrían opción para usar estos equipos tan caros. Pero entonces me llamaron. ¿Saben quién?

Juan guardó silencio, sabiendo la respuesta. Sonia, no tan diplomática, prefirió responder a Aparicio para decir algo que todos sabían.

—James Henrikson.

—Correcto, su director de tesis, o mejor su padrino a lo que se ve, directamente de Oxford. Una eminencia en su campo, por cierto. Presionó y presionó. Su universidad propició que el MAGIC-II se construyera, así que de alguna manera teníamos que mostrarnos atentos a sus peticiones. En este lugar odiamos hacer ese tipo de cosas. Ese... nepotismo.

Sonia puso cara de póquer. Si algo caracterizaba a la universidad española era su escasa capacidad para la innovación, precisamente porque el sistema colocaba a los más mediocres, a los que ella llamaba «escupidores de tinta», en los puestos más elevados, haciendo de tapón a las nuevas corrientes de todo tipo, y el nepotismo estaba por todas partes. Era algo sistémico en el ámbito universitario del país, y no se arreglaría durante varias generaciones. De modo que la presión de uno de los más prestigiosos físicos del mundo para que el tiempo de uso de un telescopio pagado por sus propios mecenas se destinara a un proyecto puntero era mal visto por alguien que prefería preservar el orden burocrático, que nada cambiara. Aparicio era un perfecto ejemplar de aquel estado de cosas lamentable. Nada nuevo bajo el sol, pero era mejor no responder a ello directamente, sino aguantar el chaparrón. Estaba claro que el director del IAC quería desahogarse un poco con ellos y de paso hacer ostentación de poder, pero claramente había cedido a las peticiones, así que Sonia prefirió mantenerse en aquel momento con cara de póquer, asentir y no añadir comentario alguno. Así que todo lo que recibió Aparicio tras su discurso reprobatorio fue un leve asentimiento y ni siquiera advirtió que se enarcasen las cejas.

—En fin, nada personal, señores. Resumiendo, quiero que sepan que no me gusta ni pizca cómo se ha gestionado esto. Pero bueno, no puedo hacer mucho más excepto facilitarles las cosas, que es mi trabajo, pero creo que sería bueno que por ahí fuera, donde nos toman como una colonia de ultramar, se enteren de que aquí no se hacen las cosas de esa manera.

Juan se mordió la lengua también y miró un instante a Sonia, que seguía impertérrita, con una leve sonrisa congelada, así que la imitó y no salió palabra de su boca.

—En definitiva, asumo que es lo que hay. De modo que tienen ustedes disposición y uso del MAGIC-II durante dos meses, prorrogables un tercero si los resultados de su investigación se muestran suficientemente prometedores. Naturalmente, nosotros seremos parte de la comisión que lo decidirá, hablo de los que dirigimos el IAC —soltó Aparicio, usando un inesperado plural mayestático, pues él era el único que formaba la comisión por la parte española como representante del instituto—. El otro voto será de su profesor inglés. En fin, a ver qué pasa. Como el tiempo apremia, les he reservado un vuelo que sale en pocas horas hacia La Palma. Allí los recogerán y los llevarán directamente a las instalaciones del telescopio. Les guiará José Guerra, que es nuestro experto en el MAGIC-II. Viajará con ustedes, pero ahora está dando clase, así que se verán en el aeropuerto antes de salir. Él les explicará todo lo que necesiten, y se quedará un par de días con ustedes si es preciso, hasta que todo esté más o menos controlado y funcional. Por lo demás, solo me queda desearles suerte. Si quieren, pueden aprovechar la espera visitando el casco histórico de La Laguna. Es una ciudad muy bonita y turística. Disfruten, y que tengan éxito en su investigación.

El director del IAC tendió sendos billetes de avión impresos a Sonia y Juan, dejando claro que la reunión había terminado y que no quería añadir nada más. Ambos se miraron. Aparicio se levantó de la mesa redonda y volvió a su escritorio, en el que tomó asiento ante una descolorida foto de la nebulosa planetaria del Cangrejo, que llenaba gran parte de aquel anodino despacho sin ventanas. Los miró por un instante más.

—Gracias —dijo Sonia.

Y los dos, tras coger sus trolleys, abandonaron el lugar sin añadir palabra.

Caminaron por el largo pasillo gris. Juan estaba un poco tenso.

—Así que no le ha gustado nada lo de James Henrikson —dijo en un susurro.

—Era de esperar. Conociendo el percal, o metes caña o nada. El que no llora, no mama —respondió Sonia—. Y a estos no hay cosa que les fastidie más que que se metan en sus chanchullos y se los dejen al descubierto.

—Pues vaya mierda. Empezamos, sin comerlo ni beberlo, con la enemistad del director del Instituto de Astrofísica de Canarias. Espero que no le necesitemos en el futuro.

No quería discutir, y notaba cuándo Juan estaba a la greña. No le gustaban aquellos politiqueos, pero Sonia sabía perfectamente que eran imprescindibles, y más aún en unas estructuras tan cerradas como las españolas. Henrikson dirigía el doctorado de los dos desde Oxford, y los había convencido años atrás de colaborar en un único proyecto del que saldrían sus dos tesis, pero que llevaría entre siete y ocho años de trabajo, de los que habían pasado ya seis. De paso había cambiado sus vidas, ya que les había demostrado que podían complementarse y crear algo original entre los dos, que solos no habrían podido lograr concebir. Era algo que ellos siembre deberían agradecerle, y sobre todo que apostara por ellos de una manera tan franca y decidida. Pero ella no quería enzarzarse en aquel momento en una discusión con Juan. Lo hecho, bien hecho estaba.

Al mismo tiempo, Henrikson era uno de los miembros más respetados del comité de experimentación del Departamento de Física de la Universidad de Oxford, y claramente, en cuanto había visto una vacante en la serie de experimentos del MAGIC-II, les había dado un pequeño empujón. No era para menos. La idea de Sonia y Juan era lo suficientemente revolucionaria como para poder pasar a la historia, y su profesor quería que tuvieran la oportunidad de comprobarla experimentalmente lo antes posible. En un mundo tan competitivo como el de la ciencia de vanguardia contemporánea, llegar primero es lo más importante, y ya sabían que otros equipos, en otras latitudes del mundo, estaban elaborando modelos similares, o cercanos, al de Sonia y Juan. Por ejemplo, un grupo de investigadores del JPL de Pasadena estaba en lista de espera para el uso de uno de los potentes telescopios del Mauna Kea, en Hawái, con un propósito similar. El tiempo era fundamental para ellos, y Henrikson no quería que perdieran el tren por culpa de la burocracia española. Todavía estaban en el frente de onda, como les solía decir.

También sabían Sonia y Juan lo que había pasado con su profesor, algo de lo que no solían hablar salvo que quisieran tener una pelea. Y es que el director de sus tesis había confesado antes de que volvieran a España su amor a Sonia, y su actitud hacia la joven había sido en ocasiones casi cercana al acoso. No se había propasado, o al menos ella no había considerado que lo hubiera hecho, pero Juan había estado a punto de denunciarle.

Tras una fuerte discusión, años atrás, apenas unos meses antes de regresar, decidieron que no querían perjudicar a aquel hombre, entrado en años, algo excéntrico y en realidad bastante inofensivo. Desde entonces, Sonia no sabía si por cargo de conciencia o por puro agradecimiento por no haberle destrozado la carrera a su provecta edad —ni su vida personal; llevaba casado cuarenta años y tenía nietos—, los había intentado ayudar en la distancia, y siempre que se reunían en los encuentros en los que supervisaba sus tareas, era extremadamente amable con los dos y correcto con ella. Pero Juan no soportaba, no toleraba aquella supervisión remota de sus carreras que, sin embargo, de nuevo, les podía hacer mucho bien, y de hecho salía a su rescate en un momento realmente crítico. Sonia, que conocía a Juan, no quiso entrar al trapo, y siguieron caminando hacia la salida del IAC. Se detuvieron unos instantes en la explanada que se abría ante las grandes cristaleras del vestíbulo del edificio y leyeron sus tarjetas de embarque. El avión despegaría en cuatro horas.

—¿Visitamos La Laguna? —propuso Sonia.

—Buena idea —repuso Juan, dando por zanjada su leve irritación.

Había una parada de taxis apenas a unos metros de la entrada del edificio. No tardaron en ver llegar uno, que los trasladó al centro de la ciudad. El hombre que los llevó tampoco estaba muy feliz, ya que era un trayecto de apenas tres minutos, cosa que ellos no sabían.

El día acompañaba, la temperatura era razonablemente agradable, lo que en aquella ciudad de cambios bruscos era una noticia estupenda, y se entretuvieron durante un par de horas paseando por la popular y turística calle de la Carrera. Luego se sentaron en una terraza a comer, y el tiempo se les pasó volando, haciendo planes para ir preparando su experimento. Tendrían tiempo de discutirlo todo, especialmente con la ayuda de la persona que los iba a acompañar a La Palma, pero era bueno realizar una pequeña planificación previa.

3

Tomaron un taxi hacia el aeropuerto cuando quedaba una hora justa para la salida del vuelo, y de nuevo se encontraron otra cara larga. Aquello empezaba a convertirse en una costumbre. Llegaron en apenas ocho minutos a destino, y allí los esperaba un joven en bermudas con aspecto de surfero, moreno y con rastas, que portaba un cartel impreso donde se leían sus nombres. Les hizo gracia, ya que lo tradicional es que sea al revés, que te esperen con un cartel a tu llegada en avión al aeropuerto, no a la salida.

José, que así se llamaba su acompañante, resultó ser un tipo encantador, que se dedicaba en sus ratos libres a bajar por las escarpadas costas de Tenerife y surfear en sus peligrosas corrientes. Por lo demás, trabajaba como profesor ayudante en la Universidad de La Laguna, a pesar de no tener veinte años todavía, y era todo un genio de la física y la ingeniería. Daba una asignatura compleja en la especialidad de astrofísica: Física de Partículas y Gravitación. Juntos aguardaron a la salida del vuelo bromeando con José sobre el mal carácter de los taxistas locales. Los esperaba un pequeño avión bimotor, que inquietó a Juan. José les explicó que los aviones de hélice eran de uso común en los cortos vuelos interinsulares, y que eran aparatos muy cómodos y seguros. Juan no terminaba de creérselo.

Sonia recordó entonces, ante la juventud e ímpetu de José, la primera vez que vio a Juan y lo rápidamente que se había sentido atraída por él. Su aspecto seis años antes, recién llegado a Oxford, era una mezcla de un punki sacado de los años setenta y un mod, con pelo de colores, chupa de cuero ajada, y unos pantalones ajustadísimos y llenos de agujeros que combinaba con unos niquis de niño fino de tonos vivos. El contraste funcionaba, y resultó ser el alumno residente más destacado del máster de astrofísica, un tipo brillante que escuchaba sin parar en su móvil musicales de los años treinta alternados con canciones de death metal o clásicos de los Sex Pistols o los New York Dolls.

En esa época Juan era un impertinente que no toleraba el sistema universitario, ni siquiera el británico, y mucho menos el español, que se le antojaba llegado directamente del medievo. Sus primeras salidas juntos a los pubs locales de la ciudad universitaria la hicieron sentirse un poco intimidada. Juan rezumaba carisma, y era déspota con la gente que no le llegaba a la altura, en especial con los estudiantes a los que, como profesor ayudante que pronto fue —su ascenso había sido fulgurante—, daba clases prácticas o asignaturas complementarias. José le recordaba un poco a aquel Juan que había conocido hacía algo más de un lustro y que había cambiado tanto en ese período de tiempo tan corto. Un par de tatuajes toscos, hechos por una exnovia aficionada a ello, y bastante feos, seguían allí; también la mirada de desdén ante quien no comprendía sus alambicados análisis matemáticos recitados como una ametralladora, o su enfado con el sistema imposible de las universidades del país, así como un resto de su humor sarcástico. Todo eso persistía, pero los *piercings* se habían caído, el pelo era mucho más corto y tenía su color natural, y vestía con vaqueros y camisas negras. Parecía, sí, un punki que se hubiera civilizado, o más bien amansado, para ser aceptado en el entorno académico. Pero aquella civilización traía consigo mucho más, algo bastante peor. Lo había convertido en alguien más aburrido, casi asustadizo, a quien los aviones le daban pavor —especialmente, comprobó Sonia, los turbohélices—, y tan temeroso como ella ante los cambios inevitables de la vida.

Celoso, poco amable, olvidadizo, su lado menos agradable ella también lo había conocido a medida que la convivencia entre los dos se había prolongado, y lo había ido aceptando. No siempre tu pareja puede ser como soñabas, o como esperaste al iniciar la relación. Sonia no era tan ingenua ni tan tonta, pero por el camino, Juan, pensaba ella, se había domesticado demasiado, sobre todo si lo comparabas con aquel jovenzuelo surfero de tez oscura y sonrisa perenne que no paraba de hacer chistes sobre físicos e ingenieros, y que los acompañaba a La Palma. Recordó Sonia lo mucho que la había hecho reír Juan al principio, cuando empezaron a salir juntos, y se preguntó dónde estaría aquel chico que conoció una vez, tal vez devorado por aquel Juan asustadizo y temeroso, tan enemigo del conflicto. Aunque los chistes irónicos, afortunadamente, todavía seguían ahí, ahora más bien quería ser James Clerk Maxwell, un inofensivo científico que cambió la faz de la ciencia desde una plácida granja escocesa rodeado de ovejas. Sí, Juan había cambiado mucho.

Pensó que solo un par de años atrás el trato impertinente del director del IAC habría recibido una merecida respuesta sarcástica y cortante por parte de Juan, que, sin embargo, como ella, había preferido guardar silencio en aquella ocasión. Bueno, tal vez todo aquello no fuera tan malo, tal vez era signo de que estaban madurando, se dijo a sí misma.

Las azafatas, a lo largo del corto vuelo, repartieron unas galletas muy ligeras recubiertas de chocolate que a Sonia le recordaron a los Huesitos, unos barquillos con chocolate que comía de niña pero que en las islas recibían el nombre de Ambrosías y que fabricaba la empresa Tirma. Las había visto de refilón en alguna ocasión en los supermercados de Madrid, pero nunca se había interesado por ellas. Le parecieron deliciosas. José les explicó algo sobre la isla de La Palma durante el viaje, que fue bastante tranquilo y sin las turbulencias que tanto temía Juan.

La Palma había sufrido años atrás un incendio forestal bastante grave, pero las partes más bonitas de la isla no se habían visto seriamente afectadas. José les dijo que debían visitar la isla a poco que tuvieran un rato de ocio, y se ofreció a hacerles un recorrido turístico unas semanas más tarde, en cuanto estuviera más libre de sus tareas de ayudante y ellos más relajados. Aquel día debía acompañarlos al observatorio, pasar una noche con ellos, explicarles los diversos sistemas a utilizar y volver a Tenerife al día siguiente a seguir con sus clases. De hecho, debían empezar a hacer observaciones desde aquel mismo día, pero eso no iba a ser posible, aunque probablemente, si iba todo bien, podrían iniciar el experimento al día siguiente.

Les contó también José que todas las islas Canarias habían surgido de volcanes submarinos unos dos millones de años atrás, y que se elevaban a alturas vertiginosas desde la profunda plataforma continental. En el caso de La Palma, la isla era la parte superior de una enorme montaña de 6.500 metros de altura que crecía sobre el lecho marino. La llamaban la Isla Corazón, la Isla Bonita, o la Isla Verde.

Apenas tenía unos noventa mil habitantes censados, una cantidad relativamente pequeña pero importante al compararla con la población de la isla de El Hierro, la más occidental del archipiélago y la menos poblada de las ocho Canarias habitadas, que apenas albergaba seis mil almas. Precisamente en La Palma se había producido la última erupción volcánica ocurrida en superficie del territorio español: en 1971, cuando el volcán Teneguía hizo crecer la isla varios cientos de metros ganados al mar por la lava.

La gigantesca estructura de roca que forma la isla, de seis kilómetros de altura, está en un equilibrio inestable, y una controvertida teoría geológica planteaba, contaba José, que en algún momento futuro, y a causa de un gran terremoto o erupción, la mitad de la isla se precipitaría sobre las aguas del Atlántico y causaría la mayor catástrofe de la historia de la humanidad: un megatsunami que arrasaría toda la costa Este de América, el Caribe y parte de Europa. No se sabía a ciencia cierta cuándo podría ocurrir, si en cien años o en cien mil, pero los geólogos afirmaban que ocurriría seguro.

Sonia recordó haber visto algún documental al respecto en un canal repleto de teletiendas y series de supervivencia o sobre extraterrestres. No sospechaba que la hipótesis fuera tomada tan en serio, pero José la informó de que el asunto, relacionado con una enorme falla surgida en la década de 1940 en La Cumbrecita, un sistema de volcanes aún medio activos, implicaba que parte del macizo que daba hacia el oeste isleño podría desprenderse y deslizarse sobre el mar si tenía lugar una erupción lo suficientemente violenta. Recientemente, había habido inusitados terremotos en la isla, y algunas zonas de aquella falla se habían elevado hasta cinco metros en pocos días. En fin, que la inquietud de lo que podría pasar algún día estaba extendida entre los isleños y parte de la comunidad científica.

La Palma tenía también, les dijo José, justa fama de lugar mágico, de ser un espacio en el que ocurrían cosas prodigiosas e inexplicables. A eso ayudaba, claro está, el mar de nubes y brumas en el que la isla nadaba. Gracias a la llamada «lluvia horizontal», La Palma estaba repleta de selvas primitivas, las denominadas «laurisilvas», que permanecían casi intactas desde la era cuaternaria.

Aquellas nubes bajas producían asombrosos efectos gracias a la torturada orografía isleña, formando inmensas cascadas de vapor de agua que descienden por sus escarpas de más de 2.500 metros. Les dijo que podrían asistir al fenómeno de forma cotidiana dada la enorme altura a la que llega la isla en grandes pendientes, a veces casi verticales. José, a pesar de tener dos carreras, Física e Ingeniería informática, era bastante irracional en muchos aspectos, al menos a ojos de Sonia, y resultó estar muy influenciado por varias teorías mágicas respecto a la isla, cosa que le resultó cuando menos curiosa.

El turbohélice aterrizó finalmente en el pequeño aeropuerto de La Palma y pronto recogieron sus equipajes en la terminal. José solo llevaba consigo una ajada mochila de lona, que no había facturado. Se metieron en un taxi que los esperaba en el exterior, y el joven ayudante informó del recorrido al conductor. De camino podrían ver algunas de las maravillas naturales de la isla. No tenían que pasar por la capital, aunque el chico les recomendó el barrio viejo y las casas con largas balconadas, tan tradicionales de la arquitectura rural canaria en los centros urbanos.

En poco tiempo ya estaban ascendiendo por carreteras bastante empinadas en dirección al Roque de los Muchachos. José les explicó que el MAGIC-II, el telescopio que iban a utilizar en su experimento, llevaba funcionando apenas dieciocho meses; era el telescopio más reciente y el mejor equipado de todos los que tachonaban el macizo montañoso, y se trataba del segundo reflector exterior que se construía en la isla después del telescopio doble MAGIC-I, cuyo tamaño duplicaba.

Aquellos telescopios se construían directamente a la intemperie, sin un edificio que los rodeara, y permanecían siempre al azote de los elementos, lo que forzaba a que fueran especialmente robustos en su diseño.

Al doblar una curva de la carretera pudieron admirar la catarata de nubes de la que José les había hablado durante el vuelo.

—Asombroso —comentó Sonia.

—Es todo un espectáculo, no te cansas de mirarlo —dijo José.

—Y tanto —corroboró el taxista.

—Y sobre asuntos un poco prosaicos, José... ¿Sabes si nos han subido ya las provisiones para nuestra estancia? —preguntó Juan.

—Naturalmente, llevan allí desde ayer. Tenéis una buena nevera, un congelador y una estupenda despensa, y están bien repletos.

—¿A qué distancia está el MAGIC-II de la instalación principal de los telescopios? —preguntó Sonia—. Creo que está algo aislado.

—Esa es una buena pregunta —dijo José—. No es que sea difícil llegar, solo que lleva un poco más de tiempo. Nos detendremos en la zona central, no sé si conocéis el espacio. —Los dos negaron con la cabeza—. El recorrido por la carretera central de la zona de telescopios pasa por el GRANTECAN, el MAGIC-I y al final de la carretera, el Herschel. El MAGIC-II está, efectivamente, un poco apartado. De hecho, solo se puede llegar a él caminando a partir del último telescopio que hay en la carretera.

—Que es el Herschel, ¿no? —apostilló Sonia.

—Exacto.

—Pero ¿por qué se construyó tan alejado de los otros? —inquirió Juan.

—Es un problema de oscilaciones sísmicas. El sistema es tan sensible que sus sensores registran incluso las vibraciones de los vehículos que pasan por la carretera que lleva a los telescopios, y por ello hubo que construirlo un poco apartado. El recorrido es un tanto peculiar, como hora y cuarto de pateo, y el camino, bueno, ya lo veréis. Si os gusta pasear, es un ejercicio estupendo. Y las vistas merecen la pena.

—¿Es peligroso? —preguntó Juan, sorprendido.

—Bueno, si padecéis de vértigo puede resultar algo incómodo al principio. En fin, es cuestión de acostumbrarse, como todo en la vida.

—Vaya —protestó Juan.

—Es que la orografía de esa zona del macizo es muy compleja. Hay un momento en que el camino, que es de un metro y medio de ancho, discurre justo sobre la dorsal de la montaña, y a ambos lados hay dos caídas de varios cientos de metros. Es toda una experiencia, la verdad. Eso sí, os recomendaría que no lo recorrierais de noche. En el Herschel os presentaré a la gente que lo está usando estos días, pues nunca se sabe. Ya sabéis que no se puede utilizar nada de radio en el MAGIC-II, ni móviles, ni onda corta, nada de nada que emita ondas, por definición. Eso estropearía las calibraciones, así que la forma de comunicarse es por línea telefónica directa con el Herschel, mediante un cable telefónico, como en el siglo pasado. Bueno, no creo que lo necesitéis, pero se trata de la única vía de enlace con el exterior de la que vais a disponer. La vieja red telefónica conmutada aquí está siendo muy útil. No se puede llamar a otro sitio, es solo de punto a punto.

—Es sorprendente que esa tecnología todavía tenga sentido utilizarla —comentó Juan.

—Sí, nunca se sabe cuándo puede ser útil una determinada técnica, por muy obsoleta que parezca en otras circunstancias. Nos costó bastante encontrar teléfonos funcionales, y al final los compramos en un mercadillo de la capital. Pero funcionan muy bien. Son viejos, de baquelita. Muy *vintage*.

—Siendo un lugar tan remoto, ¿cómo se construyó allí el MAGIC-II? —preguntó Sonia—. Me refiero al traslado y el montaje de las piezas. Debió de ser toda una pesadilla logística.

—Vaya si lo fue. Las piezas grandes se trajeron en helicópteros, desde una base que se construyó en Santa Cruz de La Palma, la capital. Hasta allí llegaban los elementos en barco. Fue un esfuerzo ímprobo. Lo construyeron como una docena de obreros especializados que llegaron de Reino Unido. Escoceses, irlandeses e ingleses. Muy majos todos. La mano de obra local apenas pudo trabajar en la instalación. Hubo bastante mosqueo con eso entre los palmeros, pero ocurre mucho con estos trastos; vienen cuadrillas de fuera altamente especializadas y lo hacen prácticamente todo.

José miró alrededor y señaló hacia la derecha. De repente estaban metidos en mitad de una especie de tupida selva que rodeaba la carretera, excepto por el punto hacia el que José indicaba, que daba a una cortada por donde descendía aquella tupida selva hasta media altura. Al fondo se podría ver la costa de no ser por las nubes que en aquel instante cubrían el lugar.

—Mirad, estamos pasando por Hoya Grande. Merece la

pena que os detengáis un momento cuando el día esté despejado. La vista es impresionante. Ahora no tiene sentido hacerlo.

—¿Esto es la laurisilva? —preguntó Sonia, mirando alrededor.

—En efecto, sí. Es prácticamente una selva húmeda.

Enseguida los rodeó una bruma que forzó al taxista a encender las luces antiniebla del coche.

—Estas son las nubes que os dije. El Roque está bastante por encima de ellas, de modo que siempre hay que atravesarlas durante el ascenso y el descenso. Más arriba, el cielo está despejado. La gente se sorprende por el tono azul que se puede ver de día en esas alturas. Es muy intenso, ya que estaréis en el punto geográfico más elevado de toda la isla. Y, claro, por la noche, el cielo es increíblemente limpio. Ya lo veréis. Al mismo tiempo, las nubes que se agolpan debajo del Roque hacen de filtro, y detienen la luz parásita que viene de las islas cercanas y de los catorce pueblos que forman la isla. Los isleños, por su parte, se han tomado muy en serio las excelentes condiciones de La Palma para convertirse en un observatorio astronómico privilegiado. Por eso han cambiado todas y cada una de las luminarias de las zonas urbanas por lámparas de tono anaranjado, más tenues, y menos contaminantes para los sensibles ojos artificiales ubicados en el Roque. Caminar por esos lugares, lo veréis si bajáis a pasear por alguno de los pueblos de la isla, cosa que os recomiendo, sobre todo de noche, es muy curioso. Todo está iluminado muy tenuemente por esa luz naranja. Es un poco fantasmal. Una sensación extraña. Me recuerda en cierta medida a Los Ángeles, aunque os parezca raro. Allí, en especial en los locales nocturnos, restaurantes y demás, las luces nocturnas son siempre muy tenues, mucho más que aquí. Me resultó muy chocante cuando viajé por toda aquella zona. ¿Habéis estado en California?

—No —dijo Juan—. Pero sería interesante.

—Estados Unidos es un país asombroso. Y California es una pasada. Os lo recomiendo. Yo fui en plan mochilero, y es increíble. Y la gente de allí es superamable y hospitalaria. Tienen una cultura de la ayuda mutua muy singular, no te la esperas, pero claro, se trata de un país sin casi servicios públicos, por lo que las redes ciudadanas se fortalecen mucho, se apoyan unos a otros. Como siempre, los tópicos y la gente real tienen muy poco que ver.

—Caray, no lo había pensado —dijo Sonia.

—Os aconsejo que vayáis, pero así, rollo albergue, con una mochila y poco más. Es un país realmente sorprendente, lleno de gente estupenda.

—¿Cómo es la gente en esta isla? —preguntó Juan.

—El palmero es un poco cerrado, como en todos los lugares pequeños, y las islas crean un carácter peculiar. Tengo la teoría de que cada isleño es en sí mismo una isla diminuta: impenetrable, misteriosa. Les cuesta abrirse, sobre todo a la gente de fuera. Eso sí, son muy amables —dijo José, mirando al taxista—. ¿Usted qué opina, Marcelino? ¿Cree que es así, o que no?

—Me temo que así es —confirmó el conductor—. Somos gente desconfiada, y el palmero es un poco raro con las visitas. No somos demasiado hospitalarios, es como que nos molesta que lleguen extraños. Por ejemplo, usted puede pasearse por Santa Cruz de La Palma, que es la capital, y notar cómo la gente, los que son locales, claro, le miran y se preguntan cosas sobre usted, pero en voz alta, sin que les importe que usted los oiga. Somos un poco peculiares, si le digo la verdad. Dicen que es por las malas experiencias. La isla sufrió muchos ataques de piratas en tiempos históricos, luego llegaron los españoles y se quedaron con todo esto casi dándose un paseo. Eso ha forjado un carácter poco amigo de las visitas. ¿Estás de acuerdo? —preguntó a José.

—Pues creo que sí.

—¿De dónde son ustedes? —inquirió el taxista—. Si no es indiscreción.

—De Madrid —respondieron Sonia y Juan, casi al unísono.

—Son dos *cracks*, jefe —le aseguró José—. Tienen una

teoría física que, si se confirma, puede montar un pollo considerable.

—¿Y eso es bueno? —preguntó el taxista, ingenuamente.

—Puf... no sabría decirle —dijo Sonia, riendo—. En el mundo de la física, armar pollos no siempre es lo más aconsejable.

4

Llegaron a la zona más concurrida del Roque de los Muchachos al principio de la tarde. Allí estaba el grueso del equipamiento científico que tachonaba la montaña: el grupo de telescopios Isaac Newton, el Gran Telescopio de Canarias, con su enorme espejo de diez metros de diámetro construido con la precisión de una micra, el Liverpool, el Galileo, el MAGIC-I o el Mercator. Toda una apretada multitud de instrumentos diseñados para observar el cielo, cuyo uso se disputaban cientos de grupos de investigación de todo el mundo y que mantenían listas de espera de varios años.

—¿Cuánto hace que empezó a construirse todo esto? —preguntó Sonia.

—Todo esto tiene su tiempo ya —dijo José—. El Instituto de Astrofísica de Canarias se fundó allá por 1975, y en 1984 se instalaron los primeros telescopios. Luego se fueron añadiendo equipos nuevos, y la infraestructura se fue extendiendo, así como los servicios, las carreteras asfaltadas, los aparcamientos... en fin, que poco a poco toda esta zona se fue llenando de edificios. El Gran Telescopio de Canarias comenzó a construirse en 1999, si mal no recuerdo. El último ha sido el MAGIC-II, precisamente.

La pequeña carretera que se cimbreaba entre los diferentes edificios se perdía al final en una recta, elevándose aún más. Era el camino hacia el William Herschel, a partir del cual partía el sendero que llegaba hasta el MAGIC-II, y que ya no se podía recorrer en coche.

El taxi se detuvo en el aparcamiento asfaltado que rodeaba la enorme mole del edificio que albergaba al Herschel. No habían empezado a bajar los trolleys del portaequipajes del vehículo, con la ayuda de Marcelino, cuando salieron al exterior dos jóvenes rubias que parecían gemelas pero no lo eran. Ambas lucían en su rostro amplias sonrisas. Llevaban varios días encerradas en el telescopio, analizando datos, y cualquier sonido del exterior las hacía salir casi a la carrera, al menos para despejarse un poco. Las dos chicas saludaron exultantes a José, que les devolvió el saludo con sendos besos, y se aproximaron al vehículo.

—Sonia, Juan, os voy a presentar a las dos usuarias del Herschel durante estas semanas. En caso de que surjan problemas en vuestro telescopio, ellas serán la primera ayuda disponible, conque hay que tratarlas bien —rio—. Son Tricia Mortimer y Anna Stiff.

—Y no somos hermanas —dijo Tricia, la más rellenita de las dos, con un vozarrón impropio de su aspecto y un simpático acento inglés—. Todo el mundo piensa que lo somos. Y no sé por qué, porque no nos parecemos en nada.

—Sí que os parecéis —bromeó José.

—Estoy pensando en hacer una camisa serigrafiada, NO SOMOS HERMANAS, y ponérnosla siempre que estemos juntas —dijo riendo Anna, que era algo más delgada, tan risueña como su compañera, y que hablaba, como ella, un perfecto castellano con un fuerte acento—. Creo que es una conspiración, y todos los ocupantes de los demás telescopios se han confabulado con eso de que somos *twins*.

—Estos son Sonia y Juan, van al MAGIC-II —dijo José—. Tricia y Anna vienen del Instituto Max Planck, y están haciendo un estudio de espectroscopia de atmósferas exoplanetarias. ¿A que mola?

—Pero no somos de allí, somos irlandesas —precisó Tricia.

—¿Espectroscopia? —preguntó Sonia, con sincero interés.

—Sí —dijo Anna—. Pasamos la luz de la estrella por la atmósfera del planeta que orbita a su alrededor durante las conjunciones, ya me entiendes, cuando el planeta se pone entre la estrella y nosotros, y durante unos instantes esperamos datos de la luz que la atraviesa para ver si hay señales de moléculas complejas. Trazadores de vida, los llamamos. Le restamos el espectro de la estrella, y cuando se detectan huellas orgánicas, lo tenemos.

—¿Qué tipo de moléculas? —quiso saber Juan.

—Clorofila, aminoácidos, esas cosas —repuso Tricia.

—Caray, qué interesante —dijo Juan—. Eso os permitiría, si identificáis clorofila, poder afirmar con total rotundidad que hay vida en ese exoplaneta.

—Esa es la idea. No se conoce clorofila de origen no biótico. Es una sustancia que solo crean, que sepamos, los seres vivos. Estaríamos entonces, con casi total seguridad, ante un planeta que albergaría vida en su superficie, al menos vida vegetal.

—Pero ¿no habría problemas con las concentraciones en la atmósfera de las sustancias? —preguntó Sonia.

—Sí y no —dijo Tricia—. Y es una buena pregunta, que también nosotras nos hicimos al principio del proyecto. Lo comprobamos haciendo el experimento enfocando un pequeño espectrógrafo de una sonda interplanetaria hacia la Tierra, justo cuando la habían lanzado. Fue la gente de la NASA. Nos hicieron un gran favor. Así pudieron calibrar el equipo, cosa que iban a hacer de todos modos, y de paso nos dieron unos resultados muy útiles para nuestro experimento. Gracias a eso sabemos que se puede detectar solo por el reflejo de los bosques de la superficie, al menos en el caso de la Tierra.

—Uau, es apasionante. Podríais ser las primeras descubridoras de vida extraterrestre —aventuró Juan.

—Eso esperamos —rio Anna—. Hay un par de equipos trabajando en lo mismo en Chile y en Hawái, pero estoy segura de que nuestro método es más sensible. Y hoy en día lo raro es que no tengas gente pisándote los talones en casi cualquier etapa experimental.

—Puede ocurrir en cualquier momento, ¿no es excitante? —dijo Tricia, entusiasmada.

—Bueno, la charla está siendo muy interesante —intervino José—, pero tengo que llevar a estos dos al MAGIC-II, y nos queda como hora y pico de pateo. Es cuesta arriba, no os asustéis —dijo a Sonia—. Luego se tarda menos, al volver ya vais cuesta abajo.

—La zona donde vais a trabajar es preciosa —dijo Anna, mirando hacia el nacimiento del camino—. A veces me acerco por allí paseando, y las vistas son espectaculares. Un nido de águilas. Si buscáis aislamiento, lo vais a tener.

—Sí, se ve toda la vertiente atlántica de la isla —comentó José—, la cara oeste, la del tsunami.

—¿Os lo han contado? —preguntó Tricia—. Esta isla es un peligro en potencia —rio.

—Sí, sabemos la historia. —Sonia sonrió.

—Y al otro lado está la Caldera de Taburiente. Es un auténtico flipe —apostilló el joven astrónomo surfero—. Merece la pena darse una escapada para disfrutar de la isla.

—Bueno, en cualquier caso —dijo Tricia—, si nos necesitáis, tenemos el teléfono, llamad a cualquier hora. Es la mar de sencillo. Descolgáis y marcáis el uno. Esas somos nosotras.

—Lo mismo digo, allí estamos por si os queréis pasar un día de estos —las animó Sonia con una sonrisa.

—Te tomo la palabra —dijo Tricia, que a todas luces era la más jovial de dos mujeres joviales.

—Bueno, pues nos vamos —zanjó José—, regresaré mañana, me vendrá a buscar el taxi a eso de las once. —Se giró hacia el taxista, que esperaba pacientemente, apoyado en el capó de su vehículo, fumando un pitillo—. Marcelino, ¿mañana a las once, aquí mismo?

—Se dijo —respondió el conductor, con esa forma tan canaria de afirmar algo que se va a hacer con total seguridad.

Acto seguido se metió en su coche, arrancó el motor y se marchó, saludando con la mano.

—Es un tipo muy majo. El taxista oficial del IAC. Nos lleva a todos lados. Y le interesa mucho todo lo relacionado con la astronomía y esas cosas nuestras que nadie entiende, ni siquiera nosotros —dijo José—. Qué, chicos, ¿en marcha?

—De acuerdo —convino Sonia.

—Buen inicio de trabajo, y aquí estamos para lo que necesitéis —dijo Anna.

—Gracias —respondió Sonia.

—Mañana me tomo un café con vosotras antes de largarme —dijo José.

—Vale —dijo Tricia—. Te esperamos.

El trío empezó a alejarse del Herschel, encaminándose hacia el nacimiento de un pequeño sendero de tierra que enseguida se metía en un pinar para luego ascender, a lo lejos, por encima de la zona arbórea.

—Por aquí, chicos. El camino es sencillo, no tiene demasiadas cuestas, pero las pocas que hay son de respeto.

Sonia y Juan se miraron sonrientes. No les importaba caminar. Estaban llegando a poder acariciar un sueño tras muchos años de investigación callada y de laboriosos cálculos.

Así que, tirando de sus trolleys, se metieron en el camino. Pronto comprobaron que las ruedas de las maletas no servían para nada y tuvieron que llevarlas a peso. Afortunadamente, no las habían cargado mucho. José, caballeroso, se ofreció a llevar el trolley de Sonia, lo que ella aceptó encantada.

—Estaba pensando en eso que dijiste de que nadie entiende nuestras investigaciones y líos —comentó Sonia a José—. ¿Quién dijo aquello? ¿Que, al menos en el caso de la mecánica cuántica, si alguien te decía que la comprendía es que no la entendía en absoluto?

—¿Feynman? ¿Einstein? —intentó recordar Juan.

—Es una buena cita, y muy cierta —rio José.

5

Repentinamente, cuando se hallaban ya a medio camino y habían superado la zona boscosa, se encontraron con la escarpada. Llevaban andados cuarenta minutos más o menos e iban sin prisa. El sol estaba descendiendo en el cielo, pero todavía quedaba un buen puñado de horas de luz. La tarde era agradable y cálida. Abajo, las nubes se agolpaban, y el sendero discurría por un macizo montañoso. A ambos lados descendía un vertiginoso precipicio. José miró a los dos astrónomos que le seguían. El camino era de unos tres metros de ancho, no tan estrecho como les había dicho José, pero lo suficiente como para ir con cuidado, aunque en algunos tramos se estrechaba hasta metro y medio, pero afortunadamente eran pocos y cortos. Además, había barandillas a los lados que aumentaban la seguridad para el caminante.

En aquel momento sonó el móvil de Sonia, que miró el aparato.

—Ya sabéis lo que pasa con estos trastos en cuanto lleguemos —dijo José—. Perdonad que no os lo haya comentado antes. Estaba esperando a que llegáramos a la señal de apagar móviles.

—Lo sabemos, no te preocupes —dijo Juan—. ¿A qué señal te refieres?

—Veinte metros más adelante, ahora la veréis.

Sonia respondió a la llamada.

—¿Javier? —dijo, mirando significativamente a Juan.

El grupo siguió camino mientras Sonia hablaba por teléfono. Tras unos segundos más de conversación, Sonia apagó el móvil. José la miró.

—Justo es lo que iba a deciros —aseveró José, haciendo un gesto hacia un letrero metálico que había en la pasarela del camino con la imagen de un teléfono móvil dentro de una señal de prohibido, y que mostraba el texto «A partir de aquí, se prohíbe el uso de teléfonos móviles. Pueden causar la destrucción de los equipos»—. Es la marca de que estamos a mitad de camino. Si tenéis los móviles encendidos, es el momento de mandar los últimos mensajes o hacer las últimas llamadas y apagarlos. Si, estando en el telescopio, queréis hacer llamadas, tendréis que bajar hasta aquí. Eso sí, la cobertura es muy mala. Unos cien metros más abajo, por donde vinimos, mejora, y de paso usáis una distancia de seguridad.

—Ya lo noté. Apenas se oía —dijo Sonia.

Juan y José sacaron sus teléfonos. Sonia miró la pantalla del suyo, esperando instrucciones.

—También pueden estar en modo avión, claro. No hay problema.

—¿No es un tanto exagerado eso de que «pueden causar la destrucción de los equipos»? —preguntó Juan.

—Sí, lo exageraron un poco. Pero el sensor es muy sensible a las radiaciones, y como mínimo lo pueden desajustar gravemente. Lo veremos cuando estemos allí.

Juan apagó su teléfono y Sonia lo puso en modo avión, igual que hizo José.

—No caigáis en la tentación de encender el teléfono si lo habéis apagado, o de quitar el modo avión, activar el wifi o el 3G ahí arriba. Esto siempre lo advierto, pues hay gente que la ha cagado pensando que eso no afectaba al sistema. El riesgo es demasiado alto, y no hay cobertura alguna, así que hacerlo no sirve de nada. A no ser que queráis descalibrar los equipos y perder el tiempo en días de reiniciado. Porque los sensores se vuelven locos y cuesta mucho recuperarlos. El proceso está automatizado, pero es un coñazo y puede tomar entre varias horas y varios días. Resumiendo: móviles no, *niet*, *not*, ni-de-coña.

—Comprendido —rio Sonia.

—¿Están activados ya? Me refiero a los equipos del telescopio —preguntó Juan.

—Sí. Los reiniciamos por defecto al final del experimento previo, una vez los que se van han vaciado los datos de los ordenadores, es el protocolo. Aprovechamos entonces para hacer una copia de seguridad que conservamos nosotros y realizamos un recalibrado, que tarda varios días y es automático. Si ahora cuando lleguemos todas las lucecitas verdes se mantienen en verde, todo estará bien y solo tendré que realinear los espejos. Y podréis empezar mañana, sin problema. Bueno, ¿seguimos? Nos queda todavía media hora.

Todos reemprendieron el camino. Juan miró un instante a Sonia.

—¿Era Javier?

—Sí.

—¿Tu ex?

—Sí, vive en Santa Cruz de La Palma.

—Lo sé, me lo contaste hace tiempo.

—Le avisé de que veníamos. Quiere verme mañana para tomar algo.

—¿Has quedado con él? Mañana será un día tranquilo. Lo digo por si quieres bajar a la capital, por mí no hay problema.

—Le he dicho que estaré sobre la hora de comer por allí si es posible, pero que a lo mejor no puedo bajar; así que si es factible, iré y le mandaré un wasap una vez esté en la capital. Si no, pues otro día.

—Claro.

—¿Se tarda mucho en llegar a Santa Cruz, José?

—Una hora más o menos.

—Perfecto.

El grupo siguió avanzando hacia la enorme mole cristalina que los aguardaba al final del camino: el MAGIC-II.

—El camino se estrecha por última vez en esta zona, por aquí apenas tardaremos unos minutos más, media hora a lo sumo. Hay otro sendero —José señaló hacia un punto en el que se podía ver la vía discurrir desde allí, descendiendo, por una montaña cercana— que sigue el viejo camino real. Esos caminos eran los que seguían los pastores y campesinos de la isla en el pasado, y fueron construidos a partir del siglo XVI. En caso de emergencia, siempre os puede servir. Termina también en el Herschel, pero demora una media hora más de caminata, y eso si vas a paso ligero, algo no muy recomendable con el desnivel que tiene y por las piedras de los caminos reales, que como están en desuso se vuelven resbaladizas por la lluvia horizontal y el musgo que se va acumulando. Pero por si acaso, ahí lo tenéis. Solo hay que seguirlo. No tiene pérdida. Como este. Los dos van de punto a punto, sin desvíos ni bifurcaciones.

—Anotado —dijo Sonia.

En aquel momento, mientras recorrían aquel trecho, Sonia miró hacia su derecha y vio como una nube se dirigía hacia ellos.

Era sorprendente ver una nube a tu misma altura avanzando hacia ti, y se quedó detenida unos instantes, mirándola acercarse a ellos. Empezó a soplar un viento suave pero bastante frío en aquel instante. Y los engulló.

—Vaya, vamos a tener un poco de bruma —comentó José—. Es extraño que suceda, pero es una experiencia pasar por ello.

La visibilidad menguó unos diez metros, pero la nube enseguida siguió su camino y, aunque todavía se notaba que pasaba por allí el vapor de agua, se podía ver ya de nuevo a cierta distancia.

—¿Bruma? ¿Tan alto? —se asombró Juan.

—Ocurre raras veces, ya os digo, por lo que no es un problema. Además, veréis una cosa interesante luego, gracias a ella. No hay mal que por bien no venga. Sí os tengo que advertir que en ocasiones, cuando el tiempo se pone serio, puede que soplen vientos un poco fuertes. Son alisios, que vienen desde el Caribe y pueden tener, a veces, energía de huracanes que no se han formado del todo allí. Pasa poco, y lo más probable es que no tengáis que sufrirlos, pero si ocurre, intentad no salir del edificio y no usar este camino. Puede que el viento sea realmente fuerte y, claro, no es seguro ir por estos lares en esas condiciones.

—Anotado también —sonrió Sonia.

—Esta isla es preciosa, pero hay que tener un poco de cuidado con ella. Tiene su carácter —dijo José.

La suave sensación algodonosa de estar rodeados por la sutil bruma resultaba extrañamente agradable. Estaban dentro de una nube, y hasta el sonido se atenuaba en aquella situación. La sensación, aparte de la humedad y el frescor, que podía calarte rápidamente, era como si estuvieras entrando a otro mundo.

—Esto es alucinante —dijo Juan.

—Ocurrirá pocas veces esto de las nubes pasando por aquí, suele ser muy suave y jamás llega ahí arriba; donde está el MAGIC-II es la zona más alta de toda la isla, ya os lo dije. Por eso lo pusieron ahí, claro.

Por fin, justo después de que la nube que había atravesado el camino pasara, descendiendo por la otra vertiente, vieron asomar el enorme espejo compuesto del MAGIC-II al final del camino. Reflejaba intensamente los tonos del cielo, que se estaban anaranjando poco a poco, y a pesar de la distancia que todavía los separaba del telescopio, la visión era magnífica.

6

La media hora de camino restante se les pasó en un suspiro, aunque por la orografía del recorrido perdieron el telescopio de vista durante el trecho final. Estaban ascendiendo por una última loma pequeña y, tras ella, apareció de nuevo.

La mole del MAGIC-II y su espejo de 22 metros era espectacular. El sol estaba bajo sobre el mar, y la leve bruma que los había acompañado durante un trecho había pasado tan rápido como había llegado. El telescopio reflejó el horizonte anaranjado y cubrió a los recién llegados en una luz que ya era rojiza e inesperadamente cálida, como si el telescopio fuera un enorme calefactor. Era como asistir a un ocaso en un planeta con dos soles. El objeto estaba rodeado de escarpadas rocas y tupidos pinares que se perdían montaña abajo. A un lado, había una vivienda prefabricada, construida sobre cuatro contenedores.

—Es impresionante —dijo Sonia.

—Sí que lo es. Parece Tatooine, ¿verdad? Vengo un montón de veces al año, siempre que se termina un período de uso y se inicia el siguiente, y no me acostumbro. Cada vez que subo la lomita por la que hemos llegado, el corazón me da un vuelco. Es hermoso.

—Cierto —convino Juan.

—Esa es la vivienda, con la sala de control —explicó José—. La sala está arriba, ocupa todo el contenedor que está pintado de naranja, y los otros tres de abajo son la vivienda: dormitorios, oficina, baño, cocina, toda la pesca, vamos. Muy pequeño pero funcional. Por cierto, una vez, hace dos años, los capullos que traen la comida y las viandas se retrasaron dos días. Aquí había entonces un equipo japonés de cuatro tíos. Salieron a cazar para poder comer.

—¿En serio? ¿Hay caza? —dijo Juan.

—Apenas un par de liebres despistadas —rio José—. Fue lo que comimos aquel día, puesto que me invitaron. No me olvidaré en la vida. Y lo sazonaron con hierbas que encontraron por los alrededores. Estaba buenísimo. Caray con los japoneses. Bueno, vamos allá. Cuando se fueron los que estaban antes, unos alemanes, dejaron el habitáculo hecho una mierda. Hicieron una fiesta el último día y tuvimos que limpiarlo todo. Pero no os asustéis. El sitio está perfectamente ahora.

Sonia le indicó a José que le pasara su trolley. Él lo hizo y luego se adelantó, sacó unas llaves de los múltiples bolsillos de su pantalón y con una de ellas abrió la puerta del contenedor más saliente, el intermedio, que sobresalía entre los otros, y en el que terminaba el camino pedregoso que llevaba a la instalación.

Entraron y José encendió las luces.

El lugar era inesperadamente amplio y acogedor. La vivienda y las infraestructuras básicas estaban en los tres contenedores de abajo, y un cuarto estaba situado encima, donde se encontraba la sala de control del telescopio. Una cristalera mostraba una espectacular vista del gigantesco instrumento óptico y de las montañas de la isla, que descendían vertiginosamente hasta el mar.

Sonia y Juan dejaron sus trolleys en el dormitorio principal, que aunque era bastante amplio carecía, como todos los demás cuartos, de detalles decorativos: solo contaba con el mobiliario imprescindible, pero tenía una cama doble. Había otro dormitorio, este solo con una cama pequeña y estrecha. Era el cuarto de invitados. José se acercó a la cocina, examinó las cajas de viandas que había en un lado, abrió la nevera y el congelador, y regresó con los recién llegados, sonriendo. Sonia vio que los aparatos eléctricos estaban rodeados de una malla de metal.

—¿Una campana de Faraday? —dijo, señalando a la capa metálica.

—Correcto. Para no interferir con los sensores.

—Pues sí que son sensibles.

—Bueno, parece que todo está en su sitio —José sonrió—, no habrá que ir a cazar esta noche. Si os parece poneos cómodos; yo voy a ir activando el telescopio, y creo que en media hora o así podré alinear los espejos. Subid en cuanto podáis a la sala y os voy explicando todo, ¿vale? En el baño hay jabón, gel de ducha, toallas, el agua es potable, así que todo está controlado. ¿Os parece bien el plan?

Ambos asintieron.

—Ah, veréis que la nevera está llena de firmas. Cada equipo deja un recuerdo, una cita, lo que sea, y firman. Por si en algún momento al iros, que es cuando se hace, queréis dejar vuestro autógrafo, pues ahí está. Es un detalle chulo. Así cuando seáis famosos, esa nevera valdrá millones.

José se perdió por las escaleras que llevaban a la sala de control del telescopio. Le oyeron caminar por el techo del contenedor, de aquí para allá. Sonia y Juan se miraron. Estaban cansados, les vendría bien cambiarse de ropa y luego se ducharían. Se pusieron cómodos, sacaron algunas prendas de los trolleys y las colocaron en un pequeño armario que había a un lado del dormitorio. Tras menos de diez minutos subieron a la planta superior, donde los pasos de José habían dejado de oírse desde hacía un buen rato.

La vista desde la gran cristalera de la sala de control era realmente impresionante. Al fondo, la esfera del sol se estaba poniendo sobre el mar. José estaba sentado ante varias pantallas planas. Bajo la amplia mesa de trabajo que daba al exterior, y desde la que se veía el telescopio, había unos ordenadores encendidos, y varios servidores en *rack* permanecían en una sala de temperatura baja que ocupaba una cuarta parte de la estancia. Dentro de aquella sala había otra más pequeña con varias neveras y lo que parecía un contenedor de nitrógeno líquido.

—Bienvenidos al corazón del sistema. Estoy intentando arreglar unos desajustes que no me explico —dijo distraídamente mientras escribía comandos en Unix en la consola de uno de los ordenadores—. Lo del fondo es el sensor. Está en un entorno ultrafrío, en nitrógeno líquido.

—¿Es complicado de manejar todo el sistema de control y selección de objetos? —preguntó Sonia.

—Eso depende. ¿Tenéis experiencia con otros telescopios grandes?

—He manejado tres —dijo Juan—. Estuve en Chile dos semanas, en Atacama. Sonia también.

—Sí, estuve trabajando en ópticos antes de terminar los estudios.

José se giró hacia ellos.

—Bueno, pues la interfaz es la clásica. Seleccionas el punto, o bien introduces las coordenadas por consola, ya sabéis, ascensión recta y declinación, y como el campo es amplio, el telescopio se mueve y hace el trabajo. Tiene además un catálogo enorme de objetos si no os queréis complicar. Estableces el período de observación, sea noche o día, y él ya lo hace todo. Luego vuelca lo que ha obtenido en una base de datos. Sonia, ¿me sigues? Está tirado. Es muy parecido a los ópticos.

—Genial —dijo ella.

—Hay un pequeño SDK que permite crear rutinas en C++, y también en Java si lo preferís, para manejar los datos, por ejemplo, seleccionar fotones gamma según propiedades, etc. ¿Qué es lo que buscáis?

—Fotones de materia oscura, con unas determinadas características que no te vamos a decir. Es nuestra receta secreta, como la de la Coca-Cola —bromeó Sonia.

—Bueno —sonrió José—, pues con las propiedades que necesitéis podéis generar un tipo determinado de aviso, y el trasto lo hace ya todo: genera entradas en la base de datos, se guarda la telemetría en bruto, todo. Podéis tenerlo vigilando toda la bendita noche, si de eso se trata.

En aquel momento, José miró hacia el ventanal que presidía la sala. El sol ya se había ocultado, el cielo se oscurecía por momentos y una nueva nube baja estaba cubriendo el exterior del lugar.

—Mira tú por dónde. Pasa un par de veces al año y nos toca hoy —dijo José, mirando la nube que invadía los alrededores del telescopio—. Supongo que será buena señal. Los dioses están contentos con vosotros.

—Eso espero —dijo Sonia.

—En un rato os enseño el funcionamiento completo de la interfaz, pero vamos, un crío podría manejarla, no tiene mayor secreto. Antes, os voy a mostrar lo que os dije anteriormente.

—¿El qué? —preguntó Juan.

—Os va a encantar, ya veréis.

José presionó varias teclas del ordenador que tenía delante, lo que abrió un cuadro de diálogo en el que se leían las palabras «Alineación de espejos». Pulsó «activar», y entonces el telescopio adquirió un extraño fulgor rojizo.

—Venid conmigo —les dijo, levantándose del asiento.

José bajó por las escaleras y salió al exterior. Giraron alrededor del habitáculo, se acercaron al telescopio y lo contemplaron.

—¿A que es un flipe? —dijo José, satisfecho.

La nube llenaba de una suave bruma el lugar, y el cielo oscuro permitía la observación del fenómeno: decenas de haces de luz láser iban desde el espejo secundario del telescopio a todos y cada uno de los pequeños espejos que integraban el primario, formando una especie de malla de luz rojiza. La imagen era sorprendente y realmente espectacular, y la leve bruma acrecentaba el efecto fantasmagórico que sugería.

—¡Caray, es precioso! —exclamó Sonia.

—No falla —dijo José, contento por su reacción—. El trasto alinea los espejos por láser. La precisión es bestial, de menos de una micra. Este proceso hay que hacerlo cada atardecer, os lo dejaré programado para que no tengáis que estar preocupados por ello. Es por el contraste de temperaturas entre día y noche, que pueden desalinear los espejos por mínimas dilataciones de los materiales. Sin bruma no se ven los haces láser, por eso os digo que ha sido una feliz coincidencia.

—Parece una tela de araña hecha con luz —observó Sonia.

—Es impresionante —corroboró Juan.

—Sí —dijo José, risueño—. Tardará un rato en acabar. ¿Tenéis hambre?

—Claro. Eso siempre —dijo ella.

Entonces la bruma empezó a extenderse, haciéndose más densa sin previo aviso.

Sonia miró a su alrededor y se vio a sí misma repentinamente aislada en mitad de aquel espacio, sin poder ver nada a un metro de distancia. Giró sobre sí misma, algo inquieta. La rodeaba un silencio súbito realmente sobrecogedor. Notaba cómo la nube pasaba a su lado, cómo las volutas sutiles de vapor la rodeaban y se movían a su alrededor.

El temor se adueñó de ella.

—¿Juan?

No hubo respuesta. La última vez que le había visto estaba apenas a tres o cuatro metros de ella, mirando el efecto luminoso de los láseres.

—¡¿Juan?! —repitió, elevando el tono.

Nada. Nadie respondió a su llamada.

No se atrevió a caminar, esperando que aquel extraño fenómeno pasara, temiendo que si lo hacía se perdería y empeoraría las cosas. Su mundo, de pronto, quedaba reducido a una esfera gris, algodonada, que mantenía de alguna forma hasta el sonido en un estado de suspensión.

La nube se hizo aún más tupida. Sonia, asustada, empezó a comprender que no podía ni siquiera ver sus propios pies. Era como que si estuviera sumergida en un universo lechoso y gris, un lugar que en el fondo podía resultar placentero, pero no podía evitar sentir el pánico que subía por su cuello en aquel momento.

Porque la niebla era ya tan espesa que no podía ver apenas sus brazos. Tuvo que poner la mano derecha ante su cara para poder verla.

Entonces la invadió el más absoluto terror. ¿Y si aquella situación se prolongaba indefinidamente? No podía ni caminar, ya que de hacerlo podría salirse del camino que llevaba del telescopio al habitáculo y despeñarse por las cercanas escarpas que les rodeaban.

No podía hacer nada, excepto mantenerse quieta, no moverse.

Había algo más en el pánico que la invadía en aquel instante, un matiz. Y es que aquella nube tan densa le recordaba algo más. Algo de su pasado, en lo que no pensaba conscientemente desde hacía mucho tiempo.

Sábanas.

Cuando estaba rodeada de sábanas.

Tapada de pies a cabeza.

Esperando, aterrorizada, muchos años atrás.

Notó como su corazón se desbocaba. Y cómo el pánico, irracional, incontrolable, mutaba en un horror sordo, en un miedo que llevaba guardado dentro del alma desde mucho tiempo atrás, pero que no había olvidado.

No quería estar allí. Quería huir. Correr. Salir del interior de aquella sábana de nubes.

Pero no podía hacerlo.

Quiso gritar.

Un instante después, volvió a ver sus manos, sus pies, el camino y sus alrededores. El telescopio, el edificio, y a Juan y José.

Estaban apenas a ocho o nueve metros de ella.

—Caray, ha sido intenso, ¿verdad? —dijo el surfero.

—¿Qué ha pasado? —preguntó Sonia.

—Una nube realmente densa —explicó José—. Sucede

poquísimo. Desde luego, os están ocurriendo todas las cosas juntas. Buena señal.

—¿No me oíste, Juan? Te llamé.

—No. ¿Estás segura? Estábamos al lado.

—¿De verdad que no me oíste?

—Claro que no.

—No, no te oímos —corroboró José.

—Ha sido un poco angustioso —dijo ella.

—Desde luego, no puedes ni moverte, con tan poca visibilidad —dijo José—. Bueno, ¿comemos algo?

Siguieron camino, de vuelta hacia el habitáculo.

7

José estaba preparando unos sándwiches tras proponer a Sonia y a Juan que se refrescaran mientras él se ocupaba de la cena. Ella se duchó primero. El agua caliente funcionaba perfectamente. No se lavó el pelo; prefería dejarlo para el día siguiente, arreglarse con más calma para su cita con Javier. Se puso una ropa más cómoda y esperó en la cocina a que Juan se duchara, echando una mano a José que, insistiendo en que aquel día él era el anfitrión, se negó a que ella moviera un dedo. Le sirvió un té chai que ella tomó con leche. Le supo a gloria.

—Siempre procuro que aquí arriba haya té y café de sobra. Si algo hace falta en un telescopio, es eso —comentó José mientras ponía varios sándwiches que había terminado de elaborar sobre la mesa.

Juan entró en el comedor y se sentaron finalmente alrededor de la mesa. Empezaron a comer. Todos tenían apetito. Un gran reloj de esos que venden en Ikea, colocado en el centro de la encimera de la cocina, marcaba las diez y media de la noche.

—Mañana tendréis que aguantarme un poco más —dijo José—. Me temo que voy a tener que retrasar mi regreso a Tenerife.

—¿Por qué? ¿Hay alguna avería? —preguntó Juan.

—Nada grave. El ordenador tiene un pequeño problema. Una de las unidades externas de disco del servidor está dando errores, y es la del duplicado. Tendré que sustituirla. Hay que traerla de la capital. No llevará mucho. El problema es que quería quedarme con vosotros para ver la interfaz del telescopio en funcionamiento, pero bueno.

—Yo puedo bajar, si me dices dónde recogerla —dijo Sonia—. Mañana he quedado para comer con un amigo; no me cuesta nada traer el disco duro.

—Hombre, vendría bien —dijo José mirando a Juan, en espera de un gesto.

—Por mí, sin problema, así vamos adelantando José y yo —dijo Juan.

—Pues perfecto, entonces. Marcelino se pasará por el Herschel a eso de las once, así que si te parece baja tú —le dijo José a Sonia—, y cuando regreses, le dices que me espere. Traes el disco, lo cambiamos y vuelvo en el coche. Antes de que te vayas, os iré explicando más detalles del funcionamiento, veréis que no tiene más secreto.

—Genial —dijo Sonia—. Todos contentos.

—Habréis observado que las luces en el interior de este edificio tienen poca potencia. En realidad, son del tipo rojo anaranjado, las mejores para que los ojos se adapten pronto a la oscuridad. Lo comprobaréis dentro de un rato.

El grupo estuvo de sobremesa durante una hora y media. Hablaron de todo un poco, y el joven profesor, con un sentido del humor a prueba de bomba, empezó a contarles un par de chistes de físicos que no conocían y que tuvieron gran éxito. Como siempre les pasaba a Sonia y Juan, al día siguiente los olvidarían por completo. Entre risas, se lo confesaron a José.

—La verdad —dijo el chico ante el comentario— es que hay dos tipos de personas: las que se acuerdan de todos los chistes y las que se olvidan de todos los chistes. Yo creo que soy del primer grupo —rio—, me podría pegar la noche contándolos. Mirad, van a dar las doce. Las nubes esas esporádicas habrán pasado. ¿Queréis salir un momento? Os garantizo que es todo un espectáculo.

—Claro —dijo Sonia.

El trío salió al exterior y observaron el cielo nocturno en aquella noche sin luna. A pesar de que el interior del edificio estaba iluminado, tal como había asegurado José, sus ojos se adaptaron rápidamente a la oscuridad.

Y vieron el enorme espectáculo del claro cielo de La Palma a aquella altura, sin nubes sobre ellos ya. Era sobrecogedor. La Vía Láctea atravesaba la noche como una herida luminosa, y miríadas de estrellas, incontables, ocupaban toda la esfera celestial hasta tocar el horizonte. Por la vertiente norte de la isla empezaban a acumularse nubes bajas, unos quinientos metros más abajo, y por el lado sur, el horizonte marino reflejaba las estrellas como un espejo, de una manera que Sonia jamás había visto antes.

—Habéis tenido mucha suerte, de verdad. El mar está muy calmado. Esto se ve poco en el Atlántico, que no es precisamente una balsa. Como la nube de antes, parece que habéis traído con vosotros cosas interesantes.

—¿Cómo llegó tan alto aquella nube? —preguntó Sonia, mirando hacia el mar de nubes del norte, a medio kilómetro de ellos.

—Son altocúmulos, aquí se ven muy rara vez, y de hecho estamos por encima de su techo de altura, pero es el efecto de la montaña. Chocan contra el macizo de la Caldera de Taburiente, suben por él, o por el lado del Pinar de Garafía, y pasan por aquí para, a continuación, bajar hacia el otro lado. Solo llegan a esta altura porque superan el macizo montañoso y cuando hay unas determinadas condiciones de presión atmosférica, pero ya os digo, es un fenómeno bastante raro. Lo normal es que estén quinientos metros más abajo, se estanquen y no pasen por aquí arriba, que de eso se trata. Aunque han cumplido su función, habéis podido ver los láseres del proceso de alineado. ¿Hacia dónde vais a apuntar el telescopio?

—Tenemos varios objetivos —dijo Juan—. Una lista de

cincuenta inicialmente. Todos ellos supuestas áreas superabundantes en materia oscura. Serían, por ejemplo, NGC 1560, 1555, 4650A, y si tenemos tiempo algunas IC, como la 1227.

—Se las sabe todas de memoria —dijo Sonia—. Yo no consigo hacerlo, a mí me parecen como las matrículas de los coches. Imposibles de memorizar.

—Es una zona del cielo bastante amplia —comentó José.

—Sí que lo es —confirmó Sonia—. Casi todo el cielo visible, desde la constelación de la Cabellera de Berenice. Allí hay unos cuantos blancos, por cierto.

—Caray, os deseo toda la suerte del mundo. Los fotones de materia oscura son realmente muy raros.

—No tanto como los neutrinos —replicó Sonia—. Esperamos que funcione todo bien. Tenemos un modelo matemático muy especial, y predice que encontraremos al menos diez candidatos en sesenta días, con un cien por cien de probabilidad.

—Vaya, eso es una media altísima, no sé si alguien la ha obtenido antes. A lo sumo se encuentran uno o dos, y en la mayoría de los casos las observaciones no encuentran ninguno, nada de nada.

—Eso es porque los otros experimentadores no saben cómo mirar, que es algo tan o más importante que saber hacia dónde mirar —precisó Sonia—. La interpretación de los datos.

—¿Ah sí? ¿Los otros experimentadores? Se supone que han descartado casi totalmente la radiación gamma de materia oscura. ¿Qué podéis añadir a eso? Se está estableciendo un consenso.

—No han tenido en cuenta ciertas consideraciones que nosotros sí hemos reflejado. Si conseguimos obtener los fotones suficientes, habremos demostrado que nuestra hipótesis es correcta.

—Eso empieza a sonar muy interesante. Hablamos de la partícula de la materia oscura, ¿verdad?

—Así es —constató Juan.

—Comprendo ahora muchas cosas. La prioridad, las llamadas desde Oxford, todo eso. Estáis en mitad de una carrera contra reloj.

—Bueno, ya no tanto. Los experimentos que descartaron los fotones de materia oscura, como dijiste antes, pusieron en la nevera un montón de proyectos de observación. Pero nosotros creemos en nuestros números —dijo Sonia—. Partimos de otro modelo, de un concepto del universo nacido de otro 4D. No sé si te suena.

—Algo he oído. Eso que dice que el Big Bang fue creado por la implosión de una estrella en un universo de cuatro dimensiones.

—En efecto, sí. Nuestros cálculos parten de ese escenario. Nos pusimos con ello hace un par de años, desesperados, porque no nos cuadraba nada, y de repente, todo encajó. Ese modelo es muy prometedor. Y es una zona experimental que apenas tiene un par de equipos buscando evidencias.

—Entonces este universo entero sería solo el horizonte de los sucesos tridimensionales de un agujero negro en un universo de cuatro dimensiones —se aclaró José a sí mismo.

—Exacto —dijo Sonia—, y ese modelo es indemostrable por definición, porque somos seres de tres dimensiones. De la misma manera que si fuéramos de dos dimensiones ni nos imaginaríamos un universo de tres. Pero las matemáticas no tienen esas limitaciones, pueden tener todas las dimensiones que quieras. Y si nos cuadran los cálculos, matamos varios pájaros de un tiro.

—Demostramos la existencia de la partícula de la materia oscura, y por las fórmulas que usamos, demostramos que el universo completo es la sombra de otro de cuatro dimensiones —apostilló Juan.

—Caray, puede ser la leche. Pues os deseo mucha suerte. Espero que os cunda. Si eso es así, unos cuantos culos van a saltar en sus asientos. Estáis hablando de cambiarlo todo, darle un vuelco a todo el puto modelo. Si salís de aquí con éxito, habréis redefinido el mismo origen de todo, el puto Big Bang.

—Esa es la idea. Un pequeño detalle que puede cambiar absolutamente nuestra forma de ver el universo.

—Pues habéis venido al mejor sitio del mundo para eso —afirmó José—. Ese trasto de ahí fuera es una maravilla, el mejor telescopio de efecto Cherenkov del mundo, y el más sensible. Una bestia parda. Si desarrolláis la algorítmica de detección adecuada, y creo que ese es el secreto, será increíble. Contaré a mis alumnos que conocí a los ganadores del próximo Premio Nobel de Física. Joder, ya estoy viendo la placa al lado del telescopio, y los turistas haciéndose *selfies* junto a ella. Como en la antena de Penzias y Wilson, donde descubrieron la radiación de fondo de microondas. Firmad la nevera antes de iros, no os olvidéis.

Sonia y Juan se miraron sonriendo. En el fondo, no esperaban tanto. Pero también sabían que, si su descubrimiento se confirmaba, no era tan descabellado pensar en que podrían optar al Nobel de Física. Cosas más raras habían pasado.

Se fueron a la cama a eso de las dos de la mañana. José les había mostrado el funcionamiento de la interfaz de control del telescopio y, efectivamente, tal y como él les había adelantado, la podría manejar hasta un crío de diez años. Estaba bien diseñada, tenía una versión muy intuitiva y simple, y otra más compleja que permitía hacer más cosas. Finalmente, se podía activar un modo consola para introducir comandos de texto, que en principio no tenía gran utilidad, excepto para realizar pequeñas secuencias de instrucciones de movimientos fijos. El sistema también guardaba memoria de todas las coordenadas utilizadas, y posibilitaba volver a una secuencia de objetivos memorizados durante el tiempo de operación, ya fuera de forma ordenada o aleatoria. Al mismo tiempo, el SDK era realmente completo y las rutinas que implementarían el registro en la base de datos podrían interactuar con la programación, eligiendo los blancos en los que se hubieran localizado fotones con ciertas características, algo que interesaba sobremanera al matrimonio de astrofísicos.

Una vez en el dormitorio, tras dar las buenas noches a José, que se metió en el pequeño cuarto de invitados, Sonia y Juan se pusieron sus pijamas como si fueran dos adolescentes de excursión y se dispusieron a dormir. Hacía frío en la estación y conectaron la calefacción interna, que era eléctrica y funcionaba por separado en cada habitación. Estaban agotados y se tumbaron apretados el uno junto al otro. Juan se acordó de algo, se sentó en la cama sobre unas almohadas y abrió su portátil, donde empezó a revisar archivos.

—¿Qué haces? —le preguntó Sonia, que estaba tumbada con los ojos cerrados.

—Recordar un poco las ecuaciones que hay que implementar para identificar los fotones.

—Es solo alimentar el programa con un rango de valores, no hay que liarse para obtenerlos.

Juan miró a Sonia. Ella tenía razón. Bajó la mirada.

—Joder, estoy más cansado de lo que pensaba —dijo, sonriendo—. Tengo la cabeza un poco espesa.

—Nos hace falta dormir a los dos.

Juan se recostó, tras apagar el ordenador y dejarlo en la mesilla de noche, y ella apagó la luz del cuarto. Pasaron unos segundos de silencio. De silencio total. El lugar era tan tranquilo que difícilmente se oía nada. Era agradable aquella total falta de sonido tras el ajetreo del día.

—Sonia.

—Dime.

—¿Vas mañana entonces a la capital?

—Sí, así veo a ese hombre. Hace un siglo que no nos encontramos.

—Envidio eso.

—¿El qué?

—Que te lleves tan bien con tus ex.

—Bueno, éramos amigos, antes que nada. Y lo seguimos siendo, de alguna manera, creo. En, ¿estás bien?

—Sí.

—Si es un problema para ti que vaya a verle, dímelo. Es

solo que está en la isla, y más adelante puede que no podamos bajar mucho a Santa Cruz.

—No, no pasa nada.

—De todas formas, no es que me lleve especialmente bien con mis ex. Javier es el único ex con el que me llevo bien. En realidad, creo que apenas se podría considerar un tercer ex en mi vida. Qué sosa soy.

—No, más bien eres selectiva.

—Vale. —Sonrió en la oscuridad—. Me lo quedo: soy selectiva.

—Es verdad.

—Oye, Juan.

—Dime.

—¿Te lo has pensado?

—¿El qué?

—Lo de los hijos.

—Sí, ya lo hemos hablado. Se supone que estamos en ello, ¿no?

—No, en realidad no lo hemos hablado. Hemos pasado por el tema. Eso no es hablarlo. Sí, estamos en ello, pero es como que te dejaras llevar por la corriente, no sé si la idea realmente te convence. Te conozco, Juan. Se te nota mucho cuando algo no te entusiasma. No puedes disimularlo. Es algo que nos va a cambiar la vida por completo.

Juan hizo una pausa. Suspiró.

—Me entusiasma, créeme. Estoy contigo, quiero que todo salga bien.

—¿Qué quieres decir? ¿Me lo dices con claridad?

—Que sí, que encantado. Quiero que tengamos un hijo.

—¿Estamos de acuerdo, entonces?

—Vale.

—¿Ves? No es tan difícil.

—Sonia, estamos currándolo, sé que no va todo como esperabas, pero está el tratamiento hormonal, hay muchas posibilidades.

Sonia puso un dedo ante la boca de Juan para que se callara, acercó su rostro al de él y le besó. Fue un beso ligero, amable, cariñoso. Se pegó a su marido, puso la pierna derecha sobre su cuerpo, y se siguieron besando.

Ella notó su erección contra el muslo.

—Bueno, pues habrá que ponerse a ello en ratos libres mientras curramos en esto. Cuando no haya nada mejor que hacer... Las noches son largas, vamos a estar solos mucho tiempo...

—¿No estabas cansada?

—Este es un rato libre. Y no hay nada mejor que hacer.

Los dos rieron en voz baja. Ella siguió besándole, cada vez más excitada. Se frotó contra su cuerpo y dirigió la mano de él hacia el calor de su sexo. Juan estimuló con sus dedos a Sonia a través del pijama y las bragas, y acto seguido metió su otra mano debajo del tejido para acariciarla directamente. Ella lanzó un gemido suave.

—A lo mejor nos llevamos el Nobel y un hijo de propina —dijo ella.

—Puede ser. No estaría mal, la verdad.

Ella se colocó entonces a horcajadas sobre él. Estaba húmeda, pero no del todo. Le gustaba hacer el amor en aquellas situaciones, rápidamente, de forma furtiva y silenciosa. Además, sabían que apenas al otro lado del pasillo alguien estaba intentando dormir. Eso estimulaba las fantasías exhibicionistas de Sonia, así que le excitaba la idea de que José pudiera oírlos. Siguió gimiendo e introdujo el miembro de Juan en su vagina. Notó el calor, la forma endurecida entrando en ella, y gimió de nuevo. Empezó a cabalgarle, primero lentamente, después acelerando, apoyando sobre su esternón uno de sus brazos, y luego agarrándole por los hombros. Estaba a medio humedecer todavía, y aquella mezcla de suave escozor y placer le encantaba.

Enseguida se quedó totalmente mojada y cabalgó sobre Juan, abandonándose a ello. Este se dejó llevar. Ella apretó sus manos sobre sus hombros a medida que notaba acercarse un puñado de pequeños orgasmos. Para ella, visualizarlos era como ver un grupo de vagones de tren de juguete caminando hacia su sexo, cada uno de ellos con la promesa vana de un pequeño estallido de placer.

Porque ella sabía bien que aquel convoy nunca llegaría a destino. Siempre, o casi siempre, desaparecían por el camino, se esfumaban, y descarrilaban en algún lugar de su mente. Era algo de lo que no hablaba con nadie, pero ella no sentía casi nada al final, esa era la verdad. Los notaba llegar, aproximarse, pero de repente dejaban de existir como por ensalmo. Era como un frustrante mecanismo automático que hacía que sus orgasmos desaparecieran desde su posibilidad hasta su realidad. Entre su anuncio y su llegada. Entonces se limitaba a fingir. Se había acostumbrado tanto a ello que en aquel momento para Sonia aquella era la forma normal de tener sexo. Llevaba años siguiendo el mismo ritual. Era ya su manera cotidiana de afrontar la rutina sexual con Juan. Como resultado, su sexo con él era más bien un gesto, una pose, un teatro elaborado para que su pareja se sintiera bien, para que no hiciera preguntas y se quedara conforme. Además, el ritual repetido a diario que habían iniciado para que ella se quedara embarazada le añadía a todo un extra de repetición, de aburrimiento, de tarea obligatoria, que ella se empeñaba en ocultar a su marido.

No era, con todo, algo que la preocupara demasiado. Su relación con sus propios orgasmos siempre había sido problemática, y no recordaba cuándo se había corrido de verdad. Tal vez unos años antes, en las primeras relaciones con Juan, o acaso antes aún, cuando estaba con Javier, su pareja anterior. O acaso se engañaba a sí misma y mediante el recuerdo se aplicaba un bálsamo. Probablemente no había sentido un orgasmo real desde hacía mucho tiempo. A lo mejor jamás lo había experimentado con plenitud. Se trataba de una cuestión en la que no pensaba demasiado. Porque si se paraba a reflexionar sobre ello, se acercaba peligrosamente a una zona que permanecía resguardada en el interior de su conciencia. Algo que ella misma llamaba «agujero negro».

Notó la eyaculación de Juan dentro de ella, cálida, no muy abundante, pero al menos suavemente agradable, casi como un abrazo en su interior. Aquello le causó un pequeño placer final que no llegó a la plenitud de un orgasmo parcial pero que le bastó. Algo es algo.

Se tendió a su lado, y le miró en la oscuridad casi completa del cuarto. Solo la tenue luz del exterior que entraba por la única ventana del dormitorio daba una leve pista de formas y contornos.

—¿Tienes sueño? —le dijo.

—Sí —respondió Juan.

—Hasta mañana, entonces.

—Hasta mañana.

Pasaron unos minutos de silencio.

—Juan.

—¿Sí?

—¿De verdad que no te importa lo de Javier?

—Claro que no, no te preocupes. Tendremos cosas que hacer por la mañana José y yo, y así voy adelantando. Si todo va bien, puedo introducir los valores para seleccionar los fotones, y con eso podremos empezar a observar inmediatamente durante la noche. No podemos perder ni un día más. De hecho, ya hemos perdido el primero. Si logramos arrancar mañana, sería un comienzo estupendo.

—Eso está bien.

—Que descanses, Sonia.

—Y tú.

Ella se tendió a su lado, boca arriba. Él le dio la espalda, algo que llevaba haciendo desde hacía un año y medio, no mucho más, y que a ella no le gustaba nada, pero no habían hablado de ello, como de tantas cosas.

Se preguntó, mientras el sueño la rondaba, si esta vez habría suerte y en aquel lugar podría quedarse embarazada por fin. Sería una fantástica noticia.

Lo necesitaba. Los dos lo necesitaban.

8

Estaba tendida en la cama.

Sabía que era una niña.

Ahora era una niña.

También estaba asustada, y se tapaba hasta arriba con las sábanas.

Así tal vez él no la vería, o pensaría que estaba ya dormida. Pero claro, eso no funcionaba casi nunca. No. Ella lo sabía bien. Temía oír el sonido de siempre. El del retrete, que apenas se hallaba a seis metros de su cuarto. Él tirando de la cadena. El odioso y espantoso ruido del agua descendiendo y arrastrando. El sonido cercano, con la puerta del baño abierta. Esa era su señal cuando iba a venir. La puerta del baño abierta y el agua del váter.

La señal.

Sabía que iba a oírla en cualquier momento.

Y así fue.

Se quedó muy quieta, con todos los músculos del cuerpo en dolorosa tensión. Intentó respirar muy muy despacio. A lo mejor esa vez la dejaba en paz. Siempre se decía lo mismo, y nunca ocurría así.

Escuchó los pasos al salir del baño y cómo se acercaba a su cuarto. Se detuvo ante la puerta.

La abrió.

Él entró. Y su mano apartó la sábana de su rostro.

Se miraron.

Él sonrió con aquella mueca que la hacía llorar de pavor.

El miedo subió por sus piernas como si fueran pirañas.

Entonces cerró los ojos.

La mañana lucía soleada. El dormitorio se llenó de un tono amarillento anaranjado que se colaba por la pequeña ventana situada sobre la cabecera del lecho a medida que el sol salía por el horizonte. Era algo increíble que el MAGIC-II estuviera al final de un estrecho macizo como aquel; permitía que se viera tanto la puesta del sol como su salida, ya que las vistas hacia este y oeste daban a dos vertientes opuestas de la isla.

Sonia abrió los ojos y miró la hora en su móvil, que había dejado sobre la mesilla de noche junto a su lado de la cama. Marcaba las siete, y había puesto la alarma la noche anterior, recordaba, para media hora más tarde. Se giró hacia el otro costado del lecho y entonces vio que Juan no estaba. Se incorporó, se puso una bata sobre el pijama, pues hacía algo de frío, y salió del dormitorio.

Encontró a José en la cocina preparando el desayuno. Acababa de poner una cafetera al fuego de la cocina eléctrica que justo empezaba a hervir en aquel momento y a inundar todo el espacio del aroma del café recién hecho. A la vez, el lugar seguía siendo anegado por aquella poderosa y casi irreal luz naranja que se colaba por las ventanas.

En aquel instante saltaron con un chasquido dos tostadas de una robusta tostadora metálica. José las estaba apilando en un plato, y sobre la mesa de la cocina había una bandeja con mantequilla, frascos con varias mermeladas y un poco de embutido.

—Buenos días —dijo José.

—Buenos días —respondió ella.

—He llamado al Herschel, ya lo he coordinado todo con el

taxista. Las chicas allí están acostumbradas a mis líos, no te preocupes. Está todo resuelto.

—¿Sí?

—Claro. Marcelino recogerá el disco él mismo y te dejará donde le digas. Luego subirá con él, me lo dará a eso de la una en el aparcamiento, lo instalo y listo. Mientras, bajará de nuevo a recogerte. No sufras por él, está acostumbrado y, además, cobra por kilómetros. Así que todos contentos. Él está ahora mismo en el Herschel ayudando a las chicas con un problema que hay en una de las ventanas del edificio en el que tienen la vivienda. Es un buen carpintero. Así se saca unos ingresos extra y de nuevo todos ganamos.

—¿A qué hora te viene mejor que regrese? —preguntó Sonia.

—Si puedes estar aquí a eso de las cinco, sería perfecto. A las seis o siete a más tardar podría estar en el Herschel para que Marcelino me llevase al aeropuerto; así podría pillarme un vuelo a las ocho u ocho y media. Con eso me va redondo. Estos vuelos se compran sobre la marcha, es como coger una guagua.

—Hecho, pues. No tengo nada que hacer entonces con lo del disco.

—Nada, déjalo en manos de Marcelino. Tu marido está arriba, por cierto. Se sentó en la consola, a programar, a eso de las cinco y media o así. Y allí sigue.

—Quiere implementar los parámetros para elegir los fotones que nos interesan.

—La fórmula de la Coca-Cola.

—Eso es.

—Hombre previsor...

Sonia salió de la cocina y subió por las escaleras hacia la sala de control. Allí estaba Juan, rodeado de anotaciones y pósits, escribiendo códigos en la consola.

—¿Qué haces? —le preguntó ella, sabiendo de antemano la respuesta.

—El código de selección de los fotones gamma.

—¿Tienes los rangos de valores ya?

—Los estuve calculando de madrugada. En una hora y pico los tenía. Ahora estoy implementándolos. A ver si puedo tener el código para el mediodía, y luego voy a intentar optimizarlo un poco. No podemos dejar pasar ni medio día.

Ella se acercó a él y acarició su cabello, mirando distraídamente a la pantalla del ordenador donde Juan escribía líneas de software febrilmente.

—Baja a desayunar, anda. José está haciendo tostadas. A partir de mañana ese será tu trabajo.

—Es verdad, se me había ido el santo al cielo. Sí, mejor bajo ya, no sea que te lo comas todo.

Juan se levantó sorpresivamente de la silla en la que estaba sentado y echó a correr, y los dos hicieron una corta carrera escaleras abajo, a ver quién llegaba antes a la cocina, donde José los recibió con una carcajada mientras servía café en las tazas.

—Lo que hace el hambre —dijo riendo—. La leche está en la jarra que os he puesto sobre la mesa. Servíos a gusto. Eso de ahí es chorizo de Teror, un pueblo de la isla de Gran Canaria. Es parecido a la sobrasada, pero mucho más rico... —rio.

Todos se lanzaron a desayunar con fruición.

—Recordad que las viandas llegan una vez al mes. Tenéis de todo para poder comer y sobrevivir holgadamente, incluso hay helados. Las carnes están en el congelador que hay junto a la nevera. Bueno, esto no es el Ártico, pero casi. Para traer todas estas cosas aquí ya veréis la que se arma, con tres o cuatro tipos turnándose con carretillas. Es un espectáculo. ¿Cómo va la programación, Juan? ¿Es amigable la interfaz?

—Es un diseño estupendo. El SDK es una pasada de cómodo. La verdad, estoy codificando muy a gusto. Además, me traje las versiones preliminares en un *pendrive* y han arrancado sin errores, por lo que puedo trabajar sobre ellas con total tranquilidad.

—Estupendo. El algoritmo de selección es lo que marca la diferencia. Vuestro ingrediente secreto, ¿no?

—Eso es —confirmó Sonia—. Nosotros sabemos exactamente, al menos eso creemos, cómo diferenciar los fotones gamma de energía oscura. Si nuestra hipótesis es cierta, nadie los ha reconocido todavía. Y ese es el factor decisivo.

—Caray. Va a ser muy interesante leer el artículo al que llevará este experimento.

—Sí, a ver qué tal se nos da. Son muchas cosas que tener en cuenta. El origen de la materia oscura, la partícula, los campos relacionados, y una previsión estadística de la masa de materia oscura basada, por primera vez, en evidencia experimental.

—Sin olvidar que demostraríamos un modelo del nacimiento del universo que es uno de los más controvertidos, el del agujero negro de cuatro dimensiones —precisó Juan.

—O sea, tela —dijo José—. Mola, a ver qué tal se os da. Vais a estar entretenidos.

—Ya te contaremos —aseguró Juan sonriendo.

—Sonia, el taxi llegará en dos horas —informó José—. Si te parece bien, cuando terminéis de desayunar mejor que uses tú el baño primero para que puedas ir saliendo, yo prefiero esperar. A paso ligero, llegar al Herschel puede ser menos de una hora. Y no tiene pérdida, ya lo sabes; no hay más que seguir todo el camino, recto, atendiendo a las señales, ya lo viste ayer.

—Espero no perderme.

—¿Lo dices en serio?

—Sonia a veces no se orienta demasiado bien —intervino Juan—. En Madrid se pierde en el metro, buscando las estaciones.

—Es verdad, nunca me he explicado cómo, pero así es. Espero no acabar perdida en esos pinares.

—¿Quieres que te acompañe un trecho? —preguntó José.

—No, no te preocupes. Sabré llegar.

—Ella solo se pierde en las grandes ciudades —bromeó Juan—. En el campo se orienta perfectamente.

—Es verdad, me sueltas en París o en Berlín y no sé llegar

a ningún sitio, me quedo desorientada enseguida. En cambio, en el campo, con muchas menos referencias, no me ocurre.

—Caray, es sorprendente —dijo José, dando una mordida a su tostada, que había untado con chorizo de Teror, y dando después un sorbo a su taza, que contenía café solo con apenas una gota de leche.

Siguieron charlando tranquilamente durante un buen rato.

9

Sonia abandonó el telescopio dos horas más tarde. Se había duchado, tenía el pelo aún a medio secar, pero le apetecía sentir la brisa fresca de la mañana que, bajo el sol, estaba caldeándose ligeramente y resultaba muy agradable.

Juan y José se habían quedado, atareados, en la sala de control. Juan necesitaba algunas bases de datos de colisiones gamma obtenidas previamente por el telescopio para probar los criterios de selección y dar un afinado general al software que estaba confeccionando, y José tenía varios archivos con colisiones que usaba precisamente para calibrar la máquina, de modo que los dos se sentaron a juguetear con el código y con las muestras.

El camino hacia el Herschel era levemente cuesta abajo, y la vista matinal de las vertientes que se abrían a ambos lados del camino resultaba espectacular. Sonia llevaba el móvil en el bolsillo, que había puesto en modo avión al toparse el día anterior con la advertencia de prohibición de señales móviles, y lo usó para hacer algunas fotos de los alrededores. Anotó mentalmente la idea de hacer más fotografías a su regreso, ya que al atardecer la luz sin duda sería diferente y daría otros tonos al paraje.

Llegó al aparcamiento del telescopio vecino en cincuenta minutos, pues había caminado a paso ligero y el desnivel ayudaba. En él ya estaba estacionado el taxi, y al poco de llegar ella, Marcelino, el taxista, salió del edificio, limpiándose las manos, acompañado de Tricia, que saludó a Sonia con un gesto.

—¡Buenos días! —dijo ella.

—Buenos días —respondieron los otros dos al unísono.

—Marcelino nos ha estado ayudando con una ventana, la ha dejado como nueva, menos mal. No había manera de cerrarla y nos congelábamos —informó Tricia.

—Se ha hecho lo que se ha podido. —Marcelino se giró hacia Sonia—. Bueno, ¿bajamos a Santa Cruz?

—Eso es.

—Pues allá que nos vamos.

Sonia se sentó en el asiento trasero del taxi por la insistencia de Marcelino, que prefería que el asiento del copiloto estuviera vacío cuando llevaba a una o dos personas. «Es la norma», decía, y soltaba una parrafada sobre lo peligroso que era el asiento del copiloto en caso de accidente. Enseguida estaban en camino. Tricia los saludó desde el aparcamiento, mirándoles alejarse. Sonia vio como desde el telescopio salía Anna, que los saludó también mientras se alejaban.

—Parecen muy majas —dijo Sonia al taxista, desconectando el modo avión de su móvil.

—Son dos chicas estupendas, muy amables, y de vez en cuando les hago alguna chapucilla.

—¿Cuánto tardaremos en llegar a Santa Cruz?

—Se suele tardar una hora, pero sé un atajo y en tres cuartos de hora estamos allí. Depende de si pillamos niebla por el camino. Por el tráfico no se preocupe. Todavía no ha habido nunca un atasco serio en la isla.

—¿Niebla? ¿Con este sol? —preguntó Sonia mirando al cielo azul que los rodeaba.

—Cómo se nota que es su primera vez en la isla —rio Marcelino—. Aquí las nubes se cuelan en cinco minutos... Por cierto, me dijo José que antes había que pasar por un sitio a recoger un paquete. Me dio la dirección.

—Sí, perfecto. Primero vamos ahí y ahora mismo le digo a dónde iremos luego.

—Muy bien —convino Marcelino, concentrándose en la conducción.

Sonia abrió el WhatsApp y mandó un mensaje a Javier preguntándole dónde se podían ver y citándole a eso de las doce y media. Pronto llegó la respuesta, confirmándole que se verían en un restaurante llamado El Cuarto de Tula, un local del centro, donde podrían comer. Ella confirmó la cita y se relajó, contemplando el escarpado paisaje por el que iban descendiendo.

En efecto, tal y como Marcelino había predicho, las nubes hicieron su aparición inesperadamente en forma de una cascada titánica que empezó a descender desde lo alto de la cordillera por la que ellos bajaban por la estrecha carretera, y pronto lo cubrieron todo. Marcelino, habituado a las tormentas, activó los faros antiniebla, bajó un poco la velocidad, y siguieron camino. El ambiente se volvió frío y Sonia se arrepintió de no haber pillado una prenda de abrigo al salir del telescopio, tomando nota mental de no volver a cometer aquel error en el futuro.

10

Marcelino recogió el pequeño paquete del disco duro en apenas diez minutos. Subiría de nuevo a los telescopios para pasarle el disco a José, que así adelantaría tiempo. En el ínterin bajaría a recoger a Sonia después del almuerzo; estarían en contacto por WhatsApp, y al final del día llevaría a José al aeropuerto.

Ella le preguntó al taxista si todo aquello no era demasiado trajín para él, pero el hombre le confesó que le pirraba pasear por la isla y le relajaba mucho. Para él era un placer conducir por aquellas estrechas carreteras brumosas, rodeado de antiguas laurisilvas y, además, le pagaban por kilometraje, conque estaba encantado aquel día. Amaba su isla y la disfrutaba llevando su taxi por ella de un lado a otro.

También se ofreció a hacerles, a ella y a Juan, un recorrido turístico por La Palma cuando tuvieran un rato libre, lo que a ella le pareció una idea estupenda. Solo tendrían que acordar un día y una hora, ya fuera directamente o por medio de las chicas del Herschel a través de la línea telefónica directa, y ellas le avisarían al momento.

Finalmente, la dejó en el paseo marítimo. La mañana volvía a estar soleada, lo que no era nada extraño en una isla caracterizada por los microclimas, y Sonia quería pasear bajo el sol un rato. El local en el que había quedado con Javier no tenía pérdida, solo tenía que caminar un poco por el paseo y se lo encontraría.

Javier la esperaba en mitad de la zona de los balcones, una preciosa área del pequeño barrio antiguo de la capital de la isla donde se sucedían viviendas, iglesias y casas señoriales construidas entre el siglo XVI y XVII. La Palma había sido la penúltima isla en ser conquistada. La tardanza en colonizarla implicó que se retrasara mucho la llegada de castellanos, por lo que no había ninguna construcción urbana previa al XVI. Los primeros propietarios con asignaciones de terrenos en el lugar habían llegado allí después del descubrimiento de América.

Sonia no veía a Javier desde hacía tres años, pero habían mantenido contacto telefónico, por email y por WhatsApp. Las viejas costumbres se mantienen, y ambos se guardaban auténtico cariño y respeto. Se habían enamorado el uno del otro en un momento muy difícil para ella: estaba entrando en una depresión y una amiga le había recomendado a aquel psiquiatra atractivo, alto, que vestía como un pincel y tenía una apostura elegante por naturaleza.

Javier fue lo suficientemente clarividente como para poder llegar en pocas sesiones al centro del problema que se ocultaba en el corazón de Sonia —o al menos al centro que la joven dejaba explorar—, y eso hizo que ella dejara caer, por primera vez en su vida, algunas de las gruesas murallas emocionales con las que se había ido rodeando poco a poco con el paso de los años. Él sabía cosas de ella que nadie más conocía, ni siquiera Juan. Aquel conocimiento, en cierta medida, había contenido el veneno que había terminado posteriormente con su relación, cinco años después de haberse conocido, pero todo aquello era ya agua pasada y desde su ruptura se habían mantenido en contacto periódico, se pedían consejo mutuamente y se habían ayudado, secreta y calladamente, en los momentos difíciles.

Solo con mirarle a los ojos al llegar junto a él, Sonia supo lo que Javier estaba pensando. Se sonrieron sin decirse una palabra. Ella había acudido sola al encuentro por razones obvias, y él, que estaba casado con una isleña, también.

—Estás preciosa —dijo Javier.

—Gracias. —Sonia sonrió, sin poder evitar sentirse un poco azorada.

—¿Te apetece que te invite a comer? El restaurante que te mencioné es estupendo, de los mejores de Santa Cruz.

—Me parece muy bien —dijo Sonia, sin perder la sonrisa.

No, él no se había traído a Cora, su esposa, ni a su hija, y ella había preferido que Juan siguiera trabajando en el telescopio. Era lo más productivo, sí, pero también los dos sabían que se iban a decir cosas que solo se podían pronunciar a solas. Después de todo, fueron años de terapia, y él sabía de sus grandes temores y complejos. Ella, por su parte, estaba al tanto de algunos de los de él.

Empezaron a caminar tranquilamente por el paseo, contemplando el soleado mar que se fundía con el cielo en un intenso azul.

—¿Cómo está Cora?

—Bien.

—¿Y la niña?

—¿Jenny? Está genial. Un trasto. Muy graciosa. Ahora tenemos perro. Se llama Nelson, es un collie. Le hemos hecho a Jenny una camiseta de esas serigrafiadas con una foto del perro y va con ella a todas partes, no hay manera de que se la quite. Nelson la adora, y la aguanta... Bueno, no te puedes ni imaginar todas las perrerías que le hace ella. Y nunca mejor dicho.

—¿Qué edad tiene Jenny ahora?

—Seis. Va para siete el mes que viene. Para comérsela.

—Siete años ya. Caray, cómo pasa el tiempo.

—Sí, no te haces a la idea de lo rápido que crecen. ¿Y Juan? ¿Todo bien?

—Bueno, nos íbamos de viaje de novios, no sé si te lo conté.

—Sí. A Tailandia.

—Pero lo hemos cambiado por esto.

—Bueno. No es mal sitio tampoco.

—Mirando las estrellas en uno de los cielos más limpios del mundo.

—Pues sí. ¿Todo va bien entre vosotros?

—Bueno, nos esforzamos.

—¿Os «esforzáis»?

—Hacemos un esfuerzo consciente. Los dos.

—Eso es lo que define a las parejas que funcionan bien. Los dos pelean por que la cosa fructifique. Es un trabajo que no se puede abandonar nunca, ya lo sabes.

—No, no hay que bajar la guardia. ¿Y tú y Cora?

—Bien.

—¿Bien?

—Eso es.

—Ese «bien», con ese tono, puede significar muchas cosas, Javier. Incluyendo «mal».

Javier sonrió. Sonia le conocía mejor que Cora. Era un hecho.

—Problemas. Los de siempre. Sus condenadas tristezas, sus silencios.

—Eso me pasaba a mí también.

—No nos comunicamos bien. —Se lo pensó y se corrigió inmediatamente—. Perdón: no se comunica bien. Es complicado.

—Se supone que es psicóloga.

—En casa del herrero...

—Caray, lo siento.

—Estamos pensando en tomarnos un tiempo. Bueno, la verdad es que estamos en ello.

—Es una pésima noticia. Y encima te viniste aquí por ella, ¿no?

—Sí, quería montar un consultorio. De hecho, por ahí lo tenemos, está en este barrio. Cuando acabamos el trabajo en la Seguridad Social atendemos en el privado. Lo lleva ella, sobre todo.

—¿La consulta va bien?

—Sí y no. Esta ciudad es muy pequeña. Aquí viven muy encerrados en sí mismos. Ya sabes ese refrán: pueblo pequeño, infierno grande. Pues en escala, los isleños viven dentro de sus propias conchas.

—Eso me han comentado hace poco, y precisamente un isleño. Que los isleños son como islas.

—Ellos mismos saben que es así. Bueno, todos lo somos en mayor o menor medida, pero en estas tierras se acrecienta ese efecto. He conocido a gente de La Palma, de Gran Canaria, Tenerife, Fuerteventura y El Hierro. Si algo los caracteriza es que se encierran en sí mismos como nadie. No son gente que se fíe especialmente de los demás. Y encima no se quieren demasiado a sí mismos, perviven fuertes lazos de odios y rencillas entre ellos que mantienen a las sociedades locales unidas. El odio sordo los mantiene unidos, mirando hacia fuera. Desean irse, no quieren lo que es suyo, lo que los define, cosa que sí hacen cuando están fuera. Es algo sorprendente. Aunque supongo que pasa en todos lados.

—Sí, parecería que estuvieras describiendo a España.

—En cierta medida es así, es muy español eso del odio cerval silencioso. Aquí, por ejemplo, no llegó la guerra civil, pero hubo muchos desaparecidos. Se ajustaron cuentas. Se ejecutó masivamente y algunos saldaron viejas rencillas aprovechando el momento propicio. Esas sombras siguen ahí. En la península ocurre algo similar, y es una de las cosas que España tendrá que afrontar tarde o temprano. Pero aquí está corregido y aumentado. Y la gente está muy reprimida.

—Estamos en el siglo XXI, Javier. Eso de la represión no sé si sigue siendo un buen argumento.

—Precisamente por eso es más sorprendente. La de esta isla es una sociedad rural, como puede pasar en un pueblo en Castilla-La Mancha, o todavía en Las Hurdes. Solo que están rodeados de mar. No se escapa fácilmente de esto. Solo se sale de aquí en avión, y no todo el mundo puede permitírselo, por muchos vuelos de bajo coste que haya. En la península, al menos, te puedes largar cogiendo un autocar o en coche, y llegar hasta París o Roma. En fin, este es un lugar bello pero realmente complicado para obtener clientes para un psiquiatra y una psicóloga. Viven agazapados en sí mismos, no se abren. No quieren. Y tampoco desean compartir sus problemas.

—O sea, que has abierto una heladería en el polo.

—O una sauna en el desierto.

—Todo eso me suena un poco. Yo también estaba encerrada en mí misma cuando nos conocimos.

—Costó mucho que te abrieras, sí, que revelaras el origen de tu... problema.

—Lo sé.

—Pero lo conseguimos, y fue bueno para ti luego. Y lo sigue siendo, espero.

—Así fue. En realidad, todo aquello fue lo mejor que me pudo haber pasado. Me sacaste de un abismo del que no veía la salida. Llegaste a mi vida en el momento justo.

—Pues lo mismo le pasa a esta gente. Necesitan abrirse, pero no quieren, y la propia sociedad local les insta a no hacerlo. Si los vecinos, o los amigos, los ven salir de nuestro despacho, los miran como a apestados. Así que poca gente se acerca a la consulta. Curiosamente, tenemos picos de visitas por la noche, cuando las luces anaranjadas llenan la ciudad de penumbra y apenas se ve por la calle. Entonces, sin testigos, sí que vienen. Pero pocos. Muy pocos. Y no los suficientes para que sea rentable tener una consulta privada.

—Sorprendente. Entonces la iluminación tenue para no deslumbrar a los telescopios del Roque de los Muchachos afecta a la vida social. Curioso efecto.

—Es verdad. Sería interesante hacer un estudio al respecto.

—En resumen, que el negocio va mal.

—Bien no va, Sonia. Bien no va. Me temo que no es demasiado viable. Tal vez aguantando unos años, manteniéndonos a toda costa, pero no nos podemos permitir ese lujo. Y todo esto nos ha afectado a los dos, a mí y a Cora. Estamos discutiendo todo el día, no somos el mejor ejemplo precisamente para nuestros pocos pacientes. La cosa ha llegado demasiado cerca al punto de ruptura.

—Caray, Javier, cuánto lo siento. De verdad que lo siento.

—Seguimos intentándolo. Los dos queremos que salga adelante. Y tenemos una hija que necesita que lo arreglemos.

Se detuvieron ante la entrada de un local de aspecto modesto, El Cuarto de Tula.

—Es el mejor restaurante de la ciudad, puede que de la isla. Lo bueno es que no es muy frecuentado por el turismo. Cocina tradicional canaria.

—Pues vamos a ello, ¿no?

Entraron en el local, que estaba a medio ocupar. Eligieron una mesa desde la que se veía el mar y pidieron algo de vino de la isla, decidiendo comer picando, a base de entremeses y entrantes.

Pronto empezaron a llegar a la mesa las típicas delicias de las islas: papas arrugadas, mojo de los dos colores, rojo y verde, gofio escaldado que se comía usando cebollas coloradas como cuchara comestible, tollos, morena... Comieron bastante, y bebieron hasta acabarse la botella que compartían casi sin darse cuenta; era un tinto local muy sabroso, aunque un poco fuerte para el paladar de Sonia.

—Dejemos de hablar de mí —dijo Javier—. Entonces estás aquí para hacer esa investigación, ¿no?

—Sí, por fin. Después de tres años y pico de trabajo, de repente ha surgido la oportunidad.

—Quién lo iba a decir, y que vendrías a la isla.

—El destino es algo muy extraño.

—¿Y puedes explicarme lo que hacéis, pero de modo que un tipo de letras como yo lo entienda?

—No eres de letras. Eres médico.

—Bueno, los médicos somos en realidad abogados que memorizan marcas de medicinas. Pero no se lo digas a nadie.

Sonia se echó a reír. Había olvidado lo mucho que se había reído con Javier en el pasado y lo poco que últimamente se reía con Juan. ¿Por qué lo habían dejado ella y Javier?, se preguntó en aquel momento. Los vapores del vino le jugaban una mala pasada: no se acordaba. Intentó ordenar sus pensamientos y explicar de la forma más sencilla posible la compleja teoría que intentaban demostrar.

—A ver cómo me sale, tengo medio litro de vino en el cuerpo.

—Eso puede ser una ventaja. —Javier sonrió.

—Espero que sí. Bueno, pues resulta que desde hace unos pocos años se ha descubierto que la materia que vemos en el universo, la materia que nos forma a ti o a mí, o a esta mesa, o a la isla, o al mar —dijo señalando al cercano océano que se abría a un sol radiante—, no es lo más abundante del cosmos. Ahora se sabe que el 90 por ciento de todo el universo es otra cosa, algo diferente y desconocido que hemos llamado «materia oscura». Por darle algún nombre. Y no es como la materia que nos forma, es otra cosa; no sabemos lo que es. Sabemos, eso sí, que existe, por su influencia indirecta. O sea, que tenemos la certeza de que está ahí, pero no podemos verla.

—Suena misterioso, como una novela de terror o algo así.

—No sé si es un buen símil, pero podría servir. Pues bien, nosotros hemos creado una teoría que afirma que la materia oscura está formada por una partícula muy especial, una partícula que no se ha encontrado aún pero que esperamos que se encuentre pronto, en el LHC, ese acelerador de partículas que hay en Ginebra, donde encontraron el bosón de Higgs.

—Me suena de verlo en la tele hace años. Tampoco lo entendí.

—Bueno, es una partícula que es responsable de que los cuerpos tengan masa, que interactúa en una cosa que se llama campo de Higgs.

—Creo que me estoy perdiendo.

—Mejor vuelvo a lo mío. Según nuestra hipótesis, la partícula de la que estaría hecha esa materia oscura tiene unas características muy determinadas; bueno, es un rollo de física de partículas; sabemos que tiene masa y hemos creado un mo-

delo de cómo creemos que es. La hemos llamado el fermión de
Sonia. Cosas de Juan, que le dio ese nombre.

—¿En serio?

—Fue Juan, que insistió e insistió. Así aparecerá en el artículo que mandaremos a *Nature* y otras revistas.

—Sonia.

—Dime.

—Perdona mi ignorancia, pero ¿qué coño es un fermión?
Sonia se echó a reír.

—Buena pregunta. Mira, la forma en que llamamos a las
partículas es un caos. Como se fueron descubriendo aquí y
allá, durante años, unos les ponían unos nombres, otros los
clasificaban de una manera u otra, de modo que ahora mismo
precisamente la forma en la que nombramos a todos esos objetos no es la mejor posible, ¿vale? Se ha intentado unir criterios, alcanzar una nomenclatura común, pero no hay manera.
Imagínate que todavía están con las libras y las pulgadas en
Reino Unido o en Estados Unidos sin acabar de usar los kilos
y los metros, y mira que llevan siglos con esas peleas, conque
esto de los tipos de las partículas fundamentales, que apenas
tiene un siglo de existencia, sigue siendo un desastre de nombres.

—Lo imagino. Pero sigo sin saber qué es un fermión.

—Vale. A eso voy. Mira, en el universo hay dos clases de
partículas fundamentales, que son como los ladrillos de los
que están hechas todas las cosas. Unos son los bosones y otros
los fermiones. Se diferencian en que los fermiones tienen un
espín semientero y los bosones entero.

—Me he quedado un poco igual, Sonia.

—El espín es un momento angular cuantizado. Va a saltos.

—Creo que mejor no seguir por ahí —dijo Javier, soltando una carcajada—. No me estoy enterando.

—Vale —rio Sonia—. Pues un fermión es uno de los dos
tipos en que se dividen las partículas fundamentales. ¿Lo dejamos así?

—Me parece bien.

—Pues eso, estamos buscando una partícula llamada fermión que tiene unas determinadas características.

—¿Y se puede encontrar? Los del LHC ese ¿por qué no la buscan directamente y ya está?

—Porque no es tan sencillo, al menos por ahora. Creemos que se encontrará en un experimento en el LHC, en el futuro, sí, pero todavía no saben cómo buscarla. Nosotros responderemos a esa pregunta haciendo un retrato robot de esa partícula, y para ello usaremos los datos del experimento, ya que no podemos observarla, como pasa con el bosón de Higgs, porque está digamos que unida de manera inseparable a la estructura, a la malla que forma el universo. Y es muy difícil sacarla de ahí. Tenemos que decirles a los del LHC lo que tienen que buscar, muy exactamente, con datos experimentales, o no la encontrarán.

—Empiezo a perderme otra vez.

—Se trata de conceptos complejos. La partícula no podemos encontrarla directamente, pero sí podemos encontrar sus huellas. Usando esas huellas, podremos ver cómo es. Como si la viéramos reflejada en un espejo, pero no directamente.

—¿Sus huellas?

—Eso es. Esas partículas existen en forma de partícula y antipartícula, materia y antimateria. Cuando colisionan una partícula con su antipartícula, hay una pequeña explosión, por darle un nombre, y se genera energía, un tipo determinado de radiación que llamamos «rayos gamma».

—¿Rayos gamma? ¿Como los que convirtieron a Bruce Banner en Hulk?

—Los mismos.

—Bueno, tú eras más de Spiderman, si mal no recuerdo.

—Lo era, y lo soy. Bueno, sigo. Creemos que sabemos exactamente qué tipo de rayos gamma se generan cuando dos fermiones de Sonia colisionan. Si encontramos esos rayos gamma, habremos hallado la huella de esa partícula; en consecuencia, podremos decir que existe y que hemos desentrañado el misterio de qué diantres es lo que forma la materia oscura. Con esos datos, alimentarán al LHC, ya que entonces tendrán ese retrato robot y sabrán lo que buscar. Ahora van a ciegas, no saben lo que tienen que encontrar. Les daremos los datos que necesitan: cuál es el espín exactamente, su carga eléctrica, su masa... Con esos datos sí la podrán buscar directamente. Tachán.

—O sea que ellos, los del LHC, no saben aún lo que tienen que buscar. Ese es el problema que tienen.

—En efecto. Y nosotros se lo diremos, gracias a este experimento.

—¿Y eso lo hacéis en el telescopio? ¿Buscar esa partícula, o mejor dicho, sus huellas?

—Casi.

—¿Casi? Me estás liando otra vez, Sonia.

—Buscamos las huellas de sus huellas. Somos como la policía científica. Es un poco lioso, lo sé.

—¿Las huellas de sus huellas?

—A ver: como te dije, la partícula al chocar con su antipartícula se destruye y genera unos rayos, llamados gamma, que son la huella de esa colisión.

—Hasta ahí, perfecto.

—Bien. Pues esos rayos gamma tienen mucha energía. Viajan por el espacio durante siglos, por millones de años, y finalmente llegan a la Tierra, y al chocar con el aire de la atmósfera se desintegran, causando otras partículas, otras huellas. Eso es justamente lo que encuentra nuestro telescopio. Se llama «efecto Cherenkov» y se produce cuando un fotón, una partícula de luz de rayos gamma, choca con una partícula de la atmósfera y se rompe, dejando un rastro; es como un destello azul. Realmente, la atmósfera hace de detector de rayos gamma para nosotros, es como si fuera un sensor gigante, de kilómetros de altura, y las partículas que se generan en ese choque nos informan de qué tipo de fotones las han originado, de dónde vienen, cuál es su origen. ¿Me sigues?

—Más o menos.

—Es como cuando se rompe una máquina, que sus engranajes saltan por los aires. Eso es lo que llamamos «radiación Cherenkov». Podemos reconocer esos engranajes, deducir que ese fotón gamma es de materia oscura, y si existe; entonces, nuestra partícula, el fermión de una servidora, lo ha causado y por tanto existe. Es una doble deducción a la inversa. Usamos un telescopio supernuevo, que se llama MAGIC-II y es el mejor telescopio de efecto Cherenkov del mundo.

—Pero ¿los telescopios no se usan para ver las estrellas?

—En parte sí. Este tiene algo especial, y es que no mira hacia lo lejos, solo examina la atmósfera, a unos diez o veinte kilómetros sobre nosotros. Es capaz de detectar los estallidos del efecto Cherenkov. Cuando vemos uno, lo estudiamos usando un algoritmo, un software que mide esos estallidos, y si tienen unas determinadas características, es decir, si vemos los engranajes esperados desperdigándose, entonces son el resultado de un rayo gamma causado por la desintegración de la partícula que lleva en sí la materia oscura, una colisión ocurrida hace millones de años. Caray, me estoy quedando sin resuello.

—Joder.

—¿Te has perdido de nuevo?

Los interrumpió el camarero, que llegó con la carta de postres. Sonia se dejó aconsejar y Javier pidió algo de bienmesabe, una confitura propia de las islas, y un pastel de higos que al parecer estaba muy rico.

—Bueno, creo que he entendido un poco —dijo Javier—. Es como una novela de Agatha Christie, ¿no? Buscáis pistas para encontrar a un culpable que a su vez es la pista que os lleva a otro culpable.

—Pues simplificando, sí, más o menos.

—Es como la policía científica, es verdad.

—Exacto, pero con rayos gamma que vienen del espacio.

—¿Y es fácil encontrar esos rayos gamma?

—Eso es lo más complicado de todo el asunto. La partícula de la materia oscura que hemos descrito se desintegra con su propia antipartícula muy pocas veces. Y el rayo gamma que se genera es muy poco probable que a su vez choque con un átomo de nuestra atmósfera. Calculamos que encontraremos unos cuantos millones de colisiones cada dos días, y seguramente habrá entre uno y diez fotones de la partícula de materia oscura entre varios miles de millones de colisiones. O sea, que la probabilidad es baja, muy baja, pero queremos intentarlo.

—Caray. Y si lo conseguís, ¿qué ocurre?

—Pues que cambiaremos la historia de la física, el LHC encontraría el fermión de Sonia, puesto que ya sabría qué buscar, y seríamos candidatos, posiblemente, al Premio Nobel. Los primeros de la historia de España desde los tiempos de Severo Ochoa.

—Uau, pues sí que es importante la cosa.

—Eso si sale bien, claro. El que desentrañe el origen de la materia oscura se lleva el Nobel de calle.

—Curioso, los únicos premios Nobel españoles de ciencias fueron dos médicos. Ochoa y Ramón y Cajal.

—Tuvimos un puñado en literatura: Aleixandre, Cela, Juan Ramón Jiménez, Pemán...

—Sí, en literatura somos unos *cracks*.

—¿Vargas Llosa cuenta como español?

—Creo que tiene la doble nacionalidad, así que sí, cuenta como español.

—Vale, y Cristiano Ronaldo también.

—Es verdad.

Se echaron a reír. Los ojos les brillaban. El alcohol estaba teniendo un efecto muy agradable para los dos, y comprendieron a la vez que había llegado el momento de irse. Javier hizo un gesto a un camarero para que les trajeran la cuenta.

—Y no te he contado el resto —dijo Sonia.

—¿Es que hay más?

—Que si el fermión de Sonia es como es, entonces será la prueba de que nuestro universo no es como creíamos.

—¿No? ¿Voy a tener que pedir otra botella de vino?

—No, por favor, no puedo beber más. Bueno, pues si encontramos esa partícula, resultaría que estamos en el horizonte de sucesos de un agujero negro nacido de una estrella de cuatro dimensiones.

—Sonia, de verdad que me lo pones difícil. ¿Una estrella de cuatro dimensiones? ¿Qué carajo es eso?

—Es un modelo que, misteriosamente, si partes de él, las incoherencias y los problemas que da el modelo actual sobre el origen del universo desaparecen de repente y todo cuadra. Había un gran problema, bueno, lo sigue habiendo hoy en día, con el asunto del Big Bang.

—Buena serie, por cierto, *The Big Bang Theory*. Me recuerdas un poco a Sheldon Cooper, pero en chica.

—¿Eso es un insulto? —rio Sonia—. Creo que soy un poco menos rarita.

—No sé qué decirte. Bueno, sí, vale: el Big Bang. La gran explosión que originó el universo. ¿Qué pasa con ella?

—Pues que si se mantiene el modelo actual sobre el Big Bang que todo el mundo acepta, resulta que el universo actual es demasiado grande, y en la teoría debería de ser muchísimo más pequeño.

—O sea que lo que vemos ahora no coincide con vuestras predicciones, las de los científicos.

—Eso es. Según el modelo, algo no cuadra. Así que para ajustar las previsiones a la realidad, los astrofísicos se inventaron un período que llamamos «inflacionario» que ocurre, se supone, poco después de esa gran explosión.

—¿Y de qué va eso?

—Es un truco, una chapucilla para que todo cuadre. Durante una época después del Big Bang, el universo se aceleró un montón y luego se ralentizó. Porque sí. Lo llaman la «inflación».

—O sea que se inventaron eso para que les cuadraran las cuentas. Trucos de mal contable.

—Exactamente. Sin embargo, si aceptamos la hipótesis de que nuestro universo no viene de un punto que explotó hace miles de millones de años, que es lo que dice la teoría tradicional del Big Bang, sino que proviene de un agujero negro en un universo de cuatro dimensiones, entonces todo encaja.

—Vale, todo encaja, pero no hay cristo que lo entienda.

—Bueno, es que nosotros no podemos saltar por encima de las tres dimensiones, porque vivimos en un universo tridimensional y somos seres tridimensionales, pero las matemáticas sí pueden dar ese salto; añadir a las ecuaciones que utilizamos una dimensión más es algo trivial, muy sencillo.

—Eso lo será para ti, querida mía.

—Sea como sea, con esa forma de ver el origen del universo todo cuadra repentinamente, no hace falta inventarse lo de la inflación, que al ser un truco nunca nos ha convencido a los físicos. De repente, sobre el papel, todo funciona bien. El problema es que no podemos saber si fue así en realidad, pero la matemática nos dice que sí. Ahora, ¿cómo lo demostramos?

—¿Cómo? Eso quiero saber yo.

—Pues con nuestro experimento, otra vez.

—Es que vale para todo este experimento vuestro.

—Sí, es como una navaja suiza. Resulta que si nuestra partícula existe, entonces todo encaja en ese modelo nuevo.

—Si eso fuera como lo planteas, somos algo así como una cosa que cuelga de otro universo mucho mayor.

—Pues sí: un universo inimaginablemente grande, de cuatro dimensiones, y estamos en la superficie de un agujero negro de ese universo.

—¡Toma! Y yo que me liaba con el Derecho romano.

Sonia se echó a reír.

—¿Lo has pillado, más o menos?

—No te voy a decir que sí, porque mentiría, pero más o menos. Vamos, muy más o menos. Me hago una idea. Déjalo, que paso consulta dentro de un rato y tengo ya la cabeza como un bombo —rio Javier—. Aunque como está la cosa, seguramente no tendré ningún paciente hoy.

Volvieron a reír. Javier dejó el importe de la comida en el platito donde les habían traído la cuenta.

—¿Has comido bien?

—Estupendamente. Qué tarde es —dijo Sonia, mirando la hora en su móvil—. Mi taxista debe de estar esperándome desde hace un buen rato.

—¿Dónde has quedado con él?

—Se me había olvidado, tengo que mandarle un wasap...

—Pues adelante.

Sonia envió un mensaje a Marcelino, que respondió enseguida indicándole que estaría en diez minutos en el lugar donde la había dejado por la mañana.

—He quedado en el paseo —dijo Sonia, levantando la mirada de su móvil.

—Te acompaño.

Salieron del local y caminaron sin prisa por el paseo marítimo donde, en efecto, a media avenida esperaba el vehículo. Marcelino estaba sentado en el capó, tomando plácidamente el sol y leyendo la sección de deportes del diario tinerfeño *El Día*. Los vio llegar y saludó a Sonia con un gesto.

Sonia se giró hacia Javier y se despidieron con un beso en la mejilla.

—A lo mejor me escapo con el coche un día de estos y os llevo algo, un vino de la isla, como el que has probado hoy, y algo para picar, y os convido —dijo Javier.

—Tráete a Cora —sugirió Sonia.

—Lo intentaré —respondió Javier, sin poder evitar que su expresión se ensombreciera levemente.

—Aunque eso de compararme con Sheldon Cooper no sé si te lo voy a perdonar.

—Seguro que sí. Tú me lo perdonas todo. O casi.

Sonia entró en el asiento trasero del coche y este partió.

Javier se quedó un instante viendo alejarse el vehículo mientras notaba un leve vacío a la altura del corazón.

¿Por qué habían roto?, se preguntó, como Sonia había hecho antes.

Y, seguramente a causa del vino, no conseguía recordar el motivo.

11

El trayecto de regreso se le pasó a Sonia volando, y volvieron a encontrarse con el mar de nubes, que se había agolpado en el norte de la isla pero no así en el sur. Marcelino no paraba de hablar de lo que le gustaba mostrar la isla a los visitantes, lo que no eran más que indirectas para ver si Sonia y Juan le llamaban pronto para recorrerla, cosa que a ella no le había parecido mal en principio pero que ya le empezaba a resultar cargante por la insistencia del taxista.

Se notó un poco mareada a causa de las curvas de la carretera, que estaba llena de meandros, a lo que se unía el vino que había tomado en la comida. En un momento dado, no pudo más y pidió al conductor que parara. Se bajó rápidamente del coche mientras notaba que un borbotón ascendía por su esófago y vomitó.

Marcelino salió del coche a atenderla, pero ella en apenas un minuto estaba repuesta y le pidió un kleenex con toda la calma del mundo. Cuando vomitaba, Sonia se encontraba instantáneamente bien, y así ocurrió. Volvió al coche, y esta vez, por mucho que el taxista protestara, se sentó delante, en el asiento del copiloto, para no marearse, y reanudaron la marcha. La joven le pidió que no hablara porque todavía se sentía mareada, y la táctica funcionó: el hombre no abrió la boca hasta llegar a la altura del Herschel.

En la explanada del aparcamiento del telescopio los esperaba José, acompañado de las dos investigadoras, que los saludaron sonrientes y radiantes. Sonia, que volvía a encontrarse otra vez mal, las miró con cierta irritación. Seguro que se daban cuenta de que había vomitado, pensó. Pero nadie le dijo nada.

—Bueno, espero que lo hayas pasado bien en la capital —dijo José—. Ahí he dejado a Juan. —Señaló el camino hacia el MAGIC-II—. Está haciendo unos últimos ajustes de programación y el disco está ya instalado, así que yo me piro de vuelta a Tenerife, mis alumnos me echarán de menos. Bueno, eso lo dudo. No imparto la asignatura más adorada por la peña, precisamente. En fin, que os dejamos solos.

—Gracias por todo —dijo Sonia intentando ser cordial, a pesar de que un dolor de cabeza en ciernes hacía lo posible por impedírselo.

—Marcelino hace unas estupendas excursiones por la isla —comentó Tricia sonriente.

Sonia deseó que aquella fresca e inocente sonrisa se borrara de la cara de aquella joven lozana e inocente, y estuvo a punto de soltarle una procacidad, pero se limitó a sonreír como pudo. Necesitaba beber agua o tendría una buena resaca al día siguiente, y no quería oír hablar más de excursiones.

—En fin, un placer, y que todo vaya bien —dijo José—. Si hay problemas, ya sabes, llama a estas chicas tan encantadoras. Que disfrutéis en el Enterprise.

—¿El Enterprise?

—Así llamamos a la sala de control del MAGIC-II. La verdad es que parece el puente del *Enterprise*. Bueno, aunque sea un poco. ¿No ves *Star Trek*?

Sonia asintió, suspirando. Por fin, con un gesto se despidió de José, que sin más se metió en el taxi de Marcelino, y el vehículo se alejó carretera abajo.

Sonia miró la hora en su móvil, recordando que debía poner el aparato en modo avión, cosa que hizo sobre la marcha. Eran las seis de la tarde. Estaría en el MAGIC-II a eso de las siete, o las siete y cuarto, si se tomaba el paseo con calma. El acceso era cuesta arriba, así que iría despacio.

Confió en que la caminata y el aire puro le quitaran el dolor de cabeza, así que se despidió a toda prisa de las chicas y se alejó por el camino.

—Es un pelín borde —dijo Anna a su compañera de telescopio, mirándola alejarse sendero arriba.

—Sí, un poco, no me lo esperaba. Parecía más amable. A lo mejor no ha tenido un buen día —repuso Tricia.

—Tú siempre excusando a los demás. —Anna sonrió.

Sonia se internó camino arriba mientras el cielo empezaba a tomar tintes anaranjados a medida que el sol, esta vez oculto bajo el mar de nubes, se ponía en un horizonte ya invisible a causa de la capa de nubes bajas.

Se detuvo en un trecho, recordando su intención de hacer un par de fotos con el móvil, ya que el momento era bastante espectacular, con las nubes, medio kilómetro más abajo, tiñéndose de varias gamas de naranja.

Sonia tuvo un nuevo acceso de arcadas a mitad de camino. Echó todo lo que le quedaba en el estómago y dio gracias por que le resultara tan fácil provocarse el vómito. Se sintió algo mejor, y a eso de las ocho menos diez, el MAGIC-II apareció ante ella majestuoso y enorme. El reflector se estaba moviendo en aquel momento, buscando unas coordenadas que Juan había programado seguramente en el ordenador. Así que ya había empezado el experimento. Una buena noticia.

Sí. Por fin había empezado. Tenían apenas cincuenta y nueve días para cambiar la historia de la física con un nuevo modelo que afectaba a todo lo creado. No estaba mal. Estaban descifrando la escritura jeroglífica de la naturaleza, intentando comprender la lengua olvidada de Dios, como decía Juan pomposamente en las conferencias a las que los invitaban.

El leve rumor del motor que desplazaba el telescopio inundaba el lugar, por otro lado completamente silencioso.

A lo lejos el cielo, que se estaba volviendo de un púrpura oscuro, se iba cerrando a negro en un lento fundido.

Entró en el interior del recinto habitable. Tenía hambre. Siempre la tenía después de vomitar.

Se recordó a sí misma con quince años, vomitando cada día, disciplinadamente, por las mañanas y por las tardes. Aquello no se lo había contado nunca a Juan, solo lo sabían ella y Javier. Era su secreto. Su dulce y doloroso secreto. Bueno, uno de ellos.

Algunas cosas se las guardaba para sí misma. No era porque no quisiera contarlas, ni librarse de ellas. Era porque había conseguido, de alguna manera, ocultarlas en un rincón de su memoria. Prefería que siguieran allí. Agazapadas, ocultas. Sabía que existían, sí, pero ella elegía si mirarlas o no. Y por lo general se decantaba por no tener que hacerlo.

Entró en el habitáculo, subió hacia la sala de control y encontró a Javier todavía absorto ante las pantallas de los ordenadores, echando un último vistazo a los códigos que había elaborado. Él se giró. Su aspecto era cansado.

—¿Qué tal ha ido? —preguntó ella.

—Bien. Creo que todo funciona adecuadamente. Ha sido fácil de implementar. Lo único son las operaciones que hay que hacer con cada dato. Ralentizan muchísimo el proceso. Para que esto fuera realmente eficiente, necesitaríamos tener un superordenador aquí. Algo como el MareNostrum.

—Eso significa que la cosa va a ir lenta.

—Va a ser nuestro cuello de botella.

Sonia se sentó en una silla, junto a Juan.

—¿De cuánto estamos hablando?

—De horas. Por cada fotón.

—Caray.

—Tardaremos mucho en analizar cada candidato. Así que me da que nos tendremos que llevar la mayor parte del trabajo fuera al final de la observación, en un disco duro o un *pendrive*. No creo que nos dé tiempo para analizar ni un 10 por ciento de las muestras. Y eso con suerte.

—No contaba con eso.

—Sí. Creo que habrá que pedir tiempo de máquina. Lo del MareNostrum no lo digo de coña.

—Tienen una lista de espera bastante larga.

—En cualquier caso no tanto como la de este telescopio.

—Mínimo medio año.

—Joder... Pues tenemos un problema —suspiró Juan.

El MareNostrum era el superordenador más potente del país. Estaba en el Centro Nacional de Supercomputación de Barcelona, y era uno de los más rápidos de Europa.

—Si tuviéramos acceso a esa máquina tendríamos todos los resultados en un par de días. Aquí necesitaríamos, estimo, alrededor de medio año.

—Pues habrá que intentarlo. En el momento. Ahora a ver cuántos resultados prometedores tenemos cada noche.

—No soy demasiado optimista, Sonia.

Ella le miró y lanzó un suspiro. Notaba el estómago vacío.

—Bajo a comer algo —dijo.

—¿Qué tal fue el almuerzo con Javier?

—Nada especial. Me ha contado cómo le va con la consulta, y esas cosas. Un día de estos se pasará por aquí a visitarnos.

—Estupendo —dijo Juan.

Sonia bajó a la cocina. No sabía si aquel «estupendo» había sido sincero o estaba repleto de retintín, pero no quería complicarse dándole vueltas.

Cenó algo ligero. Se sentía realmente cansada. Juan bajó de la sala de control cuando Sonia estaba pensándose si irse a dormir o no. Eran las once de la noche y sus mañanas a partir de entonces comenzarían a las siete. Cuando Juan entró en la cocina, ella se levantó de la mesa.

—Creo que me voy a la cama. Hay todavía que poner cosas en los armarios, ordenar un poco, y estoy rendida. ¿Cómo lo llevas tú?

—En un rato iré. También estoy agotado. Y la cabeza no me da para más.

—¿Qué harás con el software de análisis?

—Ya está ejecutándose. Tiene acceso a la base de datos que se irá generando con los gamma, y en principio no parará de funcionar hasta que nos vayamos. Así aprovecharemos todo el tiempo disponible. Puede que de esa manera tengamos un par de positivos. Bueno, eso si tenemos suerte, claro.

—Debemos tenerla.

—¿Te imaginas que no salga nada?

—Es imposible. Hemos acotado los posibles valores y no podría pasar.

—Nada es imposible, Sonia.

—Bueno, no considero esa posibilidad, entonces.

—¿La posibilidad de fracasar?

—Nunca se fracasa. Si no hay positivos, en principio tendremos varios gigas de una telemetría realmente interesante que, aunque no tengamos positivos completos, nos permitirá acotar dentro de un rango el valor posible del fermión. A lo mejor salimos con una masa aproximada, por ejemplo. Y eso ya de por sí merece la pena.

—Bueno, es una forma de verlo —dijo Juan, con tono apagado.

—Eh, no te desinfles tan pronto. Acabamos de empezar —le riñó ella con ternura.

12

Juan se duchó mientras Sonia se dedicaba a poner sus pertenencias en el pequeño armario del dormitorio. Al final el espacio disponible se llenó, y tuvo que llevar algunas prendas al ropero del cuarto de invitados.

Cansada, se puso una ropa más cómoda y se tumbó en la cama. Era casi medianoche ya. Vio con los ojos entrecerrados a Juan entrar en el dormitorio y tenderse a su lado. Los dos se quedaron dormidos en un suspiro.

Poco a poco, la noche fue pasando.

En el exterior, el MAGIC-II iba moviéndose, apuntando a diversas coordenadas del cielo, donde se encontraban lejanas galaxias, y recopilando datos de colisiones en la alta atmósfera. Incansable, movía sus ochenta toneladas de peso, buscando sin cesar, saltando de un objetivo a otro.

Sonia estaba profundamente dormida. En el interior de su mente danzaban ella, Juan, Javier, y también una sombra, que acaso fuera la de su padre, en una carrera extraña, entre tiovivos de diversa forma poblados por monstruos de cartón piedra en vez de por caballitos y otras monturas, en pos de algo que buscaban todos, algo que nunca encontraban.

Si se hubiera despertado en esos momentos, Sonia habría

visto a Juan que, con los ojos abiertos, sin parpadear, la observaba con la mirada perdida, de pie, a los pies de la cama, completamente inmóvil.

En ocasiones, los ojos de Juan se movían de forma aleatoria, como si estuvieran viendo cosas alrededor de Sonia, cosas que pulularan por el cuarto, cosas invisibles.

Eran movimientos REM. Juan estaba soñando, sonámbulo, detenido ante ella.

Permaneció así dos horas y media mientras la joven entraba y salía de aquel sueño extraño de tiovivos, en el que los hombres de su vida corrían con ella o tal vez tras ella, y Sonia, por su parte, corría también en busca de algo, siguiendo la sombra incierta de un objeto oscuro y perdido.

Y tras aquellas dos horas y media, tan silencioso como se incorporó, Juan se tendió en la cama y se quedó totalmente quieto, sin mover un músculo, hasta el amanecer.

De haber visto aquello, Sonia habría experimentado un terror sin nombre.

Porque Juan se había quedado con los ojos abiertos durante una hora más, mirando el rostro dormido de ella, a su lado.

A la mañana siguiente Juan, en el desayuno, se quejó.

—Caray, me duele hasta el último músculo del cuerpo.

—¿Qué pasa?

—No lo sé, debió de ser la postura al dormirme anoche. Estoy como agarrotado, y he tenido dos calambres en los gemelos.

—Tienes que comer plátanos. Hay en la nevera.

—Ya. El potasio.

—Sí. Previene los calambres. Y están realmente buenos. Aquí son muy dulces y maduros. Los famosos plátanos de Canarias.

—No me gustan demasiado, ya lo sabes.

Sonia se apercibió de que Juan tenía los ojos algo enrojecidos. Se acercó a él.

—¿Te has mirado los ojos hoy?

—Lo vi en el espejo antes —comentó Juan, asintiendo.

—Vaya, qué mala pinta.

—La verdad es que me escuecen un poco.

—¿Te has puesto colirio del botiquín?

—Sí. Es como si los hubiera tenido abiertos mucho tiempo. No lo entiendo.

—Uf, espero que no sea conjuntivitis. Con lo contagiosa que es.

—No, no lo es. No me duelen, solo siento escozor. Espero que se me pase pronto.

Sonia sonrió a Juan.

—Ay, pues sí que tienes achaques.

13

Durante aquel día y los siguientes, Sonia y Juan pasaron de
frustración en frustración. Las danzas nocturnas del telescopio resultaron del todo infructuosas. Los fenómenos que cau-
san rayos gamma son ciertamente raros, pero estadísticamente significativos en la vastedad del universo. Sonia y Juan
esperaban unos resultados mínimos, pero jamás habrían creído tener tan pocos candidatos y que, además, estos fueran
cayendo uno tras otro, rechazados por los lentísimos procesos
de cálculo que seleccionaban entre ellos, sin obtener ni un resultado mínimamente alentador.

Tras tres días de búsqueda en vano, Juan empezó a dudar
del método que había programado y se pasaron el cuarto día
revisando el código línea a línea. Aparte de mejorar algunos
de los procedimientos en pequeños detalles que los aceleraban
ligeramente, comprobaron que todo el proceso estaba bien
programado y era correcto al cien por cien.

¿Qué estaba pasando? Los cincuenta candidatos que
traían en su primera lista eran galaxias claramente rodeadas
por halos de materia oscura, algunas más que conocidas en la
comunidad científica; tanto, que se vendían camisetas serigrafiadas en internet con juegos de palabras como «NGC 4650A

Dark Matters» o «Keep calm and NGC 1555». Eran fuentes tradicionales de rayos gamma, si bien estos no se habían asociado aún de manera inequívoca con la partícula de materia oscura, punto en el que era original el experimento de Sonia y Juan. Sin embargo, no había manera. Las galaxias de la lista se mostraban reacias a desvelar sus secretos.

Poco a poco, con el paso de los días y algunas mejoras generales en el algoritmo, aumentaron los rayos gamma capturados por radiación Cherenkov, pero los positivos todavía eran nulos, y la lentitud del procedimiento de selección resultaba desesperante. Juan intentó que el programa funcionara de forma concurrente en varios ordenadores a la vez, usando para ello la pequeña intranet del observatorio, pero la velocidad de cálculo apenas mejoró.

Así pues, a medida que transcurrían los días y la primera semana se iba acercando a su fin, comprendieron que probablemente podrían verse abandonando La Palma con las manos vacías, con una montaña de datos que, luego de pasar por un superordenador, demostrarían haber sido falsos positivos.

Cada día que pasaba su moral bajaba y su humor empeoraba, a pesar de que intentaban mantenerse animados. Juan era el menos optimista de los dos, aunque se esforzaba. Sonia veía tambalearse, no solo aquel experimento y la teoría en la que habían invertido tantos años de trabajo, sino una relación que estaban procurando mantener a flote con su boda, con su intento de tener hijos y con su fallida luna de miel. Luchaba con todas sus fuerzas para que lo que ocurría en aquellos días no les afectara. Pero era imposible.

Hacían el amor bajo la pauta rigurosa que Sonia había creado con el objetivo de quedarse embarazada, pero que llevaba ya demasiados meses demostrando no funcionar, lo que la desesperaba. Y cada mañana Juan, indefectiblemente, se levantaba antes que ella, hacía el café y le regalaba algún dulce con el desayuno. Ella pasaba los ratos muertos leyendo, en especial clásicos de la literatura de divulgación como *Seis piezas fáciles*, de Richard Feynman, que le gustaba particularmente, o una biografía de James Clerk Maxwell, un personaje al que Juan adoraba pero que a Sonia le parecía el hombre más aburrido del mundo.

Por las tardes daban largos paseos alrededor del telescopio y miraban las puestas de sol, sentados junto a un par de mesas de jardín que había a un lado del edificio prefabricado. De vez en cuando, ella se acercaba a la zona donde se encontraba la señal que instaba a los recién llegados a apagar sus móviles. Desde allí mandaba emails a su mentor en Oxford, James Henrikson, en los que le hacía consultas técnicas, pero sin alarmarle por los desalentadores resultados que estaban obteniendo. También escribió a Javier, con quien bromeaba por WhatsApp. Llegó incluso a mandar un mensaje a su madre, algo que hacía muy raras veces, simplemente para saber cómo estaba. El mensaje permaneció varios días sin ser leído, hasta que en una de sus salidas a la zona en la que podía activar el teléfono recibió un escueto «Estoy bien, espero que tú también» al que ya no respondió.

Al inicio de la segunda semana de estancia en el telescopio, aunque no hablaban de ello y seguían acumulando fotones gamma candidatos al cuello de botella del análisis informático, Sonia y Juan empezaron a plantearse si su hipótesis estaría mal planteada en la base matemática, si habían sido demasiado impulsivos al lanzarse a experimentar, o si todo su edificio conceptual tendría algún error de base que se les escapaba.

De ser así, estaban perdidos.

14

Aquella noche se cumplía el décimo día de estancia en el laboratorio. Sonia releía *Seis piezas fáciles* tumbada en la cama mientras los ojos se le iban cerrando. Juan llegó de la sala de control, agotado de tanto escrutar las pantallas. La miró con los ojos apagados por el cansancio.

—He comprobado que no basta con que uno desee algo muy fuertemente para que ocurra.

—Me lo temía —dijo ella.

—Cuando era niño, funcionaba.

—Cuando éramos niños todo era mucho más fácil.

—Es verdad —suspiró.

—Juan, ¿estás bien?

—Más o menos. Porque te tengo al lado, que si no... Es jodido, tú tienes una madre con la que conversar. Yo no.

—Bueno, casi ni nos hablamos, como no ignoras.

—Pero tú sabes que está ahí. Hoy pensé en una tontería, en que me gustaría poder llamarles. Sí que me gustaría, a veces.

—Lo siento.

—No te haces a la idea de lo que los echo de menos, a pesar del tiempo que hace.

—Lo sé. A mí me pasa lo mismo.

—¿Lo dices por tu padre?

Ella asintió, sin revelar las verdaderas razones de su frase.

—Venga, túmbate a mi lado. Yo no me voy a ir —le dijo.

—Mejor me ducho antes —repuso Juan.

Juan salió del dormitorio en dirección al baño. Sonó la ducha durante un rato y regresó con el chándal que usaba para dormir puesto. Se tumbó al lado de ella. Olía bien.

—Me alegra que estés por aquí —le dijo, sonriendo.

Ella bajó su libro y le besó.

Hicieron el amor con calma, sin esperar nada el uno del otro, y sobre todo, sin pensar. Estaban tan cansados y frustrados, que no necesitaban hacerlo. Y estuvo bien, fue razonablemente agradable, a pesar del elemento de rutina que con el tiempo el sexo había cobrado para ellos, en particular desde que Sonia estaba intentando quedarse embarazada. Pero al final, tuvo su magia. Se quedaron dormidos, abrazados, en la fría noche de La Palma.

En el exterior, el MAGIC-II miraba al cielo con sus ojos de efecto Cherenkov, e intentaba buscar guiños azules de átomos estallando en un microscópico fuego fatuo de un nanosegundo.

Estaba en una cama infinita, una cama eterna.

Eso lo sabía. Se trata de esas cosas que sabes en los sueños, son certezas plenas.

Y estaba metida debajo de las sábanas, oculta.

Aunque veía a su alrededor, por lo que la sábana, pensó, se hallaba iluminada de alguna manera, o tal vez emitía su propia luz.

La sábana inacabable era suave y cálida, te sentías a gusto en ella. Gracias a la luz que emanaba pudo mirar hacia su propio cuerpo, bajando la cabeza. Llevaba su pijama de Spiderman, el que se puso desde los doce a los catorce años y que acabó tirando a la basura. El que le compró su madre porque no dejaba de leer tebeos de superhéroes. El que ella asociaba con todo lo que había ocurrido debajo de las sábanas de su cama.

Entonces se vio a sí misma arrastrándose por aquel colchón infinito, entre el cubrecama y la sábana fosforescente, como si huyera de algo. O de alguien. Su instinto arácnido la avisó. Estaba detrás de ella, a unos metros, y sabía a ciencia cierta que se encontraba debajo de sus pies, llegando hacia ella, cada vez más próximo.

Notaba el calor de su presencia, el ruido que hacía al deslizarse entre la sábana y la colcha. Era más rápido que ella reptando. Y estaba a punto de alcanzarla.

Cuando la mano, sorprendentemente cálida, le agarró el pie, comprendió que una vez más, como entonces, como cuando vestía aquel pijama, sus piernas y sus manos estaban heladas, azules.

Intentó soltarse, pero la mano se había cerrado como unas esposas alrededor de su tobillo, y luego otra mano, tan cálida como la primera, le agarró la rodilla. De repente llegaron más manos. Otra le agarró una mano, la derecha. Luego vino la izquierda. Entonces, otras dos tiraron de sus muslos. A continuación, una nueva mano se cerró sobre su pecho derecho y otra tiró de su cabello, a la vez que otra más le acariciaba el rostro. Una le apretó el sexo a través del pantalón del pijama y de las bragas.

—No grites —le dijo.

Ella tenía que gritar. No podía hacer otra cosa. Él no podía pedirle aquello, no tenía ningún derecho. No podía estar callada.

Pero una mano entró por su boca.

—Si gritas te arrancaré la lengua y te mataré; mataré también a tu madre y luego me mataré yo.

Se imaginó la cama sin fin por la que se movía, manchada, maculada por la huella de un reguero de sangre, el suyo, y entonces gritó.

Lo hizo con todas sus fuerzas.

Y abrió los ojos, esperando oír su propio grito, pero no oyó nada.

De su boca, abierta, no salía ningún sonido.

No. Lo que estaba oyendo era otra cosa.

—Sonia.

El sonido de su nombre la sacó del sueño cuando era de madrugada. La llamaban. Abrió los ojos de golpe, repentinamente tensa.

Se giró hacia Juan, que se revolvía en el lecho junto a ella, con los ojos cerrados.

En ese instante lo oyó de nuevo.

—Sonia.

Su nombre había brotado de la boca de él, sí, pero el timbre, el tono, eran diferentes.

Grave, hondo, profundo, el sonido de la voz que la llamaba no parecía el de Juan.

—Sonia —volvió a decir la voz.

—¿Juan?

Sonia comprendió que Juan estaba totalmente dormido. Tenía los ojos entrecerrados, y bajo los párpados, sus pupilas se movían hacia todos lados en un caótico movimiento REM. Pero su cuerpo estaba en una gran tensión. Notaba sus músculos como agarrotados, y los tendones de su cuello se marcaban como cuerdas de un piano sobresaliendo debajo de la piel.

—Dios mío —susurró ella, inquieta, al ver aquella terrible tensión en alguien que se suponía que estaba dormido.

—Sonia —repitió la voz de otro en la boca de Juan.

Ella sintió entonces un miedo profundo, inexplicable, como nunca antes había experimentado en su vida, escalofriante e inédito, que parecía subir del lecho hacia ella como un frío espantoso; un temor que la invadía desde el costado sobre el que estaba apoyada en la cama, hasta cubrirla de un manto helado.

—Juan, despierta —le dijo la joven con un tono de voz que pretendió que fuera suave pero surgió trémulo.

—Sonia —repitió la voz, indiferente a su petición.

—Despierta. —Le zarandeó, sin éxito.

—Sonia —volvió el tono ajeno, como en una cancioncilla macabra.

—Por favor, Juan —gimió Sonia.

Entonces Juan se relajó y quedó repentinamente dormido, lanzando un ronquido suave.

Sonia, aún asustada, le miró.

—¿Juan?

No hubo respuesta.

Ella se incorporó en la cama y se recostó en el cabecero. Miró la hora en su móvil, que tenía sobre la mesilla de noche. Eran las seis de la mañana. Ya no se podría dormir; en una hora sonaría el despertador, y estaba demasiado nerviosa para conciliar el sueño.

Justo se iba a levantar cuando oyó a su espalda aquel tono de voz grave, profundo y ajeno.

—Yo no soy Juan.

El gélido pavor que la invadió estuvo a punto de hacer que saliera corriendo del dormitorio.

Pero se mantuvo sentada y se giró lentamente, temiendo encontrarse con algo al otro lado del lecho, con algo terrible, oscuro y silencioso, como la noche del Roque, y frío como el miedo que la invadía.

Pero Juan seguía dormido, lanzando un leve ronquido, y apenas se movió.

¿Había oído lo que había oído? ¿Se lo había inventado?, pensó Sonia.

Solo sabía que tenía miedo y que necesitaba levantarse, salir de allí, hacer algo.

Y eso hizo.

Abandonó el lecho, se dirigió al cuarto de baño, donde se duchó, y se dispuso a preparar el desayuno rompiendo la tradición, que le asignaba tal tarea a Juan desde hacía años.

El despertador del dormitorio sonó justo cuando el café empezó a borbotear en la cafetera exprés.

Juan se asomó a la cocina tras unos minutos, desastrado, despeinado, con el pijama torcido, rascándose la nuca y arrastrando las zapatillas.

—Buenos días —le dijo, con su voz de siempre—. Sabes que me gusta hacerlo a mí.

Sonia había temido, por un instante, que la saludara con aquella voz grave y profunda que había oído una hora antes. Pero no ocurrió. Se sintió aliviada.

—Bueno, no se va a hundir el mundo por que yo prepare el desayuno por una vez.

—Bueno, también es verdad —dijo Juan.

—¿Has dormido bien? —le preguntó.

—¿A qué hora me fui a dormir? Ya ni me acuerdo —comentó él—. Me lie programando coordenadas. El trasto habrá estado trabajando toda la noche.

—¿No te acuerdas? Hicimos el amor, ¿tan poca importancia tiene para ti?

—Joder, tienes razón. Perdona. Estuvo bien. Fue relajante.

—Sí, es cierto —convino ella—. Ayúdame con las tostadas antes de que subas, anda, que los datos pueden esperar.

—Vale —dijo Juan, todavía medio dormido, y se puso a untar las tostadas recién hechas con mantequilla y mermelada—. Y total, ya sabemos lo que va a salir: nada nuevo.

—No seas negativo. Solo estamos empezando.

—Once días con hoy. No pinta bien, Sonia, no nos engañemos.

Sonia tuvo la tentación de explicarle lo que había pasado durante la noche, pero prefirió no comentar nada. ¿Qué sentido tenía que Juan la llamara en sueños? Nunca había sucedido hasta aquel momento, pero algo en su interior la impelió a guardar silencio.

Algo en su interior le decía que no hablara de ello.

Pasaron tres días con sus noches y los resultados siguieron su tónica desalentadora habitual. El problema no era que no se obtuvieran positivos, ya sabían que serían raros, sino el tremendo cuello de botella que se estaba creando por la lentitud del proceso que seleccionaba los fotones gamma capturados por el telescopio. No había manera de mejorarlo, y acabaron convenciéndose a sí mismos de que aquel experimento no pasaría de ser una recopilación de datos que tardarían meses, o tal vez años, en desentrañar. Datos, para más inri, tras los cuales bien podría no haber nada digno de interés. Pero bueno, también se hace ciencia descartando y obteniendo resultados inesperados. Se consolaban con aquel pensamiento.

Habían planeado que los objetivos que estaban observando tendrían más o menos fotones gamma prometedores, y que con esos resultados podrían reordenar la lista de galaxias potenciales, de modo que todo se realimentaría, pero en aquellas circunstancias era totalmente imposible usar aquella estrategia, de modo que siguieron examinando las cincuenta galaxias seleccionadas, cuyas coordenadas habían traído consigo al observatorio, sin esperar ya nada especial.

15

La mañana del decimocuarto día, cuando habían consumido una cuarta parte del tiempo total del experimento, decidieron desayunar fuera. El tiempo había sido bastante frío en los días anteriores, pero aquella mañana el sol se había levantado radiante y hacía más de veinte grados en el exterior, por lo que era un momento perfecto para poder sentarse bajo el sol y charlar tranquilamente. Los datos de la noche anterior habían sido bastante pobres, de modo que no tenían mucho que calcular ni examinar.

—Preparo unas tostadas, y creo que hay cruasanes en el congelador, a ver si los calentamos, tienen una pinta estupenda —dijo Juan, extrañamente eufórico aquella mañana, dadas las circunstancias.

La noche anterior habían hecho el amor durante casi una hora, un récord para ellos, y Sonia estaba también bastante tranquila. Se diría que aceptaban ya el estado de cosas y se estaban concentrando en lo que realmente les importaba más en realidad: en concebir un hijo.

—¿Tienes idea de dónde pueden estar las llaves de este habitáculo? —inquirió Juan—. Llevo días intentando encontrarlas y no hay manera. Cuando salimos siempre me quedo preocupado, no sea que se cuele alguien mientras estamos de paseo.

—No creo que nadie se pase por aquí, pero déjame que las busque. Creo recordar que José me las dio al llegar y luego te las di a ti, Juan —dijo Sonia.

—Puede ser.

—Miraré en tu mochila.

—De acuerdo.

Cuando Sonia salió de la cocina rumbo al dormitorio, Juan tragó saliva. Se dio cuenta de que había cometido un grave error. Pero ya era tarde. Rogó por que no pasara nada.

Aunque no fue así.

Sonia se acercó a la mochila a medio abrir de Juan, que reposaba junto a la mesilla de noche del lado que él ocupaba en la cama, el izquierdo, y hurgó en ella en busca de las llaves. Notó el sonido del llavero instantáneamente, lo palpó y lo sacó del interior.

—¡Ya las tengo!

—¡Genial! —oyó decir a Juan desde la cocina—. ¡Ven a ayudarme para ir sacando cosas!

—¡Voy!

Pero entonces ella notó algo más en la mochila y lo sacó. Era un blíster. Apenas quedaban unas cuantas pastillas diminutas en él. Las demás habían sido extraídas. Le resultó muy familiar, ya que estaba acostumbrada a tomarlas desde su adolescencia. Se trataba de anticonceptivos.

¿Qué hacía un blíster de anticonceptivos en la mochila de Juan, más aún cuando ambos habían negociado que ella había dejado de tomarlos desde hacía meses? ¿Prevenir por si los necesitaban? Le extrañó mucho. No es algo que se guarde como unas aspirinas o antiinflamatorios.

Una sospecha irrumpió en la mente de Sonia. No la quiso articular, así que dejó el blíster en su sitio. Contó mentalmente las pastillas. Quedaban cuatro. Regresó de inmediato a la cocina.

Cuando Sonia entró en la sala Juan se hallaba absorto ante unos cruasanes que estaba calentando.

—Te dejo las llaves sobre la mesa —le dijo.

—Perfecto.

—¿Cómo lo llevas?

—Bien, esto casi está, si quieres ve sacando el mantel y los cubiertos. He hecho algo de zumo. Y había kiwis abajo, en la nevera, no los había visto.

—De acuerdo —dijo ella, algo tensa, aunque Juan estaba demasiado concentrado en los cruasanes como para darse cuenta de ello.

16

El día transcurrió tan rutinario como los demás. Leyeron, pasearon, discutieron un poco sobre las posibilidades de que su modelo tuviera fallos básicos de concepto, e incluso sopesaron, descartándolo, compartir todas las dudas que les invadían con su mentor en Oxford. Pero prefirieron dejar que pasaran unos días más, darse más tiempo para ver la tendencia de las muestras, por si se trataba de algunos detalles que se les hubieran escapado y que todavía pudieran contemplar en su modelo matemático.

Pasaron una noche tranquila, en la que hicieron el amor de una forma un tanto desganada, que a ella le resultó bastante incómoda y le provocó un fuerte dolor de cabeza.

Se hallaba en la cama sin fin, atrapada entre sábanas, pero esta vez algo había cambiado. El espacio entre la colcha y la sábana luminosa estaba lleno de cosas. Maleza. Arena. Piedrecillas. Conchas. Barro. Ramas secas.

Notaba un tacto granuloso en los pies y se desplazaba por aquella sábana eterna que cubría al parecer todo el orbe. En esta ocasión no la perseguía nadie, sino que era ella quien buscaba. Y encontró. A un lado de la sábana, tras una especie de matojo de espinas.

Era su madre. Se miraron. Y se hablaron sin palabras.

La culpa es tuya. Siempre fue tuya.

No. Yo no quería que te pasara nada.

Nunca hiciste nada por evitarlo.

No lo supe hasta que fue tarde.

Sí lo sabías. Vaya si lo sabías. Esas cosas se saben.

Te juro por mi vida que no tenía ni idea.

Yo estaba retraída. No hablaba. No comía. No dormía. Me quedaba dormida en clase. No quería estar con nadie. Solo contigo.

Pero nunca me dijiste nada. ¿Por qué no me lo dijiste?

Porque me daba miedo. Él me dijo que no lo contara.

Ya lo sé. Y yo tenía miedo de que nos hiciera algo.

Pues me lo hizo a mí.

Así seguía la conversación, entrando por unos derroteros que giraban sobre sí mismos. Mientras hablaban, a través del matojo espinoso, ella intentaba ver el rostro de su madre, pero esta se ocultaba tras él y retrocedía, envolviéndose en la sábana para que no pudiera verle la cara, aunque hablaba como si estuviera a su lado. Ella sentía los pies fríos y llenos de una arena o un barro que la hacían sentirse incómoda. Al final, su madre se envolvió tanto en la sábana que parecía que estuviera amortajada, y se movía como un gusano de seda.

La cama seguía prolongándose hacia todos lados, y ambas sabían que él ya no estaba allí, que estaban las dos solas. Porque aquella conversación había ocurrido realmente con él ya muerto, unos años más tarde, cuando ella quiso hablarlo de una vez por todas con su madre, pero no consiguió nada más que aquello. Circunloquios. Medias verdades. Miedo. Matojos. Espinas. Mortajas.

En un momento dado, ella fue la que giró sobre sí misma, harta de palabras y más palabras que su madre, cada vez más lejana y oculta, decía, ya sin sentido, sin ton ni son, como si intentara hacerse una barrera con ellas. En el giro se vio rodeada por la sábana luminosa que la deslumbraba y abrió los ojos.

El sol entraba, rabioso, por la ventana del dormitorio.

Cuando se incorporó de la cama vio que estaba sola.

Salió del dormitorio y se dirigió a la cocina, donde se encontró el desayuno preparado. Subió con una taza de café en la mano a la sala de control y Juan le dijo que creía haber hallado una solución al problema de la lentitud del proceso de análisis.

Sin embargo, tras un día encerrado en la sala reescribiendo el código, y tras probar el nuevo software a la noche siguiente, no hubo ni un solo positivo. Juan estaba notoriamente desmoralizado, ya no sabía qué hacer para intentar reorientar el proyecto. Los días pasaban y no obtenían prácticamente resultados. El proceso de selección por software seguía ejerciendo de cuello de botella para obtener resultados del experimento sobre los que pudieran trabajar.

Juan se pasó parte de la mañana taciturno, malhumorado y aislado en la sala de control.

Entonces Sonia se acordó.

Se le había olvidado por completo mirar en la mochila, pero de repente le había venido a la cabeza el recuerdo de cuarenta y ocho horas antes. Miró a Juan, que estaba examinando los gráficos en las pantallas, mientras ella releía *Seis piezas fáciles*.

—Es frustrante —se quejó Juan.

—Nadie dijo que fuera fácil. Estamos buscando una aguja en un pajar. Perdón. Una aguja en un billón de pajares.

—Bueno, si no sale bien, al menos tendremos datos para estudiar durante un par de años, como tú dices. ¿Crees que podríamos al final acceder a algún superordenador? Así al menos no tendremos que estar esperando durante meses para saber si nos hemos equivocado, que es lo que me temo que va a pasar. Vamos a regresar a Madrid sin nada, y cuando analicemos todo seguiremos sin nada.

—Ya veremos, no te pongas la tirita antes que la herida, Juan. Oye, voy al baño un momento.

—De acuerdo.

Sonia bajó la escalera de la sala de control y se dirigió directamente al dormitorio. Cerró por dentro y echó la llave, que siempre estaba puesta, por si era necesaria para algo, en el lado interior de todas las puertas de las habitaciones del edificio. Se acercó a la mochila de Juan y la abrió por el compartimento central. Buscó el blíster al tacto. Lo encontró enseguida y lo sacó, examinándolo. Quedaban dos pastillas. Juan había sacado otras dos en algún momento de aquellos dos días. Pero ¿para qué? Los hombres no necesitan anticonceptivos, sería de locos aumentar las hormonas en el cuerpo de un adulto sano de sexo masculino. ¿Qué estaba pasando?

Siguió rebuscando. En un compartimento interior, en la espalda de la mochila, encontró otros cinco blísters como aquel, semiocultos. Cincuenta pastillas en total. Era el contenido de varias cajas de anticonceptivos. Los dejó en su sitio, prudentemente.

La corazonada la tuvo despierta gran parte de aquella noche en la que, curiosamente, Juan durmió a pierna suelta tras la sesión de sexo, en la que eyaculó de forma un tanto rutinaria dentro de ella. No hubo señal alguna de aquella extraña voz que había aparecido llamándola en sueños unos días atrás y que Sonia había olvidado casi por completo.

Ella guardaba su móvil, permanentemente en modo avión, en el cajón superior de la mesilla de noche de su lado de la cama. Se despertó a eso de las seis, esperó unos cincuenta minutos desvelada pero tendida en la cama, y a las siete menos diez, antes de que sonara el despertador de Juan, se encaminó a la cocina, con el móvil en la mano. Se detuvo un instante y se preguntó a sí misma si estaba en sus cabales para hacer lo que se había propuesto. Estuvo a punto de arrepentirse, pero, al final, se decidió.

Configuró la cámara de vídeo del móvil, usando para ello la cámara para los *selfies*, que generaba vídeos de baja resolución y por tanto más largos, y dejó el aparato oculto tras unos botes en un estante de la cocina. Desde allí se veía toda la estancia, y, forzosamente, Juan quedaría justo de frente al objetivo, al otro lado de la habitación, cuando se dispusiera a hacer el desayuno.

Sonia activó la cámara cuando apenas quedaban dos minutos para las siete, volvió a la cama, se tendió en ella y se hizo la dormida.

Cuando sonó el despertador, oyó a Juan desperezarse. Se giró hacia ella.

—Buenos días —le susurró.

—Déjame un rato más —le suplicó Sonia haciéndose la remolona—. Ve haciendo el desayuno, anda.

—Vaaale —gruñó él, y se levantó de la cama.

Sonia se mantuvo a propósito de costado, dando la espalda a la mochila de Juan. Le oyó caminar por el cuarto y salir al baño; enseguida escuchó la ducha, y a los diez minutos, Juan entró de nuevo en el dormitorio. Le oyó vestirse, y entonces sonó la cremallera de la mochila. Sonia se puso muy tensa. El sonido inequívoco del blíster rompiéndose llegó hacia ella. Luego oyó los pasos de Juan saliendo del dormitorio. Tras unos diez minutos de espera, empezó a oler el café recién hecho, pero quiso quedarse en la cama un rato más, para que Juan terminara de preparar el desayuno. Al cabo, a eso de las siete y media, se levantó, se metió en la ducha y, tras refrescarse, se puso otra vez el chándal que se había acostumbrado a llevar dentro del telescopio y se dirigió a la cocina. Juan odiaba aquel chándal, decía que le daba aspecto de desaliñada, cuando él mismo era el que, aquellos días apagados y de aroma a fracaso, iba de un lado a otro como si acabara de despertarse y con barba de varios días.

Sentado a la mesa de la cocina estaba Juan, mordisqueando una tostada y tomando el café matinal.

—¿Qué plan tenemos hoy? —preguntó ella, mirando de

reojo al móvil, que permanecía oculto en lo alto del estante, entre los botes—. Podemos dar un paseo y acercarnos al Herschel. Así hacemos algo de vida social con nuestras vecinas. Llevamos demasiado tiempo aquí encerrados.

—No, no tengo ganas de estar explicando a extraños que estamos fracasando. No soy capaz de aguantar eso.

—Eh, no tenemos por qué hablar con ellas de nada del trabajo.

—Nos preguntarán, estoy seguro. Tú harías lo mismo. Es lo normal, preguntar por el trabajo. Y entonces ¿qué les decimos? ¿Que estamos comprobando que nuestro modelo no funciona como preveíamos? ¿Que estamos tirando el dinero de las instituciones que nos han traído aquí y nos han dado tiempo de uso de los equipos Cherenkov más sensibles del mundo?

—Vale, no insistiré más. Pero creo que no nos vendría mal hablar con otras personas, solo por oxigenar un poco la cabeza. De todas formas, ¿qué plan propones entonces para hoy?

—En fin, se pueden estudiar los resultados de anoche, a ver qué tal ha ido todo de impactos generales. Creo que podríamos intentar un plan que cubriera todos los objetivos secuencialmente, uno por día, y repetir el ciclo en cuanto terminemos de cubrirlos todos. Al menos nos llevaremos un buen montón de datos en bruto, y me da que ahora mismo, dadas las perspectivas, es lo único a lo que podemos aspirar.

—Podríamos hacer el barrido aleatorio también.

—¿Aleatorio?

—Por eso de que busquemos al azar, sin orden.

—El orden que aplicamos es arbitrario, así que es una secuencia aleatoria por definición.

—No sé, pero podría ser interesante. Se puede hacer aleatorio y que no se repita dos veces un objetivo, hasta cubrirlos todos. Y luego, otro ciclo.

—Bueno, lo pensaré.

«Bueno, lo pensaré.» Lo que siempre decía Juan cuando quería evitar un tema de conversación. Estupendo.

En aquel momento el móvil de Sonia lanzó un pitido. Se había llenado la memoria con el archivo de vídeo. Sonia lanzó una maldición al ver que Juan miraba alrededor, buscando la fuente del pitido. Por fortuna ciertos sonidos de los móviles, muy agudos, son espacialmente difíciles de localizar, y eso salvó a Sonia de tener que dar unas explicaciones que no quería dar. No obstante, la pantalla se había iluminado por unos instantes, y en cuanto la joven se percató, se puso en la línea de visión de Juan respecto al móvil, tapándolo de su vista. Mordía una tostada con mermelada, aparentando normalidad.

—¿Qué ha sido eso? —preguntó él.

—No sé, será algún sistema de arriba.

—¿Tú crees? ¿Una alarma?

—Mejor sube y míralo.

—Tienes razón. Joder, espero que no. Solo nos faltaría que fallara algo.

Inquieto, Juan salió de la cocina y subió a la sala de control. Sonia cogió su móvil a toda prisa y se metió con él en el baño, cerrando por dentro.

Oía los pasos de Juan arriba, yendo de un equipo a otro, intentando localizar la supuesta alarma, naturalmente sin éxito. Sin perder un minuto, activó el reproductor de vídeo del móvil. La grabación duraba un poco más de una hora. Se desplazó por ella moviendo el dedo por el *scroll* inferior de la interfaz del reproductor de vídeo, y por fin llegó al momento que quería ver. Juan entrando en la cocina. Se ponía a preparar el café y luego a hacer las tostadas, todo muy rutinario.

Hasta que, de repente, sacó algo de uno de sus bolsillos. Una pastilla. La desmenuzó, usando una cuchara de sopa, sobre la encimera de la cocina, y recogió el polvo resultante, poniéndolo en el interior de una taza. Sirvió en ella el café recién hecho, y a continuación la puso al otro extremo de la mesa, en el lado donde se solía sentar Sonia para desayunar. Era el café que se había tomado la joven en el desayuno.

Sonia apretó los dientes. La mezcla de furia y espanto que la invadió la hizo llorar.

No quería que él la oyera arriba, pero no podía evitar el llanto. ¿Qué estaba haciendo Juan con ella? Se suponía que estaban casados, que había confianza entre ellos, que las traiciones en algo tan elemental, tan cercano, eran imposibles, pero allí estaba la prueba.

Salió del cuarto de baño, con el móvil en la mano, y subió hacia la sala de control, saltando los escalones de dos en dos.

Entró en la sala y se enfrentó a él.

—Maldito malnacido.

—¿Qué? —dijo Juan, absorto ya en el código.

—Has estado dopándome. Poniéndome a escondidas anticonceptivos en el desayuno. ¿Cuánto llevas haciéndome esto, desgraciado?

—Yo... yo no... —balbuceó Juan.

Sonia le mostró el vídeo en su móvil. Era una evidencia indiscutible.

—Es... Son aspirinas, yo también me las tomo —se excusó.

—No soy idiota, Juan. He visto los blísters en tu mochila. Di la puta verdad, joder.

Y acto seguido, sin poder contenerse, le abofeteó.

—¡Has estado boicoteándome!

—No... no es eso, Sonia.

—Todos estos meses... todos... intentándolo... para eso... todo este tiempo... desperdiciado... —sollozó, y volvió a abofetearle—. ¡Asqueroso malnacido, maldito hijo de la gran puta!

—¡Ya te he dicho que lo siento!

—No basta, no basta con eso, desgraciado. Me has engañado, me has mentido, me estás medicando como se haría con una res, con un animal doméstico. Me has convertido en un objeto, en una cosa. ¿Cómo puedes haberme hecho esto? Juan, tenemos, teníamos una jodida relación; por mala que fuera, por muchos problemas que tuviéramos, era algo. ¿Qué mierda tienes en la cabeza?

—No sé, no lo pensé.

—¿No lo pensaste? Te conozco muy bien, tú te lo piensas

todo. Estás pensándolo todo siempre. Habíamos llegado a un jodido acuerdo. ¡Íbamos a tener un hijo!

—Me asusté, Sonia, lo siento. Temía que pasara algo, que te quedaras embarazada en mitad del trabajo, y luego en la investigación. No sé, no pensaba...

—Vuelves a mentir. Siempre piensas.

—No debí hacerlo.

—Lo hiciste. Me engañaste. ¡Confiaba en ti! —Se detuvo a reflexionar un instante—. Un momento. ¿Cuánto hace que me estás poniendo anticonceptivos en el café?

—Seis meses. No. Ocho. Ocho meses.

—Hijo de la gran... puta... —rugió ella, ronca—. He estado yendo a la ginecóloga, desesperada, haciéndome pruebas, descartamos que fueras estéril... Solo faltaba intentar el tratamiento hormonal, estaba a punto, y recurrir a la fecundación *in vitro*. ¿Habrías seguido adelante? ¿Me habrías hecho hormonar? ¿Sabes el daño que me habrías hecho, desgraciado?

—Solo era una solución temporal, Sonia, unas semanas, pero... En fin, creo que se me fue de las manos.

—Se te fue de las manos durante ocho meses... ocho malditos meses pensando que el problema era mío, que era yo la culpable. Y claro que lo era... estaba tomando anticonceptivos sin saberlo...

—Sonia, perdóname.

—¡No! Eso no ocurrirá nunca, Juan. Estas cosas no se perdonan, no se pueden perdonar. Joder, nos casamos con la esperanza de enderezar esto, para ver si conseguíamos darnos un nuevo impulso, una nueva energía. Estábamos haciendo algo especial, algo nuevo. Todo esto del modelo de materia oscura, todo esto de la suerte de que nos dieran tiempo de telescopio, todo, era para intentar rescatarnos, el uno al otro, emprender algo juntos. Lo nuestro se estaba yendo a la mierda, Juan, tú lo sabes. Y por eso lo del niño, era todo para unirnos más, para que nuestra relación volviera a tener sentido, para que los dos volviéramos a ser más que uno más uno. Joder, pensábamos a la vez, complementábamos nuestras ideas, teníamos magia. Eso te lo has cargado, lo has destrozado hoy de un plumazo. O hace ocho meses, me da igual. Yo no puedo trabajar, ni mucho menos convivir, con alguien así. Juan, hemos terminado.

—Sonia, por favor. No lo hagas. Tenemos todo esto entre manos —señaló a su alrededor—, es nuestra responsabilidad. Tenemos que finalizar el experimento. Si no, estamos perdidos. Se acabaron nuestras carreras.

—Veo el miedo en tu cara. Ahora estás acojonado, ¿verdad? Si me largo y te dejo solo, malnacido, no podrás seguir adelante con el trabajo. El modelo es tan tuyo como mío. Parte importante del desarrollo matemático, el que no entiendes, solo lo conozco yo. Si me largo por esa puerta, tendrías que volverte a Madrid y justificar ante Oxford que la investigación se cancela. Miles de euros al día en tiempo de telescopio y máquinas desperdiciados. Decenas de miles de horas de trabajo. Todo perdido para siempre.

—Y nuestra reputación con ello.

—Eso es lo único que te preocupa, ¿verdad, desgraciado, infeliz? Tu puta reputación de mierda —dijo, ahogando el llanto en furia.

—Ahora hay que ser prácticos —dijo Juan con la voz más neutra que pudo.

—Ya. Prácticos. Lo mismo que debiste pensar el primer día que me pusiste anticonceptivos en el café del desayuno. Hay que ser prácticos. Claro está.

Sonia salió de la sala de control dando un portazo.

—¡Sonia!

Ella bajó las escaleras a paso rápido y se dispuso a salir del edificio. Estaba furiosa, su rostro ardía de rabia, pero las lágrimas todavía no habían empezado a aflorar. Se negaba a permitirlo. No iba a llorar, no ahora.

Y no lloró.

Porque se dio de bruces con Javier, que estaba a punto de llamar a la puerta exterior del habitáculo, justo en el instante en que ella abría la puerta.

—Hola, quería daros una sorpresa —dijo, mostrando una cesta repleta de viandas—. He traído un pícnic, con vino de la isla, del que te gustó cuando comimos en Santa Cruz. —Miró la expresión entre perpleja y desolada de Sonia y dudó unos segundos—. ¿Vengo en mal momento?

17

Sonia y Javier entraron en el habitáculo. Javier dejó las cosas que había traído sobre la mesa de la cocina.

—Caray, es bastante acogedor —dijo mirando alrededor—, como tener una casa prefabricada de esas que te hacen a medida y puedes construirla tú mismo.

—Vete preparando las cosas, voy a por Juan, ¿vale? —propuso ella, lanzando un suspiro—. Ahí tienes la cocina, es toda tuya.

—Vale.

Sonia miró en el dormitorio y en el baño, buscando a Juan. No había ni rastro de su marido. Entró en el cuarto de invitados, se sentó sobre el estrecho catre y contó mentalmente hasta diez. Tenía que calmarse. Acto seguido, se levantó, salió de la habitación y subió por las escaleras hacia la sala de control. Juan estaba sentado ante la consola. Le daba la espalda. Se giró y la miró, consternado.

—Javier está abajo —anunció Sonia, seca.

—Hemos perdido todos los análisis —dijo él con una gran tensión en la voz, se diría que con furia contenida.

—¿Qué? —preguntó Sonia, incrédula.

—Todo. El sensor ha sufrido algo parecido a un pulso electromagnético. Un pico de radiación.

—¿Cómo es posible?

Juan estaba desesperado.

—No lo sé, te juro que lo he revisado todo una y otra vez... Lo hemos perdido todo... todo... Ahora hay que reiniciar el sistema y recalibrar el equipo, eso llevará al menos cuatro o cinco días, según nos dijo José.

—Dios mío —murmuró Sonia, saliendo de la sala y bajando las escaleras a la carrera.

La joven entró en la cocina, pálida.

—Javier, ¿has traído un móvil contigo?

—Claro —dijo Javier, jovial, sacando su teléfono del bolsillo del pantalón—. ¿Lo necesitas?

—Apágalo. Por favor. Ahora. En serio. Apágalo ya mismo —le dijo, muy seria y tensa.

—Vale, vale. —Javier obedeció ante el apremio de Sonia.

Juan bajaba en aquel momento de la sala de control con expresión desolada.

—Ya está —dijo Javier, guardando el móvil en su bolsillo—. ¿Ocurre algo?

Sonia miró a Juan. Javier le tendió la mano, sonriendo.

—Hola, Juan, cuánto tiempo —dijo Javier, en tono alegre—. Os he traído un tentempié y un poco de vino. Cinco botellas, para que lo celebréis cuando todo salga adelante. Es de la bodega de unos amigos y me hacen un precio estupendo.

—Entró en el área de seguridad con el móvil activado —explicó Sonia a Juan.

Juan miró a Javier con furia contenida, y enrojeció. Este dio un paso atrás, ya que la expresión de Juan era de pocos amigos.

—En serio, si estáis con trabajo, puedo venir en cualquier otro momento, no pasa nada...

—No es eso, Javier —dijo Sonia—. A medio camino, en el sendero que trae hasta aquí, hay una señal, no sé si la viste. Bueno, deduzco que no. A partir de ahí hay que apagar los móviles. Siempre. O fastidias el equipo que usamos aquí dentro. Es muy sensible a ciertos campos electromagnéticos.

—Joder, no lo vi, ni me enteré, caray, cuánto lo siento. Qué cagada... —dijo Javier, de carrerilla, apuradísimo, quedándose pálido.

Juan lanzó un hondo suspiro.

—No pasa nada, lo arreglaremos —dijo Sonia, tensa, mirando a Juan con una advertencia en los ojos.

—Bueno, si tiene arreglo me alegro, menos mal. Una cosa, ¿os apetece comer algo de lo que os he traído? Son productos tradicionales de la isla. Están muy buenos.

Sonia miró a Javier. Tomó una decisión.

—Fuera hay una mesa de jardín, al lado del habitáculo —dijo—. Podemos tomar algo allí. Son casi las doce, y no creo que podamos hacer mucho ahora mismo.

—Id saliendo vosotros, yo voy a reiniciar el sistema y arrancar con el recalibrado.

—¿Podrás hacerlo? —preguntó Sonia a Juan.

—Sin problema, José me mostró los pasos a dar. Está en el manual, es muy sencillo, solo hay que arrancar un programa y esperar. El problema es el tiempo de calibración, pero vamos, el proceso para iniciarlo es sencillo.

—Estaremos fuera, entonces —dijo Sonia.

La joven salió al exterior. Javier recogió la cesta y salió con ella en las manos, detrás de Sonia.

18

En el exterior del habitáculo lucía un día realmente radiante.

—Caray, créeme que lo siento —dijo Javier mientras se sentaban a la mesa e iba sacando cosas de la cesta—. Qué torpeza. Lamento haber causado problemas.

—Bueno, es lo que hay, ya no tiene remedio. Y cuando las cosas no tienen remedio, no tiene sentido lamentarse demasiado, ¿verdad?

Javier empezó a disponer sobre la mesa los platos de plástico con papas arrugadas y queso que había traído. Extrajo también de la cesta unos recipientes con mojo.

—La he jodido, ¿no es cierto?

—Bueno, en realidad ya estaba jodiéndose todo. Creo que has venido de alguna manera en el momento adecuado para recordárnoslo.

—No te sigo, Sonia —replicó Javier, sacando las cinco botellas de vino palmero de la cesta.

—Ni pretendo que lo hagas. Es una exageración que hayas traído tanto vino.

—Verás que entra genial.

—Traeré unas copas. Y un sacacorchos —dijo ella, entrando en el habitáculo.

Al poco, Sonia volvió al exterior. Javier descorchó una de las botellas y sirvió vino en las tres copas que ella había traído. Siguió sacando de la cesta viandas y productos locales; aquello era un pícnic en toda regla.

—De veras que lo siento, ha sido una torpeza imperdonable.

—Déjalo ya, Javier. En realidad ha sido bueno que vinieras, en serio. Teníamos un mal día. De los malos de verdad.

Javier miró a Sonia un instante y sopesó lo que iba a decir a continuación. Finalmente, lo soltó.

—He roto con Cora.

—Caray, ahora soy yo la que lo siente. Si te ayuda, hoy he empezado a romper con él.

—Joder. Vaya día.

—Y que lo digas.

Javier tendió una copa a Sonia y brindaron. Ella saboreó el vino.

—Está estupendo.

—En serio, Sonia, si quieres me voy.

—No. Es mejor que te quedes un rato. De verdad, es lo mejor que ha podido pasar. Le habría matado.

—¿Qué ha ocurrido? Si quieres contármelo, claro.

—¿Te acuerdas del tiempo que llevamos intentando quedarnos embarazados?

—Casi un año, ¿no?

—Un poco menos. Ocho meses.

—Sí, temías que hubiera algún problema. Os estabais haciendo chequeos, me lo contaste.

—Yo había dejado de tomar la píldora.

—Claro.

—Pues hoy he descubierto que él me la echaba a escondidas en el café.

—¿La píldora? —preguntó Javier, incrédulo.

—En cada jodido desayuno —asintió Sonia—, ese cabrón me estaba metiendo anticonceptivos en el cuerpo.

—Joder. —La expresión de Javier era de total perplejidad—. Joder...

—¿Qué quieres que haga ahora? ¿Qué puedo hacer?

—No lo sé, pero es... Carajo, es algo... —Intentaba encontrar las palabras adecuadas—. Joder, está muy mal.

—Estás siendo suave. Es un acto de vileza. De maldad.

—O de debilidad, incluso de miedo. Puede tener que ver con ello. Juan es más bien del tipo pasivo agresivo; esas personalidades implican este tipo de acciones. Evitan a toda costa el conflicto, pero sus soluciones a esos conflictos potenciales lo que suelen hacer es empeorarlos a la larga.

—Pues eso. Lo ha empeorado. Y recién casados, Javier. Estábamos intentando recuperar un poco lo que habíamos perdido por el camino: la espontaneidad, la chispa, y esas cosas que se van yendo cuando las relaciones se prolongan, pero queríamos luchar por ello. Se lo ha cargado todo de golpe. Estaba sola en esto y no lo sabía.

—Lo entiendo. En una relación perder la confianza es lo peor que puede suceder. Y es lo más difícil de recuperar.

—Si al final quieres recuperarla, claro.

Javier no dijo nada. En aquel momento Juan salió del interior del habitáculo y se sentó junto a ellos. Tomó una de las copas en silencio y bebió.

—Salud —dijo, secamente.

—¿Cómo ha ido arriba? —preguntó Sonia en un hondo suspiro, intentando aparentar normalidad.

—Mejor de lo que esperaba. Ha empezado a reiniciarse enseguida, y el reloj del proceso está yendo mucho más rápido de lo que nos dijo José. Al parecer todo depende de la temperatura a la que esté el equipo. El nitrógeno líquido estaba unas décimas, por lo que he visto, por debajo del valor óptimo. Eso protegió en gran medida al equipo de las radiaciones electromagnéticas parásitas.

—Caray, os pido mil disculpas, no volverá a ocurrir —insistió Javier.

—No pasa nada. *Shit happens*, como dicen los ingleses —dijo Juan.

—*Shit happens* —repitió Sonia, bajando la mirada.

—¿Y qué he hecho? ¿Es solo por tenerlo encendido? ¿Se puede tener en modo avión? Para tenerlo claro la próxima vez, si la hay... Sé que tengo que apagar el móvil al ver la señal del camino, no la vi al llegar, pero no volverá a ocurrir.

—Para no tentar a la suerte, deja el móvil en el coche y haz el camino sin él, o apágalo nada más empezar a caminar —recomendó Sonia.

—¿Tan sensible es el aparato ese?

—Sí que lo es —afirmó la joven—. Es el detector más sensible del mundo. Está en un entorno ultrafrío, en nitrógeno líquido, para ver cada partícula, cada pequeña pizca subatómica, en la atmósfera que hay sobre nosotros.

—Sí, lo de la detección que me contaste el otro día. El efecto Molotov ese.

—Cherenkov —dijo Sonia, soltando una carcajada que le salió con ganas—. Se llama efecto Cherenkov.

—Vale, un ruso.

—Pues el detector es extremadamente sensible —explicó Sonia—. Y los móviles emiten radiación electromagnética en unas frecuencias que interfieren con él, y digamos que lo ciegan de manera temporal. Es como cuando tienes los ojos adaptados a la oscuridad y de repente te sacan directamente a un lugar bajo la luz del sol, en pleno día. Te quedas cegado un rato, deslumbrado, hasta que la vista se te acostumbra. Pues al detector del telescopio le pasa lo mismo. No podemos tener aquí ni móviles activados, ni wifi, ni emisoras de radio... Todo eso le afecta, en menor o mayor medida. Los aparatos más o menos potentes, como la nevera, están forrados con una malla de metal. —Señaló al interior de la cocina—. Se llama campana de Faraday, y hace que la radiación quede confinada en el interior de esas mallas metálicas sin poder salir al resto de la habitación ni al edificio. No podemos tener ni microondas.

—Carajo —murmuró Javier.

Juan estaba incómodo y tenso, y guardaba silencio. En un momento dado, se levantó de la silla.

—Disculpadme. Voy a ver cómo va la calibración. Ya debe de haber empezado. Gracias por el vino.

—Llévate la copa —le dijo Javier.

Juan asintió con una sonrisa torcida e hizo lo que Javier le sugería. En cuanto Juan entró en el habitáculo, Javier miró a Sonia.

—Oye, en serio, que no está el horno para bollos. Mejor me marcho y vuelvo otro día, que estaréis más relajados.

—No. Está bien así. Tranquilo. A los dos nos hace falta respirar, estar alejados uno del otro un buen rato para intentar ver todo esto con un poco de perspectiva. Me estabas hablando de la pérdida de la confianza.

—Creo que he perdido el hilo. Esto es muy desagradable, Sonia.

—Sigue con lo que estábamos, anda. Un rato más. Me viene bien. Y hace un día estupendo, además.

—Bueno, pues eso, que lo que Juan ha hecho es un acto que suele hacer la gente que huye de los conflictos. Hacen esas cosas como hechos consumados sin decir nada a nadie, sin encomendarse a Dios ni al diablo. Y cuando son descubiertos, las consecuencias pueden ser catastróficas.

—Pues supongo que algo así ha sido. Y catastrófico es la palabra, sí.

—¿Has pensado en lo que vas a hacer ahora?

—Mi primer impulso ha sido cogerlo todo, meterlo en el trolley y largarme sin mirar atrás.

—Eso no puedes hacerlo, Sonia. Has invertido demasiado en todo esto. Y no me refiero solo a vuestra relación. Hablo de estos experimentos. Te has dejado la vida en planificarlos. Si esto se cae, no os recuperaréis durante el resto de vuestras vidas. Hablo desde el punto de vista docente e investigador. Será una mancha negra en tu historial que no podrás borrar.

—Justo lo mismo que dijo él. ¿Y qué se supone que he de hacer ahora? ¿Perdonar a ese desgraciado? No pienso hacerlo.

—Ni tienes por qué, y convengo contigo en que hay cosas imperdonables. Pero sí puedes actuar con inteligencia emocional. Tenéis un proyecto enorme entre manos, algo por lo que mucha gente lucharía durante toda su vida. Puede alterar un montón de cosas, ser revolucionario, y también cambiar tu vida a mejor. Tal vez sea el momento de que llegues a un acuerdo con él. Algo estrictamente profesional, que no ponga en peligro el futuro de tu carrera. Intenta plantearte el mirar el asunto fríamente, un poco como hacemos nosotros los psiquiatras al abordar las terapias, ya sabes.

—Sí, me lo contabas. Lo recuerdo bien. Vivir tus propios problemas como si le pasaran a otro.

—Eso es. Tomar distancia. El proceso a lo mejor requiere un poco de tiempo. Tómatelo. Puedes reflexionar respecto a lo que quieres hacer, o no, con Juan, pero seguid adelante, no paréis el experimento en el que estáis embarcados. Siempre y cuando, claro está, no te venga a visitar un imbécil con el móvil encendido en el bolsillo.

Sonia soltó una ruidosa carcajada. Javier se rio con ganas también. La risa le hacía auténtico bien a ella en aquel momento.

—¿Por qué carajo rompimos tú y yo, Javier? —preguntó Sonia, articulando el pensamiento que la había invadido tras el almuerzo en Santa Cruz de La Palma.

—No lo recuerdo, la verdad. Pero por algo sería.

Los dos volvieron a reír.

—En serio —dijo Javier—. Piénsalo fríamente. Estás donde quieres estar. A lo mejor la persona con la que estás trabajando te ha defraudado. Eso pasa mucho, le ocurre a todo el mundo. Reflexiona con calma, anteponiendo tu bienestar y tu futuro profesional. Y decide lo que sea mejor para ti. Sencillo de recomendar, difícil de hacer, lo sé.

—Lo pensaré.

—Oye, en serio, mejor me voy, que con el pateo que me queda, es casi una hora para llegar al coche, y el tiempo se pasa volando.

—Te acompaño hasta el Herschel —dijo Sonia.

—¿Estás segura? Vas a estar fuera dos horas.

—Creo que lo necesito. Para tomar distancia, como dices. Y no son dos horas, es un poco menos. Ahora es cuesta abajo, se va más rápido.

—Vale, pues por mí bien. Así hablamos un poco por el camino.

Los dos se levantaron de la mesa y se dirigieron al inicio del sendero.

—Despídeme de Juan, ¿vale? —pidió Javier.

—Si al volver le sigo dirigiendo la palabra, lo haré.

El paseo hacia el aparcamiento fue agradable, y se rieron todo lo que pudieron. Javier, que la conocía perfectamente, sabía el bien que le hacía el humor a Sonia, así que intentó que se divirtiera lo más posible. Se les pasó el camino en un suspiro. Llegaron finalmente al aparcamiento del Herschel, donde el único vehículo estacionado era el coche de Javier, y al acercarse salieron las dos chicas del observatorio, prestas a saludarlos.

—Hola —dijeron, casi a coro.

—Hola —dijo Sonia—. Javier, estas son Tricia y Anna. Dos físicas de... ¿De dónde veníais?

—Del Instituto Max Planck —dijo Anna, sonriendo a Javier.

—Están aquí haciendo un experimento. Vida extraterrestre.

—Caray, qué interesante —dijo él.

—Pues nos aburrimos bastante, así que en cuanto vemos algo de movimiento fuera, salimos a novelear un rato —aseguró Tricia, sonriendo—. Se dice así, ¿verdad? Novelear.

—¡Sí, salimos disparadas! —exclamó Anna.

Las dos miraron a los dos amigos con suspicacia y sonrieron de nuevo. Hubo un silencio incómodo.

—¿Cómo va el experimento, Sonia? —preguntó Anna.

—Bien —mintió, observando de reojo a Javier, que la miraba a su vez con gesto suplicante, lo que la hizo reír—. Todo muy bien.

A los dos les dio un conato de ataque de risa y las chicas los miraron, desconcertadas.

—Mejor no os cuento —rio Sonia.

—No, por favor, no se lo digas. Qué vergüenza, es que soy de letras. —Javier estaba desternillándose.

—Llegó sin apagar el móvil y ha dislocado el instrumental —les contó Sonia partiéndose de la risa.

Empezaron a reír los dos, sin poder parar.

—¡Eres un desastre, Javier! —dijo Sonia, entre carcajadas.

—Caray —dijo Tricia, con la boca abierta.

—¿Es muy grave? —preguntó Anna.

—Lo sabré ahora, al regresar —respondió Sonia, conteniendo la risa—. Juan está con ello. Espero que no.

—Jo, yo estaría con un ataque de nervios si me pasara algo así —observó Tricia.

—Lo estoy —dijo Sonia—. Por eso me río.

El ataque de risa regresó y se contagió a Tricia y Anna. Fueron unos minutos desconcertantes e inevitablemente divertidos.

Ya estaba atardeciendo, así que Sonia acompañó a Javier a su coche, donde se despidieron con un beso en la mejilla. Él entró en el vehículo, arrancó el motor, le hizo un gesto de saludo al salir del aparcamiento, y ella se quedó mirando el coche alejarse. Las dos chicas se le acercaron.

—Es mono —dijo Tricia.

—Sí que lo es —suspiró Sonia—. Bueno, ahora tengo que volver, que paséis buena noche.

—Gracias, y vosotros —dijo Anna, con una amplia sonrisa pintada en la cara.

Sin más, Sonia se encaminó de vuelta hacia el MAGIC-II. Las dos amigas la miraron irse.

—¿Ves como no era tan borde? —dijo Tricia a Anna—. Solo que no tendría un buen día la otra vez que la vimos.

—Vale. Oye, ¿tendrá el teléfono de ese chico?

—La próxima vez que la veas, se lo preguntas.

—No, pregúntaselo tú, anda.

Las dos astrónomas regresaron al edificio del telescopio.

19

Tardó poco más de una hora en volver al telescopio. Se estaba haciendo de noche y los últimos metros los hizo guiándose por la tenue luz que surgía de las ventanas del habitáculo.

Sonia se detuvo junto al pequeño edificio prefabricado. Juan había recogido la mesa que Javier y ella habían dejado al irse. Ella se acercó al telescopio, rodeando el habitáculo, y lo admiró. En aquel momento, el enorme espejo empezó a moverse, elevándose hacia el cenit. Parecía que el proceso de recalibrado había sido mucho más rápido de lo que esperaban, lo que la alegró. Permaneció un rato mirando las estrellas, pensativa, viendo cómo la Vía Láctea se reflejaba en los espejos que formaban la gran estructura del MAGIC-II. Sabía que el aparato estaría registrando colisiones en una vasta elipse de la atmósfera situada a unos kilómetros sobre ella, y almacenando los rastros de las partículas generadas en una enorme base de datos; la materia prima de su trabajo. Una deducción sobre una deducción que podría, tal vez, darles la respuesta a la pregunta que llevaba obsesionando a los físicos de todo el planeta desde hacía décadas: de qué está formado el 90 por ciento del universo. Y, si no encontraban la respuesta exacta, al menos estarían acotándola, lo que no era nada despreciable. Merecía la pena intentarlo.

Había estado planeando una estrategia por el camino, una hoja de ruta para las próximas semanas en aquel lugar que permitiera su convivencia con Juan hasta el final del experimento. Javier tenía razón; había invertido demasiado, emocionalmente, intelectualmente, en aquel trabajo, que era a fin de cuentas en lo que podía resumir el objetivo de su vida: desvelar el origen de la materia oscura, y, acaso y de refilón, el del universo mismo. Había trabajado durante mucho tiempo en aquello. No iba a permitir que la debilidad del hombre al que hasta ahora había querido la apartara de su objetivo. Ya aclararía sus emociones a medida que el tiempo fuera pasando. Ahora, lo importante era acabar el experimento.

Se encaminó al habitáculo y entró en él. Las luces estaban apagadas. Pasó junto al dormitorio principal y vio a Juan tumbado, dormido en la cama. El reloj de la mesilla de noche marcaba las diez y media de la noche. Pues sí que se le había pasado el tiempo volando con Javier.

No le apetecía nada compartir lecho con Juan, al menos no aquella noche. Se encaminó al cuarto de invitados y se tendió en la estrecha cama que ocupaba casi toda la estancia. Enseguida se quedó dormida. Estaba agotada, física y emocionalmente.

Serían las cuatro de la mañana cuando oyó balbucear a Juan en el dormitorio principal, y se incorporó. Le extrañó oírle hablar. Parecía que estuviera sosteniendo una conversación telefónica. Salió del cuarto de invitados, se acercó al dormitorio y le encontró dormido, hablando solo, diciendo cosas sin sentido.

No reconoció el tono de voz que oía en aquel momento. No era el de Juan, desde luego. Era una voz mucho más grave, casi ronca, de una hondura realmente poderosa. Una voz que parecía venir de otro cuerpo, no estar en conjunción con el físico de Juan, como en la otra ocasión en que le había oído hablar en sueños. Se diría que otro hombre hablaba por su boca. Y, efectivamente, pareciera que hablaba en su ensoñación con alguien. Decía palabras inconexas, casi balbuceos.

Sonia se inquietó ligeramente. Intentó recordar cuándo había oído en el pasado hablar en sueños a Juan, aparte de en esa ocasión hacía unos días. La respuesta era bien sencilla: nunca. Era la segunda vez que ocurría. Tal vez estuviera estresado por la bronca que habían tenido y por la caída del sistema a causa del móvil activado de Javier. Sí, pensó, tal vez fuera cosa de la tensión emocional del día.

Se volvió hacia el cuarto de invitados para intentar dormir un rato más antes de que sonara el despertador y tocara levantarse.

Entonces, cuando se alejaba por el pasillo, la voz sonó clara desde el dormitorio donde estaba Juan.

—Sonia.

—¿Sí? —dijo ella, girándose.

Volvió sobre sus pasos, para encontrarse a Juan totalmente dormido en la cama, en silencio.

Se quedó parada un instante, sin saber qué hacer, sin entender si la había llamado en sueños o despierto. Lo dejó pasar y volvió al cuarto de invitados. Se tendió en la cama, y para su sorpresa, se quedó dormida enseguida.

Estaba flotando en el aire, en un lugar completamente oscuro, en el que no había arriba ni abajo, ni gravedad; solo una luz que llegaba desde muy muy lejos y desde muy muy alto la iluminaba. Se dijo a sí misma que estaba en el interior de un agujero negro. De alguna manera había llegado allí. Se preguntó por un instante cómo podía ocurrir algo así, si el agujero negro más cercano formaba parte del sistema binario conocido como A0620-00, que está a unos 3.000 años luz de la Tierra. Pero no podía pensar con claridad. Sea como fuera, se había acercado a aquella vorágine de negrura y había superado el horizonte de sucesos, el punto del espacio más allá del cual no puedes escapar del poder de un agujero negro, ni siquiera un rayo de luz puede ya hacerlo.

Sí, estaba dentro del lugar en el que nadie sabía lo que ocurría. En la singularidad. Pero pronto empezó a comprender que aquel espacio estaba dentro de ella. Era su agujero negro personal. Y la luz que llegaba desde arriba, increíblemente lejana, era el único lugar hacia el que podía ir. Y, de alguna forma, con solo desearlo, se acercó a ella. Estaba a una distancia inconmensurablemente grande, pero de algún modo pudo llegar allí. La atravesó sin esfuerzo y llegó a lo que parecía una celda.

Allí, sentado al otro lado de una mesa, estaba su padre, que la miraba con una sonrisa tierna, la que recordaba de cuando tenía seis o siete años. La que se había guardado para sí.

—Me gusta esa sonrisa, papá.

—Me alegra mucho que me recuerdes así, Sonia.

—Luego, por las noches, cuando cumplí los trece, ya no recuerdo tu cara. La he borrado. Era una sombra que llegaba por la noche.

—Lo siento.

—Nunca me lo dijiste en vida.

—No pude hacerlo, me la quité antes.

—¿Ibas a matarnos?

—Sí, iba a hacerlo. Pero comprendí que lo mejor era acabar yo. No tengo perdón de Dios, hija.

—¿Estás en el infierno?

—Supongo que sí.

—Te perdoné hace mucho tiempo, pero el daño que me hiciste sigue ahí, y me lo sigues haciendo con el paso de los años. Porque se me quedó dentro. Perdoné, pero no olvidé. Dentro de mí no puedo olvidarlo. Condicionó para siempre mi vida, mis amigos, mis amantes, mis parejas. Mi relación con la sexualidad, con mamá, con las otras personas, con la comida, con los extraños. Nunca he vuelto a confiar totalmente en un ser humano. Y por el camino, claro, he hecho daño a otras personas. Por mis miedos, por mis temores. Porque creo que al final he resultado ser incapaz de amar, de entregarme a nadie.

—Hija, perdóname.

—Te he dicho que te he perdonado. Pero el daño que me hiciste me acompañará por siempre. Papá, yo te adoraba. Éramos felices los tres con mamá. Ahora tú estás muerto, yo soy un desastre y mamá vive sola, devorada por los remordimientos. Ya casi ni hablamos. A ella no la perdoné. Todavía no he podido hacerlo.

—¿Por qué?

—Porque lo sabía. Porque permitió que ocurriera. Porque no se separó a tiempo de ti, porque no me llevó lejos, porque no te mató. Porque tuvo miedo y ese miedo destrozó nuestras vidas: la mía, la suya y al final la tuya, porque el monstruo se quitó de en medio.

—Sí, fui un monstruo.

—No hay nada más que decir, papá. Solo que seguirás en este rincón dentro de mí, en este agujero negro que me construí hace tiempo, mientras yo esté viva. Las cosas pasan como pasan, y hace tiempo que no me planteo lamentarlas. Simplemente, son así. Soy así. Tengo a mi padre enquistado en el alma. Pero aquí dentro te mantengo controlado, encadenado. Y contigo se quedan los recuerdos, las cosas más feas que me hiciste. Eso puedo tenerlo lejos de mi mente, de mi memoria. Gracias a eso sobrevivo sin volverme loca.

La luz se intensificó. Era como si de alguna manera algo la instara a irse.

—Nunca había hablado contigo aquí dentro.

—Claro, hija. Porque este lugar nunca lo habías visitado antes, y aquí solo se puede entrar en sueños.

—Creo que ha sido bueno hablar. Verte. Recordar lo bonito que era cuando eras joven y me querías. Me lo decían tus ojos y no podías mentir.

—Sí, yo también fui ese. Esa persona fui yo. Me reconozco.

—Sí, en algún momento del pasado, lo fuiste.

—Creo que te llaman, Sonia. Alguien está diciendo tu nombre, ahí fuera, donde vivís los que estáis despiertos.

Sonia prestó atención. Sí, era su nombre, lo podía oír a lo lejos, a una distancia enorme, como si la llamaran desde el otro lado del universo.

—Continúa ahí dentro, papá. Me tengo que ir. Adiós.

Sonia salió de nuevo a la negrura completa, a aquel lugar en el que flotaba, completamente ingrávida. Oyó su nombre algo más cerca y decidió regresar.

En ese instante abrió los ojos.

La despertó el aroma del café recién hecho. Saltó de la cama, se puso los tenis que llevaba usualmente y, sin pasar por el baño, con la misma ropa de dormir de la noche anterior, se dirigió a la cocina, donde Juan estaba preparando el desayuno.

—Espero que no me hayas puesto una sorpresa en el café.

Juan la miró y esbozó una sonrisa culpable.

—Ni Peta Zetas —dijo.

Sonia hizo una mueca. Se detuvo ante él.

—¿Me has llamado?

—Sí, pero hace rato. Al despertar. No te vi en el dormitorio y luego te encontré en el cuarto de invitados. Espero no haberte despertado, pensaba que te habías ido.

—No lo he hecho, por ahora. Juan, estas son mis condiciones. Se acabó el sexo entre nosotros. Se acabó la vida matrimonial. Somos dos trabajadores que, por lo que nos ha tocado, han de convivir juntos para terminar un experimento. No tengo el menor interés en este momento en ti, ni en tus razones ni en tus explicaciones. Ahora quiero que nos centremos en esto, en lo que tenemos entre manos. ¿Queda entendido?

—Sí.

Hubo una larga pausa. Juan estaba sopesando qué decir, midiendo las palabras. Finalmente, habló:

—Es sorprendente, y no te lo tomes como un reproche. Pero has decidido permanecer aquí porque quieres por encima de todo que esto salga adelante; crees en el experimento y crees en ti misma.

—Pues claro, no voy a tirar por la borda los últimos años de mi vida, y menos por tu culpa.

—Eres ambiciosa, y eso está bien. Yo no lo soy tanto. Yo habría tirado la toalla de estar en tu lugar y me habría ido. Eso lo envidio.

—Bueno, una cosa más que nos diferencia. Pero no comprendo a qué viene todo esto.

—A que te agradezco que me permitas seguir adelante con el trabajo.

—No creas que no he pensado en echarte a patadas de aquí, pero se supone que estamos juntos en esto. Ahora, por favor, vamos a seguir con la investigación, que es mucho más importante que nosotros juntos. Mucho más importante, ¿comprendes?

—Creo que sí.

—Ayer vi que el telescopio funcionaba perfectamente. ¿Qué pasó al final?

—El proceso de recalibrado fue mucho más rápido de lo que esperaba. Eso sí, se perdieron los datos de ayer. Todos. Pero los de todos los días anteriores están perfectamente bien almacenados.

—Bueno, entonces no fue tan catastrófico.

—Hemos tenido mucha suerte.

Juan sirvió en un plato tostadas que ella empezó a untar de mantequilla y mermelada. Le sirvió un café suave y negro, como a ella le gustaba.

—Yo... —empezó a decir Juan.

—Ni una palabra, y no quiero oír más «lo siento». Ya has escuchado mis condiciones, no voy a negociar contigo.

Juan se limitó a asentir, con la mirada gacha.

—¿Has iniciado el software de análisis?

—Sí, siempre que puedo lo pongo en la máquina auxiliar

para que funcione las veinticuatro horas. Solo lo paro cuando he compilado alguna rutina nueva, mejorando el código. Pero sigue yendo muy lento. Está tardando una media de quince horas por cada nube de partículas.

—Podríamos probar a pedir tiempo de superordenador aquí. En el IAC, en Tenerife, tienen el ordenador La Palma. Es menos potente que el MareNostrum, pero podría sernos útil. Tenemos que salir de ese bloqueo por los tiempos de cálculo.

—Lo he pensado, pero ya viste que el director del IAC no nos tiene en especial estima, y nos enfrentaríamos al mismo problema que ahora: una lista de espera. En esta ocasión seguro que no hacen la vista gorda. Además, tendríamos que explicar los problemas que estamos teniendo en el experimento, y no quiero sembrar dudas; sería darle munición a ese tipo, que querría poder usarla contra nosotros en cualquier momento. En cambio, en el MareNostrum tengo un par de amigos que podrían cedernos tiempo de CPU. Pero habrá que solicitarlo cuando regresemos. No sería conveniente levantar la liebre ahora.

—Pues habrá que negociarlo lo antes posible. Aunque sea al volver.

—Lo haré.

—Bueno, voy a intentar echarle un vistazo yo misma a ese código a ver si se puede hacer algo, en cuanto me termine las tostadas.

—Vendría bien. No sé ya cómo demonios puedo depurarlo, y ya lo leo en diagonal.

—Haré lo que pueda.

Sonia miró a Juan, que apartó la mirada prudentemente. Se quedaron en silencio durante un buen rato mientras terminaban de desayunar. A Sonia aquel silencio la sumió en una gran tristeza.

Porque en realidad no tenían nada que decirse en aquel momento.

20

La jornada ranscurrió en calma, con la excepción de que Sonia y Juan intentaban no encontrarse en las zonas comunes. Comieron por separado y trabajaron por separado. Ella repasó el software de análisis, sin encontrar mejoras posibles, excepto optimizar un par de bucles que permanecían demasiado tiempo en ejecución. Aquello mejoraría un poco los tiempos, ganando una hora o dos en los análisis, pero la diferencia apenas se notaría finalmente.

Sonia terminó el día realmente cansada. Había pasado gran parte de la tarde repasando por enésima vez el software de análisis, y el esfuerzo de leer tantas líneas de código, sumado a la tensión de intentar no cruzarse con Juan, la habían dejado agotada. Ya eran las once y media de la noche, así que decidió irse a dormir.

Bajó por las escaleras y giró por el pasillo. Se asomó al dormitorio principal. Juan roncaba, despatarrado sobre la cama. Se sintió furiosa consigo misma. Iba a dormir de nuevo en un catre minúsculo, en el cuarto de invitados.

Salió al exterior a tomar el fresco y a intentar relajarse. Había perdido el poco sueño que tenía, seguramente por lo cansada que estaba. En realidad, no había parado en todo el día de buscar soluciones para optimizar el código de análisis de las señales. El problema era que, de seguir con aquellos tiempos de cálculo tan largos, no obtendrían ningún positivo durante el período de las observaciones, en las que era imprescindible que los positivos los informaran de que tenían objetivos a los que regresar. En aquel momento estaban trabajando totalmente a ciegas.

Paseó por los alrededores del telescopio. La luna estaba a media altura en el cielo y por fortuna su presencia no afectaba al funcionamiento del MAGIC-II, que se basaba en la observación de la alta atmósfera, no del cielo estrictamente.

La luz lunar iluminaba el mar de nubes, que se recortaba más abajo, alrededor de toda la isla. Parecía que flotaran en una enorme extensión algodonosa y que La Palma fuera una especie de reino irreal separado del mundo.

Entonces oyó el ruido.

A su espalda.

Algo se movía por el borrajo que llenaba el suelo del bosque que rodeaba el observatorio.

Se giró, sorprendida. No esperaba a un animal de ningún tipo en las cercanías del telescopio, tal vez algún ave, o una liebre. Pero aquello tenía más masa, y parecían más bien pisadas humanas. Le entró un acceso de pánico que hubo de controlar. Tenía que ser racional. Estaba en un espacio al que solo se podía llegar a pie, estrictamente vigilado, o al menos así era en la zona del Herschel, y en el que nadie podría colarse con malas intenciones, al menos en teoría.

El resultado de aquellos pensamientos la llevó a sentirse más inquieta todavía. Sobre todo cuando oyó de nuevo lo que parecían ya, inequívocamente, pasos en la oscuridad. Se giró, tensa, hacia el lindero del pinar, que empezaba a unos diez metros de donde se encontraba.

—¿Quién anda ahí? —preguntó a la negrura.

Pero la negrura no respondió.

—Salga —insistió.

De repente dejó de oírlos. Como si quien estuviera amparándose en la oscuridad se hubiera detenido, expectante.

Sonia, preocupada, miró hacia otro lado del lindero, pensando que tal vez el sonido, que le había costado localizar, viniera de otro punto del borrajo. Entonces volvió a oír los pasos, inconfundibles, tal vez alejándose, aunque no pudo precisarlo.

En un estado de tensión en aumento, Sonia se giró hacia el habitáculo, pensando en volver a él y cerrar con llave por dentro. Miró hacia el interior del edificio instintivamente mientras se encaminaba a la puerta.

En ese instante lo vio.

La figura se recortaba en el interior de la vivienda, en la ventana de la cocina. A pesar de las luces apagadas, allí estaba. Mirándola. Con los ojos muy abiertos, abiertos de una forma que no sugería nada bueno. Con una mirada perdida, asombrada, o tal vez pavorosa.

Se trataba de Juan. Pero aquella cara no era la de Juan. Era la cara de alguien que estaba viendo otra cosa. No estaba mirándola a ella. Estaba mirando hacia otro lugar.

Sonia no tuvo ni un resquicio de duda. Le conocía muy bien. Y aquella forma de mirar no se la había visto jamás. Sintió entonces deseos de salir corriendo. De largarse de allí.

Pero ¿adónde? ¿Al pinar, donde, lo había oído hacía unos segundos, alguien parecía ocultarse y probablemente la acechaba amparado por la oscuridad? No era una corazonada, era una certeza. De alguna manera, las personas almacenamos un cierto instinto, tal vez heredado de los tiempos en que vivíamos al aire libre, expuestos a cualquier cosa, por el que podemos reconocernos entre nosotros. Allí fuera había un ser humano oculto, ella lo sabía. Y en la ventana de la cocina, Juan la miraba... sin verla.

En el momento en que volvió a mirar hacia la ventana de la vivienda, ya no había nadie.

Dio un paso atrás, confusa, dudando de sus propias percepciones, pero entonces el sonido de pasos en el borrajo, inequívoco, surgió a su espalda otra vez. Se encaminaban hacia ella. Llegaban aún del interior del pinar, pero avanzaban resueltamente hacia donde Sonia se encontraba en aquel momento.

Con el terror en su cogote agarrándola como un cepo gélido, echó a correr hacia el habitáculo, entró y cerró con llave. Giró entonces sobre sí misma y miró hacia la cocina. Estaba desierta. Todo permanecía en total oscuridad. Avanzó, asustada, por el pasillo, y se encaminó entonces al dormitorio principal. A medida que se acercaba a la puerta de la habitación, temió lo que la esperaba en el interior.

Y allí estaba. Juan se hallaba totalmente dormido sobre la cama de matrimonio. Sonia, desconcertada, se empezó a preguntar si lo que había visto desde el exterior había existido alguna vez. Nunca había sufrido de alucinaciones. A lo mejor aquel lugar estaba cambiando las cosas, y de repente sí las había empezado a padecer.

Entró, asustada, en el dormitorio, y miró por el pequeño ventanuco hacia el exterior. El lindero del bosque estaba allí, como la boca de un lobo, de mil lobos, esperándola.

En su interior, estaba segura, había alguien.

En la cama dormía el que había sido su hombre hasta hacía un día, o tal vez aún lo era, no se había decidido todavía. Al menos él daba calor, y no quería irse a dormir sola a aquel cuartucho de invitados. No en aquel momento en el que el miedo la atenazaba.

Se tendió junto a Juan e intentó conciliar el sueño. Le costó. Más de una hora.

Estaba tendida en la cama, en mitad de la oscuridad. El miedo la rodeaba, como la negrura que reinaba en su cuarto. Se había quedado detenida, congelada, y había rezado desesperadamente por que aquello no ocurriera aquella noche. Un rato antes, su padre y su madre habían tenido una terrible discusión. Ella se había encerrado en su cuarto y se había tapado la cabeza con la almohada para no oírlos. Había pasado una hora y todo estaba ya en silencio. Su puerta no se podía cerrar con llave, pero ella se las había ingeniado para atrancarla desde dentro usando una silla.

Pasó media hora más. No podía dormir. Al día siguiente, como le sucedía a menudo en los últimos tiempos, seguramente se dormiría en clase. Se lo ocultaba a su madre, pero probablemente pronto les llamarían de la dirección del colegio a capítulo para saber por qué su hija se dormía por las esquinas.

Por las noches tenía que mantenerse despierta. Había ocurrido en dos ocasiones: se lo encontró con ella en el lecho, pegado, moviéndose a su alrededor como una sanguijuela enorme. El horror de despertarse así era espantoso. No quería que le pasara más. Pensó en golpearle, en atacarle. De hecho lo había intentado un par de veces, pero él era demasiado fuerte, y su amenaza siempre, siempre, estaba allí, agazapada, esperando.

Esperando a que un día algo se rompiera en él y acabara con ellas.

Oyó los pasos por el pasillo, hacia el baño. Oyó el ruido de la cisterna vaciándose, algo que le hizo sentir una andanada de deseos de vomitar. Luego los pasos llegaron hasta su cuarto y se detuvieron al otro lado de la puerta.

Escuchó entonces, paralizada, rodeada de frío y pavor, el sonido del forcejeo con la cerradura. Esperó, aterrorizada. Y esperó. El ruido, insistente, lleno de amenazas, se repitió un par de veces más.

Pero, de repente, cesó.

Ella se quedó congelada en la oscuridad, sin atreverse siquiera a respirar, escuchando. Silencio. Nada.

Lo había conseguido. No había entrado esa noche.

Pero algo no funcionaba.

Había demasiado silencio.

Muy despacio, con un sigilo absoluto, se levantó de la cama y, descalza, se acercó a la puerta, procurando ser completamente inaudible. Pegó la oreja a la madera. Y escuchó.

Entonces le oyó respirar, esperando, al otro lado de la puerta.

El corazón se encabritó en su pecho.

El miedo empezó a morderla de nuevo.

De pronto, al otro lado, oyó aquella voz susurrada que no olvidaría en su vida.

—Hoy te voy a dejar estar. Pero mañana no vas a cerrar la puerta, y vas a ser buena. O si no, ya sabes lo que os espera, a ti y a tu madre. No podrás ir a la policía, ni pedir ayuda. Yo seré más rápido. Os cortaré el cuello a las dos con el cuchillo de la cocina. Para cuando lleguen, habré muerto también. ¿Eso es lo que quieres?

Sonia lanzó un gemido que no quiso que fuera audible, pero lo fue.

Las piernas le flojearon, y las lágrimas más frías que habían salido de ella en toda su vida empezaron a trazar surcos húmedos en su rostro.

—Te lo repito: ¿es eso lo que quieres?

—No —susurró ella, conteniendo el llanto y el horror que la invadía.

—Mañana te llevaré al colegio, tal como hacemos cada día. Pero por la noche, deja la puerta abierta. ¿Has comprendido?

Ella tenía atenazada la garganta en aquel momento. Solo había conseguido enfurecerle más, solo había logrado que el día siguiente fuera un infierno aún peor. Porque cuando estaba enfadado, era maligno, y todo era mucho más oscuro y sórdido.

—Repito: ¿has comprendido?

—Sí —susurró ella.

Los pasos se alejaron por el pasillo, en dirección al dormitorio de sus padres.

Sonia abrió los ojos lentamente.

Había sucedido así, así lo había vivido.

El sueño había sido un recuerdo espantosamente real. Se preguntó por qué le pasaba en aquel momento, por qué ahora, cuando llevaba años manteniendo todo aquello en la zona de su interior que llamaba su «agujero negro». No tenía respuesta. No tenía respuesta alguna para nada de lo que le estaba ocurriendo. Solo se sintió miserable, triste, sucia y enferma, tendida en aquel lecho, mientras Juan dormía a pierna suelta.

Se sintió sola. Espantosamente sola. Sin esperanza ni objeto. En una soledad cruda, de la que no podía escapar.

Un sonido hostil la sacó de aquel lugar desesperanzado y hueco.

Y lo agradeció.

Era el odioso pitido del despertador, que marcaba las siete de la mañana.

A su lado, Juan se estaba incorporando y la miraba.

—Buenos días —le dijo.

—Hola —respondió ella, seca.

No quería sacar a relucir su debilidad, había vuelto a dormir con él demasiado pronto.

—Voy a preparar el desayuno.

Juan se levantó y se dirigió a la cocina. Sonia se quedó tumbada en la cama. Y recordó lo que había pasado la noche anterior.

Estaba segura de que alguien estaba rondando el telescopio.

Por alguna razón, tenían un visitante.

21

La mañana fue frustrante. No solo habían tenido pocos fotones gamma candidatos, sino que el software no hacía otra cosa que ralentizarse más y más. Afortunadamente, al llegar el mediodía, un pitido sonó en la sala de control y los dos se precipitaron a mirar las pantallas.

El algoritmo de análisis por fin les había dado un positivo. Venía de una galaxia relativamente próxima, del llamado Grupo Local, un conjunto de treinta galaxias cercanas entre las que se encuentra la Vía Láctea. Era la primera buena noticia que tenían desde que habían iniciado los experimentos.

En otras circunstancias lo habrían celebrado brindando, besándose, acaso haciendo el amor. En aquella ocasión se mostraron satisfechos y volvieron a sus tareas, sin comentar nada más.

Pero al menos había cierta esperanza de que el experimento, finalmente, pudiese llegar a buen puerto.

Al anochecer, Sonia esperó a que Juan se fuera a dormir primero. Pensó en desterrarle al cuarto de invitados, pero aquella noche el frío era terrible y prefirió dormir acompañada, aunque dejó que él se durmiera antes. Así, pasada la medianoche se tendió en la cama y enseguida la invadió el sueño.

En él se vio rodeada de ecuaciones diferenciales, de bucles que no terminaban de cerrarse, de líneas de código inacabables, sintiéndose impotente para resolver aquel enorme puzle imaginario que su mente creaba.

Se despertó sobresaltada, sin entender lo que pasaba, a las cinco y cuarto de la mañana. Se sentía amodorrada y agotada, necesitaba desesperadamente dormir ocho horas de un tirón, pero no había manera.

La había despertado un sonido, una voz, que se había abierto paso en su sueño, y este se había dado la vuelta sobre sí mismo, como cuando pones una camisa del revés, sacándola a la vigilia de golpe.

Aturdida, tuvo que recordarse a sí misma que aquel oscuro y frío lugar en el que dormía era el dormitorio de la vivienda aneja al telescopio MAGIC-II.

Entonces oyó la voz.

Balbuceaba. Soltaba frases sin sentido, o con un sentido que tal vez solo podía comprender el soñador.

Era Juan.

Estaba hablando solo en su sueño.

Sonia se preocupó. Oír la voz de tu compañero de lecho, mientras duerme, siempre es bastante inquietante.

Juan no paraba de soltar incoherencias.

—Los parámetros... se puede ajustar... al cielo... las estrellas... están llenas de cosas... cosas que se escapan de las estrellas y vienen... te caen encima como lluvia... como polvo cósmico... Lluvia de color azul.

Juan sonaba relajado mientras hablaba. Era como si estuviera conversando con alguien, igual que dos noches atrás, y como si esperara respuestas de una tercera persona para responder a su vez.

Entonces Sonia se asustó de verdad.

Porque la voz que salía de la boca de Juan no era la de Juan. Era la que había oído las otras noches, pero ahora sonaba mucho más nítida, más clara.

No, decididamente no era la voz de Juan.

El timbre, el tono, hasta el ritmo en que decía las palabras, eran de otra persona.

Se quedó muy sorprendida de que las mismas cuerdas vocales pudieran producir una voz tan enteramente diferente.

Se mantuvo así, escuchándole con atención, paralizada, un rato más. Sentía un miedo cerval, primario, nacido de una zona muy oscura y antigua de su personalidad. Tal vez proviniera de los viejos tiempos de las cavernas, pensó con su lado más racional, cuando oír a un compañero de gruta hablar solo en sueños podía significar cualquier cosa, desde que los dioses hablaban a su través, a que se había vuelto peligroso para todos los demás o había sido poseído por el espíritu de algún animal.

El miedo se asentó en el alma de Sonia para quedarse, a pesar de sus intentos por buscar explicaciones.

—Sí que podemos... intentar las capas... solo es dividir el problema... La NGC... candidatos potenciales... elegir el blanco adecuado... confirmar los parámetros de forma secuencial... el universo convertido en un plato plano... efecto... Cherenkov... mirando cerca... mirando el cielo para mirar... mirar lejos... Y allí... metaestrella... Cuatro dimensiones... Somos solo un eco... Lejos...

Sonia notó un escalofrío. Nunca, jamás, en todos los años en que habían dormido juntos, había oído hablar solo a Juan, y mucho menos en tres ocasiones separadas por unos pocos días. La joven no sabía qué hacer, si despertarle o dejarle así. Decía una leyenda que si despertabas a un sonámbulo se podía morir, pero no era otra cosa que un cuento para niños que la gente se había creído durante generaciones.

Decidió quedarse unos instantes más, escuchando.

La voz que salía de la garganta de Juan le resultaba extrañamente poderosa y atractiva. Con un hondo vibrato, hacía que la cama que ocupaban resonara en una especie de sutil movimiento armónico. Aquel sonido tenía sobre ella un poder fascinador.

No, no quería dejar de oír aquella voz.

Quería escucharla un instante más.

De repente Juan abrió los ojos y la miró.

—Sonia —dijo.

Acto seguido, los cerró, se puso de costado, dándole la espalda, y siguió durmiendo ya en silencio.

Sonia no pudo dormir a partir de entonces. Miró la hora en el móvil que guardaba, siempre con el modo avión activado, en el cajón de la mesilla de noche. Eran las cinco y media de la mañana. Se levantó, salió del dormitorio procurando no hacer ruido y subió a la sala de control del observatorio.

La estancia tenía las luces apagadas y los LED de los servidores y los ordenadores activados daban un fantasmagórico halo tenebroso a la sala. En el exterior, MAGIC-II, como un enorme objeto abstracto, se mostraba espectacular, enorme, junto al cercano bosque.

En aquel momento saltó una nueva coordenada en la pantalla del ordenador de control, y el telescopio, con el leve zumbido propiciado por el potente sistema hidráulico que lo soportaba, se giró y empezó a elevarse para apuntar a otra parte del cielo.

Sonia se sentó ante la consola del ordenador. Movió el ratón para activar la pantalla y apareció ante ella la imagen de la interfaz de automatización de blancos para el telescopio. Rezaba 00h 09m 56,5s de ascensión recta y −24° 57' 47" de declinación. Eran, según la lista que había impresa sobre la mesa de trabajo, las coordenadas de NGC 24, una galaxia espiral del Grupo Local situada en la constelación de Sculptor, y una tradicional candidata a estar rodeada de materia oscura. Curiosamente, pensó Sonia, la había descubierto el astrónomo William Herschel.

Según los modelos más aceptados, generados gracias a simulaciones en superordenadores, cada galaxia nadaba en el interior de una enorme esfera de materia oscura, que las cubría en la dirección perpendicular al plano galáctico hasta distancias inimaginablemente grandes. El universo estaba repleto de aquella sustancia misteriosa, y en realidad la materia que podemos ver resultaba ser nada más que una minúscula parte del universo real. Cuando se descubrió todo aquello, fue una revolución. No bastó que la Tierra no fuera el centro del universo, como descubrió Copérnico, ni que resultara ser solo el tercer planeta de otros nueve —al menos— en uno de los miles de millones de sistemas solares que giran alrededor del centro de la Vía Láctea, un sistema más bien normal, ubicado en la periferia de un brazo galáctico, sino que la galaxia no era todo el universo como se pensaba hasta principios del siglo XX, sino apenas una más de cientos de miles de millones de galaxias que se agrupaban formando el cosmos, según había descubierto Edwin Hubble.

Ahora, para colmo, la materia que nos formaba a todos, que integraba los planetas y las estrellas, resultaba ser una especie de residuo, de ingrediente minúsculo en un universo vasto, enorme y frío, constituido en su mayor parte por aquella misteriosa y esquiva materia oscura, un término que solo nombraba algo por lo que ignorábamos de él. Pero la cosa no terminaba ahí; también había algo tan o más misterioso aún llamado energía oscura, que se mostraba igual de escurridiza para los científicos.

El ego humano no había hecho nada más que llevarse palos desde el Renacimiento. Ni éramos el centro de nada, ni estábamos en un lugar privilegiado. Eso sí, por ahora somos el primer y único lugar en el que existe la vida, que sepamos, pero pronto, esperaba Sonia, se descubrirían más planetas habitados en otros sistemas solares. Solo era cuestión de tener los equipos adecuados, y los detectores lo suficientemente afinados. Decenas de grupos de científicos trabajaban en todo el mundo en su búsqueda. Esperaba que en pocos años llegara la noticia y la humanidad supiera que no estaba sola. A lo mejor la noticia la daban las dos chicas que ocupaban aquellos días el telescopio Herschel, Tricia y Anna. Recordó que debían visitarlas en algún momento para socializar un poco, pero dado el estado de cosas entre ella y Juan, preferiría ir ella sola. O tal vez con Javier. Recordó el efecto que su amigo había causado en las astrónomas cuando les había presentado, y pensó que sería gracioso ver cómo intentaban seducirlo.

El sistema empezó a tomar datos en cuanto el telescopio apuntó a su blanco y la columna de telemetría de otra de las pantallas, que se activó automáticamente, comenzó a llenarse de miríadas de datos. En otro ordenador, el software de reconocimiento se mantenía funcionando día y noche con los datos que ya habían obtenido, pero la pantalla permanecía congelada sin mostrar nuevos resultados. Sonia esperaba que al menos obtuvieran un segundo positivo aquella semana. Deseaba no equivocarse.

Y en aquel momento, sonó.

—¡Sonia!

El grito era intenso, desesperado. Aquella voz grave hizo retemblar el suelo prefabricado de la sala de control, que era, precisamente, el techo del dormitorio principal. Sonia lanzó un gemido ahogado. El alarido, potente pero lleno de tormento de aquella voz que apenas había descubierto en la boca de Juan, le había dado un susto de muerte.

—Joder... —masculló, llevándose la mano al corazón y notando cómo galopaba por el sobresalto.

—¡¡Sonia!!

Dio otro salto. ¿Qué hacer? ¿Bajar? ¿Y si se encontraba con algo que no quería ver? ¿Qué le estaba pasando a Juan? ¿Se estaba volviendo loco? ¿Podría ser el estrés? ¿O de repente estaba sufriendo un caso de sonambulismo? Se acordó de cómo le había visto, o había creído verle, con la mirada perdida, asomado a la ventana de la cocina la noche anterior.

—¡¡SONIA!!

El grito era terrible, angustioso. Ella se levantó de un salto de la silla y salió corriendo de la sala de control. Tropezó y estuvo a punto de caer escaleras abajo. Se agarró justo a tiempo a la barandilla metálica que había en un lado de la pared.

—¡¡¡SONIA!!!

Horrorizada por el volumen de la llamada, llegó casi arrastrándose al final del tramo de la escalera y, trastabillando, recorrió los últimos metros que quedaban hasta el dormitorio.

—¡¡¡¡SONIA!!!!

Abrió la puerta de la habitación, horrorizada, sudando, esperando encontrarse con lo peor, con algo espantoso, terrible; un accidente, una monstruosidad saliendo de debajo de la cama, cualquier cosa.

Encendió la luz de la alcoba en un movimiento reflejo.

Se quedó paralizada al ver a Juan durmiendo plácidamente en la cama.

La luz hizo que él abriera los ojos, despertándose.

—¿Qué pasa? —dijo, achinando la vista, medio grogui por el sueño.

—Nada, nada. Perdona. No... no veía, estaba muy oscuro. Apago enseguida.

Sonia apagó la luz al momento, maldiciendo su suerte.

—¿Son ya las siete? —preguntó Juan.

—No. Todavía falta un poco. Duerme —le dijo, con tono suave.

—Vale —respondió Juan, quedándose dormido casi de inmediato.

Sonia se quedó mirándole. ¿Qué estaba ocurriendo? Había oído los gritos claramente, no se los había inventado. Eran espantosos, estaban llenos de desespero. Además, era otra voz, la otra voz que salía de Juan cuando entraba en aquella especie de trance. ¿Estaba gastándole una broma? ¿Era acaso un trastorno latente que se estaba mostrando en aquellos días? ¿O todo era producto de su imaginación? Su mente se llenó de alternativas.

Cerró la puerta del dormitorio y se dirigió a la cocina. Se dispuso a preparar el café.

Necesitaba una taza bien grande.

22

El siguiente fue, afortunadamente, un día bastante productivo. Hubo un segundo positivo, lo que animó mucho a Sonia.
Al menos ya tenían dos candidatos con unos parámetros muy
interesantes, pero necesitaban al menos diez más para tener
unas cifras con la suficiente precisión como para que confir-
maran en varios decimales el modelo de su partícula. La cifra
ideal era de veinte a cien, para alcanzar la precisión necesaria
con una cierta seguridad.

Pasaron el día casi sin hablarse, intercambiándose información cuando era estrictamente necesario y poco más. Ella
salió a pasear por la tarde en los alrededores del telescopio. El
cielo estaba despejado y bajo el sol la temperatura era agradable. Pero en las sombras, el frío te calaba los huesos. Pensó en
bajar a la zona donde se podía utilizar el teléfono móvil para
mandar un par de mensajes a Javier, pero al final prefirió no
hacerlo. Se acercó al inicio del camino real, el viejo sendero
que también acababa en el Herschel, pero que se hallaba en
desuso. El sendero cimbreaba por las laderas, hasta perderse
girando por una montaña cercana. El camino era bastante incómodo y las piedras que lo formaban resbalaban, cubiertas
de humedad y musgo, tal y como les había dicho José a su

llegada. Por fortuna, una modesta barandilla de madera acompañaba el tortuoso camino. Apenas recorrió unas decenas de metros, y decidió regresar al telescopio.

Se acordó de repente del extraño encuentro con lo que había identificado como un intruso, dos noches atrás. Era como si su cabeza se hubiera empeñado en olvidarlo, pero había ocurrido. Era innegable. No le había dicho nada a Juan al respecto, y prefirió que siguiera siendo así. Después de todo, a lo mejor, con la distancia y sin el miedo de por medio, que a veces puede hacer que veas cosas que no son, consideraba que podría haber errado en su juicio, y haber sido todo causado por un animal pequeño moviéndose por la hojarasca. Pero ¿qué animal? Intentó desterrar aquellos inútiles pensamientos de su mente.

Como el día anterior, esperó a que Juan se fuera a la cama y se quedara dormido. Estuvo leyendo en la cocina, tomando notas y devanándose los sesos con formas para mejorar el procedimiento matemático de selección. Empezó a dar cabezadas.

Cuando se metió en la cama, rogó por poder dormir de un tirón. Eran las once y media y realmente necesitaba descansar. Así tendría la cabeza más despejada al día siguiente. Más que nunca iba a necesitar poder pensar con claridad, ya que los datos de los dos positivos permitían un primer modelo grosero del fermión de Sonia con una precisión no demasiado buena, pero que la ayudaría a empezar a confirmar sus datos teóricos. Había intentado al final de la tarde elaborar algunos cálculos, pero no podía pensar bien; se sentía profundamente cansada.

A veces, cuando leía, o como en aquel caso buscaba soluciones a algún problema, y estaba medio dormida por el cansancio, como en aquel momento, entraba y salía del mundo de los sueños, y el resultado era muy creativo e interesante: tenía un pensamiento racional en la cabeza, un concepto generado en la vigilia, y este pasaba a expandirse, a distorsionarse, a hacerse otra cosa enteramente diferente en el mundo del sueño. Era como si su pensamiento atravesara un velo y las asociaciones mentales normales de las personas conscientes se volvieran de repente libres, extrañas, totalmente nuevas. A veces era un fenómeno increíblemente creativo, otras era un simple caos, como el chapoteo cuando te lanzas a una piscina y atraviesas el mundo del aire para entrar en el mundo acuático.

Sonia le daba vueltas a las ideas que habían manejado hasta entonces para seleccionar los fotones positivos, intentando que la invadiera el sueño. No veía manera de resolver aquel problema de la lentitud del proceso. Estuvo imaginando las complejas ecuaciones que modelaban todo el proceso, pensando en cómo las habían implementado en el programa que habían desarrollado. De repente, mientras pensaba en ellas tumbada en el lecho, los conceptos se volvieron como ingrávidos, las ecuaciones diferenciales se pusieron a danzar en su mente un ballet sin música; fue algo en verdad gozoso.

Pero súbitamente la danza fue sustituida por una terrible angustia. Estaba en su cama, sí, estaba tumbada, sí, pero volvía a tener catorce años, y se sentía horrorizada. Sus pies y sus manos estaban fríos, y notaba el rostro muy caliente, como si todo el calor de su cuerpo se hubiera concentrado en su cara. Recordaba aquella sensación, sí, aquel aguardar oyendo su propio corazón latiendo a mil en su oído, mientras permanecía tumbada temiendo que se le parara de lo rápido que corría, notando el terror invadiendo sus miembros y enfriándolos. Era el miedo anterior a los pasos por el pasillo, a la entrada en el cuarto de baño, al sonido del agua en el retrete, a los pasos hacia su dormitorio y luego dentro de él, y a notar el cuerpo que se metía en su cama, grande, cálido, pero que empezaba a acariciarla, a tocarla. Entonces llegaba la repulsión, el horror. No podía ser que fuera él. Era un monstruo, se había obligado a pensar. Era un monstruo que ciertas noches de espanto se adueñaba de su padre, le expulsaba de su cuerpo y tomaba control de sus movimientos. Solo así podía explicárselo, solo así se lo explicaba. El monstruo que a veces llegaba por las noches. Tal vez dos veces al mes, y en ocasiones solo una. El monstruo que la hacía sentirse tan enferma y tan sucia al día siguiente que se metía en la ducha y se frotaba la piel hasta hacerse sangre para quitarse la memoria de su tacto de encima.

El monstruo que ya no estaba al día siguiente, cuando desayunaban. Su padre había preparado tostadas o cruasanes con mermelada y mantequilla; luego la llevaba al cole en el coche, y hablaban de las clases, de las asignaturas, de las notas. No, no había ya tal monstruo al día siguiente.

Hasta una mañana en la que estaban a mitad de camino hacia el colegio y se detuvieron en un semáforo. Su padre la miró apenas un segundo y acto seguido habló.

—Si alguna vez le cuentas algo a tu madre, o a quien sea, os mataré a las dos. Y luego me mataré yo.

Esa fue la frase. Corta, dicha con un tono calmado, mientras él miraba relajadamente hacia delante, esperando a que el semáforo cambiara a verde. La primera vez que la dijo.

Entonces ella supo que el monstruo no venía a apoderarse de su padre un par de veces al mes, sino que habitaba dentro de él.

El monstruo era su padre.

El monstruo.

Vio entonces la imagen de una cosa espantosa conduciendo el vehículo en el que solía llevarla al colegio. Era abominable. Era una cosa vil, indescriptible, con ojos atroces, y una mirada llena de maldad, y luego algo de miedo. Era un monstruo espantado, un monstruo asustado. Eso lo hacía más terrible todavía. Lanzó un grito.

Sonia se despertó, dándose cuenta de que su grito la había acompañado al mundo de la vigilia.

Se incorporó un instante en la cama. Juan estaba completamente dormido a su lado, y al parecer no la había oído gritar.

Intentó relajarse y conciliar el sueño de nuevo.

Pero no, no iba a ser posible. Lo sabía perfectamente.

Cuando el monstruo se colaba en sus sueños, ya no había manera de volver a dormir aquella noche.

Porque temía que el sueño siguiera, ver de nuevo aquel rostro terrible. Monstruoso y espantosamente patético a la vez.

Y el monstruo la llamó.

—Sonia.

Ella se sobresaltó. Estaba profundamente dormida, pero la voz pronunciando su nombre como una letanía en tono grave la sacó del ensueño en el que se encontraba, como una máquina perforadora que la buscara implacablemente.

—¿Sí? —dijo, pensando, o queriendo pensar, que aquella voz grave era la de Juan que se había despertado.

Pero no era así.

No sabía qué hora era. Fuera era noche cerrada, según le informaba la ventana del dormitorio. Se sintió extrañamente despejada.

—Sonia. Te llamas Sonia —dijo la voz profunda, corroborando que Juan estaba dormido.

—Así es —siguió ella, entre asustada y picada por la curiosidad.

—Hola, Sonia.

—¿Quién eres tú?

—Soy Robert —dijo la voz.

Un escalofrío nacido del miedo más crudo subió por la médula espinal de Sonia hasta llegar a su cuero cabelludo.

Sintiéndose horrorizada, intentó mascullar una respuesta.

—Te llamas Juan.

—No —dijo la voz grave, haciendo casi vibrar el aire del cuarto—. Juan duerme ahora. Yo no soy Juan.

—¿Y quién eres, Robert?

—Una persona que quiere hablar.

—Estamos hablando.

—Hablar es bueno, me gusta hablar. No estoy acostumbrado a hablar.

El uso del lenguaje que hacía Robert parecía el de un niño, o el de un extranjero que estuviera aprendiendo la lengua del lugar, o una forma nueva de expresarse. Aquello era profundamente inquietante para Sonia.

—¿De qué quieres hablar?

—De muchas cosas. Pero tengo poco tiempo.

—¿Poco tiempo?

—Pronto volverá.

—¿Quién?

—Juan. Y entonces yo me dormiré.

—¿Duermes cuando Juan no duerme?

—Algo así.

—¿Y de qué quieres hablar?

—Del experimento, de soluciones, de ecuaciones y capas, de ti y de mí, de la noche —dijo la voz de carrerilla, en lo que más bien parecía un monólogo interior.

—Son muchas cosas, Robert.

—Empezaré por la que quieras. Pero hoy no podrá ser.

—¿No?

—No. Él viene. Y cuando él viene, yo me tengo que ir.

—Entonces seguiremos en otro momento —dijo Sonia, siguiéndole el juego, a ver hasta dónde podía llegar.

—Me parece bien, Sonia. Mañana a esta hora seguiremos hablando.

Hubo un largo silencio; mientras, Juan respiraba profundamente, sus pupilas se movían debajo de sus párpados en bruscos movimientos REM.

Sonia, más tensa que antes, a punto de dar un salto de la cama, se quedó quieta un instante, como si no quisiera que Juan se despertase.

Pero sí lo hizo. Abrió los ojos. Y la voz que sonó fue la de Juan.

—Joder.

—¿Qué pasa? —preguntó ella.

—Tengo que ir al baño.

Juan abandonó la cama y salió del dormitorio, arrastrando los pies. Le oyó entrar en el cuarto de baño, le oyó orinar, algo que odiaba profundamente. No paraba de decirle que cerrara la puerta del baño; Sonia no soportaba oír el sonido que producían las necesidades fisiológicas de otros, ni el de las suyas tampoco. Sobre todo odiaba el sonido de tirar de la cadena, del agua descendiendo por el retrete. Era para ella algo paralizante. Se trataba de una sensación primaria, que venía de su infancia, de algo muy oculto en su interior. Algo de lo que no hablaba. Pero que la acompañaba desde siempre. Algo feo y triste.

El espacio era realmente pequeño en el habitáculo, y el baño estaba demasiado cerca. Sonia le había dicho muchas veces a lo largo de su relación que cerrara la puerta cuando fuera al baño, le había intentado hacer comprender lo terriblemente desagradable que era todo eso para ella. Pero él se olvidaba constantemente, y como resultado, la joven pasaba unos momentos muy desagradables, mucho más de lo que le confesaría a cualquiera, porque hacerlo implicaría hablar de su pasado, recordar, traer a su mente cosas que había conseguido apartar de ella.

Al poco tiempo, Juan regresó al dormitorio y se tendió a su lado. Se volvió de espaldas a ella, ocupando una pequeña porción de la cama, como había empezado a hacer desde que habían tenido la bronca por el asunto de los anticonceptivos. Era como si, para castigarse, se quedara al borde del lecho compartido. Bueno, a Sonia no le parecía mal. Que se jodiera, había pensado.

Pero en aquel momento la mente de Sonia estaba en otra cosa. En intentar comprender qué había pasado unos minutos atrás. En aquella voz que sonaba imposible en la garganta de Juan, y en el nombre que le había dado.

Robert.

Notó enseguida que Juan se había quedado completamente dormido. Y ya no pegó ojo en toda la noche, puesto que, cuantas más vueltas le daba a lo que había pasado, más miedo sentía.

Cuanto más pensaba en ello, más insondable se le hacía.

O Juan estaba loco, o era ella la que se estaba volviendo completamente loca.

No había término medio.

23

Sonia pasó todo el día siguiente intentando concentrarse en sus ecuaciones, pero no lograba sacarse de la cabeza lo que aquella voz le había dicho la noche anterior: que quería hablar con ella, y que tendrían una conversación esa misma noche.

Bueno, le decía su lado más racional, aquellas cosas simplemente no pasaban en el mundo real. Vale, Juan le había hablado en sueños, pero aquello no era nada más que una ensoñación, un capricho de los sueños. Nada más. A veces puedes tener sueños realmente vívidos, y lo que crees estar viendo u oyendo resulta ser un engaño de tu propio subconsciente, en esa extraña área que separa la vigilia del mundo libérrimo y singular al que entramos cuando dormimos. Sí, pensó, seguramente la falta de descanso de aquellas noches y la tensión emocional estaban haciendo mella en ella y se imaginaba cosas.

Pero otro lado de su pensamiento, más emocional, le decía otra cosa. Que a lo mejor podría pasar algo aquella noche, que la voz podría cumplir su palabra y Robert volvería para hablar con ella.

Se vio a sí misma leyendo la telemetría de la noche anterior pero sin poder concentrarse en los resultados que, aunque negativos, habían arrojado más candidatos potenciales en la base de datos. Sabía que todo aquello que estaba pensando era completamente irracional, una locura. Pero acabó dándose cuenta de que, por alguna razón que no alcanzaba a comprender aún, estaba deseando oír aquella voz de nuevo. Aquella voz grave y poderosa que salía del cuerpo de Juan pero que no parecía nacer de él.

Así que esperó hasta la noche y, con la rutina diaria de dejar que Juan se acostara primero y luego ella, con él ya dormido, se le pasó el tiempo hasta la una de la mañana en la sala de control, revisando las filas de datos que se iban acumulando de hora en hora, a medida que el MAGIC-II recorría y observaba el cielo nocturno.

Finalmente fue al dormitorio, se cambió en la penumbra nocturna y se tendió en la cama. Y esperó.

Pasaron los minutos, pero no ocurría nada. Siguió aguardando un rato más, pero el sueño la vencía. Su esperanza había sido vana, se dijo, entrando poco a poco en el sueño. Había usado el mismo mecanismo de autoengaño que utilizaba cuando compraba la lotería: el pensamiento mágico. No, no iba a suceder lo que esperaba, fuera lo que fuese. Además, ¿por qué necesitaba tanto oír aquella voz? ¿Qué sentido tenía? No se atrevió a examinarse con sinceridad para responderse a sí misma, y al cabo, vencida por el cansancio, se quedó completamente dormida.

Pasaron unas horas en las que los dos durmieron, de costado, dándose la espalda mutuamente.

Durmieron profundamente.

De repente algo hizo que Sonia se despertara. No fue nada físico, sino algo puramente mental. Como si una alarma en su mente se hubiera activado. Se giró y miró a Juan, que se había girado también y dormía de cara a ella, tumbado sobre su costado izquierdo.

Entonces Juan abrió los ojos y la miró.

Ella estaba mirándole también, desconcertada por sus sentimientos, desconcertada al saber que estaba esperando a que ocurriera algo. Llevaba todo el día esperando. No acertaba a comprenderse a sí misma.

—Sonia —dijo la profunda voz.

A Sonia se le puso el vello de punta. Tal vez de excitación, o de sorpresa, acaso de auténtico pavor. Pero no podía dejar de mirar aquel rostro, que era el de Juan, pero que ya no lo era. Sus pupilas se habían dilatado enormemente. Los músculos faciales parecían estar en otra tensión, en otra dinámica vital distinta. Era como si otra alma hubiera tomado las riendas de aquel cuerpo, como si usara sus controles sobre la carne, sobre la piel, sobre el músculo, más eficientemente que Juan.

—¿Eres Robert?

—Lo sabes.

—Querías hablar conmigo. Anoche lo dijiste.

—Sí, eso quiero. Me gusta hablar.

—Hablemos, entonces.

—Sonia. Suena muy parecido a *somnia*. «Sueños» en latín.

—Así es.

—Tienes una voz hermosa, Somnia, soñadora. Es lo primero que noto, el sonido, tu voz. Suena bien, es una bonita recepción, como de música. ¿Cómo te suena la mía?

—Diferente.

—Diferente... ¿a qué?

—A la de Juan.

—Porque yo no soy Juan.

—Entonces ¿quién eres?

—Robert.

Sonia comprendió que no iba a sacar mucho más a aquella voz si seguía planteando acertijos, o tautologías. Se examinó a sí misma un instante y se sorprendió de lo estúpido de aquel juego. Estaba hablando con su propio marido sonámbulo. Pero decidió seguir con el juego. Quería hacerlo. Y un suave cosquilleo de excitación la invadió.

—Me dijiste que el experimento te tenía absorto —le comentó.

—Absorto, sí.

—¿Por qué?

—Porque no está yendo bien.

—Efectivamente, tenemos problemas.

—Sé cómo solucionarlos. El secreto está en reorientar la lista de objetivos hacia los positivos.

—El algoritmo es muy lento, no tenemos opción para encontrar positivos en un plazo razonable de tiempo. No podemos rehacer la lista.

—Se puede. Es posible.

—No lo creo.

—A lo mejor no has examinado el problema adecuadamente.

—Puede ser —dijo, siguiéndole la corriente.

—Si se hace así, aunque la probabilidad es ínfima, se puede conseguir mejorar la lista. El objeto que tiene fotones de materia oscura es el candidato preferente. Aún no lo sabéis, y os guiais por la lógica. Galaxias espirales grandes con el movimiento orbital más rápido en el exterior de su perímetro, es decir, con signos de influencia gravitatoria de materia oscura. Tiene sentido. Pero es una búsqueda a ciegas al principio. Hasta que tengáis una cantidad suficiente de positivos, seguirá siendo así. Tenéis cincuenta objetivos, pero hay una lista secundaria.

Sonia se sorprendió en extremo. Aquella lista se la había mostrado a Juan, pero ante su oposición a utilizarla había desistido de pelear por ella para no discutir con él. Juan aducía que se trataba de objetos muy distantes, la luz que llegaba a la Tierra desde ellos provenía de una etapa muy antigua de la historia del universo, y temía que su modelo no fuera tan eficiente en unos momentos tan remotos en los que, tal vez, las leyes de la física no fueran exactamente las mismas que en el instante presente. Porque cuanto más lejano es un objeto en el universo de la Tierra, más antiguo es, pues más tiempo ha tardado en llegar su luz a nosotros. Temía que aquellas galaxias increíblemente lejanas no dieran buenas lecturas. De hecho, los cincuenta objetos que el MAGIC-II iba muestreando de noche en noche pertenecían al llamado Grupo Local y otros cercanos. Además, temía que el corrimiento al rojo de las galaxias más remotas indujera a lecturas erróneas.

—¿Cómo lo sabes? —le preguntó a Robert, pasmada—. ¿Cómo sabes que puede funcionar ese listado?

—Tu lista es más prometedora —le dijo, sin responder en realidad a su pregunta—; te has guiado por una forma de juzgar los objetivos no tan directa, basada en intuiciones, y esas intuiciones son correctas. Esas galaxias tan antiguas tienen más probabilidad de estar englobadas en enormes burbujas de materia oscura, y por tanto, pueden generar en promedio más fotones gamma.

—Pero no interesaban galaxias tan próximas al rojo.

—Ese es un miedo erróneo e irracional al error muestral, a que el corrimiento ofrezca lecturas inciertas de los fotones gamma que lleven a falsos positivos. Tiene sentido, sí, pero solo hay que quitar la predominancia del corrimiento al rojo en esas muestras lejanas. Es solo una resta. Además, la muestra de cada galaxia te suministra su espectro, y verás que hay sobreabundancia de deuterio, lo que indica que son formaciones realmente antiguas.

Sonia miró sorprendida el rostro de ojos medio cerrados de Juan, que en aquel momento no era Juan sino que decía ser Robert. La situación se le antojó más absurda que nunca.

—Plantea al menos subir los candidatos de los cincuenta a cien, incluyendo tu lista. El cuello de botella no es la observación, y es más que suficiente poniendo el período en cada blanco a la mitad. El problema básico y final es el cálculo. Pero eso también se puede resolver.

—¿Cómo? —preguntó Sonia, realmente intrigada.

Robert abrió los ojos y la miró con intensidad durante unos segundos; a continuación los cerró. Juan tosió y se incorporó.

Sonia, sorprendida, se quedó paralizada por un instante, sin saber qué hacer.

—Carajo, que me quedo sin aire... —gruñó Juan con su característico tono de voz chillona.

Se había despertado. Y Robert había desaparecido.

Sonia se quedó mirándole, recostándose en la cama, frustrada. Lo que estaba hablando con aquella voz, fuera quien fuese, fuera Juan o no, era muy interesante y le estaba abriendo puertas que no había considerado. Juan lanzó un ronquido ruidoso y molesto. Ella le miró con desagrado. Y en aquel momento quiso patearle la cara.

24

Durante el día que siguió, en el que no entraron apenas datos, demostrándose que los muestreos eran una catástrofe en la que se perdía un tiempo de observación precioso, Sonia estuvo haciendo cábalas sobre lo que Robert le había dicho la noche anterior; o sea, si tenía sentido intentar optimizar el código de nuevo, pero no veía cómo hacerlo. Lo habían revisado ella y Juan mil veces, y no había forma de arreglarlo. El proceso era lento por definición. El problema solo se podía resolver mediante fuerza bruta, con la capacidad de cálculo masivo de un superordenador.

Al final de la jornada, descorazonada, Sonia se reprendió a sí misma por haberse tomado en serio las absurdas entelequias de una voz sonámbula. Acabó convenciéndose de que aquello pasaría pronto, que Juan dejaría de hablar en sueños. Porque todo aquello no era otra cosa que una especie de ensueño de Juan. Un absurdo. Mientras se está dormido se puede decir cualquier cosa sin sentido, y ella, por alguna razón, se había creído todo aquello.

Aquella noche, con la misma rutina de las anteriores, se metió en la cama cuando Juan ya roncaba levemente, e intentó conciliar el sueño.

Cuando la voz la despertó, se quedó paralizada por la incertidumbre. Aquel tono inconfundible había vuelto por tercera noche seguida.

—Hola, Sonia. ¿Has pensado en lo que te dije ayer?

Sonia se giró hacia Juan, que le hablaba con los ojos cerrados, y decidió participar en el juego una vez más.

—¿Qué ideas se te han ocurrido? Anoche no me las dijiste.

—Se resume en mejorar el sistema de detección de los fotones.

—Eso se supone que ya lo has hecho.

—No exactamente. Juan es quien lo ha intentado hacer. Y yo no soy Juan.

—Bueno, tú dirás —dijo Sonia.

—Se trata de que saltes por encima del trabajo que habéis hecho; que lo olvides. Hay que empezar de nuevo desde cero. El problema es de concepto básico. Hay que cambiar el concepto inicial por otro, e implementarlo. Juan llegó con una idea preconcebida, ya programada en un *pendrive*. Eso ha hecho que no entienda cuál es el problema en su origen, sino que se preocupe de modificar el código aquí y allá, nada más. Y tú con él. El código que habéis desarrollado es muy bueno, pero no hace lo que tiene que hacer. Hay que plantear un nuevo ataque al problema.

—¿Y cuál planteas tú? ¿Cómo es ese ataque?

—La idea es ir por capas, no buscar directamente el fotón perfecto. Eso lo que hace es ralentizar el proceso, son horas y horas de cálculo a la espera de un único resultado. Si vas por capas, tardas apenas unos segundos, recorriendo todas las observaciones, y sacas de todas ellas un subconjunto de fotones prometedores que cumplen algunas de las características, pero no todas. Luego, sobre ese subconjunto, buscas otros parámetros, y se reduce de nuevo, y así sucesivamente. En diez pasos tienes los candidatos reducidos al máximo, y apenas has tardado una hora de cálculo. Eso sobre una noche completa de observación, que pueden ser varios miles de muestras. Luego a ese último conjunto, el de los fotones más prometedores, entonces sí que le aplicas el cálculo final. En cuestión de once o doce horas puedes tener todos los resultados confirmados, de todas las muestras que habéis obtenido hasta ahora. Ahora ese es el tiempo de cálculo para un solo fotón. ¿Me sigues?

—Perfectamente. Es brillante —reconoció Sonia—. Y sencillo. No comprendo cómo no lo hemos pensado antes.

—A veces nos aferramos a las ideas preconcebidas y nos cuesta mucho abandonarlas.

—¿Qué harías entonces?

—Pues programo el ordenador, simplemente, pero con un algoritmo completamente nuevo. Hay que olvidar el anterior, excepto en el caso de los fotones finales.

—Estás dormido, ¿recuerdas?

—Bueno, ya me has visto moverme en otras ocasiones, ¿verdad? —dijo, poniéndose en pie.

Ella se quedó paralizada. No sabía lo que pasaba dentro de la cabeza de Juan, pero el que decía ser Robert parecía bien consciente y despierto en aquel momento, y con un control total de sus movimientos voluntarios.

Robert caminó por el dormitorio, alrededor de la cama, mirándola.

Sonia estaba excitada, se sentía realmente extraña. Juan parecía otro. Y era otro. Hasta su forma de moverse, la gracia con la que caminaba, todo él, le hacía parecer una persona enteramente diferente pero en su mismo cuerpo.

La excitación que la invadía era de todo tipo, pero sobre todo, y eso la sorprendió mucho, sexual. Vio a aquel hombre ponerse de pie y moverse ante ella, y deseó amarlo en aquel mismo instante.

—Estás preciosa —le dijo con aquella irresistible voz grave.

—No sé cómo lo haces.

—¿El qué?

—Hablar así.

—Es mi voz.

—No, no es tu voz. Lo sabes bien.

—Claro que es mi voz. La que oyes de día es su voz.

—No lo entiendo. Eres tú.

—Sí, soy yo, pero soy un yo diferente.

—¿De qué estás hablando?

—De que yo puedo usar su cuerpo, pero no soy él. De eso estoy hablando. Salta a la vista.

—Esas cosas no ocurren, es imposible.

—Lo estás viendo, Sonia.

—Por favor, somos físicos.

—Él es físico.

—No puedes insistir en que no eres él. Nadie tiene dos personas dentro de su mente.

—No es exactamente así. Otro día te lo explicaré. No tengo mucho tiempo, los momentos en que te puedo venir a ver son escasos y breves. Ahora se está terminando mi tiempo. Sé que va a despertarse. Mañana, si te parece, haré los cambios que te dije. Hay que cambiar toda la estructura del programa. Si me ayudas, en un par de horas podremos tenerlo terminado.

Sonia no respondió. Empezaba a pensar que todo aquello era completamente absurdo.

Pero la idea que le había dado era brillante, y probablemente podría funcionar.

—Ahora me tengo que ir.

Robert se tendió en la cama y cerró los ojos ante ella, quedándose completamente dormido en cuestión de segundos. Empezó a roncar. Sonia se le quedó mirando. Le tocó el hombro y, en un instante, Juan abrió los ojos.

—¿Qué? —preguntó con su voz de siempre.

—Nada.

—¿Todo bien?

—Sí, sí, todo bien.

—Ah, vale —dijo, mirando el reloj—. Son las cuatro. Bueno, todavía podemos dormir tres horas más.

—Que descanses.

Juan no dijo nada más y se quedó completamente dormido otra vez.

Ella le miró. No conseguía entender todo aquello que estaba ocurriendo.

Pero no podía evitar sentirse defraudada cuando Juan le hablaba y aquel otro hombre, que era él pero que no era él, que hablaba en sueños, o que tal vez fuera una completa locura, una entelequia del subconsciente, desaparecía.

Al mirar a Juan en aquel momento se sintió terriblemente sola. Y deseó que el otro volviera.

Lo deseó con toda su alma.

25

Pasó un día de rutina más, de atasco en los cálculos, de apenas un puñado de fotones candidatos y dudosos. No lograba acostumbrarse a aquella lenta caída, aquel anuncio de un fracaso estrepitoso que paralizaría sus carreras y tendría consecuencias catastróficas. Sonia ocupó la jornada leyendo, procurando no encontrarse con Juan excepto cuando era imprescindible, algo por otro lado harto complicado en un espacio tan pequeño como el del habitáculo en que vivían.

En la mente de Sonia fulguraban las ideas que la noche anterior le había transmitido Robert. Dejó de plantearse si aquello era o no una completa locura, que estaba hablando con su marido sonámbulo que decía ser otro y que, de hecho, se movía, gesticulaba y enteramente parecía ser otra persona. O al menos eso le parecía a ella. O eso quería creer. Pero las soluciones al terrible problema en el que se encontraban, que le había comentado Robert la noche anterior, se le antojaban perfectamente viables. Eso sí, era muy oneroso de implementar, pues se requería dividir en partes las ya de por sí complicadas ecuaciones que utilizaba el algoritmo, diferenciando qué variables influían en cada parte del proceso, separándolas en otras diez ecuaciones, que compartirían variables y requerirían una enormidad de cálculos previos. Era un proceso de una gran complejidad, que se le escapaba. Estuvo unas horas haciendo anotaciones y recreando los procesos, pero al final su cuaderno de notas se llenó de tachaduras.

Por la noche, intentando mantener toda la distancia posible, Sonia decidió salir al exterior cuando Juan se disponía a acostarse, confiando en que ya estaría dormido cuando ella regresara del paseo. El frío en el exterior era soportable, de modo que se puso un jersey y comenzó a recorrer la zona del telescopio bajo la luz de las estrellas, absorta en sus pensamientos.

Sonia examinó el telescopio, que se desplazaba levemente, yendo de un objetivo a otro. Era fascinante ver aquel enorme objeto reflectante moviéndose con un silencio casi completo sobre los potentes cojinetes que lo mantenían en suspensión líquida; el suave ruido que producía solo era audible por el ambiente silencioso que reinaba en el Roque. Paseó alrededor de la inmensa construcción de ingeniería, mirando hacia la máquina.

Entonces volvió a ocurrir.

Casi lo había olvidado.

Pero volvió a pasar.

Los pasos en la oscuridad, inequívocos, claros, hasta detenerse.

A poca distancia del lindero del pinar.

Sonia se quedó congelada. No, no se trataba de un animal, esta vez estaba completamente segura de ello. Notaba esa sensación tan desagradable de tener una mirada fija sobre ella, ese extraño presentimiento tan humano de ser observado. Se giró lentamente, con miedo de ver algo que no quisiera ver, algo que quedara grabado en su mente para siempre. Pero solo estaba tras ella la boca abierta del bosque negro. Aunque la joven sabía lo que había detrás de aquella oscuridad.

Tenía una linterna de trabajo en uno de los bolsillos traseros del pantalón. Estaba equipada con una luz roja para no afectar demasiado a la visión adaptada a la oscuridad, pero no solía usarla. En aquel momento la cogió, la encendió, y con paso decidido avanzó hacia el pinar

—¡Eh! ¡¿Quién carajo eres?!

Como respuesta a su grito, unos pasos se alejaron en el borrajo, pero esta vez ella no iba a dejarlo pasar, y corrió internándose entre los pinos, iluminándose con la luz rojiza de la linterna.

No, no estaba loca. Alguien rondaba el telescopio. Alguien muy acostumbrado a moverse en la oscuridad más absoluta.

—¿Dónde estás, maldita sea?

Como respuesta a su pregunta, una forma se detuvo ante ella, a unos veinte metros de distancia. Apenas resultaba visible bajo el haz de tenue luz roja en aquella oscuridad terrible. Pero era una figura inequívocamente humana, física. No era su imaginación.

—¡Alto! —gritó Sonia, enfadada.

Odiaba que jugaran con ella, y más aún de aquella manera. Era algo que no podía soportar. Se estaba poniendo furiosa por momentos. Y su ira ganó a su miedo.

Echó a correr hacia la figura furtiva, que a su vez emprendió una carrera muy rápida alejándose de ella. Sonia, tras un trecho de persecución en el que se hirió con un par de las bajas ramas de los pinos que la rodeaban, perdió pie pero pudo agarrarse a un árbol; entonces se detuvo. ¿Qué estaba haciendo? En cualquier momento, aquella llanura se convertiría en una escarpa y podría caer al vacío, o torcerse un tobillo, pues el borrajo tapaba un suelo irregular y plagado de piedras esparcidas aleatoriamente. Además, todavía podía regresar al telescopio, pero si seguía adelante y modificaba su trayectoria, se perdería fácilmente en el pinar. Para colmo, su perseguido ya estaba fuera del alcance de su linterna. Se había sumergido en la más completa oscuridad.

—¡No vuelvas por aquí, seas quien seas! —gritó Sonia, desafiando a lo oscuro.

Se dio la vuelta, enfadada consigo misma, y volvió sobre

sus pasos hacia el MAGIC-II. Había estado a punto de sufrir un accidente de lo más estúpido. Salió a la planicie donde reposaba el enorme telescopio y se encaminó al habitáculo. Entró y pasó a la cocina. El reloj que había sobre la encimera marcaba las dos y media de la mañana. Era tardísimo, y a las siete había que ponerse en marcha. Entonces se detuvo, al oír unos pasos en el piso superior. Se dirigió hacia la escalera y subió a la sala de control del telescopio. Solo faltaba que Juan no se hubiera ido a dormir todavía.

En la sala, Juan estaba yendo y viniendo, con documentos llenos de ecuaciones y garabatos en sus manos. Cuando Sonia llegó se disponía a sentarse ante el SDK del sistema de análisis del telescopio.

—¿Qué haces? —preguntó Sonia.

—Programar el sistema por capas —respondió la voz grave e imponente de Robert.

Sonia se quedó sin palabras. No se lo esperaba. No sabía qué hacer, ni qué decir. Juan estaba haciendo cosas, moviéndose, programando, tomando notas... sonámbulo.

Robert había tomado el control.

—Me queda poco para terminar. Estoy con las dos últimas condiciones de salida. Podremos probarlo sobre la marcha. He conseguido tomar el control parcial de la CPU de la otra máquina, y se puede hacer observación y a la vez seguir el análisis de lo capturado.

Sonia se acercó a Juan, o a Robert. En su cabeza estalló un revoltijo de pensamientos contradictorios. ¿Juan sonámbulo otra vez? ¿Qué demonios o quién demonios era aquel Robert que aparecía todas las noches? ¿Se estaba volviendo loca? ¿O era Juan quien se estaba volviendo loco? ¿Y si Robert era realmente Juan pero este lo había mantenido oculto en algún rincón de su mente o de su personalidad? Y lo más importante, ¿por qué se sentía tan bien en aquel momento? ¿Por qué necesitaba oír su voz otra vez? Se sorprendió pensando en todas las hipótesis posibles sobre lo que estaba ocurriendo. Pasó unos minutos así, sin darse cuenta, mientras oía el sonido furioso de cientos de pulsaciones por minuto en el teclado del ordenador. La voz de Robert la sacó finalmente de su ensimismamiento.

—Esto está listo. ¿Quieres verlo?

Sonia se acercó a él, entrando en el juego. Volvía a pensar en el asunto en el que estaban metidos: el de la solución del problema del tiempo de cálculo.

—Claro. Pero mira, es imposible. Hay que hacer un montón de trabajo previo, cálculo matemático, convertir infinidad de variables discretas, dividir las ecuaciones diferenciales sin que se vean afectadas las variables compartidas, es una enormidad.

—Le voy a pasar las observaciones de ayer —dijo Robert, tranquilamente—. He creado un sistema que muestra los positivos en los niveles que comentamos anoche. Diez iteraciones. Así puedes ver su rendimiento en tiempo real. Voy a introducir la base de datos.

—De acuerdo —dijo Sonia, encogiéndose de hombros.

Robert tecleó con gran precisión una serie de comandos en la consola que había abierto en la interfaz de una de las pantallas. Sonia notaba cada vez con más intensidad las diferencias entre Robert y Juan. El comportamiento de Robert ante el ordenador era en extremo fluido, su código casi se diría que salía solo de sus dedos al escribirlo, sin errores, sin correcciones, sin cambios aquí o allá, con una velocidad asombrosa. Era absolutamente alucinante verle trabajar.

Finalmente, Robert abrió un archivo y se inició el análisis.

La primera fase del proceso, sobre dos mil muestras almacenadas, duró menos de un segundo, y apareció como resultado medio millar de candidatos. Sobre ellos se inició el segundo análisis, que arrojó apenas un centenar en medio minuto. El tercer análisis dejó una decena. Luego se inició el cuarto, igual de rápido. El quinto y el sexto dejaron diez marcas verdes en la pantalla.

—Esto llevará un par de horas a partir de aquí, me refiero a las iteraciones séptima a décima. Pero tienes ahora diez candidatos muy interesantes. He puesto una alarma sonora. Si localiza algo a lo largo de la mañana, te avisará. También te guardará coordenadas y datos, y te añadirá ese objetivo a las observaciones del día siguiente con prioridad y una multiplicación del tiempo disponible de un orden de dos a cuatro unidades más, ya que se convierte en un blanco prometedor. Como resultado de esa estrategia, se observarán durante más tiempo los candidatos con fotones positivos, pero el sistema no se olvida de los otros candidatos, que siguen en la lista. Así se optimiza el reparto del tiempo entre ellos.

—Caray —dijo Sonia—. Con el código viejo esto habría llevado un mes de trabajo, por lo menos, y en un superordenador probablemente varios días.

—El secreto, ya te lo dije, es hacer preselecciones, no querer resolver todo el problema de golpe. En cuanto termine este cálculo tendrás todas las observaciones que habéis hecho hasta hoy catalogadas, ordenadas y descifradas.

Los dos se quedaron mirándose un instante. Sonia se dio cuenta de que estaba totalmente fascinada con aquel hombre, aquel hombre que era Juan pero que no era Juan. En aquel momento lo encontraba irresistiblemente atractivo.

—Mi tiempo esta noche se acaba —dijo Robert, rompiendo el hechizo de repente.

Sonia le miró un instante. De súbito, algo le pasó al hombre que tal vez era Juan o tal vez Robert. Se quedó en completo silencio, se levantó de su asiento ante la pantalla del ordenador, la miró sin verla y se detuvo ante ella. Pero algo estaba pasando dentro de él, algo que hizo que Sonia retrocediera dos pasos de forma instintiva.

El aspecto, la expresión del hombre, eran terribles en aquel momento. En unos instantes todo en él había cambiado. Parecía ahora que estuviera muerto, o más bien hueco, que en su interior no hubiera nada, ni nadie. Era como una carcasa vacía.

Sonia dio otro paso atrás, horrorizada. Recordaba aquella mirada perdida, como espantada ante la visión de un precipicio eterno, insondable, acaso la del abismo que hay entre la vida y la muerte, o entre el sueño y la vigilia. Aquella misma mirada la había contemplado sin verla desde el cristal del habitáculo unos días atrás, cuando vislumbró tras la ventana a Juan, probablemente sonámbulo, o tal vez algo peor. Porque aquello que ella estaba viendo era mucho peor.

Tenía ante ella una caja vacía. Un cuerpo que había sido abandonado por la conciencia, cualquiera que fuera esta.

Nunca había contemplado una mirada tan hueca, tan muerta, en el cuerpo de alguien a quien, no podía negarlo ya, amaba, aunque no entendía muy bien a quién ni por qué. Solo sabía que no amaba a Juan, sino a aquella persona que estaba sustituyéndole durante el sueño.

La sensación que experimentó al ver aquella mirada perdida era como la de asistir a una muerte, a algo inexorable, insondable, definitivo, que nadie ha podido observar sin quedar roto para siempre. Ella sabía lo que era eso. Había visto cosas que la habían roto, y que no compartía con nadie. Aquella quedaría también en aquel lugar de su memoria, el lugar íntimo, secreto, lleno de telarañas y sombras del tiempo, donde guardaba las cosas de las que no se habla, y a las que es mejor no revisitar, no recordar, ni siquiera intuir ya.

El cuerpo sin alma empezó entonces a caminar.

Salió de la sala de control, bajó la escalera, llegó al dormitorio principal y se tendió en la cama.

Sonia, con el espanto agarrándola vilmente por la nuca con unas garras afiladas, caminó tras aquel cuerpo de ojos perplejos y vio como, tras tenderse en el lecho, cerraba los ojos, lenta, muy lentamente.

Entonces ella misma se dio cuenta de que el cuerpo, desde que había entrado en aquel trance terrible, no había parpadeado ni una vez.

Se sentó en la cama, junto a él, esperando alguna señal, algo que le permitiera comprender.

Y la señal llegó.

El rostro se relajó y la respiración se hizo calma, familiar.

Era la respiración inconfundible de Juan, la que la había arrullado en el lecho durante los últimos seis años.

Sonia supo de pronto que aquello era parte del proceso, de

la transición de Robert a Juan, el cambio de Hyde a Jekyll, o viceversa. El cuerpo quedaba perdido, ausente, hueco, huérfano de alma por unos minutos, y el otro llegaba en mitad del sueño sonámbulo.

Sintió ganas de gritar. No sabía si otro ser humano en algún momento del pasado había asistido a aquel fenómeno, pero estaba absolutamente horrorizada. Porque había comprendido.

Aunque también estaba fascinada.

Juan y Robert eran dos, eran distintos; no eran personalidades, aspectos, lados bipolares, sino dos seres enteramente diferentes que de alguna manera, por alguna causa, estaban usando el cuerpo de Juan, intercambiándose.

Su mente ardió en preguntas. ¿Adónde iba el otro cuando uno tomaba el control del cuerpo? ¿De dónde venía Robert? ¿Se había manifestado anteriormente, en algún momento previo de la vida de Juan? ¿Estaba haciéndose preguntas que nadie podía responder? ¿Tenían sentido? Necesitaba que alguien la ayudara a comprender todo aquello. Necesitaba ayuda.

Tardó dos horas en conciliar el sueño, y el despertador sonó demasiado pronto, de una manera cruel e inesperada.

Ella pensó que apenas había cerrado los párpados cuando la tormenta de ideas que vivía en su interior se había apaciguado lo suficiente, e instantáneamente el desagradable pitido había invadido su descanso.

En realidad había dormido profundamente durante dos horas y media.

Juan se despertó también y, medio grogui, se levantó de la cama.

Ella, inquieta, temiendo que algo que no fuera Juan estuviera en aquel momento junto a ella, le llamó con una voz susurrada y trémula.

—Juan.

La respuesta no se hizo esperar.

—Joder. He dormido fatal. Me duele todo —se limitó a decir él—. Voy a hacer café. Estoy hecho mierda.

Era Juan. No podía ser otro.

26

Cuando Juan examinó la telemetría de la noche anterior, al principio no comprendió nada de lo que estaba leyendo en las pantallas de la interface del analizador de señales, e imprimió los resultados. Bajó a la vivienda, donde Sonia estaba sentada en la cocina, escribiendo en su ordenador portátil.

—¿Qué significan estos resultados? —dijo él, atónito—. ¿Quién ha desarrollado todo esto?

Tendió el papel a Sonia, que lo examinó. Luego la joven se quedó mirando el papel sin saber qué decir. Cinco positivos, pero positivos definitivos. Cinco fotones gamma de ateria oscura con la estructura que confirmaba la estructura del fermión que buscaban, y solo en una noche. Estuvo a punto de dar un salto de alegría.

—Fui yo —mintió—. Tuve la idea anoche, mientras dormía... no sé cómo me vino a la cabeza. Se me ocurrió dividir el problema en capas. Estuve un par de horas programando.

—Es sorprendente tu relación con los sueños, no es la primera vez que te pasa. Al menos en dos ocasiones, que yo sepa, has tenido ideas para el proyecto mientras soñabas.

—Creo que a veces se piensa más libremente en los sueños. Te libras de ataduras, de límites. Es bueno darle vueltas a una cosa desde todos los ángulos, incluyendo los más extraños, los que ni siquiera te plantearías durante la vigilia.

—Joder, ¿de dónde has sacado esta idea? —inquirió Juan, sorprendido, mirando el papel—. Es revolucionaria, no se me habría ocurrido en la vida. Has extraído de cada transformada la ecuación generadora, y de ella has implementado solo las variables necesarias. Cielo santo, es un modelo matemático de una complejidad que no había visto nunca. No sé, pero esto no... joder, te lo juro, no lo había visto en mi vida. Es absolutamente brillante. Me supera. Necesitaría horas para comprender exactamente el camino que has seguido.

—Claro, al dividir el problema y eliminar falsos candidatos, al final solo tienes que aplicar el cálculo total a los que aguantan las cribas previas, que son siempre parciales. En esos casos, ya se ha pasado parte del cálculo necesario para excluir a los otros, por lo que cada vez quedan menos.

—Es alucinante. Y yo que pensaba que era buen programador. Joder. Esto... te lo juro, estoy impresionado.

—Bueno, gracias.

—Pues tenemos cinco nuevos candidatos... ¡siete en total! —gritó, comprendiendo lo que estaba diciendo—. ¡Y en apenas veinte días de observaciones! Joder, bendita seas... Habría que...

—Sí, elegir los blancos preferentes usando como referencia esos positivos —dijo Sonia; aquella forma de hablar, en la que el uno complementaba al otro, al parecer todavía funcionaba—. Lo implementé también. Era trivial. No se ignoran los demás blancos, solo se asigna un factor de observación extra a los positivos, que será incremental a medida que haya más positivos en los mismos blancos. No sé si me explico. Y son veinticuatro.

—¿Qué?

—Llevamos veinticuatro días de observaciones, no veinte.

—Eso, sí, claro. Joder... joder... Esto automatiza el proceso completamente, solo tenemos que leer los resultados cada mañana y el propio telescopio elige los mejores candidatos. No hay que tocar nada.

—Esa es la idea. Solo hay que analizar los positivos absolutos, los que han pasado las diez cribas algorítmicas. Podemos dedicarnos a lo importante, a redactar el texto del artículo. Porque ya tenemos suficientes positivos para ir empezando. Y si los tenemos, entonces eso significa que la teoría está probada, que el modelo funciona. Ahora necesitamos que esos positivos sean muchos más, y que se obtengan de los blancos prometedores. Correlación. Y afinando hasta todos los decimales que podamos alcanzar. Pero el primer paso está dado.

—El fermión de Sonia existe.

—Eso parece.

Juan se sentó a la mesa, como si le flojearan las piernas, dándose cuenta de lo que estaban diciendo. Miró a Sonia, entre aturdido, sorprendido y sereno, pero fue apagándose a medida que habló, al comprender lo que estaba diciendo.

—No me necesitas para nada.

—Eso no es verdad, Juan. Hemos construido el modelo juntos. Esto solo es programación y un poco de ingenio.

—No. Todo esto que has hecho es mucho más. No conozco a ningún matemático capaz siquiera de plantearse lo que has hecho. A nadie.

—Bueno, ya sabes, los sueños a veces te inspiran. Menos mal que tomé nota de la idea, si no se me habría olvidado enseguida al despertarme.

—Dios santo, lo tenemos... Ahora solo hay que corroborarlo una y otra vez hasta superar la evidencia estadística, pero lo tenemos...

—Todavía queda mucho, no creas.

—La materia oscura está hecha de tus fermiones, y tú tenías razón, además: todos los positivos se han dado en galaxias remotas con corrimiento al rojo corregido. Veo que has añadido tu grupo de cincuenta galaxias remotas.

—Al tener más materia oscura a su alrededor, era de esperar que emitieran más fotones gamma —respondió Sonia, saliendo del paso.

Ella se quedó sorprendida. No había reparado en aquel detalle. Robert había duplicado las muestras y, sí, había añadido las galaxias que ella había elegido, en el límite del universo visible, y que Juan había obviado. Sonia tenía el listado en un archivo de su ordenador y había una copia en el *pendrive* en el que Juan había guardado su propia lista. Pensó que Robert habría sacado su lista de él.

—Yo estaba totalmente equivocado. Si no hubieras añadido tus cincuenta candidatas nunca habríamos obtenido muchos más positivos.

—No lo sabemos. Hay que seguir observando todo el grupo. Las cien. Y tu lista dio dos positivos, recuérdalo.

—Vamos, Sonia, conmigo no tienes que andarte con paños calientes. Sé que llevo unos días totalmente perdido, soy capaz de verlo. Me equivoqué, actué como un estúpido, como un cobarde, o mejor, como un crío, creyendo que lo que estaba haciendo no tendría consecuencias. Creo que estoy recibiendo lo que merezco.

—No seas tan duro contigo. Es justo que te sientas mal, me hiciste daño, mucho daño, y no sé si podré perdonarte alguna vez. Pero ahora, más que nunca, tienes que concentrarte en todo esto.

Juan la miró y de repente empezó a sollozar. Ella se quedó desolada por aquella caída brusca de muros emocionales. Nunca le había visto así.

—Soy un fraude.

—Juan, basta. Deja de autocompadecerte. Debemos obtener los mejores datos que sea posible y redactar un artículo que irá directo a *Nature*. No puede ser rebatible, tenemos que dar lo mejor de nosotros mismos al redactarlo, nos lo jugamos todo: nuestro prestigio, años de trabajo, la ayuda de un montón de gente que espera que sigamos adelante, y te necesito para que esto termine bien.

—No, no me necesitas. —Juan hizo un puchero.

—Te lo digo muy en serio, para ahora mismo. No quiero tener a un llorón a mi lado. Necesito que estés conmigo ahora; ya iremos arreglando las cosas, si es que se pueden arreglar. En estos momentos tu trabajo es imprescindible, ¿entiendes?

Él se acercó a ella. Sonia no quería abrazarle. No quería tocarle. Sentía lástima por él. Pena. Y poco más.

En el interior de su mente algo le gritaba. Una voz que le decía que unas horas antes, en plena noche, había sentido un amor salvaje, imparable, insaciable, por aquel hombre.

No por Juan.

Por Robert.

Esa era la verdad.

27

El día fue bastante ajetreado para Sonia y Juan. Estaban superados por el éxito y los datos favorables. Ahora la prioridad era mantener todo ordenado y sistematizado, de cara a la redacción de la futura publicación que resumiría su hallazgo, y a lo más importante de ella: la documentación en que se apoyaban para fundamentar su teoría, que serían los resultados del experimento en que estaban embarcados.

Sonia no se podía creer todavía que tuvieran los primeros resultados positivos y que, a partir de ahora, casi con total seguridad tendrían resultados definitivos al día siguiente de obtener las muestras. Sobre todo aún no se hacía a la idea de que la teoría que habían diseñado años atrás, en un apartamento de Oxford, entre pintas de cerveza y *fish and chips*, se estuviera confirmando. Se hallaban en el camino correcto para desentrañar uno de los más importantes misterios sobre la estructura del universo, y apenas habían cumplido los treinta y cuatro años.

Sonia y Juan comieron juntos por primera vez en muchos días para discutir el proceso que vendría a continuación, que sería básicamente de redacción del artículo y de manejo de datos experimentales. Él seguía azorado y hablaba poco con ella, lo que a Sonia le parecía, por otro lado, perfecto.

—Es una pena que no consideraras antes mis cincuenta objetos —le dijo Sonia, no sin reproche—. Han demostrado ser los más prometedores de todos.

Juan levantó la mirada de su plato, sorprendido.

—Eso ya lo habíamos hablado en su día, y tú estuviste de acuerdo.

—También habíamos hablado de que tendríamos un hijo. Tú estuviste de acuerdo también. Y mira lo que pasó.

Juan volvió a posar su mirada en el plato.

—Se descartaron porque eran fuentes muy lejanas, con corrimiento al rojo, y no insististe, preferiste dejarlo estar —protestó.

—Lo sé, pero tienen, por estructura y forma, unas nubes de materia oscura mucho mayores que las galaxias más cercanas. Juan, te dije que sí por no discutir, pero sabía que tenía razón. Ahora ya son parte del experimento, ya está todo hecho. No tengo ánimo de revancha. Solo quiero que recuerdes ciertas cosas.

—Está bien. Después de todo los has implementado tú.

—Además, añadir más fuentes no es un problema con los tiempos de observación que estamos manejando.

—Eso depende.

—¿De qué?

—De otros parámetros, la proximidad de unas fuentes a otras, la altura sobre el horizonte para la elipsis óptima del efecto Cherenkov...

—Bueno, el primer punto puede tener sentido, pero no hay en mi lista objetos cercanos unos a otros. El segundo puede pasarle a cualquier objeto de la lista, no está relacionado con su lejanía o cercanía. El secreto es que estén próximos al punto óptimo. Y de eso yo me aseguré en su día. No sé si lo recuerdas. Descarté treinta o cuarenta más que, por la latitud de la isla caían siempre demasiado cerca del horizonte.

—Supongo que sí. No lo recuerdo. Bueno, iré arriba, a empezar con la documentación.

—Me parece bien —dijo Sonia.

Juan se dirigió a la escalera que llevaba a la sala de control. Sonia siguió comiendo. Y sí, reconoció para sus adentros que había en ella un cierto espíritu de revancha, un deseo de humillar a Juan en aquel momento.

28

A pesar de que Juan se mantuvo apagado, taciturno y triste durante todo el día, no pararon de trabajar. Había que supervisar la noche de vigilancia, revisar las coordenadas y comprobar que las modificaciones del programa de orientación estaban funcionando bien. Se fueron a dormir a las doce, agotados. Ella, que como siempre esperó a que Juan conciliara el sueño antes de entrar al dormitorio, se quedó dormida en cuanto cerró los párpados.

Pero su sueño apenas duró tres horas.

En algún momento, una voz la despertó. Era grave, grande —si es que un sonido puede ser llamado así— y poderosamente acogedora.

—Eres hermosa dormida —dijo la voz.

Sonia abrió los ojos despacio, sorprendida de estarse despertando tan plácidamente, con el cansancio que arrastraba.

—Gracias.

—Y despierta lo eres aún más —dijo Robert.

—¿Quién eres? —preguntó, sabiendo la respuesta, llena de intención, arqueándose con lo que, ella misma se sintió sorprendida, era un arrebato sensual y una proposición.

—Alguien que admira la belleza.

—¿Qué quieres de mí? —inquirió con tono insinuante.

—Hablarte, Sonia. Hablarte.

Robert, aunque era Juan, o usaba su cuerpo, o lo que fuera, era tan distinto de él que ella no se lo podía creer. Sus músculos, proporcionados, justos, estaban siempre tensos. Su mentón parecía más firme. Su mirada estaba llena de inteligencia y de intención.

Y, en el momento en que él se puso sobre ella, su virilidad era otra. Más cálida, más rápida en crecer, y también más poderosa.

—Sonia —repitió la voz profunda, como nacida en un lago abisal.

—¿Es esto lo que deseas? —dijo ella, bajándose el pantalón del pijama y echando a un lado las bragas, sintiéndose húmeda casi al instante.

Estaba como hipnotizada. Controlada por su deseo, que en aquel momento era imparable.

Él, sin decir palabra, bajó la parte frontal del pantalón del chándal que Juan se había puesto para dormir y dejó surgir su pene, enhiesto, brillante, hinchado, lleno de un calor que ella notaba en su vientre a distancia. La penetró sin añadir nada más, respondiendo a su pregunta con el acto más perfecto.

Ella se arqueó, sintiendo una ola de placer puro que la devoraba. Apenas había entrado aquel pene duro, grueso y venoso en su sexo, las paredes de su vagina se aferraron con fiereza a él.

—Me deseas mucho, ¿verdad? —preguntó ella con un tono perverso.

—Te deseo mucho, Sonia. Desde el primer momento en que vi tu rostro deseé estar dentro de ti —rugió él.

Apenas duraron los dos. En cinco minutos de furiosas embestidas tuvieron un orgasmo ruidoso, húmedo, casi simultáneo; el primero en la vida de Sonia que ocurría a la vez que su pareja eyaculaba dentro de ella. Estaba acostumbrada a tener unos pocos orgasmos rápidos y leves solo de vez en cuando, y eso con suerte, algunos casi imperceptibles en otras ocasiones, o simplemente ninguno, como le venía ocurriendo desde hacía ya meses con Juan. Desde su pubertad había padecido un pavor al sexo con el que había convivido en el más absoluto silencio, pero cuando sintió el semen ardiente, que casi quemaba, inundándola en aquel momento, un latigazo de placer inédito la sacudió, haciendo que se abandonara a una sensación eléctrica, abrasiva, que casi podía tocar.

Sonia se corrió a gritos mientras él, en silencio, se vaciaba generosamente en su interior. Ella pensó que era la eyaculación más abundante y cálida que había sentido dentro de ella en toda su vida. Pero él no se detuvo. A continuación estuvieron varias horas amándose. Él salía de ella de vez en cuando, le practicaba sexo oral y volvía a penetrarla. Ella también le dio sexo oral a él, algo que no solía hacer pero que deseaba con locura en aquel momento, y él eyaculó una segunda vez en su sexo. Ella sintió que podía escribir un tratado sobre el tacto de aquel pene dentro de las paredes de su vagina. La curva de su glande, que él empujaba al detenerse hacia arriba, tocaba en el lugar justo y la hacía enloquecer, pegado a la pared superior de su vagina, arrastrando el enorme placer que aquello le producía en cada penetración. Se corrió dos veces más, pero de verdad. No fueron trenecitos ni conatos de orgasmos. Fueron fieros, grandes como montañas, y la hicieron sentirse plena, lo que para ella era algo completamente inédito.

Cuando Robert salió de ella fue como si se le llevaran algo que ella necesitaba para sobrevivir. Suplicó en silencio que no se fuera, pero él, dulcemente cruel, la besó en los labios y no volvió a penetrarla.

—¿Ha ido bien el experimento hoy? —preguntó aquella voz de trueno contenido.

—Ha sido increíble.

—Hablas del experimento, ¿verdad?

Sonia se echó a reír.

—Sí, hablo del experimento. Cinco positivos. Tu algorítmica es perfecta.

—Ahora mismo el telescopio estará examinando esas zonas. Seguramente vendrán más resultados favorables en los próximos días.

—No esperaba un éxito así. Pensábamos en obtener dos o tres positivos completos e inequívocos en todo el experimento, en dos meses de sesiones, y tras semanas y semanas de cálculos. Ahora tenemos siete ya.

—Los descubrimientos no son solo saber mirar sino saber cómo buscar.

—Y qué encontrar.

—Exactamente.

—Cuéntame mañana cómo ha ido esta noche, quiero saber si puedo ayudarte más.

—¿Volverás mañana, entonces?

—Si es posible, lo haré.

—A lo mejor mañana te reservo una sorpresa —dijo ella.

—Me encantará, estoy seguro.

—Lo pensaré.

—Ahora tienes que focalizarte. Ese artículo tiene que ser perfecto.

—¿Cómo sabes lo del artículo?

—¿Lo de *Nature*? Es la única revista posible, si quieres mostrar a la comunidad científica un hallazgo que cambiará la historia y posiblemente tu vida. No son superpoderes, Sonia. Es la deducción más obvia.

La miró un instante, como si hubiera descubierto algo en el rostro de ella. Estaban los dos empapados en sudor, completamente desnudos.

—El sudor te hace aún más bella. Buenas noches, Sonia.

—¿Buenas noches?

Robert se tendió a un lado de la cama, cerrando los ojos, y ella supo, como había sabido la noche anterior, que ya no estaba allí. Se había ido en un parpadeo.

El sueño plácido y relajado de Juan llegó en su lugar. Los minúsculos cambios en el rostro, en la tensión muscular, en el pene, que había perdido ya la erección, llegaron de una forma tan suave pero tan perceptible que a ella le pareció pavoroso asistir a aquella transformación silenciosa.

Juan dormía ya a su lado, con la boca entreabierta, respirando ruidosamente, como siempre le pasaba cuando se tumbaba sobre el costado izquierdo.

Sonia le miró y sintió una tristeza infinita. Una añoranza desesperada.

Quería ver a Robert.

Necesitaba a Robert.

29

El día que siguió fue absolutamente glorioso. Una decena de positivos sobre trescientos candidatos, y, en efecto, la táctica de repetir los blancos con resultados alentadores estaba demostrando su efectividad, ya que muchas de las galaxias que habían suministrado fotones gamma volvían a ofrecerlos a la noche siguiente. El retrato robot del fermión de Sonia iba incrementando su precisión cada jornada, ganando en decimales poco a poco.

Juan se mostró taciturno durante todo el día, y Sonia no le animó a abandonar aquella actitud. Estuvieron casi toda la jornada ordenando datos. Él, en la sala de control. Ella, utilizando su ordenador portátil. Prefirieron comer por separado, y la joven, cuando necesitaba descansar la mente, salía al exterior a recorrer los alrededores. Le gustaba ver cómo el mundo se reflejaba en los perfectos espejos del MAGIC-II, que daban un aspecto extraño y fascinante al paraje.

El día fue por lo demás perfecto, soleado y con una temperatura muy agradable, a pesar de las noches frías que reinaban en la zona. Sonia, en una de sus salidas al exterior se acordó, al pasar junto a la linde del pinar, de su segundo encuentro nocturno ocurrido dos días antes. No se lo había comentado a Juan porque no quería hablar con él de nada que no fuera parte del experimento y solo lo imprescindible, pero debía compartirlo con alguien. Tal vez un día de aquellos se dirigiría a la zona del camino donde se podían activar los teléfonos móviles y llamaría a Javier.

El resto de la jornada Sonia lo dedicó a preparar lo que había planeado para aquella noche. Lo tenía todo dispuesto en su mente, y, cuando Juan se metió en la cama y se hubo quedado dormido, ella procedió a terminar de prepararlo todo en la cocina.

Y esperó.

Dos horas más tarde, Robert salió del dormitorio principal.

Estaban sentados a la mesa de la cocina, que estaba llena de velas, enfrentados a ambos lados de la tabla. Ella se había ocupado de ponerlas; había una bolsa de ellas, de Ikea, en el almacén de pertrechos del habitáculo.

—Te invito a cenar —le dijo ella.

Él asintió y sonrió.

El ambiente era romántico y cálido. La comida estaba deliciosa; aunque Sonia apenas había preparado algo de embutido, paté y unas porciones de sabrosos quesos locales que había encontrado en la despensa, todo les sabía de maravilla. Y el vino, palmero, una de las botellas que les había regalado Javier en su visita, era perfecto.

Robert comía y la miraba intensamente.

—¿Sabes qué? Sería interesante hacer un cálculo —le dijo.

Su voz sonaba más atronadora en aquel espacio, sin estar acolchada por los muebles que ocupaban el pequeño dormitorio. Sonia diría que aquel sonido hacía temblar el aire cuando hablaba... y, de paso, a ella. Porque dentro de su esternón le parecía sentir físicamente cada palabra que pronunciaba el otro.

—¿Qué cálculo?

—Se puede estimar estadísticamente el número de palabras que la humanidad ha pronunciado y escrito desde que empezamos a hablar hasta el nacimiento de una civilización como la nuestra, que está a punto de dar el paso para poder crear inteligencias artificiales por su cuenta.

—¿El número de palabras?

—Sí. Tengo mucho tiempo para pensar en esas cosas allá de donde vengo.

—¿Y de dónde vienes? —interpeló ella.

—De un lugar muy lejano. Algún día te lo mostraré —zanjó—. Por cierto, esto es una delicia —dijo, señalando el paté.

—Gracias. Pero apenas he preparado nada.

—Decía que como tengo mucho tiempo, puedo hacer cálculos. Estimé un día que la humanidad ha dicho, y escrito, unas diez elevado a treinta y ocho palabras desde que inventó el lenguaje hasta hoy. Podemos decir que es un límite inferior. Con esa cantidad de palabras, cualquier grupo de seres inteligentes, con suficiente tiempo, puede saltar a crear inteligencias artificiales. Diez elevado a treinta y ocho palabras.

—¿Esas son todas las que hacen falta?

—Es un valor estadístico. Un promedio.

—Pero con solo un número no puedes saber exactamente cómo ocurrió todo.

—Es cierto, es solo un número. La red de sucesos que han llevado hasta esta situación en la historia de la humanidad es compleja e inextricable. No podemos repetirla, ni siquiera recorrerla. A lo mejor Stephen Hawking se decidió por estudiar física tras leer a Julio Verne en su infancia, que tal vez se decidió a escribir cuando de niño alguien, tal vez su abuela, le contó un cuento durante una noche de fiebre... El azar, las circunstancias que crean lo que llamamos «destino», la maraña de sucesos que llevan a otros sucesos, es indescifrable. Por eso el número es tan interesante. Te da una respuesta sencilla, una cifra. Y, además, tiene un valor estadístico. En el mundo de los grandes números te lleva a una certeza. Si juegas a la lotería, sabes que la probabilidad de que te toque es de uno entre un millón. A ti, muy probablemente, no te tocará, pero si juega un millón de personas a la vez, sabes con total certeza que le tocará a uno de ellos. Con absoluta seguridad.

—Tienes unas teorías un tanto extrañas.

—¿Tú crees?

—Sí, y no deja de ser un poco mesiánica esa fe en los números que tienes. Y un poco inquietante, también.

—Es curioso que eso me lo diga alguien que se maneja constantemente entre cifras.

—Y resulta extraño que dediques el tiempo que dices que tienes a algo así. ¿Cómo has estimado esa cantidad, si puede saberse?

—El camino es un poco tortuoso, la verdad. Me basé en un par de estudios previos, y en muchas bases de datos humanas disponibles. En definitiva, diez elevado a treinta y ocho, en eso se resume todo, todas las palabras que se ha dicho la gente, todas las declaraciones de guerra, todas las cartas de amor, todos los «te quiero», todos los discursos políticos, las obras literarias y de teatro, los ensayos y los ciento treinta millones de libros que se han escrito desde que existe la escritura, muchos de ellos desaparecidos pero que tuvieron influencia en sus lectores. Así como las demostraciones matemáticas, las películas, las charlas de bar, las amenazas y los diagnósticos, las mentiras, las canciones, las poesías, los nombres olvidados de seres y de personas, los verbos que ya no se usan, las lenguas vivas y las muertas, los sustantivos, adjetivos, predicados, las teorías, los teoremas, las voces repetidas en cada visionado de una película, incluso las palabras que se han dicho en los sueños, todo está ahí dentro. Eso es todo. Dices esas palabras, todas ellas, y tienen unas consecuencias; son como palabras mágicas. Las pronuncias, con el tiempo adecuado, con las consecuencias necesarias, y acabas con una civilización como la humana. Es asombroso. Eso sí, son muchas, muchísimas más que estrellas hay en todo el universo. Es como un enorme conjunto de teclas que hace funcionar mecanismos invisibles.

—Los «te quiero» —murmuró Sonia—. Eso me ha gustado.

—Sobre todo los «te quiero». Mueven el mundo más que nada. Y cuesta mucho decirlos. A mucha gente le causa un gran dolor hacerlo.

—Te quiero.

—Veo que a ti no. Repítelo, Sonia.

—Te quiero.

Robert se levantó, rodeó la mesa y se sentó junto a ella, en una silla libre que estaba a su lado. Estaban el uno junto al otro. Se miraron con intensidad. Ella estaba totalmente perdida, embriagada de él. Era Juan, era el cuerpo de Juan, pero ya no lo era. Sus movimientos eran precisos, sabios, podía ver sus músculos, recortados bajo la piel, iluminados por aquella luz de llamas que latían a su alrededor. El maldito vino, pensó por un instante. Pero aquel pensamiento solo duró un suspiro y se dejó llevar.

Acercó sus labios a los de él y le besó.

Un chorro de electricidad recorrió la espalda de Sonia. Estaba teniendo un leve orgasmo sin pretenderlo. Se sintió mojada instantáneamente y un ronquido de placer surgió de su boca mientras entrecerraba los ojos.

—Por el amor de Dios, ¿qué me estás haciendo? —preguntó ella.

—Yo no te hago nada. Lo haces tú todo.

—Fóllame —rugió ella.

Como si apenas pesara, Robert, obediente, la cogió en brazos y la llevó al dormitorio. La bajó como una pluma sobre el lecho, donde quedó tendida; luego se acostó a su lado. La apretó contra sí en un abrazo grande, inabarcable, y la besó, entrando en ella con su lengua de una forma fiera y a la vez dulce. Ella sintió una poderosa erección en sus pantalones vaqueros. Intensa, urgente, como nunca había visto ni soñado en Juan.

—Fóllame —repitió ella.

—Con gusto lo haré —dijo Robert, y la despojó lentamente de sus ropas mientras con una inexplicable habilidad se quitaba las suyas.

Antes de que ella se quisiera dar cuenta estaba debajo de él, con las piernas abiertas, y el glande de Robert estaba entrando en su sexo húmedo.

Ella se dejó llevar como si estuviera siendo mecida por el

mar. De repente, se detuvo a mirarle mientras él empezaba a moverse rítmicamente sobre ella.

—Tranquila —le dijo con una voz que a Sonia le daba paz y hambre de sexo a la vez—, no pienses, solo siente. Siénteme dentro, como yo te siento alrededor.

Aquella frase la dejó sin aliento y al instante sintió el nacimiento de un nuevo orgasmo que brotaba de la parte superior de su útero.

Se aferró a su amante con las uñas, y se sintió salvaje, plena, enloquecidamente llena de placer, un placer inagotable. Y él empezó a penetrarla rítmica, incansablemente.

Sonia rugió como una fiera, clavó sus uñas en el cuerpo de él, le realizó una felación salvaje que nunca había pensado ser capaz de hacer, le pidió que la penetrara una y otra vez. Él, a pesar de haber eyaculado parcialmente en dos momentos, seguía incansable. Ella se corrió como nunca, con una pasión y un abandono que jamás había sentido.

—No puedo parar —le decía, sorprendida de sus propias palabras.

No, no podía, y no quería parar.

Al final se quedaron abrazados, el uno junto al otro. Callados. Luego él se incorporó, se puso el pijama mientras ella le contemplaba, y se tendió junto a ella, besándola con una dulzura que la hizo conmoverse profundamente.

A las siete sonó el despertador.

Cuando Sonia abrió los ojos estaba sola en la cama y el aroma del café llegaba de la cocina. Se incorporó y corrió hacia allí.

Juan estaba preparando tostadas.

Juan.

Ella se quedó parada un instante, en el umbral de la cocina, sintiendo que algo se desinflaba en su interior.

—Buenos días —dijo él—. Me duele todo el cuerpo. Y tengo marcas de tus uñas. ¿Qué pasó anoche? No me acuerdo de nada. ¿Eres sonámbula, Sonia? —preguntó Juan con una candidez que la hizo sentirse arrepentida al instante.

Pero arrepentida ¿de qué? ¿De hacer el amor con su marido? Bueno, Sonia sabía que se estaba engañando. Robert no era Juan. Lo intuía, lo comprendía, aunque no pudiera explicárselo a sí misma con lenguaje alguno.

No.

Robert no era Juan.

30

La actividad de esa mañana fue frenética, y se prolongó a lo largo de gran parte de la tarde. Habían surgido nueve positivos nuevos, una cantidad totalmente inesperada. Siete de ellos provenían de las fuentes que habían dado positivo el día anterior, y dos de otras dos galaxias remotas, a unos cuatro mil millones de años luz, sumidas en un alto corrimiento al rojo y rodeadas de la oscuridad de eones de tiempo.

Sonia estaba desconcertada con que fuera tan abundante la materia oscura en aquellas distancias remotas, que también eran tiempos remotos. ¿Qué había pasado con la materia oscura desde entonces hasta ahora? Aquellas galaxias las veían tal y como eran cuando el universo apenas tenía quinientos millones de años de edad, y se alejaban de la Tierra a una velocidad altísima, que era precisamente lo que indicaba el corrimiento al rojo en su espectro luminoso, surgido a causa de un efecto físico llamado Doppler, que en el caso del sonido es fácilmente reconocible cuando un automóvil o un tren pasa a nuestro lado a alta velocidad: su sonido se vuelve agudo al acercarse a nosotros y luego se torna grave al pasar de largo; las ondas sonoras se comprimen mientras viene y se separan al alejarse, lo que equivale a ese sonido agudo y después grave.

El equivalente en la luz es el corrimiento al azul cuando un objeto luminoso se aproxima al observador y al rojo cuando se aleja. Solo hacía falta restar ese efecto de las muestras para corregir posibles errores. El corrimiento se podía medir experimentalmente al apuntar a la fuente de la radiación, por lo que el algoritmo que Robert había creado compensaba esos errores de forma totalmente automática.

Juan, cada vez más frustrado, no hacía más que descubrir detalles que le parecían asombrosos en el código, y no cesaba de repetir que no había visto algo tan bien programado en su vida, tan complejo y a la vez tan demoledoramente simple. Le dijo a Sonia algo sorprendente y a la vez desolador: que aquel código demostraba algo que él no había sido capaz de comprender jamás en toda su carrera como físico: que ella había dado el paso hacia sentir de forma intuitiva aquellos detalles de la estructura del universo a los que él solo podía intentar aproximarse mediante ecuaciones. Estaba tan pasmado como asustado, y empezaba a tratarla con un respeto excesivo, que se diría se convertía en una especie de miedo casi supersticioso. A ella no le gustaba nada aquella nueva actitud, entre servil y triste, de Juan. Era como si se estuviera apagando poco a poco.

Había una muestra positiva más, que provenía de una de las cincuenta galaxias de la lista de Juan, lo que fue una alegría para ambos. Primero, porque Sonia sentía que eso haría que Juan se viera reivindicado de alguna manera. Y segundo, y realmente importante, que los fotones gamma de materia oscura provenían también de galaxias mucho más cercanas, integrantes del llamado Grupo Local en el que estaba incluida la Vía Láctea. Eso haría descartar las posibles hipótesis contrarias que surgirían en grupos rivales; es decir, que la materia oscura de fermiones solo se encontraría en galaxias antiguas. Era una señal muy prometedora, y más aún cuando aquella galaxia, relativamente cercana en la escala del cosmos, pasaba entonces a la lista de blancos prioritarios del MAGIC-II para la siguiente noche de observaciones.

Hablaron poco durante el día, excepto para comentar datos científicos. Ella estaba haciendo las primeras aproximaciones para el futuro artículo y se dedicó a crear una secuencia de ecuaciones matemáticamente correctas así como a añadir el código fuente que se había desarrollado para realizar los experimentos, que pasó a Juan para que lo revisara. Él no tenía nada que objetar, y en más de una ocasión le pidió que le aclarara algunos atajos de cálculo complejo que aparecían en el código fuente que Sonia apenas pudo explicar, ya que no entendía exactamente la matemática que implicaban. Intentó disimularlo, con bastante éxito, pero se quedó asombrada de los procedimientos que Robert había utilizado. Era un completo genio del cálculo.

¿Era Robert una manifestación de la propia personalidad de Juan? ¿Estaba oculto en él por algún trauma o alguna causa desconocida? Sonia no sabía nada, no comprendía nada de lo que estaba pasando, pero solo podía pensar en una cosa cada vez que dejaba de concentrarse en su trabajo.

Estaba deseando que llegara la noche para volver a encontrarse con Robert.

Y la noche llegó.

Robert surgió de la penumbra del lecho en el que dormía Juan y se puso sobre ella. Sonia le dejó hacer y él la tomó con violencia, sin preámbulos. A la joven le dolió la penetración y sintió el miembro de él dentro; ardía, pero fue dulce, y amó aquella boca que la besaba y le decía procacidades con un tono que la hacía estremecer.

Hasta en tres ocasiones sintió que la invadía una oleada de placer, y luego estalló en el que fue el mejor orgasmo de su vida. Sin duda. Nadie, nunca, jamás, le había dado tal placer. Se vio a sí misma abandonada al más puro gozo, dejándose follar y follando a aquel hombre que estaba, de alguna manera, dentro de su hombre y que ahora estaba dentro de ella, porque convertía a su hombre en algo especial, furioso, excitante, nuevo, erótico y carnal.

Ni siquiera su olor corporal era el mismo, y el sabor de su sudor también era diferente.

Cuando cerró los ojos, desnuda, abandonada al momento refractario posterior a los orgasmos que había experimentado, se quedó completamente dormida al instante sin darse cuenta y descansó plácidamente.

El despertador no sonó, porque tanto Juan como Sonia se habían olvidado de activarlo al irse a dormir.

La primera en despertar fue ella, a las diez de la mañana. Se desperezó. Aún le escocía el sexo y sentía la boca seca.

Se levantó de la cama y entró en el cuarto de baño. Por primera vez en mucho tiempo, en muchos, muchos años, se olvidó de cerrar el baño por dentro y orinó con la puerta abierta, sin preocuparse de que fuera oyeran el sonido de su propio cuerpo. Entonces, sin previo aviso, vio a Juan salir corriendo del dormitorio en dirección a la sala de control, le oyó subir y tropezarse en el piso superior. Lanzó un gemido de dolor. Hubo una pausa en silencio total y luego sonó un grito ahogado.

—¡Sonia, sube! ¡¡Sube!!

Sonia salió a toda prisa del baño y corrió escaleras arriba hasta la sala de control.

Juan la miraba, entre alegre y desolado. Parecía que todavía no se decidía por una de las dos emociones. Estaba en una especie de tierra de nadie.

Se había dado un golpe en la canilla izquierda y exhibía un moratón oscuro en ella. Pero en aquel momento su mente estaba concentrada en otra cosa.

Entonces ella vio en la pantalla los veinte positivos. Algunos de ellos en varias galaxias cercanas. Una de las remotas tenía ella sola tres positivos confirmados.

—Dios mío —dijo ella, en un gemido ronco.

—Lo tenemos, Sonia. Está confirmado. Esto ya supera con creces la estadística.

—Dios mío, Dios mío —repitió la joven.

—Estamos haciendo historia.

31

Juan no estuvo demasiado hablador durante el resto del día, concentrado en la lenta revisión del software para generar el documento que acompañaría el artículo, ya que los fundamentos de este eran la interpretación correcta de los datos observacionales y las bases matemáticas de la algorítmica eran realmente complejas. Se quejó de dolor de cabeza varias veces y no paraba de preguntarle a Sonia dudas sobre algunas soluciones que aparecían aplicadas en el programa y que no alcanzaba a comprender. El problema era que ella tampoco, de modo que la lectura de aquel código fuente resultaba tan ardua para ella como para Juan.

A mediodía llegó al Herschel una camioneta con varios operarios que, usando carretillas, trasladaron viandas y artículos de uso cotidiano al MAGIC-II. Era el primero de los dos envíos de materiales que recibirían durante su estancia allí, siempre en caso de que permanecieran dos meses. Si les prorrogaban el plazo, recibirían uno más. Ello les recordó que debían enviar un informe al IAC, que habría de decidir si les daba aquel mes extra o no. Claramente, ahora lo necesitaban, pues los resultados eran espectaculares, más allá de todo lo esperado.

Sonia se puso a trabajar apresuradamente en un resumen de ideas para elaborar un informe que contaría lo justo para no levantar la liebre, pero que debía poner los dientes largos, o verde de envidia, a Rodolfo Aparicio, el director del IAC, que tan escasa simpatía, y menor empatía, les había mostrado cuando le visitaron. Se le había olvidado por completo la necesidad del informe y justo al día siguiente habría de ser enviado.

Sonia tramó un pequeño plan con la excusa de que al día siguiente debía redactar y enviar el mail con el informe, y de paso, escribir por correo electrónico a James Henrikson, su mentor en Oxford, que tanto había hecho por ellos y al que tenían injustamente olvidado. El resto de la mañana y el inicio de la tarde se les fue en colocar las viandas y los otros productos en la pequeña despensa del habitáculo, en el congelador y la nevera.

A eso de las cinco de la tarde lucía un sol espléndido y la isla estaba rodeada del mar de nubes, lo que daba un aspecto realmente sobrenatural al espectacular entorno que rodeaba al MAGIC-II. Sonia le dijo a Juan, que seguía absorto en el análisis del asombroso software de selección, que se iba a dar un paseo. Este apenas le respondió con un gesto leve. Ella salió al exterior y recorrió el sendero que llevaba hacia el Herschel hasta que superó la señal que ordenaba apagar los móviles, que estaba más o menos a la mitad del camino. Por prudencia recorrió cien metros más, alejándose del MAGIC-II, y entonces activó su teléfono. Marcó el número de Javier, que respondió casi al instante.

—Hola, ¿todo bien por esas cumbres? —sonó la voz familiar de su amigo.

—Sí, todo bien.

—¿Ocurre algo?

—Bueno, quería hablar contigo.

—Pues soy todo oídos.

—Me gustaría verte si tienes un rato libre.

—¿Quieres bajar a Santa Cruz o prefieres que suba yo?

—La verdad, lo segundo me vendría mucho mejor. Estamos a tope aquí arriba. El experimento está yendo muy bien y no paramos en todo el día, clasificando los resultados, preparando los artículos, esas cosas.

—Caramba, me alegro. ¿Cuándo te viene mejor entonces?

—¿Mañana? ¿A esta misma hora? Si quieres, nos vemos en el Herschel.

—De acuerdo, sin problema. En el aparcamiento. Oye, ¿de verdad que todo va bien por ahí? El otro día me fui bastante preocupado.

—De verdad. Ya mañana te cuento.

—Vale. Mañana estoy en el aparcamiento del telescopio a esta hora.

—Gracias, Javier. Hasta mañana.

Sonia colgó la llamada. Lanzó un hondo suspiro. La sola sensación de saber que podía hablar de lo que le estaba pasando le produjo un alivio considerable. El aire que la rodeaba le llegaba lleno de aromas de los pinares circundantes, y la vista de los macizos a ambos lados de la isla era espectacular desde allí. Se relajó, se sentó sobre una piedra grande que asomaba por un lado del camino y admiró el lugar. Tenía que pensarse bien lo que contaría a Javier y lo que no. Quería comprender lo que estaba pasándole, pero no que la tomara por una loca, o que creyera que estaba inventándose la situación. Necesitaba que la guiara pero sin alertarle. Lo que estaba viviendo era tan extraño, tan inverosímil, pero a la vez tan fascinante, que ella misma tenía que pellizcarse para demostrarse que no estaba soñando.

Tras un rato en el que su mente se calmó gracias a la serenidad y el silencio reinantes, se incorporó y emprendió el camino de regreso al MAGIC-II.

El resto de la tarde terminó en medio de un montón de papeles. Juan había impreso parte del algoritmo de selección y lo había llenado de interrogaciones y preguntas sobre segmentos de código que no alcanzaba a comprender del todo. Sonia le prometió que esa noche lo revisaría. Juan le dijo que el dolor de cabeza había empeorado y se fue a dormir a eso de las diez y media de la noche. Antes de hacerlo, buscaron en el botiquín del observatorio y encontraron dos cajas completas de un potente somnífero. Juan decidió tomarse media pastilla para conciliar el sueño lo antes posible, ya que el dolor se le hacía realmente insoportable. Nunca había padecido de cefaleas, pero aquellas circunstancias eran excepcionales. Él sabía que algo estaba pasando, que de alguna manera estaba perdiendo el control del experimento, lo que para Juan era casi como perder el control de su propia vida. La tensión sin duda le había causado la fuerte migraña.

Sonia se quedó sentada, sola, en la sala de control, desde donde podía ver el telescopio, que en cuanto oscureció empezó a moverse de modo automático, apuntando sucesivamente a los blancos programados, en una especie de danza lenta, congelada en el tiempo. Los equipos zumbaban alrededor de Sonia, lo que la hacía sentirse arrullada. El sonido continuo del refrigerador que rodeaba la unidad sumergida en nitrógeno líquido contribuía a aquel ambiente suavemente ruidoso. Pensó que el habitáculo estaba realmente bien aislado, ya que todo aquel sonido no resultaba audible en la planta baja, lo que era de agradecer, la verdad.

Estaba tan absorta intentando comprender el programa que se suponía que ella misma había escrito, que perdió la noción del tiempo. A eso de la medianoche, un ruido le hizo levantar la vista del texto. En el exterior, el MAGIC-II giraba hacia el edificio camino de otro objetivo que estaba a ciento ochenta grados del anterior. Vio entonces Sonia cómo toda la sala de control, levemente iluminada, se reflejaba en los espejos del telescopio, que hacían un efecto de lupa y mostraban muy cerca la imagen que tenían ante ellos. Se vio a sí misma en aquellos espejos pulidos con la precisión de una micra, y de pronto vio algo más a su espalda en el enorme espejo.

Era una persona.

Sonia lanzó un gemido ahogado y el terror más absoluto se adueñó de ella. Lo había visto. A su espalda. Pensó en la presencia a la que había perseguido unos días antes por los pinares y que había intentado localizar poniendo su integridad en peligro. Juan no podía ser, se había tomado medio somnífero y no estaba acostumbrado a ellos, así que dormiría toda la noche.

Toda la noche.

Somníferos.

Se preguntó entonces qué había hecho. A lo mejor el somnífero impedía que Robert viniera a visitarla.

Asustada, Sonia se giró lentamente sobre sí misma. Lo había visto. No estaba alucinando. Ni soñando.

Lo vio, en efecto.

Delante de ella, desnudo. Un cuerpo bello, tenso. Una erección. Mirándola, con un deseo salvaje en los ojos.

Robert.

—Quiero hablar —dijo.

—Hablemos —respondió ella.

Estuvieron haciendo el amor hasta las tres de la mañana. Ella se dejó llevar y follaron sobre la mesa de trabajo. Los papeles con el código acabaron por el suelo, esparcidos, mientras ellos cubrían la mesa de su propio sudor. Sonia, procaz, le dijo cosas que jamás había dicho a Juan, y se dejó follar por aquel hombre terso, lustroso, brillante bajo su propio sudor, que, con una furia salvaje, la penetraba una y otra vez incansable. La energía de Robert era impresionante, y pareciera que el hecho de que Juan estuviera bajo los efectos del somnífero le hiciera aún más fiero y energético. Más animal. Ella lanzó un alarido al correrse. Y se tapó la boca, repentinamente asustada.

—¿Qué pasa? —le preguntó él.

—Por si le despertamos, abajo en el dormitorio —dijo Sonia casi con candor.

—Sonia, en el dormitorio no hay nadie —dijo Robert.

Ella se echó a reír, comprendiendo. Para ella Robert y Juan eran tan enteramente diferentes que por un instante se había imaginado en aquel mismo momento a Juan oyéndoles haciendo el amor desde el dormitorio.

Hablaron muy poco después, pues siguieron amándose, y en la madrugada, con sus labios irritados e hinchados de tanto besarse, se detuvieron y se miraron. Estaban empapados, sus pieles brillaban bajo las tenues luces de la sala de control.

—Me gusta hablar contigo —atronó la poderosa voz de él.

Ella le observó; era magnífico y bello. Juan también era hermoso, a su manera, pero Robert era como un destilado de lo que ella hubiera soñado siempre que Juan fuera, pero que en realidad no era. Los sutiles cambios que se producían en su cuerpo, el andar, la voz, los gestos, las miradas, que hacían a Robert distinto, se le antojaban irresistibles. Quería dormirse con aquel hombre a su lado por siempre. Le encantaba aquella mirada salvaje, aquellas frases extrañas que de vez en cuando decía, aquel sentido del humor retorcido y sarcástico que mostraba en ocasiones. Y la animalidad que contenía, que jamás había visto en Juan, pero que Robert rezumaba por los cuatro costados; hasta el aroma de su sudor tenía algo de indómito, de bestial, que la hacía ansiar morderle los labios, tal vez hasta hacerle sangrar, y tener su semilla en su boca o dentro de su sexo, habitándola. Empezó a humedecerse de nuevo ante aquellos pensamientos.

—Pronto se despertará y tendré que irme —comentó Robert.

Entonces Sonia, o más bien su lado más práctico, se acordó de algo. Y señaló los papeles.

—Voy a limpiar todo esto, pero necesito un favor antes de que te vayas.

Robert no dijo nada.

—Es el software que escribiste. Hay un montón de detalles por documentar en el código fuente, de cara a los anexos de la publicación. Necesito que los aclares todos.

Sin decir palabra, Robert asintió, y, desnudo como estaba, se sentó ante la consola del ordenador que se usaba para programar y abrió el documento. Empezó a trabajar, escribiendo notas de documentación a gran velocidad entre las líneas de código.

—Gracias —musitó ella, y empezó a recoger la sala, que estaba llena de papeles esparcidos por el suelo.

Tras una hora aproximadamente, la sala de control estaba recuperada del arrebato pasional de Sonia y Robert, ella se había duchado y él había terminado de escribir la documentación y las aclaraciones a las líneas de código. Seguía desnudo, y, de repente, se puso de pie, pasó junto a Sonia, que estaba acabando de colocar unos papeles en un archivador, y descendió hacia el dormitorio sin mirarla. Sonia le siguió, pues le intrigaba el proceso que iba a producirse, o que ella predecía que iba a ocurrir.

Vio como Robert se tendía en la cama y cerraba los ojos. Ella se giró para mirar el reloj del dormitorio. Marcaba las cinco y media. Tenía hora y media para dormir un poco. Se tendió junto al cuerpo desnudo de Robert y lo abrazó. Se quedó dormida en apenas un instante.

No oyó el despertador, tan agotada estaba. Cuando Juan la despertó, sacudiéndola por los hombros, eran ya las diez y media de la mañana.

—¿Qué pasa? —preguntó, aturdida.

—Que hay que ponerse a trabajar, son las diez y media ya. Empezamos el segundo mes.

Sonia cayó en la cuenta. Era verdad, era 1 de marzo.

—Caray, se me han pegado las sábanas. Estuve... documentando el software toda la noche, para que lo tuvieras todo listo hoy.

—Sí, lo he visto. Es un trabajo magnífico, casi no tengo que añadir nada más. Solo he de estructurar el documento y la parte del software estará lista.

Sonia se incorporó, frotándose la cara.

—Necesito un café —suspiró.

—Está en la cocina.

—¿Cómo ha ido la observación?

—Doce positivos.

—¿Qué?

—Lo que oyes.

Era la segunda mejor noche de observación de todas, tras los veinte de la anterior.

—Y la mitad en galaxias cercanas. Es impresionante.

—Y tanto —dijo Sonia—. Eso es una noticia buenísima.

En la cocina Juan sirvió café en una taza a Sonia, que lo tomó directamente, sin azúcar ni leche. Había un par de tostadas en un plato. Estaban frías y secas, pero ella se las comió sin mantequilla, mermelada, ni más aditamentos. Estaba hambrienta.

—Hoy iré al Herschel a mandar un mail a Henrikson y el informe al director del IAC. Los redactaré aquí primero y así lo revisas todo, ¿vale?

—De acuerdo —dijo Juan.

Se la quedó mirando unos instantes. Estaba sopesando si decirle algo.

—Oye, Sonia, una cosa.

—Dime.

—¿Anoche dormí todo el tiempo?

—Claro. ¿Por qué lo preguntas?

—Es que me desperté desnudo, y recuerdo haberme puesto el chándal al meterme en la cama.

Sonia se quedó paralizada unos segundos. Era cierto.

—No sé, a lo mejor ahora eres sonámbulo —bromeó ella, repentinamente tensa.

—En serio, me preocupa. No me había pasado en toda mi vida. Es como tener lagunas de memoria.

—Bueno, no le des más vueltas, a veces pasan esas cosas. Yo estuve trabajando arriba hasta las cinco por lo menos, y cuando llegué a la cama estabas ya así. A lo mejor te levantaste, pues eso, para ir al baño y por alguna razón te desnudaste y luego lo olvidaste. Muchas veces me levanto a mear en mitad de la noche, me vuelvo a la cama, sigo durmiendo y al día siguiente ni me acuerdo de que lo he hecho.

—Sí, claro. Bueno, supongo que debe de tratarse de algo así.

—No te preocupes. Tenemos mucho trabajo que hacer hoy. Voy a ponerme con el informe y la carta.

—Vale. Yo voy a seguir con la bibliografía del resto del artículo, que eso va a llevar algo más de tiempo.

—De acuerdo.

Juan se acercó a ella e intentó el acto rutinario de toda pareja, de besarla en los labios, antes de subir a la sala de control. Ella, sin pensarlo, rechazó el gesto cariñoso. Juan dio un paso atrás, bajó la cabeza y salió de la cocina.

Sonia le oyó subir las escaleras que llevaban a la sala de control.

Y lanzó una maldición.

32

El día transcurrió con Juan en la sala de control terminando la documentación sobre la algorítmica de análisis y Sonia sentada en la cocina, escribiendo en su ordenador portátil tanto la carta a su mentor como el informe preliminar al director del IAC, que enviaría con copia oculta por email también a Oxford, no fuera que en el IAC tuvieran alguna agenda secreta, algo por otro lado muy español, y que en el Reino Unido difícilmente se entendería.

Sonia odiaba aquellos politiqueos e intrigas, pero al final acababan siendo parte del trabajo cuando estabas realizando una investigación puntera, utilizando equipos carísimos y con un montón de ojos puestos en ti, que en el futuro, si se publicaba el artículo finalmente, serían muchos más. Se había acostumbrado a cubrirse las espaldas de aquella manera, ya que en el país muchos síes encerraban noes, y nunca sabías realmente si una oferta o un compromiso iban más allá de las meras promesas. En la cultura anglosajona, un acuerdo oral equivalía a un contrato, y en España un acuerdo oral no valía para nada. Resultaba difícil conjuntar dos filosofías de vida y de trabajo tan diferentes, pero al menos Sonia contaba con que Henrikson sería quien tendría la última palabra en caso de desacuerdo.

El mensaje al IAC informaba del número de positivos, que Sonia redujo a menos de la mitad, ya que los resultados reales eran absolutamente increíbles. Asimismo, informó de las bondades del algoritmo que, afirmaba, ella misma había diseñado, y confirmaba por tanto que podrían estar en condiciones, con los datos adecuados, y el tiempo de telescopio necesario —una frase que era importante recalcar, pues sabía que necesitarían el mes extra que les habían prometido en el IAC si obtenían resultados razonablemente esperanzadores— de garantizar un artículo de alcance internacional, al que prefirió no añadir demasiados adjetivos, y que estaría listo en el plazo de un par de meses después de finalizadas las observaciones. Optó por ser conservadora para las fechas de entrega de la publicación a pesar de que avanzaban a una velocidad asombrosa en sus trabajos. Así tendrían tiempo para revisarla una y diez veces. No podían incurrir en errores. Mucha gente estaría interesada en que los cometieran, y no les iba a dar esa satisfacción.

Preparó los dos documentos y los revisó con Juan, que de nuevo se quejó de un intenso dolor de cabeza. Finalmente los guardó en la bandeja de salida de su correo electrónico tras un par de correcciones finales.

Al salir de la zona de seguridad activaría la conexión del móvil y los enviaría.

La hora de la cita con Javier se le había echado encima y Sonia se excusó con el envío del mail para ausentarse. Juan apenas le prestó atención. Estaba totalmente absorbido con la tarea de terminar la bibliografía y las citas de trabajos previos, una tarea enorme, a la que se añadía la labor fundamental e ingente de analizar los resultados uno por uno, ya fueran positivos o negativos, y que se iban haciendo mayores a medida que les llegaban nuevos positivos cada día. No obstante, era bueno hacer todo el trabajo ya para luego no verse ahogados por la documentación, que podría generar un nuevo cuello de botella que llevara a indeseados retrasos.

Salió al exterior finalmente. El cielo, como en la jornada

anterior, estaba precioso, azul y brillante. Aquel día no había salido antes y la fascinó sentir el calor del sol sobre su piel. Las noches eran cada vez más frías, pero por fortuna las mañanas mantenían un agradable calor en cuanto el sol hacía acto de presencia. Estaba feliz y, no sin cargo de conciencia, sabía decir exactamente por qué. La noche anterior había estado haciendo el amor sin parar y apenas había dormido. Daba gracias a la vida.

Una leve punzada de culpa se añadió cuando recordó que se había aplicado toda la gloria de la autoría del algoritmo de selección, pero ¿qué iba a hacer? ¿Explicar que todo aquel brillante proceso lo había desarrollado alguien que ocupaba el cuerpo de Juan en algo parecido al sonambulismo? Se convenció de que había elegido el mejor camino posible.

Anduvo el trecho hasta la señal de advertencia para los móviles, avanzó los cien metros que se había dado a modo de margen de seguridad, activó su teléfono y envió los dos mails. A continuación siguió camino adelante hacia el Herschel.

En apenas media hora Sonia estaba llegando a la explanada del aparcamiento que daba al edificio que contenía el telescopio. En un lado del gran espacio, en el que solo estaba su coche, la esperaba Javier, sonriente, mientras consultaba el móvil.

—Hola —le dijo ella, dándole un beso en la mejilla.

—Hola. Estás preciosa —dijo Javier, con unos ojos melosos que expresaban una total sinceridad.

—Gracias, guapo —sonrió ella. Sabía que irradiaba algo especial en aquel momento. Algo parecido a la felicidad.

—En serio, se te ve radiante.

Ella asintió. Miró por un momento al edificio del Herschel.

—Es un poco grosero no pasar a saludar a las chicas que trabajan ahí dentro. Si te parece, lo hacemos luego. Ahora preferiría hablar contigo un rato.

—Bueno, podemos coger el coche y dar una vuelta por la zona. Es muy bonita. Y la hora es perfecta. Hace un día estupendo para pasear.

—Me parece buena idea.

Javier abrió cortésmente la puerta del asiento del copiloto de su coche a Sonia y, una vez ella se hubo acomodado en el interior, entró por la puerta del conductor y encendió el motor.

—¿Quieres ver algo en especial? —le preguntó.

—Enséñame la zona, por favor, solo la vi una vez, al llegar, y pasamos de largo. Llevo ahí encerrada desde entonces.

—El duro trabajo del astrónomo.

—No lo sabes tú bien. Y es astrofísico, no astrónomo.

—Vale —rio Javier—. Sigo sin saber la diferencia.

—Te la expliqué cuando estábamos saliendo.

Javier, sonriendo, pisó suavemente el acelerador y se alejaron del telescopio William Herschel.

El vehículo recorrió la zona más conocida del sistema de telescopios del Roque de los Muchachos, donde un puñado de cúpulas esparcidas aquí y allá ocultaban de la intemperie los sensibles equipos del Galileo, el telescopio italiano, el telescopio automático británico Liverpool, el NOT noruego, o los telescopios solares SST, construidos por Suecia, y el DOT, que había sido financiado por los Países Bajos.

—Esto está más concurrido que las playas de la isla, te lo aseguro —dijo Javier—. Cuánto edificio y cuánto telescopio.

—¿Aquí hay playas? —preguntó Sonia, dudando.

—Apenas. De arena negra, la mayoría rocosas, y las corrientes son bastante peligrosas. ¿Quieres ver algo más de los alrededores?

—Hagamos un breve recorrido por las cumbres cercanas, por favor. Esto es precioso.

—Encantado.

—¿Qué ha pasado con Cora?

—Pues que se ha ido a casa de su madre, como en las películas viejas, o en las telenovelas.

—Vaya, lo siento.

—Ha pedido el divorcio y se ha llevado a la niña, ocurrió hace una semana. Voy a tener problemas para la custodia. No se lo reprocho, a decir verdad. Además, es lo lógico, que los hijos estén con sus madres, no me malinterpretes. Mira, no quiero contarte demasiado, te soltaría mi versión, y probablemente ella tendrá otra que será diferente. No busco palmadas en la espalda ni apoyos morales. Solo que todo es una mierda y un sufrimiento. Y que odio sufrir y hacer sufrir. Más aún a una mujer a la que quiero y a una hija a la que adoro.

—Tú siempre tan civilizado.

—Civilizado, no sé. Es que no quiero hablar de ello, nada más. Y dime, ¿para qué me querías?

—Tengo una consulta. Médica.

—Pues adelante.

—Es sobre Juan, sobre nosotros dos, como pareja.

—Bueno, intentaré ayudarte. Pero si te cansas de él, sabes que me presento voluntario a poco que lo pidas.

—¡Javier! ¡Que estás en medio de una separación!

—Vale, vale, estaba bromeando. Bueno, dime lo que pasa, a ver si te puedo ayudar.

—¿Sabes algo de...? Caray, no sé por dónde empezar. Sonambulismo, personalidades múltiples, bipolaridad, esas cosas.

—Sí, algo sé, pero no es mi área de conocimiento. Ocurren, pero son asuntos que generan discusiones en la profesión, no hay consenso. Suelen ser desequilibrios que llevan a patologías más profundas y graves. Esquizofrenia, por ejemplo. Lo de las personalidades múltiples está muy sujeto a controversia. Es un asunto un poco escurridizo. ¿Por qué? ¿Sucede algo?

—Resulta que Juan, de un tiempo a esta parte, ha empezado a hablar en sueños.

—Bueno, eso es normal, sobre todo cuando se viven tensiones y en un ambiente de estrés, y supongo que vosotros estaréis así, con el experimento y todo lo demás. Es bastante común.

—Pero además se ha levantado sonámbulo.

—¿Sonámbulo? ¿Juan?

—Y habla conmigo. Conscientemente, como si estuviera

despierto, pero mientras está dormido. O al menos, eso creo. Ya no logro distinguirlo.

—Joder.

—Y lo hace con otro tono de voz, como si fuera una persona... una persona algo diferente.

—¿Algo diferente?

—Enteramente diferente.

—Bueno, eso sí que resulta... interesante.

—Le ocurre de noche, y le he visto ponerse a trabajar en ese estado, como si estuviera en trance. Y mira, hace las cosas mucho mejor, tiene más rendimiento, ideas más originales. En fin, todo el proceso de trabajo científico lo hace de otra forma más... —buscó la palabra adecuada— brillante cuando está en ese estado.

—¿En serio?

—Como la noche y el día. Cuando está sonámbulo es un genio. Si eso es estar sonámbulo, claro. A mí no me lo parece, siempre te imaginas a un sonámbulo como a alguien que camina con los ojos cerrados y todo eso, pero no es el caso.

—No tiene por qué ser así.

—Es que es indistinguible de la vigilia. Está despierto a todos los efectos, lo que pasa es que es otra persona.

—¿Estás segura de eso? ¿Está despierto, o te parece que lo está?

—Te puedo asegurar que lo está. Muy despierto, créeme.

—Interesante. Podría tener algo reprimido que le hace no dar rienda suelta a todo su potencial, y a lo mejor ahora, por la necesidad, lo hace en sueños. A ti te pasó algo similar.

—¿A mí? —preguntó Sonia, sorprendida.

—Fue fugaz, y preferí no contártelo. Cuando salíamos, que yo te seguía psicoanalizando, ¿recuerdas?

—Sí.

—Éramos pareja, pero tenía que salvaguardar primordialmente tu intimidad como paciente. Y pensé que contártelo no te vendría bien en aquel momento.

—Me estás inquietando. ¿Qué pasó?

—Que me hablaste dormida. En varias ocasiones.

—¿Estás hablándome en serio?

—Estaban todos aquellos sentimientos reprimidos. Luego me contaste el origen. Tu anorexia a los quince años, tu depresión, los conatos de intentos de suicidio. Todo aquello venía de algún lugar.

—Y te lo expliqué, pero despierta. Lo recuerdo perfectamente.

—Sí, así fue. Pero me lo habías contado poco antes, en un sueño.

—¿Qué quieres decir?

—El día anterior a cuando te abriste, ¿recuerdas? Aquella noche dormimos juntos. Y en sueños me lo confesaste.

—¿El qué? —Sonia se quedó repentinamente paralizada, paralizada por el miedo.

—¿El qué? Lo de tu padre.

En aquel momento Sonia notó la boca seca y tuvo un acceso de pánico. ¿Qué sabía Javier de ella? No quería seguir hablando de ese tema. Pero Javier prosiguió:

—Lo del suicidio. Lo del daño que te hizo todo aquello. Y claro, fue sencillo atar cabos con el origen de la patología de tu adolescencia. Tuviste que enfrentarte a la pérdida de tu padre, a que se quitó la vida, y a descubrir sus planes. Que había escrito una carta de suicidio en la que se suponía que antes os asesinaba a ti y a tu madre. Pero debió de arrepentirse y se ahorcó, y os libró de una muerte casi segura.

Sonia suspiró aliviada. Javier sabía justo lo que le había contado. Nada más.

Javier detuvo el coche en un mirador que daba al vasto Parque Nacional de la Caldera de Taburiente. Las nubes bajas, contenidas por la cordillera a espaldas de ellos, no cubrían aquella zona interior, y un enorme valle descendía desde el gigantesco cráter roto hacia el mar. La visión era espectacular, gargantuesca. Javier puso el freno de mano del vehículo e indicó a Sonia que bajara con él.

Se acercaron al borde del mirador. Ella permaneció en silencio ante aquella visión vasta y espectacular.

—Cuando la cosa se me pone mal, vengo aquí arriba —dijo Javier, tras unos instantes de silencio—. Ves esto y todos tus problemas desaparecen como por ensalmo.

—Es verdad —dijo ella.

Se sentía aliviada. Había temido que Javier le revelara algo que ella no había contado a nadie jamás, pero que tal vez le habría dicho en sueños en la época en que estaban juntos. Pero no había sido así.

—Entonces, ¿yo hablaba en sueños?

—Durante un tiempo, sí. Rompiste a hablar, no sé por qué. Estábamos en mitad de la terapia; debió de abrirse algo dentro de ti que solo podía sincerarse o explicarse durante tus sueños. Algo que debías de tener muy oculto y reprimido en tu interior.

—¿Duró mucho tiempo?

—Un par de semanas. Y del mismo modo que apareció, cesó. Fue algo sorprendente. Tampoco tengo ni idea de por qué terminó.

—¿Por qué no me lo dijiste?

—Porque no tenía sentido que lo supieras. Era tu terapeuta en aquel momento y no habría ayudado informarte. En muchas ocasiones, cuando la gente se entera de que habla en sueños, eso les crea un sufrimiento y una angustia añadidos. Puede llegar a perturbar su sueño muy seriamente, ya que temen que si se duermen puedan contar cosas que no quieren contar, o revelar secretos que guardan en su interior. No, no me pareció buena idea decírtelo entonces. Luego todo se complicó entre nosotros y al final ya carecía de sentido contártelo.

—Sin embargo, ahora lo has hecho.

—Sí, porque ha pasado tiempo y porque creo que es bueno que lo sepas. Nunca quise ocultártelo para siempre. Solo esperaba el momento oportuno para explicártelo, eso es todo.

—Caray, jamás lo imaginé. No pensaba que fuera de ese tipo de personas.

—No existe un tipo de persona que hable en sueños y otro que no. Son episodios que ocurren, pero no hay nada que permita prever si alguien tiene inclinación a ello. Sonia, tuviste una carga de culpa enorme pensando que tú eras la causa de la locura de tu padre, a saber por qué, y al final le diagnostiqué una posible paranoia latente que despertó un buen día. Oía voces. En su cabeza. Tú te culpaste de todo, con catorce años, sin recursos emocionales ni personales, teniendo que buscarte la vida con tu madre para poder sobrevivir. Luego, además, se descubrieron las deudas de tu padre y tu madre hubo de hacer un sacrificio enorme para pagarte los estudios, sin becas. Se deslomó por ti, y todo eso lo somatizaste, lo hiciste culpa, lo convertiste en un instinto de autodestrucción. De ahí tu anorexia, tu depresión, tu adolescencia llena de dolor. Solo se te pasaba cuando te refugiabas en los estudios. Siempre me has dicho que te asombró mi clarividencia al diagnosticar lo que te había sucedido, y que nadie te trató cuando eras una adolescente, cuando realmente habrías necesitado ese tipo de ayuda. No fue clarividencia, fue porque me lo contaste. Lo tenías dentro, te hacía sufrir terriblemente, y solo me lo dijiste cuando no había barreras psicológicas, mientras estabas dormida. Yo no hice nada especial, de alguna manera un mecanismo se liberó cuando lo hiciste. Es la única vez que te he oído hablar en sueños. Con esto te quiero decir que no es algo tan raro. Le puede pasar a gente a la que no le ha ocurrido nunca, puede prolongarse durante un tiempo y después desaparecer sin dejar rastro. Muchos de nosotros cuando dormimos solos lo hacemos, y no nos damos cuenta de ello, pero hablar dormido, dentro de lo raro, no es tan raro, en absoluto. A veces, en el sueño, decimos cosas que no nos atrevemos a decir en la vigilia, porque nuestras barreras conscientes no están presentes. De ahí las técnicas de hipnosis que usan algunos, como la sofrología y esas cosas. Se derriban barreras, y la persona tiene más libertad para hablar de sus traumas ocultos. Puede ser que eso le esté sucediendo a Juan, más aún si estáis pasando por momentos difíciles como los que me comentaste.

Puede ser una válvula de escape. Además, estáis todo el día juntos. Podría ser algo parecido a la autohipnosis. Sobre todo si está muy cansado, puede pasarle.

—Creo que es algo más, Javier.

—¿Algo más?

—¿Podría tener algo parecido a una personalidad oculta?

—Bueno, en ocasiones, si reprimes mucho ciertas partes de ti mismo, de tu personalidad, que se quedan agazapadas, a veces salen al exterior. Lo llaman trastorno de identidad disociativo. Pasa en casos de bipolares un poco extremos, pero vamos, ya te digo que es un asunto de gran controversia. No se sabe con certeza si es algo que se inventa el paciente, pura comedia, vamos, o si se trata de una patología real. No tengo noticias más concretas sobre todo eso. ¿Es tan intenso el cambio cuando duerme?

—Es otra persona. Enteramente otra persona. Te lo puedo asegurar. Y esa otra persona se comporta como si estuviera totalmente despierta.

—Uf, eso sí que suena extraño.

—¿No suele ocurrir?

—En casos de patologías serias, sí. Sobre todo, como te dije, en esquizofrénicos. Y eso serían malas noticias. Podría ser un problema grave para él, y hasta para ti.

—¿Para mí?

—Bueno, no quiero preocuparte, pero la esquizofrenia puede tener entre sus síntomas accesos de violencia cuando surgen los brotes psicóticos. Y podríamos estar en un caso así.

—No creo que sea eso. No creo que esté atravesando por un brote psicótico. Te lo garantizo. Juan no es así.

—Bueno, nunca se sabe. Tendría que examinarle, hacerle terapia, intentar un diagnóstico. No puedo juzgar mucho más con lo que me cuentas.

—¿Debo preocuparme?

—En fin, Sonia, sí y no. Ya estás preocupada, por eso me has llamado. Pero puede que se trate de algo transitorio debido al estrés, o a lo que os ha ocurrido recientemente. A lo mejor por la noche Juan libera tensiones, o facetas de sí mismo que reprime durante el día.

—Hay algo más, Javier.

—¿Qué más?

Sonia miró al horizonte azul de la isla, que contrastaba poderosamente con el intenso verdor del valle que los rodeaba.

—Me ha hecho el amor.

—Bueno, eso no es malo, ¿no? Significa que vuestra relación está mejorando.

—No me entiendes, Javier. Me ha hecho el amor estando sonámbulo.

—¿Cómo?

—Con esa personalidad diferente, he hecho el amor con él.

—Joder.

—Eso. Joder. Eso es lo que he hecho.

Javier soltó una risa, acusando la humorada de Sonia en un momento así.

—Eso no lo había oído en mi vida, créeme.

—Pues ha ocurrido.

—¿Completamente? ¿Todo el proceso?

—Sí. Con eyaculación. Largo rato. Y es que parece otra persona, Javier, te lo juro.

—Madre mía. Ahora sí que estoy flipando.

Javier se acarició el mentón. Su expresión reflejaba auténtica inquietud.

—Déjame que me documente e investigue un poco. Dame unos días. ¿Puedo subir a veros cuando haya indagado más en el tema?

—Siempre y cuando apagues el móvil, sí.

Javier rio de nuevo.

—Claro. Lo apagaré. Seguro. En el mismo Herschel, antes de emprender el camino a pie. Totalmente apagado. Me lo tatuaré en la mano: «Apagar el móvil».

—¿Qué vas a investigar al respecto?

—Literatura especializada, casos similares. Quiero estudiar más en profundidad todo eso. Esas cosas suceden mucho menos, son casos raros. Antes, en el pasado, se les llamaba de otra manera, Sonia.

—¿Cómo?

—Posesiones, Sonia. Posesiones diabólicas.

Ella tragó saliva.

—Vamos, no me fastidies.

—Ahora sabemos que son trastornos de personalidad, pero en el pasado, y hablo de hace menos de treinta o cuarenta años, y aun hoy, en algunas iglesias católicas y ortodoxas siguen haciendo exorcismos a gente que simplemente está mal de la cabeza.

—No estarás insinuando... ¿Exorcismo? ¿Qué dices?

—No me malinterpretes, solo es un detalle, una anécdota. Claro que no. No te asustes. Bueno, si te parece, con estos datos que me has comentado voy a mirar algo de literatura especializada. También llamaré a un par de amigos que trabajan en universidades extranjeras y que ejercen especialidades que pueden estar más cerca de este tipo de patologías. En unos días, si estás de acuerdo, me acerco y hablamos. Y de paso, examino a Juan.

—Vale, pero que no piense que le estás diagnosticando nada, ¿vale?

—Por supuesto, sé hacer esas cosas sin que se note, no te preocupes.

—Eso espero.

—Te pasan unas cosas muy raras últimamente, Sonia.

—No tiene gracia.

—Dicen que esta isla propicia que le ocurran cosas así a la gente, que se abran puertas en sus conciencias.

—Había olvidado que te gustaban todas esas historias del despertar de la conciencia y demás.

—Son reales.

—No. Eres de letras. Es muy diferente.

—Eso es un golpe bajo. Los de letras también podemos querer entender el universo.

—No se puede entender el universo sin saber matemáticas, de la misma forma que no se puede aprender nada en serio sin saber leer.

—Tú siempre tan sutil. El caso es que hay cosas más allá que no podemos explicarnos. Otras conciencias, otros mundos, otras dimensiones.

—Vale. No vamos a discutir por eso.

—Es que puede estar ocurriéndote ahora mismo.

—Bueno, no es así, se supone que es algo patológico, ¿no? Juan puede estar pasando por un momento que le hace vivir esas cosas cuando duerme.

—¿Te acuerdas, Sonia? Estábamos todo el tiempo peleando por esos asuntos. Yo era el espiritual y tú la escéptica.

—Como Mulder y Scully.

—¿Quiénes?

—Los personajes de aquella serie que daban en la tele, *Expediente X*. Scully era una escéptica y Mulder un creyente en todo lo sobrenatural.

—Pues algo así, sí. Lo dicho. En esta isla pasan cosas, cosas extrañas. Manifestaciones espirituales, hasta bases de ovnis.

—¿Bases de ovnis? No puedes estar hablando en serio, Javier.

—Hay fotos de objetos saliendo del mar, las puedes encontrar fácilmente en internet. Pero no me interrumpas, ¿vale?

—Vale, vale.

—Este lugar atrae energías. Energías muy primarias. Digamos que puede tratarse de un punto focal de esas energías, energías espirituales. La gente más sensible ve cosas que los demás no ven, o sus mentes se abren de una forma misteriosa. Hay muchas apariciones en esta isla, fenómenos inexplicables. Es un sitio muy especial, en el que los más receptivos experimentan cosas que no se sienten en ningún otro lugar del mundo.

—Javier, por favor.

—Sonia, no es nada mágico ni sobrenatural, no me refiero a eso. Hay lugares que, por alguna razón que todavía desconocemos, liberan ciertas cosas, ciertas patologías en algunas personas. Es algo físico. Que aún no se haya comprendido el porqué no quita que no ocurra.

—Si no se ha encontrado el porqué a lo mejor es que no existe.

—Siempre tan escéptica.

—No me ha ido mal así hasta ahora. Vale, de todas formas aceptemos tu hipótesis. Que esta isla haya despertado algo en Juan, y nunca mejor dicho. ¿Y entonces?

—Eso es, puede que a Juan le esté pasando algo así. Que tenga algo en su interior, algo latente que se está expresando en este lugar. Sobre todo en estas montañas. Son muy energéticas.

—Bueno, vale. Déjalo. Espero que no me vengas con esto cuando termines tu investigación. Que la conclusión sea que Juan está así porque las montañas son energéticas.

—En fin, eres de lo que no hay. ¿Y cómo va tu experimento en el telescopio?

—Muy bien. Inesperadamente bien, a decir verdad. No puede ir mejor.

—Caray, eso es estupendo.

—Y ¿sabes quién lo ha logrado?

—¿Quién?

—Juan. Bueno, él no. Juan cuando está sonámbulo. Te digo que es otro. Una persona totalmente diferente. Un genio.

—Es el mismo, Sonia. Solo que se expresa de forma distinta; a lo mejor tiene menos barreras emocionales y puede dar rienda suelta a todo su talento mientras duerme. Quién sabe.

—Me ha dicho que se llama Robert. No es Juan. Insiste mucho en ello. Es Robert.

Javier tardó un poco en responder. Estaba sopesando lo que acababa de oír.

—Eso sí que es más preocupante. ¿Cómo has tardado tanto en contármelo. Es casi lo más importante.

—¿Ah sí?

—Una personalidad dentro de su propia mente que se manifiesta en el sueño. Es muy muy interesante. Pero, créeme, Sonia. Juan sigue siendo Juan. No existen las personalidades que entran y salen de la gente. El cerebro es el cerebro, no se le puede reiniciar como si fuera un ordenador.

—Oh, vaya, ahora el escéptico eres tú. Qué curioso.

—Por supuesto, es mi área de conocimiento. Sé lo que puede pasar, y lo que no, en mi campo. Lo mismo que te pasa a ti en el tuyo. Cuando salimos de nuestra zona de conocimiento hablamos como patanes. Pero dentro de ella sabemos de lo que estamos hablando.

—¿Te acuerdas de cuando intentaba que comprendieras cómo funcionaban los agujeros negros?

—Sí, qué pesada eras.

—No había manera.

—Ni lo entendía entonces, ni lo entiendo ahora, y mira que hasta me he leído el famoso libro de Stephen Hawking.

—Qué aplicado.

—Eras muy coñazo, Sonia.

—A lo mejor me dejaste por eso.

—A lo mejor.

Se giraron a mirar el paisaje. El sol estaba descendiendo sobre el mar. La vista era increíble.

—Pero te recuerdo que me dejaste tú —dijo Javier tras una pausa, contemplando la vista.

Ella se abrazó a Javier. Estuvieron abrazados un rato. Sonia, en especial, quiso prolongar el abrazo.

—¿Todo bien? —preguntó Javier.

—Sí —dijo ella—. Me viene bien abrazar a alguien ahora mismo.

—¿Pasa algo más? ¿Algo que yo deba saber?

—Cosas. Recuerdos. Mi cabeza.

—¿Te puedo ayudar?

—Abrazándome, y callándote, me ayudas.

—Vale —comprendió.

Ella siguió abrazada a Javier durante unos minutos más. Recordó la relación que había tenido con aquel hombre. Por fin le vino a la memoria el motivo de por qué habían roto. En realidad nunca lo había olvidado, seguía ahí, un eterno recuerdo del fracaso que a veces había considerado que era su vida. Se acordó de cuando todo se agrió. Ella había sido el problema. Ella y sus neuras; su tristeza irremediable, sus murallas emocionales, su silencio, sus estados de ánimo cercanos a la depresión. Se había apagado, y de paso se había callado, cerrándose en banda cuando Javier había llegado a ciertos lugares a los que ella no quería que nadie llegara jamás. Había estado a punto de sufrir una grave recaída depresiva y Javier se lo había advertido. Ella no escuchó. Él había intentado ayudarla, pero ella no quería ayuda de ninguna persona en aquel momento. Para ello habría tenido que revelar su gran secreto, ese secreto que no había revelado jamás a nadie. El silencio, el hiato de su vida. El agujero negro de su recuerdo que escondía en un rincón de su mente. No lo hizo, no se lo contó a Javier. A partir de entonces todo empezó a irse a pique entre los dos. Javier había sido para ella una historia preciosa, y ella lo había roto todo. Las relaciones, como los vasos de Duralex, aguantan hasta los peores golpes. Pero cuando el daño es demasiado grande se rompen en añicos. Y ya son imposibles de reconstruir.

Claro que recordaba por qué lo habían dejado. Ella lo había hecho, lo había propiciado; había huido. Prefería estar sola a revelarlo. Como siempre hacía cuando alguien rozaba el agujero negro.

A lo mejor por aquello se había hecho astrofísica. Para intentar comprender los agujeros negros. Para intentar entender el que tenía guardado bajo diez cerrojos en su mente, en su pasado, la olla negra de dolor que al final podía absorberlo todo si consentías que se abriera de nuevo.

Por eso la mantenía cerrada.

Finalmente Sonia se separó de Javier, deshaciendo el abrazo y repitiendo físicamente lo que había hecho años atrás.

—Gracias, Javier.

—De nada —le dijo él con una sonrisa.

—Creo que mejor me vuelvo ya, tengo casi una hora de pateo hasta el telescopio.

—Deberíamos pasar a saludar a esas rubias del Herschel, como comentaste. Nunca está de más, y parecen majas.

—Vale, pero poco rato, no quiero que me anochezca en mitad del camino de vuelta.

Se encaminaron al coche y regresaron hacia el Roque de los Muchachos.

33

Pararon un rato junto al Herschel y charlaron un poco, apenas media hora, con Tricia y Anna. Las dos chicas se mostraron sumamente interesadas por Javier. Era un hombre atractivo y joven, y de pronto se vio halagado por dos mujeres a la vez, astrónomas, inteligentes y bellas, que competían por atraer su atención y resultar ingeniosas. Fue un momento divertido y casi candoroso. Sonia vivió la situación con gran regocijo, y luego aprovechó para mofarse de Javier cordialmente antes de despedirse, cuando Tricia y Anna ya habían vuelto al interior del edificio.

El sol se estaba poniendo en el horizonte, una brisa demasiado fría ascendía por las montañas y Sonia no quería retrasarse más en regresar al MAGIC-II. Se acercó al coche de Javier y se despidieron con un beso en la mejilla.

—Te llamo en cuanto tenga más datos sobre lo que hablamos.

—Vale, pero recuerda que no tengo teléfono directo aquí arriba.

—Es verdad. Bueno, vendré. Espero no tardar mucho.

—Y cuando vengas la próxima vez, trae algún detalle para tus dos admiradoras.

—¡Qué fuerte! —exclamó, y se echó a reír—. Nunca había tenido tanto éxito en mi vida.

—Las chicas tenemos un sexto sentido, detectamos cuándo un hombre vuelve a estar en el mercado.

—Sería interesante hacer un estudio sobre eso, estoy seguro de que algo hay, no creas. Vosotras os dais cuenta de muchísimas cosas de las que nosotros ni nos enteramos.

—Puedes jurarlo.

—Estoy seguro de que las mujeres tenéis alguna sociedad secreta en la que nos leéis el pensamiento, nos dirigís y decidís el destino del mundo.

—¿Tú crees?

—Estoy convencido de ello. La prueba es que la especie humana no se ha extinguido. O lo dirigís todo en la sombra, o no me lo explico. Con los machos al frente, no duramos ni una generación, eso es un hecho.

—No es mala hipótesis. Las mujeres estamos relegadas en los puestos de trabajo, cobramos menos, apenas llegamos a puestos directivos o a dirigir gobiernos, la mayoría de las sociedades humanas practican el machismo en diferente grado, pero resulta que ahora todo va bien en el mundo porque tenemos una sociedad secreta desde la que dirigimos los destinos de la humanidad. Ahora lo comprendo todo.

—Vale. *Touché*.

—Sí. Mejor dejémoslo.

Los dos se besaron en la mejilla de nuevo.

—También tenemos un sexto sentido para la buena gente —le susurró al separarse de él.

—Vas a hacerme ruborizar.

—Lo dudo, guapo —sonrió ella.

Javier se metió en su coche y se alejó por la carretera. Sonia le saludó con un gesto y se encaminó al sendero que llevaba a su telescopio.

Su telescopio. Ya era suyo. Allí estaba a punto de cambiar la historia de la ciencia y la de su propia vida.

Pero le quedaba casi una hora de trecho y el sol se había ocultado. El frío empezaba a notarse.

Apretó el paso.

34

En el MAGIC-II todo estaba calmo y en silencio. Entró en el habitáculo y le extrañó no ver a Juan en ningún lado. Lo encontró en el dormitorio, tumbado en la cama. Apenas eran las nueve y media de la noche. Estaba completamente dormido. Sonia tuvo una intuición y se acercó al botiquín, que estaba en la cocina. Lo abrió y vio que Juan se había tomado el otro medio somnífero.

Sonia entonces se metió en la ducha y se relajó bajo el chorro de agua caliente. No tenía ganas de pensar en nada. Recién duchada, se vistió y subió a la sala de control. Quería supervisar el trabajo de documentación de Juan. Había llegado un momento en que no se fiaba de lo que hiciera o escribiera. Empezó a revisar varios documentos de texto en los que estaba realizando la documentación del método de selección de fotones gamma candidatos y vio que el trabajo estaba muy bien. Las ecuaciones eran correctas, y, seguramente a causa de hacer una especie de ingeniería inversa mental tras la lectura de los comentarios que Robert había añadido al software, las explicaciones resultaban perfectas y coherentes. Juan comprendía el método empleado por fin y lo explicaba a las mil maravillas en aquel texto. Suspiró aliviada. Todo el proceso de corroborar su modelo dependía de la fiabilidad del método de selección. Si fallaban en eso, si eran desmentidos o contradichos por alguno de los participantes en la revisión por pares que leerían el artículo antes de su publicación, estarían perdidos. Más aún en aquel caso, pues se trataba de un texto que iba a ser revolucionario, que generaría nuevas ideas, probablemente hasta una nueva física, y que iba a responder a la pregunta sobre de qué estaba hecho el universo y de dónde venía, saltando por encima del infranqueable Big Bang y explicando lo que había ocurrido antes. Algo que hasta ahora se habían reservado para sí los teólogos.

Pensó en una buena introducción para el artículo. Luego abrió el procesador de textos y empezó a escribir.

EL FERMIÓN DE SONIA. UNA INTRODUCCIÓN INFORMAL

Desde el momento en que empezamos a manejar el Big Bang como el modelo más fiable del origen del universo, no tuvimos más remedio que recurrir al concepto de singularidad. Lo que ocurrió antes del Big Bang era un lugar del que no se podía decir nada, porque de él nada se sabía y nada se podía saber, ya que en ese no-lugar anterior al gran estallido que lo creó todo las leyes de la física no regían ya. Dentro de un agujero negro se oculta también un cierto tipo de singularidad. El solo concepto expresa nuestra impotencia para explicarlo. De ahí que se haya teorizado con la existencia, antes del nacimiento del universo actual, de algo más. Algo que no tuviera que pasar por lo inefable, que siempre es un tanto extraño. De esta manera, en el inicio de mi carrera como física intenté crear un grado de objetos matemáticos que, análogos a los transfinitos de Georg Cantor, pudieran definir varios tipos de singularidades, diferenciando, por poner un ejemplo, la que precedió a nuestro universo de la que existe en el interior de un agujero negro, o en un agujero de gusano. Este camino puramente teórico me llevó a una serie de ecuaciones que conducían a unos resultados francamente asombrosos, de los que se podía deducir que tal vez la singularidad primordial previa a nuestra existencia podría ser trascendida de alguna manera, dejando de existir como tal. Hablo, claro está, de la llamada «hipótesis 4D». Curiosamente, las ecuaciones generales que utilizamos hoy en día funcionan muy bien si consideramos como algo posible que actualmente seamos la superficie tridimensional de un gigantesco agujero negro de cuatro dimensiones, resultante del colapso de una inimaginablemente vasta estrella cuatridimensional. Así que, según se ha teorizado, seríamos el horizonte de los sucesos de ese agujero negro, en un megauniverso inimaginablemente vasto, repleto de estrellas de cuatro dimensiones. Y en esas circunstancias solo nacimos cuando una de aquellas estrellas colapsó. El modelo suena extraño y contraintuitivo, pero cuatrocientos años de historia de la ciencia nos han demostrado bien a las claras que la realidad es, mucho más frecuentemente de lo que quisiéramos, ajena a nuestras intuiciones, y que todo lo que nos rodea está integrado en una complejidad inusitada, y sobre todo, inesperada e impredecible. Si algo hemos de ser los físicos en estos días, es poco dogmáticos. Otro fenómeno que va en contra de nuestra intuición es la materia oscura y la energía oscura, en ambos casos dos caras de una misma moneda. Se ha teorizado también que la materia oscura, que ya sabemos que rodea a todas las galaxias de nuestro universo, está constituida por fermiones, actualmente indetectables debido a que forman parte del tejido del espacio, como ocurre con el bosón de Higgs. El experimento que describimos en este artículo crea un modelo de fermión de materia oscura mediante la detección de fotones producidos por la colisión materia-antimateria de aquellos fermiones, detectados por efecto Cherenkov en el telescopio MAGIC-II del Roque de los Muchachos, en la isla de La Palma. Hemos caracterizado la partícula de forma empírica y la hemos denominado «fermión de Sonia». Creemos que con estos datos el fermión puede ser reconocido de forma efectiva en un acelerador de partículas como el LHC. Al mismo tiempo, la existencia de esta partícula, hasta ahora desconocida, determina el cierre de las ecuaciones que relacionan la materia oscura con un universo nacido en un Big Bang por el colapso de una estrella cuatridimensional. De esta manera, este estudio de lo más pequeño e íntimo de la materia no solo cierra un aspecto de la estructura del cosmos sino que permite dar una respuesta coherente a su propio origen, esto es, al fenómeno más vasto de todos, la gran explosión primordial que creó todo esto. En este sentido, estamos determinando una nueva constante universal que, de ser descubierta en una colisión de partículas, determinaría el origen, estructura y ulterior futuro de todo lo que es y somos.

Releyó el texto varias veces. Era verdad que el artículo necesitaba una introducción, y que, además, debía ser concisa como aquella. Pero le parecía todavía demasiado petulante informar de cosas tan categóricas, aunque, estaba plenamente segura de ello, así eran. Decidió que al día siguiente lo revisaría con ojos nuevos y rebajaría la carga de autoindulgencia que había en el texto. Había que añadir modestia y, sin obviar las consecuencias del posible cambio de escenario que plantearía su artículo una vez publicado, comentarlas evitando presumir demasiado. Los *peer reviewers* odiaban a los científicos conscientes de su propia importancia.

Volvió a pensar entonces en el estupendo trabajo de programación y documentación que había hecho Robert. Se detuvo un instante ante el código fuente.

Qué demonios, se dijo, intentando asimilar lo que Javier le había insinuado; aquello había sido hecho por el cerebro de Juan. Aquello solo podía ser obra suya, aunque no fuera consciente de ello. No era nada sobrenatural, como tampoco existen las mentes que se adueñan de los cuerpos ajenos. Aquella explicación la reconfortó y la hizo sentirse mejor.

De pronto, tal como había ocurrido la noche anterior, notó una presencia a su espalda. Intuyó el aroma, diferente, intenso, que, como un halo, la rodeaba.

Se giró lentamente.

—Sé que estás ahí —le dijo.

—Quiero hablar —repuso él con su poderosa voz. Esta vez estaba vestido.

—¿Como ayer?

—No, ayer no hablamos. Hoy hablaremos.

—Me parece bien.

Se sentaron en la cocina, y ella abrió una de las botellas de vino de La Palma que les había traído Javier el día de la catástrofe con el teléfono móvil. Lo probaron y estaba realmente delicioso. Él la miraba con unos ojos inquietantes, silenciosos, que parecían saber muchas cosas. Sonia le mantuvo la mirada, aunque le costaba hacerlo.

—Bueno, pues aquí estamos —comentó ella.

—Como si fuera una cita.

—Sí, como en una cita.

—¿Está bien la documentación que te escribí?

—Inmejorable. Gracias a eso, creo que podemos marcar la diferencia. Si cometemos el menor error en esa parte, estamos jodidos.

—Me alegro.

—¿Quién eres? —le espetó.

—Robert. Ya te lo he dicho.

—Digo quién eres, de verdad. De dónde vienes.

—No me creerías. Tu mente es la de una física. Está centrada en ecuaciones, en evidencias y hechos. Pero ahí fuera hay otras cosas, cosas muy diferentes.

—Bueno, inténtalo, y te diré si te creo o no —replicó ella—. Te recuerdo que estoy apoyando una teoría según la cual nuestro universo viene de la explosión de una megaestrella. Estoy acostumbrada a cosas raras.

—Estoy fuera de este cuerpo casi todo el tiempo. A veces he estado dentro, en el pasado. Pero pocas veces. Y en esas ocasiones, tú no estabas. Ahora me gusta volver, porque estás tú.

—¿Convives dentro de la mente de Juan? ¿Eres Juan, entonces?

—No. Estoy en otro lugar y entro de vez en cuando. Ahora puedo hacerlo con mayor frecuencia. Es esta isla, creo. Este es un espacio especial. Aquí pasan cosas. De todas formas, es una conjetura. Solo sé que está ocurriéndome.

Sonia se sintió profundamente inquieta al oír a Robert una explicación que se asemejaba tanto a la que le había dado Javier.

—Pero si eres parte de él, si usas su cerebro, entonces no estoy siéndole infiel.

—¿Es eso lo que te preocupa?

—Pues la verdad es que sí. Estoy contigo, que en apariencia eres Juan, aunque con una personalidad muy distinta. Podría decirse que eres otro lado de él, otro aspecto. Algo que estaba oculto.

—Sí, es una buena forma de describirlo. Pero no es así. No soy él.

—¿Quién eres entonces, te repito?

—Robert.

—Esto es un diálogo de sordos.

Robert dio un trago a su copa de vino.

—Sabes que las células de un ser humano se renuevan por completo cada siete años.

—Algo he leído al respecto, sí.

—Todas y cada una de sus células. Sin excepciones. Poco a poco van surgiendo células nuevas y las viejas se van eliminando. Se excretan, se digieren, o sencillamente se caen, como las de la epidermis. Pero eso tiene muchas implicaciones.

—¿Cuáles?

—Que también cada átomo, todos y cada uno de los átomos del cuerpo de una persona, se renuevan en ese mismo período de tiempo. Por ejemplo, tú misma. No tienes ni un solo átomo en ti de la persona que eras hace siete años. Y dentro de otros siete no tendrás en tu cuerpo ni uno de los átomos que te forman ahora. Enteramente nueva.

—Caray.

—Es sorprendente, sí. En cambio, en tu interior sabes que sigues siendo la misma. Aunque ni un átomo tuyo sea ya el mismo. Eres la misma persona. No obstante, se ha conservado algo; un concepto.

—Mi conciencia, mi memoria...

—Exacto. El cuerpo cambia constantemente, desaparece hasta hacerse otro; fluye. Pero tú sabes que tu mente sigue siendo la misma, aunque ni una de las neuronas de tu cerebro sea ya la misma que fue hace siete años. Eso es: se mantiene la conciencia. Nadie sabe por qué. Nadie sabe cómo. El soporte, por tanto, es lo de menos. El hardware cambia. El software es el mismo, independientemente de qué máquina lo ejecute.

—¿Adónde quieres llegar?

—A que hay otros soportes para la conciencia, soportes en otros lugares, no necesariamente físicos, en los que otras mentes residen. De repente, a veces, se abren caminos que hacen que esas conciencias viajen. Y pasen a otros lugares, o bien a otros... cuerpos.

—¿Quieres decir que eres una conciencia que viene de otro lugar?

—En efecto, podría plantearse así. Una conciencia errante, como esos planetas que según los científicos viajan entre los sistemas solares, en el frío del espacio interestelar, casi en el cero absoluto.

—Pero ¿de dónde vienes?

—No tiene sentido hacer esa pregunta, Sonia. Porque no existe tal cosa como los «lugares». Hay dimensiones, espacios, universos.

—Eso me suena a la teoría M.

—Tiene mucho que ver.

—Multiuniversos en los que la gente puede vivir otras vidas... ¿Me estás diciendo que tú, Robert, eres Juan en otro universo? Por tanto, cuando él duerme tú ocupas su cuerpo, y supongo que en tu universo pasará al revés, que Juan ocupará tu cuerpo allí.

—Algo así. Solo que mi universo no es exactamente como el tuyo. No está hecho de materia. No existen los cuerpos allí.

—Entonces ¿de qué estáis hechos?

—Antes te dije lo de las células, que se renuevan por completo cada un cierto período de tiempo. Tu cuerpo no es el mismo que hace siete años. Hay lugares en los que esos cuerpos simplemente no existen. Vosotros soléis llamarlos los lugares de los sueños. De hecho, cuando soñáis venís a nuestro universo, y al despertar os vais. Yo no tengo un nombre en realidad, he tomado prestado uno de los nombres que se usan en tu mundo. Robert. Me gustaba. Es sonoro. Y ahora lo pronuncio. Robert. Tengo una boca que lo dice. Robert. Además, es un placer poder usar estas manos —aseguró al tiempo que las miraba—. Y caminar con estos pies.

—Así pues, ¿vienes del mundo de los sueños? Robert, perdona, pero suena a cuento para niños.

—Es que es así y no lo es. Es todo un símil, una metáfora, Sonia. Nosotros lo vivimos cotidianamente cuando los soñadores entran y pasean por nuestro mundo, en el que las reglas de la física no son las mismas que las vuestras o a veces ni siquiera rigen. De la misma manera que vosotros estáis acostumbrados a ver un animal, una planta, o a la lluvia caer, nosotros estamos igual de acostumbrados a ver soñadores entrando en nuestro mundo y saliendo luego, mientras duermen y se despiertan. Pues bien, a veces un soñador llega y contacta con su versión en este mundo. Y yo soy esa versión.

—Lo que yo decía. Eres Juan en tu universo.

—Algo parecido, pero no exactamente.

—¿Y entonces?

—Pues que en ocasiones nos intercambiamos, ya te lo he dicho. El resto no es comprensible. No se puede usar el lenguaje cotidiano que vosotros utilizáis para describirlo. Quizá las matemáticas, pero unas matemáticas que aún no habéis inventado. Yo ahora estoy aquí, y luego me iré. Eso es todo.

—Lo explicas de una forma que lo hace parecer casi normal.

—Para nosotros es perfectamente normal. Esta comunicación espontánea entre universos se ha dado siempre. No es nada nuevo. Al contrario. Parte de vuestras vidas las pasáis en nuestro mundo; el tiempo que pasáis durmiendo casi es un tercio de vuestro tiempo de vida. Y, más rara vez, ocurren estas cosas. Más raro aún, dos seres de los dos mundos se conocen, hablan y se aman.

—¿Te refieres a nosotros dos?

Él asintió.

—Para nosotros es tan raro como para vosotros. Pero que te pase es algo muy especial. Un privilegio.

—Entonces, insisto, no le estoy siendo infiel a Juan, porque tú eres el Juan de otro universo y porque usas su mismo cuerpo. Eso suponiendo que no estés completamente loco y todo esto no sea una especie de extraño juego mental perverso.

—Puedes mirarlo también así. Puede ser un juego mental, claro.

—No, hay cosas que no tienen una explicación tan simple.

—¿Qué cosas?

—Que cuando vienes le haces cambiar. La voz, la piel, el mismo cuerpo, el movimiento, hasta tus erecciones, tu olor, todo es diferente. Eres otro, o más bien le haces otro.

—Otro mejor, espero.

—Mucho mejor. —Sonia hizo una pausa, sopesando lo que iba a decir a continuación—. Me estoy enamorando de ti, Robert.

—Me parece bien.

Se acercó a ella y la besó en los labios, lenta, amorosamente. A ella la invadió un escalofrío, una incertidumbre dulce, una excitación incontenible, y un deseo que no podía ni quería parar.

—Ya está bien de hablar. Fóllame. Seas quien seas.

—Claro, Sonia —dijo él con un tono que hizo que se derritiera ante él de amor.

—Fóllame, fóllame, fóllame —le suplicó, desesperada y mojada.

35

Hicieron el amor una vez más. Ella anhelaba sentirle dentro, era como si se hubiera hecho adicta a su pene enhiesto embistiendo su sexo, y de hecho estaba viviendo una experiencia inédita de placer en aquellos días. Quería volver a verlo con la mayor frecuencia que fuera posible, descubrir sus incontables y nuevos matices. Acabó agotada, y tuvo que pedirle que parara. Él finalmente eyaculó sobre su vientre. Ella estaba muy cansada, no podía más; la falta de sueño de los últimos días estaba pasándole factura. Él la miró con una sonrisa indescifrable.

—Ahora he de irme, Sonia.

—No te vayas, quédate conmigo. Duerme conmigo. Necesito dormirme a tu lado. Me das paz.

—Dormirá Juan.

—No. Por favor. Duerme tú. Quiero sentirte cerca. Tienes más calor dentro que él. Necesito dormir contigo.

—No es posible. Mientras el otro esté despierto, no podrá ser.

El otro. Ella no lo expresó en aquel momento, pero aquella frase de Robert lo cambiaría todo muy pronto. Porque en el interior de la mente de Sonia, algo, una especie de plan sin nombre y sin estructura todavía, había empezado a nacer.

—Me voy.

—No —le suplicó.

Habían hecho el amor en la sala de control, sobre la robusta y amplia mesa de trabajo. Él se puso de pie y abandonó la estancia sin decirle nada más, camino del dormitorio, alejándose escaleras abajo, pero alejándose también hacia otro mundo distante. Ella se sentía en mitad de un extraño cuento de hadas cruel, un relato para adultos sádicos, en el que su amante, su príncipe azul, se convertía en calabaza cada madrugada.

En una calabaza llamada Juan.

Se sentó en la silla de la consola de control, desnuda, empapada en sudor de pies a cabeza. En el exterior, el MAGIC-II se movía lenta y parsimoniosamente apuntando de una galaxia a otra. El contador de positivos estaba subiendo rápidamente aquella noche. Eran treinta ya. Ella se quedó clavada a la pantalla. No podía creerse su buena suerte. Treinta positivos. Treinta fotones de materia oscura habían estallado en la alta atmósfera. Y los habían encontrado.

Recogió la sala y luego se vistió. Se asomó al dormitorio, donde Juan dormía. Juan. Ya solo Juan. Sintió un vacío frío en cuerpo y mente. No quería dormir a su lado en aquel momento. Pensó en echarse en el catre del cuarto de invitados, pero no le gustaba nada el ambiente gélido que reinaba en él ni aquel estrecho somier. No tenía sueño, así que decidió salir al exterior. Se puso un jersey y se encaminó hacia la puerta del habitáculo.

Había refrescado. El cielo estaba límpido y espectacular, y el fresco aire que llegaba del mar ascendiendo por las laderas hacía que la noche fuera más estimulante. Sonia tenía mucho en qué pensar, y paseó por la extensión que rodeaba el telescopio y el habitáculo. Una zona de la isla se había liberado de la masa de nubes y el mar, levemente más oscuro que el cielo, era visible bajo el pálido sendero luminoso de la Vía Láctea. Cuatrocientos mil millones de estrellas, pensó, con sus sistemas solares cada una de ellas, más incontables planetas y estrellas errantes, más millones de pequeños objetos en cada sistema. Billones de lugares bailando silentes la danza de las esferas en aquel momento, unos alrededor de otros, en un cortejo de amaneceres y anocheceres en mundos remotos que nadie podía ver. Sintió tristeza. Siempre la había sentido ante aquella enorme y vasta desolación. Belleza sin testigos. Miles de millones de mundos hermosos que nadie contemplaba. Tal vez algunos estuvieran habitados, y acaso en aquellos mundos distantes viviría una versión de ella misma, de Sonia, y estaría mirando al cosmos en aquel momento, como ella, y pensando en su destino, en qué era real de lo que le estaba pasando y qué no. En temer que estuviera viviendo una locura, un absurdo imposible, un cuento tal vez. La brisa suave, pero fría, que ascendía por la montaña le resultó vivificante. Y el silencio. Adoraba aquel silencio, punteado por el rumor suave que producía el telescopio cuando se movía para mirar a otro punto del espacio. De vez en cuando, por las noches, en su despacho del CIEMAT, se ponía en Spotify discografías completas de los grupos que más le gustaban, que eran los preferidos de su madre: Pink Floyd, Dire Straits, Queen, nada especial. Gustos muy estándares. También algo de música clásica, sobre todo Bach y Mozart. Bach, se decía, había compuesto obras que parecían comprender el universo de manera intuitiva, que resultaban análogas a explicaciones de todo lo existente, hechas sin necesidad de palabras ni de ecuaciones. La música, además, la ayudaba a pensar, a ordenar sus pensamientos. De hecho, gran parte de su teoría de las diversas singularidades había sido concebida con los acordes de canciones de los Beatles. Era una analfabeta sobre la música contemporánea, sobre todo de pop, y no sabía nada de lo que gustaba o no a la gente en el presente. Se había quedado en la música de su madre, grupos de los años sesenta a ochenta. Pero ahora, en aquel momento de su vida, lo que necesitaba era el silencio. La asaltó de repente la idea de llamar a su madre; hacía meses que no contactaban, excepto el breve wasap que ella le había mandado en un momento de debilidad unos días antes, cuando estaban recién llegados. Habían perdido el contacto regular cuando ella cumplió la mayoría de edad, y solo se llamaban para felicitarse en fiestas y cumpleaños. Su madre comprendía por qué lo hacía. Lo sabía perfectamente. Y Sonia no podía perdonarla, precisamente por eso. Así que apartó la idea de su mente de un manotazo. Ya la llamaría en otra ocasión. Además, para hacer llamadas había que caminar media hora. Y no era el momento.

Entonces el perfecto silencio se vio roto por un sonido familiar. Odiosamente familiar.

Sonia se giró, furiosa, y gritó a la oscuridad.

—¡Eh, sé que estás ahí! ¡No te acerques o llamo a la policía!

Estaba realmente turbada, odiaba verse obligada a salir de sus pensamientos de una forma tan brusca. Y a la vez un miedo cerval la invadió; primigenio, antiguo como los homínidos que nos precedieron en el mundo, el mismo que ellos habrían sentido hacía medio millón de años, tal vez en una cueva de aquella misma isla. El terror de saberse observada por unos ojos humanos que, silenciosos, estaban acostumbrados a la oscuridad y a rondar aquel lugar.

—¿No me has oído? ¡Te estoy dando una oportunidad! ¡¡Vete ahora mismo de aquí!! ¡Déjame en paz!

Asustada, Sonia regresó al habitáculo, cerró la puerta por dentro y se encaminó al dormitorio. No miró en el interior, sino que se fue directa hacia el baño. Se dio una ducha caliente, intentando olvidar lo que había pasado. Fuera quien fuese el que la rondaba por las noches, no era ahora un peligro. Allí dentro se sentía segura, en casa. Para ella el habitáculo ya era su hogar. Se intentó relajar bajo el agua caliente. Necesitaba hacerlo para poder dormirse y descansar, aunque fuera unas horas.

Si hubiera mirado en el interior del dormitorio al volver, habría visto que la cama estaba vacía.

Cuando terminó de ducharse, lo que le había llevado su tiempo, ya relajada y más tranquila, se puso el pijama y se dirigió al cuarto de invitados. No, no quería estar cerca de Juan en aquel momento. Prefería el estrecho catre y el frío.

Tampoco miró al interior del desierto dormitorio principal al pasar ante él camino del cuarto.

No quería ver a Juan.

36

Gabino se convirtió en pastor a los treinta y pocos años. Era profesor de música, pero se había enamorado del pastoreo de cabras en la isla, así que se había liado la manta a la cabeza, había sacado del banco todos sus ahorros, comprado con ellos una extensión de tierras y unas pocas cabritillas, y desde entonces se dedicaba a hacer un excelente queso, de los mejores de la isla, totalmente artesanal. Ahora portaba sobre sus hombros unos cuarenta y cinco años que no aparentaba en absoluto.

Gabino no conocía a Sonia, ni Sonia a él, pero ella había probado sus quesos sin saberlo. Se los había ofrecido a Robert unos días antes, en la cena que había preparado para él. Cosas del destino y sus extraños hilos, entretejidos de manera caprichosa.

Solía salir Gabino a que sus cabras pastaran desde primera hora de la mañana. Los animales gustaban de triscar en los riscos cercanos al Roque de los Muchachos y, aunque entraba en otras propiedades, en especial del Cabildo, nunca había tenido problemas, ni nadie le había reclamado nada. Su labor era puramente ecológica y sabía por dónde conducir su rebaño para no esquilmar ciertas zonas sensibles del valle que solía frecuentar.

Aquella mañana todos los problemas se le acumularon de golpe a Gabino, cuando vio aquel cuerpo que parecía haberse despeñado sobre las rocas desde la elevada escarpa del Roque de los Muchachos.

El infeliz estaba destrozado. El fémur le atravesaba el cráneo y su tronco estaba reducido a una espantosa pulpa. Las moscas, incansables, madrugadoras y obscenamente crueles, ya cubrían en enjambre parte del cuerpo.

Gabino dio un paso atrás tras examinar aquel amasijo de carne y apresuró el paso, buscando una zona con cobertura para llamar al 112, sabiendo que al menos hasta que llegara a dos kilómetros de allí no habría manera.

37

Sonó el despertador. Eran las siete. Sonia se desperezó, y Juan se levantó de la cama sin decirle nada. Ella abandonó el lecho y se dirigió al cuarto de baño. Al poco, se encaminó hacia la cocina. Esperaba que Juan hubiera hecho algo de desayuno, como todos los días, pero no había nada preparado en la mesa. Subió las escaleras hacia la sala de control, y en ella lo encontró, ante los teclados, trabajando.

—¿Alguna novedad esta noche? —quiso saber Sonia.

—Treinta y dos positivos.

Sonia se acercó a Juan.

—Es una auténtica pasada.

Miró a Juan, que le esquivó la mirada. Treinta y dos positivos era una enormidad, algo que no habían esperado ni en el más salvaje de sus sueños. Pero a Juan parecía resultarle indiferente en aquel momento.

—¿Vas a seguir con la documentación hoy? —le preguntó.

—Supongo.

—¿Pasa algo?

—Nada.

—Juan, basta. Dime qué carajo te ocurre.

Juan hizo un gesto hacia unos prismáticos que había sobre una de las mesas de trabajo.

—¿Qué?

Él se levantó de la mesa, cogió los prismáticos y señaló con ellos a lo lejos; luego volvió a su asiento. Un risco a unos kilómetros de allí, un poco más abajo, era perfectamente visible. En él había un mirador, y pasaba por él una carretera de un solo carril. El cielo que les rodeaba tenía un aspecto sucio, a pesar de estar despejado. Podría tratarse de la calima, cuando el viento del este traía arena del desierto del Sáhara. Aunque las islas más expuestas a ese fenómeno eran las orientales, las occidentales de vez en cuando también lo sufrían, si bien atenuado. Afortunadamente, pasaría rápido, pues allí el viento no dejaba de soplar, y no afectaría a las observaciones nocturnas.

Sonia comprendió al mirar con los binoculares que le tendía Juan. Era el mirador donde la tarde anterior se había abrazado a Javier durante una eternidad.

—Supongo que habrás estado follando con tu amigo el psiquiatra.

—¿Qué cojones estás diciendo?

—Ya me estás oyendo. Os vi. Se os veía desde aquí perfectamente.

—Solo nos abrazamos.

—Sí. Solo.

—Espera. Espera un minuto, creo que no entiendes nada de lo que está pasando. Ni de cuál es tu posición actual.

—¿Mi posición?

—Javier es mi amigo. Estuvimos juntos un tiempo, sí, pero sigue siendo mi amigo antes que nada. Si quiero abrazarme a un amigo, es asunto mío, no tuyo, y no tengo por qué darte explicaciones. Y desde luego no voy a hacerlo a estas alturas. Luego, me permito recordarte que tú no estás en condiciones de pedirme nada, ni de decirme ni reprocharme nada. Te recuerdo que me has estado dopando a base de anticonceptivos, por si te has olvidado. Nos mantenemos juntos en este lugar porque estamos trabajando en esto, Juan; por el bien del proyecto y de la toma de resultados. Porque he invertido años de mi vida en esto y quiero terminarlo de la mejor manera posible. Y no hablo de ti y de mí, condenado idiota, hablo de este lugar, de lo que está haciendo esa máquina tan cara de ahí fuera —señaló al telescopio—. Pero en condiciones normales, y esto debió de quedarte perfectamente claro hace días, pero me da que eres demasiado estúpido como para entenderlo, yo ya me habría marchado, o mejor, te habría echado de mi vida. Tú y yo dormimos juntos porque la cama de matrimonio es más mullida, porque hace frío, porque el catre del otro cuarto es una mierda, pero no porque yo lo desee. Además, en el fondo me das lástima. A lo mejor lo que te mereces es que te mande a dormir en él, como a los críos que se han portado mal, a ver si así escarmientas. Yo diseñé y concebí las ideas principales de esta investigación. Tú siempre has ido a la zaga, y siempre has envidiado que yo tenga más talento que tú. Así que basta, basta ya, Juan, y entérate. Estás aquí porque te lo consiento. No estás en condiciones de pedirme nada. Ahora, ponte de pie.

Aturdido, Juan se levantó. Se quedó inmóvil ante ella, pálido. Bajó la cabeza y no dijo ni una palabra.

—Mírame —le ordenó la joven.

Sonia cargó su mano derecha con toda su rabia, tanto que casi notó que le pesaba más, la elevó en el aire y le estampó una bofetada tan brutal que le rompió el labio. Después, con el dorso de la mano, le dio otra. Y como rúbrica, una tercera.

—¿Lo has comprendido ahora? No te quiero en mi vida. Esto es un puto trabajo. Tu puta obligación.

Él se sentó, perplejo, ante la consola, mientras el labio le goteaba sangre y las mejillas se le teñían de rojo.

Ella salió de la sala de control, se llegó a la cocina y se puso a hacer café; también colocó dos panes en la tostadora.

Estaba ardiendo por dentro, furiosa. Y se echó a llorar.

Sabía perfectamente por qué había abofeteado a Juan. Porque en aquel momento era una barrera, el muro que le impedía estar con Robert. Estaba enfadada por eso, porque le necesitaba; le ardía el cuerpo como si tuviera fiebre. Le necesitaba con desesperación. Pensó que, definitivamente, se estaba volviendo loca.

Esa jornada las horas pasaron veloces. Juan solo bajó de la sala de control para ir al baño. Ella se quedó en la cocina trabajando en el artículo; reordenó algunos párrafos y revisó la introducción una y otra vez. Además de ser exacto y perfecto, sin fisuras ni errores en la metodología, el artículo debía ser corto y conciso. No quería que el exceso de prosa aburriera a los lectores. Quería que aquel texto pasara a la historia, también, por que no le sobrara ni una palabra. Pensó entonces en lo que Robert le había dicho, en aquella cantidad de palabras que había calculado y que habrían llevado a la raza humana a su situación actual. Le resultó misterioso pensar que unas cuantas palabras, las que formaban aquel artículo, ordenadas de una determinada manera, contendrían una verdad sobre todo lo existente que nadie sabía hasta ahora. Unas palabras que, ordenadas de otra forma, dirían cosas enteramente diferentes. Era solo cuestión de orden, pensó, y, del mismo modo que el texto que estaba revisando, aquellas mismas palabras, escritas de forma distinta, reordenadas, podrían llevar a otras revelaciones que nadie conocía todavía.

Comió casi a las cinco de la tarde, pues había perdido la noción del tiempo concentrada en sus revisiones. Juan no bajó a comer. A eso de las seis, Sonia se acercó al botiquín. Sin más, cogió la caja de los somníferos, sacó una pastilla y la redujo a polvo con una cuchara. Luego tomó un vaso en el que había algo del zumo que Juan solía beber casi siempre —odiaba el agua—, y echó el polvo resultante en él. Le dio vueltas con la cuchara hasta que se disolvió totalmente en el zumo.

Pasados tres cuartos de hora, Juan descendió a la cocina. Ella le había dejado un poco de cena junto al vaso de zumo. Se lo señaló, era un plato frío. Él, en completo silencio, se puso a comer y se bebió el líquido. Tenía una herida en el labio por la bofetada que ella le había dado. Sonia, por su parte, siguió escribiendo en su portátil mientras tanto. Al rato, miró a Juan un instante.

—¿Cuándo tendrás terminado el análisis?

—En un par de días. Lo estoy revisando. Luego habrá que añadir las tablas con los resultados. Eso se pone al final, e incluiré una hoja de resumen con las cifras y conclusiones definitivas.

Ella asintió y siguió escribiendo en su portátil.

—En cuanto lo tengas todo, pásamelo.

—Así haré.

Juan terminó de comer y volvió a subir a la sala de control. Eran las siete y media, y estaba oscureciendo.

Pasada una hora más, Juan bajó de nuevo de la sala. Arrastraba los pies. Se dirigió al dormitorio, y ella oyó cómo crujía el somier. Se asomó un poco después a la habitación, donde Juan permanecía completamente dormido.

Sonia sonrió satisfecha.

Y se puso a hacer una cena en toda regla. Cogió la mejor carne del congelador y la preparó en el horno. En su salsa, con una guarnición de patatas. Abrió otra de las botellas de vino palmero que había traído Javier, salió al exterior, y puso un mantel bordado muy elegante que había encontrado en la cómoda de la cocina sobre la mesa de jardín que había al lado del habitáculo, entre el edificio y el telescopio. El sol estaba bajando lenta, perezosamente, ya debajo del mar de nubes. Puso en la mesa cubiertos, platos y finalmente las copas y la botella, abierta, para que se aireara un poco. Tras tenerlo todo listo, se sentó con una copa de vino a admirar el lugar. Era increíble. Vasto, salvaje, escarpado y lleno de tonos en continuo cambio. Los colores, su intensidad, no recordaba haberlos visto semejantes en ningún otro sitio. Respiró profundamente, llenando sus pulmones de aquel aire fresco y puro. Y esperó.

En unos minutos él apareció por la puerta del habitáculo. Sonia le ofreció un asiento.

—¿Me invitas a cenar? —preguntó la voz que la hacía temblar.

—Eso parece —le dijo Sonia, sirviendo algo de vino en su copa, que él probó.

—Es estupendo, la verdad.

—Es de la isla. Ya lo has probado antes.

—Puede que olvide ciertas cosas. Otras, no —le dijo, sonriendo.

Ella se levantó de la silla y entró en la cocina en busca del plato principal. Al pasar al lado de él, le rozó el hombro con el dorso de la mano y el vello del brazo se le puso de punta. Notaba su corazón galopando, acelerado, dentro de su pecho.

Cenaron mientras el sol se ponía, y se terminaron la botella. Hablaron de tonterías, de naderías, dejando pasar el tiempo plácidamente. De postre, Sonia sirvió un helado que habían subido los transportistas del IAC. De chocolate. No era gran cosa, pero el momento lo mejoraba considerablemente.

—Hoy me has traído muy pronto. Todavía no se había hecho de noche. Creo que no has sido muy buena.

—Él se lo merece. Me hizo lo mismo, me atiborró de anticonceptivos. Ahora, que pruebe su propia medicina.

—Qué revanchista. No sé si vas a poder seguir tirando de esa excusa mucho tiempo más.

—Estoy harta de él.

—Ten cuidado, no hay que abusar de los somníferos. Pueden pasar cosas raras con ellos. Y te recuerdo que él y yo compartimos el mismo cuerpo.

La noche se estaba posando en el paraje, y con la oscuridad el MAGIC-II se activó automáticamente. Lo vieron girar, en busca del primer blanco de la jornada. Por fortuna, todavía no hacía frío aquella noche.

—Durante varios días he creído que alguien rondaba por este lugar.

—¿Creído?

—Bueno, de hecho le vi. Podría ser un ladrón, o un acosador.

—No creo que nadie en su sano juicio quiera robar aquí. El mercado negro de telescopios de efecto Cherenkov está muy restringido.

Los dos rieron.

—Es verdad. Aunque hay gente para todo.

—En fin, no creo que vuelva a molestarte.

—¿Ah no?

—Se habrá aburrido. Estos lugares tampoco son tan interesantes de noche. Lo que realmente importa ocurre ahí arriba —dijo él, señalando al cielo.

—Sería un turista despistado.

—Probablemente.

—Necesito que me ayudes con el proyecto.

—¿Qué puedo hacer por ti?

—¿Aparte de follarme?

—Aparte de follarte, claro. Si eso ayuda al proyecto, yo encantado. Todo por la causa.

Ella se sorprendió al darse cuenta de lo mucho que había mejorado la forma de expresarse de Robert. Antes, su manera de ordenar las palabras hacía parecer que estuviera familiarizándose de alguna manera con la expresión oral. Pero en aquel momento se manejaba con total soltura.

—No. Es otra cosa —dijo Sonia—. Revisa todo el texto. Mejóralo. Son detalles muy finos. Va a ser examinado por los mejores especialistas del mundo. No quiero que se nos escape nada, y no tengo intención de dar a nadie combustible para chamuscarme. Y tú tienes talento para eso.

—Será entretenido.

—Pero eso lo haces mañana. Por ahora, mejor follar.

Robert sonrió. Miraron hacia el cielo. La Vía Láctea estaba ya sobre sus cabezas.

—Es hermosa. Eterna. Siempre la misma y nunca idéntica —dijo Robert, sin apartar la mirada del cielo.

—Sí que lo es.

—Cada generación la ha visto en el cielo; ha inspirado a poetas, a enamorados, a sacerdotes y a reyes. Demócrito, en Grecia, fue el primero que pensó que podía estar formada por estrellas, a pesar de que no tenían telescopios entonces para saberlo con seguridad. Es curioso, él también creó el concepto de átomo. Se ocupó de lo más grande y de lo más pequeño.

Solo hemos podido averiguar con certeza lo que es en realidad durante el último siglo. La humanidad ha pasado la mayor parte de su existencia sin saber lo que era exactamente. Los romanos la llamaron así, Vía Láctea, y los griegos Kyklos, algo así como «anillo de leche», porque según su mitología era el reguero de los pechos de la diosa Hera, que no quería amamantar a Heracles, hijo de Zeus. Es hermosa. Y se ve desde todos lados. Siempre está ahí. Y siempre estará.

—Cuando empecé a aficionarme a esto, vivía en un barrio de una gran ciudad —dijo Sonia mirando al cielo—. En realidad era un distrito de Madrid. Vicálvaro, se llama. Vivíamos en el último piso de un bloque de edificios y podíamos usar la azotea. Era mi paraíso. Allí había menos contaminación luminosa que en el centro de Madrid y se veían bastantes estrellas. Orión fue la constelación que me enamoró.

—Es magnífica, sí. Allí se ve —señaló Robert—. Tiene una nebulosa realmente bella en la espada. Un nido de estrellas recién nacidas.

—Es verdad.

—Quién sabe lo que estará pasando ahí lejos, en esas estrellas lejanas, en los planetas que las rodean. Otros como nosotros podrían estar mirando a la constelación donde está nuestro sol, tomando un vino no muy distinto a este y sintiéndose bien.

—Es curioso, hace poco pensé algo parecido.

Robert la miró intensamente. El MAGIC-II volvió a moverse, y las estrellas se reflejaron en él creando un mágico efecto.

—Quién sabe. Me estoy acordando del número que me dijiste, ¿lo recuerdas?

—¿Diez elevado a treinta y ocho?

—Eso es. Las palabras que hacen falta para que exista una civilización inteligente. Hoy pensé en todo eso. Es interesante.

—Las palabras pronunciadas. Como si fuera un sortilegio. Magia.

—¿Has pensado cuántos lugares ahí lejos, en el cosmos, han oído tantas palabras como esas?

—Sí, y de hecho añadí hace tiempo dos nuevas variables expresando mi cálculo de las palabras a la ecuación de Drake. ¿Sabes cuál es?

—Sí, sirve para estimar el número de planetas que albergan civilizaciones en nuestra galaxia. ¿Y qué resultado dio?

—Bueno, es muy holgado, como en la ecuación. A medida que añades factores el resultado es más incierto, más nebuloso. Llamé a las nuevas variables q y k. Pero la cantidad obtenida es respetable. Probablemente unas decenas de miles de mundos en la Vía Láctea, y eso con un cálculo conservador.

—No está mal.

—Seres con otras biologías, con otra forma de percibir la realidad, o de comunicarse, todos unidos porque miran al mismo cielo, a un lugar que los acompaña de generación en generación, que une a padres e hijos. La Vía Láctea es todo un regalo.

—Sí que lo es. Un milagro de luz —suspiró Sonia.

—Eso lo eres tú. Eres hermosa, y la prueba palpable de que la naturaleza, ordenando átomos, creando estructuras, puede hacer milagros. Milagros hechos de belleza, que por su parte pueden desentrañar la propia realidad, comprenderla y dotarla de sentido. Como tú estás haciendo ahora con este experimento.

—Creo que es lo más bonito que me han dicho.

—Y yo creo que llevas media botella de vino en el cuerpo. Así suenan bien hasta los peores poemas.

—¿Me follas ya, o tengo que suplicarlo?

—Claro que no. Jamás te haré suplicar, excepto cuando te folle.

Ella se abalanzó sobre él y le besó con ansia. Su sexo necesitaba sentirle dentro, se moría por tenerlo encima de ella.

—Tómame, cabrón.

La cogió en brazos y entraron de aquella guisa en el habitáculo. En el exterior empezaba a hacer demasiado frío.

Dedicaron gran parte de la noche a amarse, sin tregua y sin descanso. Ella se sentía arder de no tenerle, le necesitaba como quien requiere de una droga para mantenerse vivo. El sexo fue duro, a veces violento, toda una descarga de tensión, y a ella le encantó. En un momento dado, Robert la levantó en vilo y la penetró, moviéndola de arriba abajo, aguantando todo su peso con sus brazos. Ella le clavó las uñas en la espalda, en el torso, en los brazos, en la cara, sintiendo cómo su miembro llegaba hasta el fondo de su vagina gracias a su propio peso. El control que tenía sobre su cuerpo aquel hombre era increíble; además, le resultaba asombrosa la fuerza de los músculos de Javier, quien podía levantarla en vilo como si fuera una pluma. Él brillaba en la penumbra del dormitorio, cubierto de sudor, y sus músculos, ligeros, suaves, pero hinchados por el ejercicio de hacer el amor sin parar durante horas, nunca se le habían antojado tan bellos.

Hicieron el amor sobre la mesa de la cocina, en el pasillo, en la escalera que subía a la sala de control, en el dormitorio, en el baño, y finalmente de nuevo en la cocina.

Pero a eso de las cinco de la mañana, algo se torció. Él salió de ella sin haber eyaculado, aunque ya lo había hecho, parcialmente, una hora antes, y se giró hacia el dormitorio principal.

—¿Me dejas así? —rugió ella, abierta de piernas sobre la mesa de la cocina.

—Mañana, si quieres, seguiremos. Y repasaré lo que me dijiste —le dijo sin girarse, y entrando en el dormitorio.

—Hijo de puta... —murmuró Sonia, que empezó a masturbarse, ya que estaba a punto de correrse, cosa que consiguió.

Permaneció tumbada sobre la mesa de la cocina, sola, durante veinte minutos, hasta que sintió el frío de la noche y se dirigió al dormitorio.

Se tendió junto a Juan, que esta vez estaba vestido con el chándal que se ponía para dormir, y se quedó dormida enseguida.

38

Cuando sonó el despertador al día siguiente solo pudo lanzar una maldición. Se incorporó torpemente. Se sentía dolorida y agotada. Estaba sola en la cama de matrimonio. Se levantó y salió del dormitorio.

Se encaminó a la cocina, medio dormida. El café estaba ya hecho y servido, y las tostadas también. Sonia observó que Juan había preparado dos desayunos y que había dejado todo sobre la mesa de la cocina.

No se lo pensó. Se acercó al botiquín y tomó la caja de somníferos. Pensó en echar una pastilla en aquel mismo instante en el café de Juan, pero se arrepintió en el último momento. Sentía una furia sorda. No quería verle, ni tocarle, ni oírle. Se lo pensó mejor y devolvió la caja de pastillas al armarito.

Oyó entonces a Juan teclear arriba, en la sala de control. Subió las escaleras y entró en ella. Él ni se giró.

—Catorce positivos.

—Gracias —dijo Sonia.

Bajó a la cocina y desayunó. Pensó en que le pondría el somnífero a Juan más tarde, en el almuerzo. Se dirigió al baño y empezó a ducharse. Eran las diez de la mañana. Tenía que dedicarse a revisar el artículo o perdería la mañana por completo.

Entonces llamaron a la puerta del cuarto de baño.

—¿Qué pasa?

—Sal —dijo Juan—. Tenemos visita.

Sonia se vistió y salió del baño, con el pelo todavía mojado.

En la cocina había dos guardias civiles.

Él, de rostro duro y facciones de boxeador, tenía una indisimulable marca de barba negra. Ella, atractiva y muy bien maquillada, sonreía.

—Buenos días —dijo la agente.

—Buenos días —respondió cortésmente ella.

Juan estaba con ellos, tomando un café. Sonia pensó que había hecho muy bien en no poner el barbitúrico en el café. Podía haber acabado drogando a alguno de aquellos dos inesperados visitantes.

—¿Ocurre algo? —preguntó Sonia.

—Le estábamos contando a su marido —dijo el agente— que ayer un pastor que vive abajo, en la falda del macizo, encontró el cadáver de un astrofotógrafo.

—¿Astrofotógrafo? —inquirió Sonia, extrañada. No había oído aquella palabra en su vida.

—Es una persona aficionada a realizar fotos del cielo nocturno, como los *spotters* en los aeropuertos, que sacan fotos a los aviones que aterrizan y despegan —aclaró la mujer—. Por cierto, somos los agentes Pérez —señaló a su compañero— y Almeida —señaló hacia sí misma—. Estamos recorriendo la zona, preguntando a todos los que estos días estaban por aquí, por si le habían visto. Suelen rondar en los alrededores de los telescopios. Casi nunca son una molestia, a veces piden permiso al IAC, pero este no lo hizo, así que nadie sabía que estaba por aquí.

Sobre la mesa de la cocina había una foto de un hombre de unos cincuenta años, estatura media, pelo corto, sin ningún rasgo especial.

—Por cierto, vaya trecho para llegar hasta aquí desde el telescopio ese, el Hirsel...

—Herschel —corrigió Sonia—. Sí, es una buena caminata.

—Ya nos dijeron unas chicas muy amables allí que al venir hacia aquí debíamos apagar los móviles. Están totalmente desconectados, no se preocupen —dijo Pérez, sonriendo.

—Se llamaba Joseba Giménez —dijo Almeida—. Llevaba unos tres años subiendo por aquí. Era publicista y vivía en Jaén, pero en las vacaciones se venía al Roque de los Muchachos a hacer fotografías de los telescopios de noche, y también vídeos. Ya sabe. *Timelapses*, esas cosas. Tenía un canal de YouTube muy visitado, y había vendido algunas de sus fotografías a bancos de imágenes. Digamos que la afición le proporcionaba un poco de dinero, no para vivir de ello pero sí para pagarse el equipo, los viajes, todo eso.

—Esta gente suele ser muy maja y no dar problemas, pero a veces se cuelan sin avisar en la zona de los telescopios para hacer sus fotos, ya saben —añadió Pérez—. Y en algunas ocasiones les meten unos buenos sustos a los astrónomos que están de turno. ¿Lo han visto por aquí estos días? —Cogió la fotografía de la mesa y se la mostró a los dos.

—No —dijo Juan.

—No —respondió Sonia, no muy segura de si estaba diciendo la verdad o no.

Estaba claro quién había sido el intruso de las noches anteriores, y su destino había sido terrible. Pensó que tal vez podría haber sido perfectamente otra persona quien había merodeado por los alrededores del MAGIC-II, ya que jamás había podido verlo directamente para poder identificarlo. Recordó la carrera que emprendió tras él y que si hubiera seguido avanzando a ciegas podría haber corrido su mismo destino. En aquel momento, un escalofrío la invadió. A lo mejor ella había sido la causa del despeñamiento de aquel hombre. Tal vez, al echar a correr tras él, le podía haber hecho caer involuntariamente al vacío por las cercanas escarpas. Pero recordó que el sigiloso visitante había regresado dos noches atrás. Entonces fue cuando debió de precipitarse al vacío. No, no había sido por su causa.

—En fin —dijo Almeida, levantándose de la mesa—, pondremos en nuestro informe que todo apunta a una muerte accidental. Estos lugares son muy oscuros, y si uno da un mal paso sin querer, puede despeñarse si no conoce el terreno. No es la primera vez que pasa ni, me temo, será la última. Gracias por el café.

Los dos guardias civiles se encaminaron a la puerta de la vivienda. Juan les despidió y se marcharon. Volvió a la cocina. Sonia estaba abriendo su ordenador, ya que se disponía a trabajar. Él regresó al piso superior. No se dirigieron la palabra. Cuando llegó la hora del almuerzo, él bajó, preparó la comida y la sirvió. Ella puso de un tetrabrik de zumo algo de bebida para los dos; comieron en completo silencio. Había echado la pastilla de somnífero desmenuzada en el vaso de él, aprovechando que Juan estaba distraído preparando los platos de comida.

39

Sonia salió media hora más tarde al exterior. No soportaba la presión de estar allí dentro compartiendo el espacio con Juan, pero sobre todo no toleraba la culpa que la invadía por lo que estaba haciendo.

Se alejó camino abajo, y cuando se dio cuenta ya había superado la señal para apagar los móviles. Avanzó los cien metros que se había concedido como margen y activó su teléfono. Leyó varios de los mensajes de correo electrónico que entraron en ese momento; se había olvidado completamente de los mails que había enviado unos días antes. Uno de los correos, con fecha de hacía cuatro días, era de Oxford, de su mentor, que la felicitaba por el descubrimiento, la animaba a seguir adelante y no dudaba de que les concederían una prórroga. El siguiente era del director del IAC, quien parecía no haber comprendido la trascendencia del resumen de los resultados que le habían enviado, y denegaba la prórroga de un mes que ella solicitaba. Luego había una serie de mensajes, intercambiados entre su mentor y el director, en los cuales aquel le ponía de vuelta y media por decidir unilateralmente cancelar el proyecto, necesitando como necesitaban el mes de prórroga. Al parecer, el canario se había saltado el trámite de la votación para tomar la decisión, ya que había intentado colar, en el mes en el que el telescopio quedaría vacío tras haber expulsado a Sonia, el experimento de un sobrino suyo, un estudiante de magisterio. El escándalo había sido mayúsculo y la prensa local se había ocupado profusamente de ello. Henrikson había denunciado el caso, y el tipo había tenido que dimitir por orden directa del presidente del gobierno autónomo en vistas de que la noticia del nepotismo del directivo se extendía por la prensa nacional e internacional. Mientras se elegía otro director del IAC, una comisión ejercía sus labores, y en su primera reunión les habían aprobado la prórroga con unas efusivas felicitaciones. Desde luego, habían pasado muchas cosas en los días durante los que no había mirado el correo electrónico, pensó.

Sonia se sintió realmente feliz. Aquello significaba que podían seguir con los experimentos durante un mes más y cerrar completamente la secuencia de lectura de los cien objetivos que habían elegido.

En otras circunstancias, Sonia habría vuelto a la carrera al MAGIC-II, le habría contado la buena nueva a Juan, y se habrían abrazado y celebrado el acontecimiento con la última botella de vino palmero que les quedaba. Pero Sonia se lo tomó con calma. Respondió a los mails de Henrikson, revisó un par de correos más, y regresó tranquilamente al telescopio, paseando y disfrutando del sol de la tarde.

Cuando llegó al habitáculo, se encontró a alguien esperándola. Alguien que le sonreía desde unos ojos brillantes. A él sí quería darle la buena noticia.

Todavía no había bajado el sol. Era la primera vez que le veía a plena luz del día. Y era hermoso, y diferente.

—Nos han concedido la prórroga —le dijo.

Robert se acercó a ella, la levantó sin esfuerzo y la besó en los labios.

—Ahora tengo que trabajar —dijo.

—¿Trabajar? —preguntó Sonia.

—Ayer me pediste que revisara el trabajo que has hecho en el artículo. No me llevará mucho tiempo, no te preocupes.

—Vale —aceptó ella.

Robert entró en la casa y se sentó en la cocina ante la mesa, delante del ordenador portátil de Sonia. Ella le abrió el archivo que contenía el artículo y él se puso de inmediato a hacer correcciones. Ella le observaba, fascinada.

—¿Cuántos positivos habéis tenido hoy? —preguntó Robert, sin dejar de escribir en el ordenador.

—Creo que catorce.

—No está mal.

Robert corrigió el texto del artículo, escribiendo a una velocidad sorprendente. Apenas tardó veinte minutos en hacerlo todo, y sin aparente esfuerzo.

—Bueno, te grabo el archivo con otro nombre por si quieres compararlo con tu texto original y hacer más cambios. Solo he hecho unos ajustes mínimos. El artículo está realmente bien. Y con estos números no te discutirán nada.

Ella cogió la botella de vino que quedaba y la descorchó.

—Felicidades —dijo Robert.

El reloj de la cocina marcaba las siete de la tarde.

—¿Qué te apetece hacer? —inquirió él.

—¿Es necesario que te lo describa?

—Creo que puedo hacerme a la idea —respondió Robert.

Hicieron el amor durante dos horas. Ella estaba encendida en un fuego inagotable, que jamás había sospechado que tuviera dentro. No había estado con muchas parejas en su vida, y las dos últimas, Javier y Juan, sabían que ella podía tener largos lapsos de tiempo en los que rechazaba el sexo completamente, y que era bastante complicada para llegar a tener orgasmos dignos de tal nombre. Más bien eran conatos. Requería cariño, paciencia y tiempo. Pero con Robert, Sonia vivía una desinhibición que desconocía de sí misma.

Fueron a la cocina, de la mano, a medio vestir, o a medio desnudar. Ya era de noche, y en el exterior la antena había iniciado su danza solitaria y silenciosa. Brindaron y bebieron. No cenaron nada.

Sonia miró intensamente a Robert, con una fuerza y una franqueza que no tenía barreras ni miedos.

—Me gusta cómo miras hoy —le dijo él.

—Te voy a contar un secreto.

—¿Estás segura?

—Como nada en mi vida.

—Pues te escucho.

—Contigo me estoy corriendo de verdad, creo que por primera vez en mi vida. Nunca me había sentido así. Nunca había sentido tanto placer.

—Me siento halagado.

—Es verdad, no sé qué me pasa. Mira, no quiero buscarle explicación, no quiero entenderlo. Me conformo con vivirlo. He estado toda mi vida asustada, escondida, no he podido disfrutar plenamente de mi cuerpo, ni darle placer a la persona a la que amo. Ahora puedo, y quiero gozarlo.

—Eso me alegra mucho.

—Cuando era adolescente, era todo un problema. Padecí anorexia, y todo venía de antes, de mi madre y de mi padre. Él se quitó la vida cuando yo tenía catorce años. Fui yo quien le encontró, ahorcado, en el cuarto de baño de casa. Luego la policía halló una nota de suicidio arrugada en la papelera de su escritorio. En ella describía cómo iba a matarnos a mí y a mi madre, y luego a suicidarse. Al parecer eligió matarse él primero, arrepintiéndose de sus planes, y eso nos salvó la vida. Ya nos había amenazado con ello previamente.

—Caray, cuánto lo siento, Sonia.

—Ya pasó, Robert. Todo eso pasó. Javier, un amigo psiquiatra con quien estuve saliendo antes que con Juan, me ayudó mucho a salir de ello. Le conocí cuando estudiábamos. Nos cruzábamos en el metro, camino del campus. En aquel tiempo yo tenía unos terribles dolores de cabeza, pensaba que podían ser problemas cerebrales, y tenía mucho miedo. Mis compañeros de clase me llamaban «señorita Migraña» porque no aparecía por la facultad, estaba siempre enferma, faltaba a las prácticas y les causaba problemas. Pero eran unos dolores

terribles, insoportables. Javier me enseñó que eran psicoso-
máticos. Tensión. Miedo. Le tenía terror a todo: a salir, a tener
amigos, a hablar con desconocidos, al sexo. Y todo estaba relacionado con mi padre.

—¿Con su suicidio?

—No. Eso fue una consecuencia. Esto que te voy a contar
ahora solo lo sabemos mi madre y yo; por eso no nos hablamos apenas desde hace años, porque ella estaba perfectamente al corriente de lo que pasaba en casa. Hace muchos, muchos
años, que no lo verbalizo.

Sonia se puso a temblar como un flan. Él se acercó a ella y
la abrazó.

—No es necesario que sigas.

—Es imprescindible que lo haga —sollozó ella—. Quiero
hacerlo. Necesito sacármelo.

Robert la miró a los ojos y esperó en silencio.

—Mi padre abusaba de mí. Lo hizo muchas veces. Mi madre lo sabía, nunca lo hemos hablado porque no se atreve,
pero sé perfectamente que lo sabía. Esas cosas no puedes ig-
norarlas. Yo era su única hija. Vivíamos en un piso pequeño.
No puedes evitar darte cuenta de que algo pasa cuando tu hija
tiene sangrados años antes de su primera regla, por desgarros
vaginales. Yo quería mucho a mi padre, y de niña acabé pensando que aquello que me hacía era común, que todas las ni-
ñas tenían la misma relación con sus padres. Le amaba, te lo
juro, excepto cuando se volvía loco. En esas ocasiones, entraba en mi cuarto, apagaba la luz, siempre de madrugada, y me
decía que no gritara, que de lo contrario nos mataría a mi
madre y a mí. Al terminar, mientras se limpiaba, me lo repetía: si lo cuentas te mato, y mato a tu madre y luego me mato
yo. Aquella espantosa cantinela. Así fue desde los once a los
trece años. En mi decimocuarto cumpleaños tuve mi primera
regla, y entonces le dije que no, le exigí que saliera de la habitación amenazando con contárselo a todos. Dormía con un
cuchillo debajo de la almohada. Un mes después fue cuando
se quitó la vida. Estuvo a punto de cumplir su amenaza de

matarnos a las dos, pero debió de arrepentirse en el último momento. Cuando me lo hacía, antes pasaba por el baño, que estaba al lado de mi dormitorio, y orinaba. Le oía. Oía cómo meaba, cómo tiraba de la cisterna, y sabía lo que me esperaba a continuación. Desde entonces no puedo soportar oír los sonidos que hacen los demás en el baño, ni siquiera los que hago yo misma. El sonido del agua cayendo por el retrete me causa pavor. Llegué a padecer estreñimiento para no tener que ir al baño, y mi anorexia tenía que ver con todo aquello también.

Cuando Sonia se dio cuenta, vio que Robert la miraba sin hacer gesto alguno y que estaba llorando en silencio. Las lágrimas bajaban por su rostro, como también lo hacían por el de ella en aquel instante. Sonia se abrazó a él con todas sus fuerzas, como si de aquella manera todo desapareciera, todo se fuese. El agujero negro que la había acompañado tantos años, repentinamente, se esfumó, como un globo que se desinflara.

—Le convertí en un sueño. Eso fue lo que ocurrió.

—Exacto. Le guardaste en tu subconsciente.

—Era como si quisiera guardarlo todo allí. Una noche decidí que no podía soportarlo más y me quedé dormida en medio del miedo y del horror de la espera. Aquella noche no llegó, ni la siguiente. Pero a la tercera sí lo hizo, y decidí dormir. Dormirme, mientras ocurría todo aquello, mientras me hacía... cosas. No sé cómo, pero lo conseguí, me quedaba dormida a pesar del terror que me dominaba.

—O tal vez precisamente por él. El quedarte dormida te permitía liberarte, ignorar lo que te iba a ocurrir.

—Entonces todo se quedó en los sueños. Lo guardé. Y lo olvidé conscientemente. Lo llamo mi «agujero negro». Y todo quedó allí dentro. El padre al que amé sigue impoluto en mi recuerdo. Y el padre que me hizo tanto daño desapareció en un sueño.

—Al menos pudiste evitar el dolor y el sufrimiento.

—Sí, decididamente mi relación con los sueños es extraña.

—Ya ves —sonrió Robert—. Vaya si lo es.

—Cuando llegué a la isla empecé a tener sueños sobre todo aquello, sobre mi padre. Hacía tiempo que no los tenía, pero volvieron en este lugar... Pero justo desde que tú estás aquí han desaparecido completamente de nuevo, sin dejar rastro.

—A lo mejor mi presencia te hace bien y te olvidas de esos sueños feos. O a lo mejor es que no te dejo dormir.

—Puede ser. —Sonia sonrió—. ¿Sabes cómo le recuerdo ahora?

—¿Cómo?

—Como le veía con seis o siete años. Me llevaba de la mano al cole y me pasaba a recoger a la salida, porque mi madre trabajaba hasta tarde. Me encantaba que me esperara al salir. Le buscaba con la vista en cuanto pisaba el exterior del colegio. Y allí estaba. En aquel entonces era para mí el hombre más fuerte y más guapo del mundo. Sus manos eran poderosas, grandes y cálidas. Ese es el padre que recuerdo. El que me hacía querer estar con él siempre.

—¿Y el otro?

—El otro, ya ves, lo guardé en un sueño.

—¿Lo olvidaste todo?

—No. Racionalmente, sé lo que pasó. Ni estoy loca, ni quiero ignorar lo ocurrido. No es eso. Es el recuerdo exacto, el dolor, el espanto, el pavor, el asco. El recuerdo vívido. Eso se quedó guardado en el sueño. En mi agujero negro.

—Al menos esa forma de actuar con tus recuerdos te salvó y te permitió vivir.

—Pero es un acto cobarde.

—No, no lo es, Sonia. Es un acto de autodefensa. Nadie te reprocha haberlo utilizado.

—Yo sí.

—No hay por qué hacerlo. Créeme, no hay por qué.

Sonia dejó bajar una lágrima por su mejilla izquierda.

—¿Sabes? Le echo de menos. No al monstruo que se ahorcó hace veinte años y nos dejó solas, pero libres. No. Echo de menos al hombre noble y bueno que había dentro de él, que me llevaba al colegio, con sus manos grandes y cálidas, cuando tenía siete años. Ese sí era mi padre. Y le echo mucho de menos.

Sonia se abrazó otra vez a Robert. Él acarició sus cabellos lenta, cálidamente.

—Nunca le había contado esto a nadie, ni a Juan ni a Javier. A nadie.

—Es bueno que te hayas permitido a ti misma contarlo. Es bueno para ti.

—Se siente una bien.

—Me alegro de que te ayude.

—¿Por qué lo he hecho? ¿Por qué ahora? ¿Por qué contigo?

—No tengo respuesta a eso, Sonia. Tal vez porque yo me voy cada mañana, o acaso porque yo soy un sueño hecho carne.

Ella miró a Robert, a aquel rostro bello y fuerte. A aquel extraño cuyo semblante tenía algo de familiar, pero también algo nuevo, exótico y poderoso. «Un sueño hecho carne.» Aquellas palabras resonaron en su mente.

—Gracias por escucharme.

—Ha sido un placer.

—Javier me hizo terapia, pero no se lo conté nunca —prosiguió—. Nadie lo sabe. Ni nadie lo sabrá. Necesitaba decírtelo, porque has hecho un milagro en mí. Me has permitido vivir el sexo como siempre soñé que debía ser: bello, sudoroso, sucio, procaz, aventurero, caliente, violento cuando hace falta, tierno cuando es necesario. Me has ayudado de una manera que no comprendo. No sé lo que me haces pero necesito tenerte a mi lado. Te adoro.

Robert bajó la mirada.

—Solo soy un fantasma sonámbulo que viene a verte por las noches. Nada más. Puede que ni siquiera esté vivo según los parámetros que manejáis aquí.

—A partir de ahora estarás conmigo todo el día.

—¿Estás segura de lo que estás diciendo, Sonia?

—Nunca he estado más segura de algo en toda mi vida.

Los dos se unieron en un beso largo, precioso, mojado de saliva y lágrimas. Ella se abandonó a él, dejándose llevar.

El beso no se rompió durante casi diez minutos. Cuando se separaron, tenían los labios doloridos y entumecidos.

Brindaron con sus copas de vino palmero y bebieron.

—Y dicho esto —dijo Sonia—, vamos a follar un rato.

Se levantaron de la mesa y volvieron al dormitorio de la mano. A ella el corazón le latía con fuerza. Se sentía segura.

Era de locos, pero no quería pensar, no quería juzgar. Quería vivir.

A las cuatro de la mañana, tras una noche de sexo prolongado, Robert cerró los ojos.

Juan pasó a sustituirle.

Sonia sollozó de impotencia.

Y, agotada, se quedó dormida.

40

Abrió los ojos a las seis de la mañana. Juan dormía al otro lado de la cama, a kilómetros de ella.

Era un extraño, una excrecencia, un objeto molesto.

Se levantó y se dirigió a la cocina. Puso un par de cucharadas de café descafeinado en la cafetera exprés; luego sacó del botiquín la caja de somníferos, extrajo dos comprimidos, los pulverizó con una cuchara y echó el polvo resultante dentro del compartimento del café. Colocó la cafetera sobre el fuego y regresó al dormitorio. Se tendió en la cama y esperó.

El aroma del café recién hecho pronto invadió la casa. Juan se despertó antes de que sonara el despertador y se encaminó hacia la cocina. Ella esperó quince minutos, abandonó el lecho y salió en la misma dirección. Allí estaban los restos del desayuno de Juan. Se había tomado dos tazas de café, vaciando el contenido de la cafetera. Le oyó teclear en la sala de control. Subió las escaleras y se asomó a la estancia.

—Once —dijo él, sin mirarla.

Sonia bajó las escaleras. Su rostro lucía una sonrisa. Salió del habitáculo y contempló el paraje que rodeaba el telescopio. La mañana estaba fresca, pero la temperatura era agradable. Se encaminó por el sendero, llegó a la señal que prohibía tener los móviles activados, encendió su teléfono y llamó al número de Marcelino, el taxista que los había llevado al Roque de los Muchachos cinco semanas atrás.

—Marcelino, ¿se acuerda de mí? Nos prometió una excursión por la isla. ¿Cómo lo tiene hoy a partir de las once? Vale, le esperamos en el aparcamiento del telescopio Herschel. Sí. El que está al final de la carretera, el último. Hasta entonces.

Sonia volvió sobre sus pasos hacia el MAGIC-II. Cuando entró en el habitáculo todavía oía a Juan teclear en la planta superior. Se sentó a la mesa de la cocina, activó su portátil y se puso a examinar el artículo que había revisado Robert. Se quedó asombrada de la precisión de las correcciones y de la calidad del documento. Resultaba casi irreconocible con respecto al que ella había redactado inicialmente, aunque en cierta medida conservaba su estilo de escritura; era prácticamente perfecto. Pasó media hora revisándolo. Entonces oyó unos pies bajando por la escalera de la sala de control. Podía reconocer el sonido a la perfección. Eran los pasos que esperaba. Y llegaron a la puerta de la cocina. Ella se giró, con la mejor de sus sonrisas en el rostro.

—Te invito a una excursión —le dijo a Robert.

41

Salieron del habitáculo y recorrieron sin prisa el sendero que llevaba hacia el Herschel. Sonia fue repentinamente consciente de que Robert, que ella supiera, nunca había salido de las cercanías del MAGIC-II. Miraba fascinado hacia todos lados, y la joven habría jurado que era más alto que Juan, aunque, como se repetía constantemente a sí misma, usara su mismo cuerpo. La mañana era radiante y estaba llena de azules, verdes intensos y tonos de las diversas flores que pululaban en las plantas y setos que rodeaban los linderos de pinares. Sonia no pudo reprimirse y le cogió de la mano. Caminaron así por el sendero, como dos colegiales.

—Tengo una duda, Robert. Esto, todo esto que nos rodea, este lugar, ¿lo conoces? ¿Lo recuerdas de alguna manera?

—No lo sé —respondió, mirando alrededor—. Pero es precioso.

—Me pregunto si, de una forma u otra, compartes recuerdos con Juan, si los dos usáis alguna parte del cerebro a la vez. Bueno, no tengo ni idea de todo eso en realidad, solo sé de física, y de un área muy concreta. Cuando uno se pone a hablar de cosas que no domina o no conoce, puede decir muchas tonterías.

—No es una tontería. En realidad, ahora soy una persona que camina en el cuerpo de alguien que está dormido. El primer sorprendido soy yo, si te digo la verdad. Pero sí, todo esto en cierta medida me es familiar, aunque por otro lado no creo que haya estado nunca aquí. La sensación es extraña, como de pérdida.

Ella le apretó la mano. Le notaba vulnerable, necesitado de ella, y eso la hizo sentirse deliciosamente bien.

—Tardaremos poco, ya verás —le dijo.

—¿Y adónde me llevas? No me lo has dicho.

—Claro. Si no, no sería una sorpresa.

Sonia se sentía como una cría, eufórica, feliz, como si del pecho le saliera una luz que lo invadiera todo, una luminosidad que hacía tiempo que había olvidado que tenía dentro. En el fondo no entendía lo que estaba haciendo. Había sedado al hombre con el que se había casado para que tomara su lugar otro, por decirlo de alguna manera que ella misma pudiera aceptar, alguien que compartía su cuerpo, que tal vez fuera una personalidad oculta, un trastorno de sonambulismo o, como le había dicho Javier, lo que en otros tiempos habría sido calificado como un caso de posesión. Aquella idea no le gustaba nada, le daba auténtico miedo. Desde niña el concepto de un cuerpo poseído por un espíritu exterior le había resultado realmente perturbador, y ver *El exorcista* con doce años en DVD la dejó marcada. De hecho, aquella película le daba tanto miedo que no había podido volver a verla nunca más.

Pero estaba contenta por otro motivo. Era como si se le hubiera metido la primavera dentro y se le extendía desde el corazón hacia fuera. Se sentía así porque por fin lo había dicho, por fin se había liberado del secreto. Había verbalizado por primera vez algo de lo que jamás había hablado con nadie. Un recuerdo espantoso que durante tantos años mantuvo con correas mentales en un rincón de su cerebro. Había sido consciente, además, de cómo verbalizar algo que jamás había pronunciado, ni siquiera en solitario, tenía una increíble capacidad de curación. Se sentía renovada, casi renacida, como si aquello que llevaba guardando tanto tiempo la hubiera limpiado de alguna manera al salir al exterior. La tristeza, la negación, el dolor, el espanto por lo sucedido seguían ahí bien presentes, pero ahora los podía mirar con ojos nuevos, con la mirada limpia. Se sentía liberada, y quería celebrarlo con el hombre al que amaba.

Aunque aquel hombre pudiera ser en realidad tan falso como un sueño.

Llegaron a la plataforma del aparcamiento del Herschel. Allí los esperaba Marcelino, apoyado como siempre en el capó de su taxi, mirando el paisaje con tranquilidad. Le saludaron. Eran las once y diez, y él les ofreció un recorrido por la isla de unas cuatro o cinco horas, con una parada para comer. Estarían de vuelta a más tardar a las seis, y de regreso en el MAGIC-II a las siete. Ella miró a Robert, esperando un gesto afirmativo, que obtuvo. No sabía lo que duraría aquel idilio que estaba viviendo, ni si de repente el hechizo se rompería en algún momento de la noche, pero aquella mañana solo quería disfrutar al lado del hombre al que amaba.

Entraron en el vehículo. Marcelino insistió en que los dos fueran sentados en el asiento trasero, cosa que hicieron. Y partieron a recorrer La Palma.

Al arrancar el coche, Robert la cogió de la mano. Ella le miró y le sonrió.

Se sentía como una colegiala.

42

El taxi salió de la zona de los telescopios y se dirigieron a Garafía, donde pasaron un par de horas. Marcelino demostró ser un excelente cicerone y les estuvo hablando un poco de la historia de la isla. Durante el trayecto les contó que La Palma era denominada Benahoare por sus habitantes aborígenes, lo que en su lengua, ya olvidada, significaba «mi tierra». Sonia comentó que aquel término le recordaba, por alguna razón, al maorí, la lengua que hablaban los aborígenes de Nueva Zelanda. Uno de los profesores en su último año de carrera era de allí y tenía precisamente sangre maorí, lo que había hecho que se interesara por aquella cultura, de la que el docente no paraba de hablar en sus clases.

Como todos los habitantes iniciales de las Canarias, misteriosamente, los benahoaritas habían olvidado el uso de la navegación y no mantenían contacto alguno con las otras islas, a diferencia de los habitantes de la Polinesia, que llegaron a cruzar el Pacífico en frágiles lanchas artesanales en busca de nuevos territorios. La Palma había sido incorporada a la Corona de Castilla por Alonso Fernández de Lugo, quien había obtenido ese privilegio de manos de los Reyes Católicos, y fue conquistada a lo largo de solo un año, entre 1492, fecha del descubrimiento de América, y 1493.

Una parte de los benahoaritas no ofrecieron resistencia a los recién llegados; acostumbrados como estaban al arribo constante de barcos a la isla, sobre todo de piratas y esclavistas, que se llevaban cotidianamente de La Palma a un puñado de hombres encadenados para siempre, se mostraron aliviados al verse protegidos por la Corona.

Los reyes habían prometido a Fernández de Lugo una alta suma, setecientos mil maravedíes, si sometía a La Palma en menos de un año, y para cumplir el plazo se asoció con Francisco de Riberol y Juanoto Berardi, con quienes compartió el beneficio. El desembarco de los españoles se produjo el 29 de septiembre de 1492 en la playa de Tazacorte, justo donde Marcelino pretendía terminar la excursión aquel día. Aunque todo fue bien inicialmente, un pequeño grupo de benahoaritas, encabezado por su líder, Tanausú, se enfrentó violentamente a los recién llegados. Los españoles, tras aquel primer encuentro, le engañaron con una falsa oferta de negociación y, cuando acudió a la cita, le apresaron y le embarcaron con destino a la corte española para exhibirlo ante los reyes, mostrándoles que la conquista estaba casi hecha. Pero el indómito líder aborigen nunca llegó a la península. Se dejó morir de hambre en el vientre de la carabela que le transportaba hacia Castilla. El 3 de mayo de 1493 La Palma fue totalmente sometida, y Fernández de Lugo y sus secuaces cobraron la recompensa prometida y partieron enseguida hacia la cercana isla de Tenerife, la última de las Canarias que quedaba por conquistar, cuyos habitantes no se mostraron tan dóciles como los benahoaritas, por lo que se tardó dos años en someterla, desde 1494 a 1496.

Históricamente, la isla se había llamado San Miguel de La Palma, y tenía un récord poco conocido: el Parque Nacional de la Caldera de Taburiente, visible desde las cercanías del Roque de los Muchachos, era el mayor cráter volcánico del mundo.

Marcelino sabía de lo que hablaba, y sus charlas y explicaciones les amenizaron el viaje. Pasaron luego por el Parque

Cultural de La Zarza. Allí Sonia contempló asombrada el arte rupestre de los benahoaritas, que tachonaba unas zonas rocosas recorridas por un camino estrecho y húmedo que se adentraba en la tupida laurisilva. Sonia se detuvo ante la pieza más espectacular, El Rosetón, un conjunto de espirales grabadas en la roca que le recordó a las imágenes desarrolladas por los aborígenes australianos. Por un instante se dejó llevar por aquellos misteriosos grabados, de uso incierto, y tuvo una extraña intuición; vio en ellos la sugerencia de unos universos naciendo de otros universos en un eterno retorno de nacimiento y destrucción a lo largo de eras sin término. De alguna manera, su investigación, el experimento que estaban llevando a cabo, se unía de una forma imposible de reproducir con palabras con aquel dibujo intuitivo y abstracto realizado por un artista anónimo en el nacimiento de la civilización. Se sintió muy próxima a aquel lugar, a aquellas sugerentes obras artísticas.

Como iban bien de tiempo, pararon a comer en Tijarafe, en el restaurante El Muro, que ofrecía desde sus amplios ventanales unas vistas espectaculares de la isla.

Allí a Sonia le esperaba una sorpresa. Javier estaba sentado en la barra del local, tomando unas tapas y una caña. Los dos se quedaron asombrados por la coincidencia. Sonia le invitó a sentarse con ellos a comer y ocuparon una mesa junto a la gran cristalera panorámica del local.

—Caray, qué casualidad. Vine a Tijarafe a hacer una visita domiciliaria, ya te conté cómo son aquí, es preferible ir directamente a verles a sus casas, y paré a tomar algo, pues en un rato tengo que pasar consulta en Santa Cruz. ¿Cómo estáis? Juan, me alegra verte.

Robert miró a Javier, le sonrió y le tendió la mano. Pero mantuvo un extraño silencio.

—Todo bien, y el experimento va genial, cada día mejor, no tenemos motivos de queja, la verdad —dijo Sonia para romper el incómodo silencio.

Marcelino, el taxista, no paraba de picar entre platos aquí

y allá, comiendo como si no hubiera un mañana, a medida que los camareros les iban trayendo viandas.

—Hemos salido a celebrarlo, precisamente. Marcelino trabaja para el IAC y teníamos pendiente esta excursión por la isla.

—Soy el taxista oficial, pero si le hace falta puedo hacer servicios cuando no estoy trabajando con ellos —informó, masticando una papa con mojo rojo y sacándose una arrugada tarjeta de uno de los bolsillos del pantalón, que Javier recogió.

—Estamos recorriendo la isla, que con tanto trabajo no habíamos tenido tiempo de verla —añadió Sonia—. Así nos relajamos, llevamos unos días que ha sido un no parar. Es un lugar realmente precioso, espectacular.

—Vaya si lo es —dijo Robert, con el trueno de su voz—. ¿A qué te dedicas, Javier?

Javier titubeó y miró un poco desconcertado a Sonia. Se habían visto hacía unos días, cuando la catástrofe de su teléfono móvil, y Juan y él habían coincidido una vez más en Madrid, dos años atrás, en la que las dos parejas —ellos y Javier con Cora— habían cenado en un restaurante céntrico. ¿Cómo es que se había olvidado de él?

—Soy psiquiatra, pasé hace unos días por vuestro observatorio, no sé si lo recuerdas —dijo con prudencia—. Os llevé unos vinos y monté aquel estropicio por el teléfono móvil. Sonia me ha hecho jurar que lo apagaré dos kilómetros antes de llegar la próxima vez que os visite.

Robert miró a Sonia, sin comprender. Ella intentó ignorar la mirada.

—Pues todo está yendo estupendamente —dijo ella, intentando desviar la atención de Javier—, y además nos prorrogan la estancia un mes más. Estamos avanzando superrápido. Creo que vamos a tener todo el material listo antes de irnos de la isla, o casi, y eso en un artículo científico es un milagro. Es más, seguramente tendré que dejar pasar unos meses antes de mandarlo para su estudio, porque se van a mosquear si lo terminamos tan rápido.

—Bueno, me alegro. ¿Qué tal todo, estáis bien vosotros

dos arriba, todo tranquilo? Estaba un poco preocupado, ya sabes que cuando salíamos la psicoanalicé —le dijo a Robert—. En realidad, salir con un paciente no está permitido, pero con una mujer así de maravillosa, o me saltaba las normas o me arrepentiría toda mi vida.

—¿Estabas con ella? —preguntó Robert, sorprendido.

—Sí, durante cuatro años, desde la facultad. Pero Juan, todo esto ya lo sabes.

—No soy Juan —dijo inopinadamente Robert.

Javier se quedó helado.

—¿Perdón?

—Soy Robert —dijo la voz de trueno.

—Ah, vale. Perdona. Me despisté.

Robert miró a Sonia y su rostro cambió. Su expresión se volvió dura como una roca.

—¿Saliste con ella? —insistió Robert.

—Sí.

—¿Fue bien?

—Creo que sí, lo pasamos... Sí, estuvo bien.

Sonia estaba cada vez más incómoda.

—Me alegro. Eres un tipo simpático —comentó Robert.

—Gracias.

—Es cierto —apostilló Robert, y desvió los ojos hacia Sonia—, recuerdo que me has hablado de él. El psiquiatra. Lo había olvidado.

Javier miró a Sonia, extrañado y sorprendido. Entonces Marcelino consultó su reloj de pulsera e hizo un gesto a Sonia. Ya era hora de seguir camino, le venía a decir.

—Si me perdonas, Javier, tengo que ir al retrete —dijo Robert.

—Claro.

Robert se levantó de la silla y se alejó de la mesa en busca del baño. Javier miró con gesto serio a Sonia. Ella a su vez miró a Marcelino, que estaba algo incómodo.

—Bueno —dijo el taxista—, voy a fumarme un pitillo y les espero en el coche, que hay que seguir camino.

—Perfecto —convino Sonia—. Al salir, por favor, dígale al camarero que pase aquí la cuenta, a usted le hará más caso.

—Vale.

Sonia miró a Javier. Este le devolvió la mirada. Se notaba a las claras que estaba estupefacto.

—¿Qué diablos es todo esto? ¿Robert? ¿Y qué ha querido decir con que no es Juan? Actúa como si no me hubiera visto en su vida. ¿Está pasando algo, Sonia? ¿Algo que deba saber?

Sonia miró con asombro a Javier.

—¿Es que no lo entiendes?

—¿Qué se supone que tengo que entender?

—Él.

—Sí, ¿qué? ¿Qué rayos le pasa?

—No es Juan. Ya lo has oído.

—No te sigo. No te sigo, perdona. ¿Es una broma o algo así?

—Es Robert. Es el otro.

—Pero ¿no me contaste que ese otro aparece por la noche, cuando Juan está durmiendo? ¿No es un efecto del sonambulismo o algo similar? ¿El sonámbulo está actuando en pleno día y no me has avisado?

—Bueno, ahora las cosas han cambiado un poco.

—¿Un poco? ¿Estás de coña?

—Ahora está de día también, sí. ¿No notas la diferencia entre los dos? ¿A que son diferentes?

—Sonia, no quiero alarmarte, pero no.

—¿No lo notas distinto? ¿Es que no te das cuenta?

—Perdona. Es Juan. Le he visto un par de veces antes, y hoy está igual. El mismo gilipollas perdonavidas de siempre.

—No. Todo en él cambia cuando es Robert. Hasta el tono de su voz. Parece más alto, y también más fuerte.

—Mira, Sonia, no le he visto demasiado como para saber si su tono de voz ha variado o no, lo siento, ni tampoco su altura o su musculatura. No tengo ni idea. Pero si está tomando el control de Juan, si ahora, en pleno día, Juan está teniendo un sueño vívido y está de pie, sonámbulo, diciendo que es otro, no deberías estar tomando papas arrugadas con él como si no pasara nada, sino en las urgencias psiquiátricas de un hospital. Sonia, no es nada normal que suceda algo así. Desde luego, no es un comportamiento para estar precisamente tranquilos. En serio, he estudiado estos días varios casos parecidos y todos tuvieron diagnósticos malos o muy malos. Temo hasta por tu integridad.

—Javier, tranquilo, por favor; estoy bien, y estaré bien. Nos gusta estar aislados, nos sentimos como fareros del cielo.

—Vale, eso suena muy chulo y todo lo que quieras, pero creo que esa soledad de vosotros dos en ese sitio no es nada buena. Y no, no estás bien. Nadie puede estar bien con un sonámbulo al lado como si no pasara nada, como si tal cosa, como si fuera lo más normal del mundo. ¿Te has visto? Estás celebrando, recorriendo la isla con un tipo a tu lado que dice que es otra persona. Ya no entro en si está dormido o no, que ya es de locos. Sonia, ¿te das cuenta de lo raro que se ve todo esto desde fuera? ¿Cómo puedes quedarte tan tranquila con algo así?

—No estoy tranquila, Javier. En absoluto.

—No puedes examinar todo lo que está pasándote como si fuera algo normal o que se rija por reglas lógicas. Eso que está dentro de Juan, sea lo que sea, y lo llames como lo llames, no tiene por qué seguir regla alguna. Puede hacerte daño, mucho daño, Sonia. Estoy por intervenir como médico y llevaros a un hospital ahora mismo. Si no se reconoce a sí mismo, como mínimo habría que internarle sin dilación.

—Ni se te ocurra, Javier, por lo que más quieras. Déjanos hoy tranquilos —le advirtió apretando los dientes.

Javier contó mentalmente hasta diez.

—Maldita sea... joder... Espero no arrepentirme, Sonia. Mira, mañana pasaré a veros sin falta. Quiero hablar con vosotros dos, y sobre todo con Juan, o Robert, o como coño se llame. Y si la cosa no me gusta, te garantizo que llamo a una ambulancia y le sedo sobre la marcha. Eso no tiene vuelta de hoja. Sonia, esto es muy raro, muy extraño, y también muy peligroso, ¿entiendes? ¿Qué carajo tienes en la cabeza estos días? Eres una de las personas más inteligentes que conozco. ¿Dónde has metido esa inteligencia hoy? Ahora tengo que irme; un paciente me espera dentro de media hora y ya no llego. Me paso mañana por la tarde y lo hablamos todo. Sin falta. Contigo y con él. Todo.

—¿Mañana?

—Sí, y no es negociable. Me he documentado, además, sobre las disociaciones; tenemos que hablar, y muy en serio.

—Vale... Pásate a las cuatro y media, yo iré al aparcamiento del Herschel y subimos juntos al telescopio. Así hablamos nosotros antes.

—De acuerdo.

Robert volvió del baño, sonriente. Miró a Javier, que se levantaba en aquel momento de su silla.

—Bueno, me tengo que ir; el trabajo, que manda. Nos vemos.

—Nos vemos —dijo Robert, estrechando la mano de Javier, quien miró a Sonia con gesto grave.

Javier salió del local. Sonia le vio por el ventanal del restaurante acercarse a su coche, entrar en él y alejarse de allí. Justo en aquel momento, un camarero con cara de pocos amigos llegó a la mesa y dejó la cuenta.

—¿Y Marcelino? —preguntó Robert.

—Está fuera, esperando. Tenemos que seguir camino.

—Bien. Sigamos disfrutando de esta preciosa isla. Y de esta hermosa mujer.

Sonia sonrió a Robert, de nuevo hechizada por sus palabras. No había dicho nada a Javier de lo que estaba haciendo con los somníferos. Como una niña mala, había silenciado un dato que tal vez fuera de la máxima importancia para que él comprendiera lo que estaba ocurriendo. Pero no se arrepentía, porque en realidad no quería averiguar nada, no quería entender nada. Solo deseaba estar con aquel hombre a su lado. Por encima de todo.

Dejó el dinero de la comida en el platillo en el que estaba

el tíquet del restaurante, se levantaron de la mesa y salieron al exterior, en dirección al taxi. Marcelino apagó su cigarrillo y entró en el vehículo, no sin antes abrir cortésmente la puerta trasera del vehículo a Sonia.

—Bueno, seguimos, queda una parte preciosa por ver de la isla —dijo el taxista.

—Vamos allá —dijo Robert.

Marcelino arrancó el motor y abandonaron el aparcamiento del restaurante.

El taxista los llevó al encantador pueblo de Los Llanos de Aridane, un nombre que le gustó mucho a Sonia, pues le evocaba toda suerte de historias imaginarias, y terminaron la tarde en el mirador de Tazacorte, desde donde se podía ver la playa en la que, medio milenio atrás, Alonso Fernández de Lugo había pisado la isla por primera vez en nombre de la Corona de Castilla. El sol ya estaba bajo en el horizonte, y Marcelino los llevó de regreso al Roque de los Muchachos para que pudieran estar en el MAGIC-II antes de que se cerrara la noche sobre ellos.

Sonia le pagó la cantidad convenida más una buena propina y le prometió que harían otro recorrido en cuanto les fuera posible. Les habían quedado muchos lugares por visitar, y Marcelino les comentó que les tenía preparados unos estupendos itinerarios, con algo de ruta a pie, para poder hacer excursiones cortas a través de la isla. Se despidieron de él y emprendieron el camino hacia el telescopio.

—Es una isla increíble —dijo Sonia.

—Espectacular. Las vistas son realmente apabullantes en este lugar. Y es mucho más grande de lo que pensaba. Apenas hemos recorrido una parte mínima —comentó Robert.

—¿Te lo has pasado bien? —le preguntó Sonia, deteniéndose y abrazándose a él, ya que empezaba a refrescar. Era un hombre cálido. Un refugio delicioso.

Se miraron un instante y se besaron. El beso se prolongó, ninguno de los dos quería interrumpirlo.

Finalmente, fue Robert quien se apartó y elevó la mirada.

Estaban cerca de la señal que prohibía tener los móviles encendidos.

—Has apagado tu teléfono, ¿verdad? —preguntó.

—Claro, ¿dudas de mí? —Le miró, pícara.

—Venga, vamos, o se nos hará de noche.

Y siguieron su camino por el sendero de piedra que los separaba de las escarpas de aquella zona tan elevada. Sonia se sorprendió al pensar que había perdido el miedo a aquellas alturas vertiginosas.

43

Llegaron al MAGIC-II justo cuando la noche se cerraba. El telescopio empezó a hacer su búsqueda automática de galaxias unos minutos más tarde, y comenzó a desplazarse, parsimoniosamente, para enfocar a un objetivo que estaba a una altura de 45 grados sobre el horizonte y a 1.650 millones de años luz. Se llamaba NGC 6822, y la conocían por el nombre de galaxia de Barnard.

Sonia y Robert estaban haciendo el amor en la sala de control cuando la máquina cantó el primer positivo de la noche. Uno más. Sonia no se lo podía creer. Estaba a punto de hacer historia, sin comprender exactamente todavía el porqué; era sorprendente, y a la vez apabullante, poder crear un modelo del funcionamiento del universo con un bolígrafo, sobre un trozo de papel. Era Einstein quien había dicho lo asombroso que le resultaba que el universo obedeciera a unas pocas leyes matemáticas.

El hombre que en aquel momento la estaba penetrando y le había permitido sentir un placer como nunca antes, lo había cambiado todo; había posibilitado que aquello ocurriera. Pero era una persona que no existía, porque Robert no era un ser con DNI, ni con domicilio, al menos no en la Tierra.

Viniera de donde viniera, Robert habitaba el cuerpo de un hombre al que Sonia había llegado a despreciar y a odiar en pocos días pero que, con él tomando el control, se convertía en otro. En otro fascinante, atrayente, interesante, brillante, cálido y fuerte.

Recordó que al día siguiente llegaría Javier al observatorio, y se sintió como una mala estudiante a la que esperaba un examen para el que no se había preparado. Estaba perdida. A lo mejor Javier detectaba algo extraño, encontraba algo malo en Robert y, como había amenazado, se lo llevaría a las urgencias psiquiátricas de un hospital.

No, ella no iba a permitir que ocurriera algo así. Sonia empezó a pensar que tal vez todo aquello fuera una táctica de Javier para volver con ella. Sí, desde el principio había una intención de flirteo por su parte. El hecho de que le hubiera hablado con tanta claridad de su separación de Cora no hacía más que incrementar sus sospechas. Entonces lo vio claro. Robert era un obstáculo, no tanto Juan, con quien la relación no iba demasiado bien, y Javier lo sabía. Sí, Robert era un obstáculo para Javier, así que a lo mejor estaba planeando algún modo de desembarazarse de él. De acuerdo. Si ese era el plan, Sonia estaría bien atenta al día siguiente. No se iba a dejar engatusar ni engañar.

La corriente eléctrica, el latigazo del placer de un orgasmo la sacó de su ensimismamiento. Qué pérdida de tiempo era pensar en tonterías cuando la estaban follando tan bien. Y olvidó el problema completamente. Ya se ocuparía mañana de él.

Eran las doce y media de la noche y estaban recostados, desnudos, agotados, en la cama. Hacía frío, por lo que se habían tapado con una manta, y el calor de sus cuerpos los mantenía amodorrados. Sus rostros estaban enfrentados, y ella estaba a punto de quedarse dormida. Pero se esforzaba en mantenerse despierta.

—¿Qué te pasa? —quiso saber Robert—. ¿Por qué no te quieres dormir?

—Si me duermo, a lo mejor desapareces.

—¿Como en un cuento de hadas?

—Como cuando era niña, sí. Y no quiero que ocurra.

—Puede pasar si me duermo yo. Entonces vendrá el otro.

—Ese es precisamente mi temor.

—Tranquila, deja que las cosas discurran por su camino natural, Sonia. No las fuerces.

—No, yo quiero dormirme contigo, despertarme contigo, y no con él. Quiero soñar recostada en ti, y que por la mañana lo primero que note sean tus labios en mi boca para darme los buenos días. No te duermas. No me dejes dormir.

—Sonia, necesitas descansar, estás delirando del cansancio que tienes encima. Mañana hay que analizar los resultados de los positivos de esta noche, y además hay que ir añadiendo las nuevas bases de datos a los documentos que ya existen, generar cuadros y gráficos, y dar a los datos su sentido final. No puedes permitirte el lujo de no dormir.

—Eso puedo hacerlo aunque no descanse.

—Sabes que no. Necesitas dormir, aunque solo sean unas horas.

Entonces Sonia tuvo una idea. Se incorporó en la cama, se levantó y miró a Robert. Estaba realmente hermosa desnuda.

—¿Tienes sed? —le preguntó.

—Un poco.

—Hace horas que no bebemos nada. Te traeré un zumo, y luego nos dormimos.

—Me parece bien.

Sonia salió del dormitorio, se llegó a la cocina, se acercó al botiquín y sacó de la caja de somníferos tres pastillas. Rápidamente, mirando a su alrededor, como si fuera una cría cometiendo una travesura, las desmenuzó y echó el polvo en un gran vaso que llenó de zumo con antioxidantes que había en la nevera. Lo agitó bien con una cuchara larga para que se diluyera y se sirvió otro vaso para ella.

En su mente todo tenía sentido. Si Robert salía al exterior cuando Juan dormía y se iba cuando Juan se despertaba, lo más lógico era que, de seguir manteniendo a Juan dormido,

Robert se quedara con ella. No se planteó los posibles efectos de tres pastillas de aquel potente barbitúrico. Solo se dijo a sí misma que aquel plan tenía todo el sentido del mundo. Seguro que funcionaría. Si mantenía a Juan apartado del estado de vigilia, tendría a Robert con ella para siempre. Con los dos vasos, uno en cada mano, se dirigió al dormitorio.

En él la esperaba Robert, con la cabeza sobre los brazos, que había apoyado en la almohada. Sonia le tendió el vaso más grande. Robert se lo bebió todo mientras ella hacía lo propio.

—Qué sed tenía.

—Y yo —dijo ella.

—Está bueno. Un poco amargo.

—Tiene pomelo.

—Será eso.

Sonia dejó los dos vasos vacíos en su mesilla de noche y se tendió junto a Robert. Su mente no cesaba de gritarle que aquello tenía todo el sentido del mundo, que estaba haciendo lo adecuado. Ahora Robert podría dormirse tranquilamente y despertarse siendo también Robert, ya que Juan no iba a despertarse, seguiría agazapado en algún lugar del subconsciente de su cerebro. Había conseguido encontrar una forma de mantener a Juan dentro, en algún lado de su mente, prisionero de un sueño. Y se sintió perversamente bien por ello.

—Ahora vamos a dormir, ¿vale? —dijo ella.

—Eso es. Mejor que descanses.

Sonia se tendió junto a Robert, le abrazó, pasó una pierna por encima de las del hombre y se quedó dormida oliendo su aroma. Como un bebé.

Durmió como nunca. A las siete sonó el despertador. Unos labios acariciaron los suyos en un beso suave y gentil. Sonia, recuperando la consciencia, contuvo la respiración, asustada, temiendo oír una voz que no quería oír. Mantuvo los ojos cerrados, sin atreverse a abrirlos.

—Buenos días —sonó como un trueno lejano.

Sonia, aliviada, abrió los ojos. Pudo ver cómo Robert se levantaba de la cama, desnudo, con una erección, y la miraba.

—Veo que estás contento de verme —sonrió Sonia.

—Es extraño. Yo no debería estar aquí ahora.

—Bueno, ya ves, cosas que pasan.

—Voy a prepararte un buen desayuno —rugió suavemente, como un animal que estuviera esperando al momento adecuado para saltar sobre su presa.

Robert salió del dormitorio. Ella, tendida aún en la cama, sintió su sexo humedecerse. Y una ola de un placer suave y anticipatorio recorrió todo su cuerpo.

Desde los dedos de los pies hasta la coronilla.

44

Desayunaron desnudos, mirándose con deseo, e hicieron el amor en la cocina. Luego, Robert subió a la sala de control. Bajó un instante y le dijo a Sonia que se habían producido treinta positivos durante la noche anterior. La besó, y ella se metió en la ducha. Al salir del baño, la joven se vistió, y luego preparó, para asegurarse, otras tres pastillas desmenuzadas que añadió a un nuevo vaso de zumo. Subió con él a la sala de control y se lo ofreció a Robert, que, sediento, se lo bebió entero, casi sin respirar. Estaba mejorando algunas gráficas y añadiendo comentarios y notas a pie de página a los documentos.

—Es sorprendente. Treinta positivos más —dijo ella.

—Claro, es que ya está recorriendo solo galaxias con resultados positivos previos. Deja las restantes para el final de la noche, y aquellas que dan un primer positivo pasan a situarse abajo en la lista. Es normal que cada vez haya más resultados exitosos, ya que provienen de candidatas con gran emisión probada. Hace días, en términos estadísticos, que los valores de muestra han superado todos los índices que podrían hacer expresar dudas a los pares que leerán el artículo. Todo lo que obtengas a partir de ahora es un regalo, evidencia sobre la evidencia. Perfecta para callar bocas. Y te hará falta, pues mucha gente va a estar furiosa con tus resultados y con que tu modelo funcione. Porque te habrás adelantado a ellos y ya no podrán hacer nada para evitarlo. Además, la evidencia va a ser tan alta que puedes crear un modelo muy realista de la partícula original.

—Eso significa que el experimento del LHC será coser y cantar.

—Exacto. Van a tener que usar tus valores, en cualquier caso. Como pasó con Higgs. Solo se tratará ya de buscar una partícula con exactamente estos parámetros: masa, carga, espín... El retrato robot que sale de estos experimentos es perfecto, sin errores. Pocas veces se encuentra algo así, tan... incontrovertible. Tan perfecto.

—Gracias a ti.

—Tuya fue la idea.

—Oye guapo, tengo una duda —dijo Sonia, tras pensar un instante.

—Dime.

—Si vienes del mundo de los sueños, ¿en qué universidad de los sueños estudiaste física de los sueños y matemáticas de los sueños para ser uno de los tipos más brillantes haciendo modelos físicos que he visto en mi vida?

—Es una pregunta muy larga.

Ella se echó a reír.

—Respóndela —insistió Sonia.

—No lo sé exactamente —prosiguió Robert—. Solo sé que sé cosas. Si te vale de algo, esa es la respuesta que te puedo dar.

—Y ¿tienes recuerdos de tu vida? ¿De tu niñez?

—No. Recuerdo el día que abrí los ojos y te vi. Entonces nací.

—Es un halago realmente precioso.

Y funcionó. Sonia dejó de hacerse preguntas por un momento. Siguieron examinando los documentos.

—Me siento un poco raro —comentó Robert.

Sonia le miró. Tenía que decírselo. A lo mejor estaba cometiendo un error tremendo y necesitaba que lo supiera. Así que disparó la noticia a bocajarro.

—Te he puesto somníferos en el zumo. Anoche y ahora.

—Lo sé. Por eso estoy aquí todo el tiempo. Pero eso no está bien, Sonia —dijo él, elevando la mirada.

—Es que no quiero que te vayas. No quiero que Juan regrese. Deseo que estés tú. Siempre.

—Pero es contra natura. Yo soy un sueño, o algo parecido. Bueno, no tengo claro lo que soy ahora mismo. De donde vengo hay que regresar en algún momento. Si me mantienes aquí, estarás haciéndole daño a Juan.

—A lo mejor es eso lo que quiero —dijo ella en voz baja.

—Y si te pasas con los somníferos a lo mejor le matas. Tal vez ahora mismo esté muerto ya.

Sonia notó como su corazón daba un vuelco en su pecho. No. No quería eso. No quería matar a nadie.

—Seis pastillas en cinco horas. Eso está cerca de una sobredosis.

—Pero está funcionando. Sigues aquí.

—Claro, no puedo salir. Él sigue durmiendo dentro de mí.

—Eso es lo que quiero, que se quede dormido. Para siempre.

—Pero yo no puedo distinguir si duerme o muere. Yo soy un sueño, Sonia. No puedo estar en tu mundo indefinidamente.

—Por ahora no ha pasado nada.

—¿Y si ya está muerto, Sonia?

—No. No digas eso.

—Le has dado somníferos a un sonámbulo. Es como dormir otra vez a un durmiente. Es entrar dentro de un sueño para meterle de nuevo en el interior de otro sueño. No es bueno. ¿Y qué harás entonces, si ya está muerto?

Sonia sintió una oleada de terror. De espanto.

—No, por favor —gimió.

—Me has hecho lo que él te hacía. Medicarle sin pedirle permiso. Esto no merece una venganza, la vida no es así. Los sueños tampoco.

El pánico la hizo sentir desespero. ¿Y si había matado con los somníferos a Juan? Se echó repentinamente a llorar. Notaba que le faltaba el aire.

—No... yo no quiero dañar a nadie, no quiero matar a nadie... perdóname... Juan...

—No te escucha, Sonia.

—Lo... lo siento. Por favor, ¿se puede parar? ¿Puedo hacer algo? ¿Puedes irte y volver por la noche?

—No es tan fácil, le has expulsado de alguna manera del mundo de la vigilia. Pero supongo que en cierta medida todo va más o menos bien. Él es débil y estúpido, está perdiendo la oportunidad de su vida, pero ya no detendrá tu trabajo, y tu trabajo ahora es lo más importante. Su cuerpo, que es el mío, sigue funcionando correctamente, al menos por ahora. Su corazón late. Su cerebro piensa; mis pensamientos, pero piensa. Sonia, no sé lo que estará pasando con él, con lo que él es en realidad. Pero su cuerpo vive. Así que mantente tranquila. No te preocupes de nada más ahora.

—No... no quiero que pase nada... Ni a ti, ni a él.

—Tranquila, tranquila.

Robert la abrazó y ella se refugió en su torso, y cerró los ojos, reconfortada y relajada.

—Gracias —dijo ella.

—No hay por qué darlas, Sonia.

45

Sonia miró el reloj de la cocina. Era ya primera hora de la tarde. Javier la esperaría a las cuatro y media en el aparcamiento del Herschel, tal y como habían quedado el día anterior. No sabía qué hacer, si no comparecer o si dirigirse a la zona donde se podían activar los móviles para mandarle un mensaje anulando la cita, pero en realidad ya era demasiado tarde, él estaría en camino. Pensó en llamar a las chicas del telescopio, pero seguramente, pues conocía bien a Javier, él iría de todas formas al MAGIC-II. De modo que al final decidió acudir a la cita.

Robert estaba en la sala de control creando gráficos a partir de los datos de los que disponían en aquel momento. Sonia se asomó a la puerta de la sala.

—He quedado con Javier, lo más probable es que cene con nosotros.

—¿Tu amigo, el de ayer?

—Ese mismo.

—Bien, seguiré por aquí para ultimar gráficas.

—No tardaré mucho.

—No te preocupes, Sonia. No me iré lejos —sonrió.

—Eso espero.

Sonia descendió por la escalera de la sala de control y se dirigió a la puerta del habitáculo.

Pero de repente la voz de Robert tronó desde la sala.

—¡Espera!

Ella se detuvo en la cocina. Al poco, Robert bajaba hacia ella.

—¿Qué ocurre? —preguntó Sonia.

—Ya lo tenemos. ¿Te acuerdas de la nevera? —señaló Robert.

Ella miró al aparato. Bajo la campana de Faraday, estaba decorada de firmas de otros astrónomos y astrofísicos que les habían precedido en el uso del MAGIC-II. En cada rúbrica se indicaba la fecha y el nombre de cada experimento.

—Las firmas.

—Al parecer es tradición —dijo Robert, tendiendo un rotulador indeleble a Sonia.

Ella se acercó a la nevera, tomó el rotulador, escribió en un espacio vacío del electrodoméstico la fecha, y añadió: «Buscando la materia oscura». Firmó debajo y le pasó el rotulador a Robert, que escribió su nombre junto al de ella. No era la firma de Juan. Robert tenía la suya propia, en la que su nombre era perfectamente legible.

—Esto te dará suerte —le dijo—. Ahora vete, no le hagas esperar.

—Vale.

Sonia besó a Robert en los labios y salió al exterior. Lucía un día radiante, y el sol era realmente intenso.

Dio un agradable paseo hacia el Herschel, absorta en sus pensamientos. Era un mar de dudas. No sabía qué debía contarle a Javier y qué no, y desde luego, no quería que su presencia entre ellos se prolongara demasiado. Pensó en la alternativa de hablar con él en el aparcamiento, convencerle de que se fuera y viniera otro día, con la excusa de que estaban en un momento crucial del experimento. Pero en el mejor de los casos sabía que sería una solución temporal. Javier volvería a los pocos días, tal vez sin avisar; era muy testarudo, y se preocupaba por ella. Siempre lo había hecho. Y quería, además, algo con ella. Se acordó de lo que había pensado el día anterior. A lo mejor, probablemente, Javier estaba intentando alguna artimaña para recuperarla. Y qué menos que separarla de una supuesta amenaza en la forma de su pareja actual. Sonia siguió cavilando alternativas para su plan durante el camino, sin darse cuenta de que algunas de las ideas que se le ocurrían estaban más cerca del delirio que de otra cosa.

Finalmente llegó al aparcamiento, ante el gran edificio del telescopio Herschel. Javier estaba charlando con las dos joviales chicas del observatorio, que bromeaban con él y se reían. Sonia se acercó a ellos y los saludó.

—Hola, Sonia. No te esperaba ya —dijo Javier, con cierta sorna.

Sonia consultó la hora en su móvil, que mantenía todavía en modo avión. Eran las cinco. Apenas se había dado cuenta, absorta en sus pensamientos, del tiempo que había tardado en recorrer el camino.

—Estaba con un poco de lío en el observatorio —dijo, algo seca.

Javier mostró su móvil a Sonia. Estaba apagado.

—Lo desconecté nada más aparcar. Tiene mérito, ¿eh? Yo, que no puedo vivir sin el WhatsApp.

—Ya nos ha contado con pelos y señales la historia de cómo casi se carga el experimento con el móvil el otro día —intervino Tricia—. Todavía no entendíamos el ataque de risa que os dio la otra vez. No era para menos. Vaya cagada.

—Sí, menos mal que no fue grave. En unas horas todo se había recuperado —comentó Sonia.

—Es que no sabemos vivir sin los dichosos móviles —dijo su amiga, Anna.

—Bueno, vamos, Javier, que no tenemos todo el día.

Javier miró a las chicas, sonriendo.

—Nos vemos en otro momento.

—Sonia —dijo Tricia—. Me doy un salto un día de estos como había prometido, así charlamos y tomamos un té, y llevaré algunas chuches.

—Perfecto —repuso Sonia, casi arrastrando a Javier.

Juntos emprendieron camino hacia el MAGIC-II.

—Caray, qué prisas —bromeó él.

—Es que tenemos mucho lío ahí arriba con el experimento, y prefiero no ausentarme mucho rato —dijo Sonia, con pocas ganas de broma.

—Bueno, ya que estamos solos y nos queda trecho, te diré lo que he averiguado.

—De acuerdo —dijo ella, que no sabía si quería oír lo que él se disponía a contarle.

—Se trata de todo eso del síndrome de tu marido. Esa especie de duplicidad de personalidad. Ya te dije cuando lo comentamos la primera vez que esas cosas son para cogerlas con pinzas.

—Pues con pinzas o no, a mí me está pasando.

—Sí, y no quiero que sientas que no te creo ni nada de eso. Al contrario. Pero el asunto de las personalidades múltiples, o mejor el trastorno de identidad disociativo, que así se llama, es algo lleno de controversias. Realmente problemático.

—¿Por qué?

—Lo cierto es que la psiquiatría no se lo toma muy en serio. Se dice que en realidad tal cosa no es real, que todos esos supuestos casos de gente con diez o doce personalidades no existen. Que no están haciendo otra cosa que teatro, comedia. Que se lo inventan, vamos. Lo que no significa que no se lo crean. Una de las primeras personas a las que se diagnosticó con ese síndrome, Shirley Mason, se trataba con una psiquiatra bastante poco respetable, Cornelia Wilbur, que lo que consiguió fue que aquella persona interpretara sus personalidades, como un actor, pero creyéndoselo. Eso sí, el libro que escribió sobre ella fue un superventas e hicieron una película. Autosugestión, ganas de agradar al terapeuta, todas esas cosas se mezclaron. A partir de ahí todo se va complicando, y al final resulta que hay más ficción que realidad en muchos de esos supuestos casos. El paciente quiere hacer lo que el terapeuta quiere que haga, al menos inconscientemente, y lo hace, eso sí, convencido con total sinceridad de que lo que le pasa es real, de que lo suyo es una enfermedad y no una pantomima.

—De todas formas, todo eso de la personalidad múltiple lo has deducido tú. A lo mejor se trata de otra cosa.

—Es lo más suave que puede pasar. Lo otro es mucho más grave. Hablo de psicosis.

—¿Psicosis?

—Eso es. Lo que te dije ayer. Cosas realmente serias, patologías problemáticas, que están latentes y de repente se disparan. Esquizofrenia. Paranoia. Psicopatías. Esa es la otra opción. Y créeme, prefiero el teatro del trastorno de identidad disociativo si tengo que elegir. Porque si se tratara de una psicopatía latente y hubiera empezado a manifestarse, lo peor que podría pasar, Sonia, es que estuvieras sola con él.

—Ya te dije que había pasado en el sueño, se inició mientras dormía.

—Ayer estaba perfectamente despierto. Y él mismo dijo que era el otro. El tal Robert.

—Así fue.

—Eso sencillamente no puede pasar. No tengo constancia de que haya ocurrido nunca en la historia. Hablas de una personalidad, para entendernos, que toma el control de una persona mientras duerme, borrando la personalidad anterior, eliminándola. Eso no existe, Sonia. Y si existiera, nadie ha identificado tal cuadro clínico hasta ahora. Un sueño que se apodera de la personalidad consciente del soñador. Bueno, pasaría a la historia de la psiquiatría si fuera así. Tiene que haber ocurrido otra cosa. Y, créeme, en cualquier caso no es nada bueno. Te hablé de que esta isla es peculiar, algunos dicen que mágica. Aquí suceden esas cosas, hay manifestaciones extrañas, casos de espiritismo, que ahora no está de moda pero que se documentaron hace más de un siglo, posesiones, cambios de personalidad. Es algo que parece que aquí se da bastante, por encima de lo esperable estadísticamente. Nadie sabe la causa. Por alguna razón este lugar podría haber disparado algo en Juan, algo que pudiera estar latente en su interior.

—Creo que volvemos a meternos en terreno resbaladizo, Javier.

—No hay nada más resbaladizo que vivir con un sonámbulo. Créeme.

Sonia estaba luchando por confesarle a Javier lo que había hecho. El peso de la conciencia, la conversación previa con Robert, la instaban a hacerlo, pero se temía que, si Javier lo que estaba haciendo era planear alguna estratagema, lo usaría contra ella. En un lapso de lucidez se acusó a sí misma de pensar barbaridades de Javier. Él era psiquiatra y, además, quería lo mejor para ella. La había ayudado en lo que había podido cuando habían estado juntos, atravesando momentos realmente difíciles. Así que, finalmente, Sonia lo confesó.

—He estado sedando a Juan —dijo, mientras seguían camino.

—¿Qué estás diciendo? A ver, aclárame eso.

Estaban llegando en aquel momento a la señal que ordenaba apagar los móviles. Quedaba medio camino para llegar al MAGIC-II.

—Pues eso, que... bueno, decidí de alguna manera cobrarme lo de los anticonceptivos. Empezó a tener dolores de cabeza y se tomaba algún somnífero para poder dormir mejor. Así que empecé a ponérselos, en polvo, en la cena. Eso hacía que descansara mejor y también que Robert estuviera más tiempo conmigo.

—¿Más tiempo contigo? ¿Qué quieres decir? ¿Te has enamorado de un sonámbulo?

—Algo así. El problema es que se despertaba, y yo llegué a no soportar tenerle cerca. Hablo de Juan.

—Lo entiendo.

—Entonces puse somníferos en la comida. Y ahora en el desayuno. Técnicamente Juan está dormido todo el tiempo. A cambio, Robert siempre está despierto.

—Sonia, aparte de la completa locura que suena, desde fuera, que estés liada con un tipo dormido, que estés siéndole infiel a tu marido con él mismo, por mucho que digas que es diferente, que es otro, y aceptando eso como hipótesis, los barbitúricos son peligrosos. Te pasas un poco y tienes al otro en coma. O algo peor.

—Eso me dijo él.

—¿Quién?

—Robert.

—¿Se lo has contado?

—Sí.

—¿Y qué más te dijo?

—Que lo que hacía no estaba bien. Que podría matar a Juan.

—Bueno, la prueba de que no está muerto es que sigue vivo, caminando. Porque... el tal Robert sigue en pie, ¿verdad?

—Cuando salí del observatorio, sí. Estaba haciendo correcciones en los resultados de los experimentos. Javier, es mil veces más brillante e intuitivo que Juan. Sabe más que él. Lo hace todo mejor que él.

—No sé si quiero oír eso.

—Hasta es más... viril.

—Eso tampoco.

—Es una de las personas más inteligentes que conozco. Qué digo. El ser más inteligente que he conocido.

—Sonia, es Juan, o bien otra faceta de Juan, no puede ser otra cosa. ¿Y cuándo fue la última vez que le diste somníferos?

—Esta mañana.

—¿Cuántos?

—Tres pastillas.

—Madre mía. ¿Y no se ha dormido?

—Al contrario. Está más activo que nunca. Diría que le estimulan.

—Eso no puede pasar. Nadie con tres pastillas de somníferos en el cuerpo puede permanecer de pie mucho tiempo. Tiene que quedarse dormido. Necesariamente.

—Pues así es.

—¿Qué te ha contado sobre sí mismo? ¿Sobre sus orígenes?

—Que viene de otro mundo. El mundo de los sueños.

—Vale, pues que te diga en qué jodida facultad del reino de los sueños dan títulos en física. Si es tan listo, es que lo tiene.

—Eso mismo le pregunté.

—¿Qué te dijo entonces?

—Que no lo recordaba.

—Que no lo recordaba... ¿Lo ves? Ahí está. Cuando les haces preguntas comprometedoras, sin respuesta en su mundo delirante, ponen excusas. Es una especie de Juan que no es Juan, pero que en el fondo sí lo es. A lo mejor es un Juan desinhibido, el Juan que yace debajo de los prejuicios, los miedos, las fobias que esconde tu marido, y que todos escondemos de los demás. Tú eres una persona vivaz, alegre, brillante e ingeniosa, pero durante mucho tiempo de tu vida lo ocultaste, porque tenías losas, cosas en tu vida, en tu pasado, en tus recuerdos, que te impedían ser como eras en realidad. A lo mejor el tal Robert es solo la expresión radical de esa personalidad reprimida.

—¿Me quieres decir que Robert no existe?

—Claro que existe; lo que digo es que Robert es Juan sin inhibiciones, sin miedos.

—Entonces ¿por qué se manifiesta en sueños? ¿Por qué sustituye a Juan?

—No lo sé, Sonia. No tengo ni idea. Es lo que más me preocupa de todo esto.

—Le amo.

—Te has enamorado de un fantasma, perdona que te lo diga.

—No sé si debería estar contándote esto.

—Sí. Es lo mejor que puedes hacer, créeme. ¿Cuál es su actor favorito? El de Juan.

—Robert de Niro.

—¿Ves? Hasta ha copiado el nombre de su actor preferido. Robert es quien Juan quiere ser, es el hombre en quien él se quiere convertir, y esto es importante, Sonia: si se ha transformado en él, en ese otro, es porque lo quiere hacer por ti. Es un acto de amor. Aunque sea totalmente inconsciente. Con su mente despierta o dormida quiere hacer todo lo posible por que vuestra relación funcione. ¿Le has preguntado cuándo y dónde nació?

—Me dijo que nació cuando abrió los ojos y me vio a mí. Es lo más bonito que he oído.

—Sí, es bonito. Pero es una evasiva. No puede decirte dónde ni cuándo nació, porque no es alguien real.

—No puede ser.

—Lo que no puede ser es que te suelte que viene del mundo de los sueños y tú encima te lo creas.

—Hay muchas cosas que no sabemos, Javier.

—Que eso lo diga yo, vale. Pero que lo digas tú, una física que está a punto de cambiar la historia de la ciencia, perdona que te lo diga, pero no. Creo que estás engañándote, y ya no eres una adolescente, Sonia. Estás aplicando un sesgo cognitivo, y ni te das cuenta de ello.

—¿Qué puedo hacer, Javier?

—Por de pronto dejar de meterle en el cuerpo somníferos a Juan. Quiero ver la caja en cuanto lleguemos. En serio, puedes joderle vivo si no vas con cuidado. ¿Cuántos dijiste que le metiste hoy? ¿Tres?

—Sí.

—Joder. Si son de los grandes, si es un sedante potente, y hablamos de medio gramo a un gramo por pastilla, eso dormiría a un caballo. Te has pasado tres pueblos. Uno por pastilla.

—Necesitaba tenerle a mi lado. Lo ha cambiado todo. Ha cambiado el experimento. Me está cambiando a mí.

—Sonia, deja de inventarte excusas, por favor.

El telescopio estaba ya ante ellos. Se acercaron al habitáculo.

—Prométeme que no harás ninguna barbaridad —le dijo Sonia.

—¿Barbaridad? ¿Por quién me tomas? Parece que no me conozcas. Solo quiero intentar un diagnóstico, Sonia. Me preocupa tu seguridad por encima de todo. A lo mejor no te lo crees, a lo mejor estás abducida por tu propia invención. No es extraño. Y no te lo reprocho.

—Por favor, Javier.

—Vale. Tranquila. Sé lo que me hago. Lo voy a mirar todo con ojos limpios. Sin prejuicios.

Sonia abrió la puerta del habitáculo y entraron juntos.

Sonaba en aquel instante y por primera vez el viejo teléfono negro de baquelita que estaba fijo a un lado de la pared de la cocina. Apenas se había fijado en él hasta aquel momento. Era el que les conectaba por línea telefónica con el Herschel. Sonia descolgó nada más entrar en el habitáculo.

—¿Diga? —dijo, haciendo a Javier una señal para que aguardara.

—Hola, vecina —sonó un simpático acento británico femenino al otro lado del auricular.

—¿Quién eres?

—Tricia, vuestra vecina astrónoma favorita, buscando exoplanetas habitables.

—Ah, hola, Tricia. ¿Va todo bien? —preguntó un poco extrañada puesto que se acababan de ver.

—Oh, sí, un poco aburrido, pero bueno. Mirando atmósferas, conjunciones, espectros... en fin, ya sabes, la rutina.

—¿Algún éxito por ahora?

—Estamos a punto, refinando la algorítmica. Pero creo que tenemos un par de candidatos muy interesantes. Naturalmente, no puedo decirte mucho más, no sea que mis jefes me maten. Que por cierto los tenemos de visita por aquí hoy.

—Bueno, suerte, a ver si encontráis algo pronto.

—¿Y vosotros?

—Pues igual, mejorando la algorítmica como podemos. Es el secreto del éxito.

—La verdad es que sí. Mira, Sonia, llamaba por dos cosas. La primera, que mi compañera Anna está muy pesada con que nos des el teléfono de tu amigo Javier. A ver si se puede conseguir.

—Lo intentaré —dijo Sonia, sonriendo y mirando a Javier, que no comprendía lo que pasaba.

—Y también estaba pensando en darme un salto por vuestro telescopio mañana, tengo una pequeña excursión pendiente con vosotros. ¿Os viene bien? No quisiera molestar. Quería comentártelo antes, pero se me olvidó.

—Claro, nos encantaría. Por supuesto.

—Intentaré pasarme. Por cierto, según las previsiones que nos acaban de llegar, viene una borrasca bastante grande sobre la isla. Aquí arriba habrá un poco de viento esta tarde y noche. Te lo digo por si sales, puede ser un poco peligroso. A veces las rachas son realmente fuertes.

—Ah, gracias. No lo sabía.

—Bueno, nos vemos mañana.

—Perfecto. Hasta luego.

Sonia colgó el auricular. Miró a Javier un instante.

—Una de nuestras vecinas, que quiere venir de visita.

—Ah, estupendo.

—Vendrá mañana. Quieren tu teléfono.

—¿Me enseñas las pastillas, por favor? Las que has usado, ya me entiendes —dijo Javier, sin prestar atención a lo que acababa de decirle Sonia.

Ella asintió. Abrió el botiquín y sacó de él la caja de somníferos, que mostró a su amigo. Este las miró, sorprendido.

—Joder, son fuertes.

Ella le miró y se encaminó hacia la escalera.

—Ahora vuelvo —dijo.

46

Sonia subió a la sala de control, donde Robert estaba concentrado todavía en el trabajo de generación de esquemas visuales. Le enseñó orgulloso las pantallas que tenía ante él.

—He elaborado gráficas en tres ejes de coordenadas. Son las que dan una mejor lectura.

—Robert, Javier está abajo.

—Ah, estupendo —dijo con su voz grave y serena.

En la cocina, Javier no daba crédito. Los barbitúricos que usaba Sonia con Juan eran realmente potentes. Una dosis de tres pastillas podía poner fácilmente en coma a una persona. Cuando ella bajó de la sala de control, seguida de Robert, tuvo que contenerse, pero la miró con ferocidad censora. En sus ojos se leía «¿Cómo has podido?». Ella se encogió de hombros, comprendiendo su mensaje gestual. Después de todo eran los únicos somníferos disponibles en el botiquín, y fue el propio Juan el que recurrió a ellos en un primer momento.

El trío se miró en el espacio de la cocina durante unos segundos de incómodo silencio, que rompió Javier.

—Hola, Robert —dijo, enfatizando el nombre—. Espero que todo vaya bien.

—Sí, muy atareados; estamos en las fases finales del experimento y hay que ordenar toda la documentación. Esto del trabajo científico es sobre todo cuestión de poder catalogar bien y ordenar los datos.

—Imagino que es así.

—Voy a poner algo de café descafeinado a calentar —dijo Sonia—. ¿Quieres té, Javier? Siempre lo has preferido.

—Si es posible, sería estupendo.

—Tengo té chai.

—Perfecto para mí. Y dime, Robert, ¿cómo va el trabajo?

—Bueno, no sé si tienes algunas nociones de física.

—Ninguna. No sé si lo sabes, pero soy psiquiatra. Recuérdalo —dijo, con algo de impertinencia.

—Ah, vale. Es cierto. Entonces puede que te suene un poco a chino todo esto.

—En cualquier caso, inténtalo. Algo me ha contado Sonia, de todas formas.

—Estamos buscando una nueva partícula que sería la que formaría el 90 por ciento del universo. Se llama materia oscura, y también energía oscura. Energía y materia son dos aspectos de la misma moneda, dos caras. La energía es materia digamos que liberada, y la materia es energía condensada.

—O sea, que la mayor parte del universo está hecha de algo que no se sabe lo que es. —Javier miraba a Robert y estudiaba sus más mínimos movimientos.

—Correcto —dijo Robert—. Pues para encontrar esta partícula misteriosa solo se pueden usar esos trastos, los aceleradores de partículas, como el LHC, que está en Ginebra, que es un trasto enorme.

—He leído noticias sobre él.

—Con él encontraron el bosón de Higgs. El problema de los aceleradores es que tienes que tener muy claro lo que buscas, o si no, no encontrarás nada. Nosotros estamos buscando una serie de efectos indirectos que nos van a indicar con una precisión muy alta cómo sería esa partícula misteriosa. No se la puede ver directamente, pero sí podemos ver ciertas radiaciones causadas por ella, llamadas «rayos gamma».

—Entonces por esos rayos podréis tomar unas medidas para saber cómo es exactamente esa partícula misteriosa, ¿no? —preguntó Javier.

Sonia no apartaba los ojos de Javier, temiendo que en cualquier momento hiciera alguna barbaridad, como saltar sobre Robert. Él, tenso, le dirigía alguna mirada severa mientras observaba a Robert, más pendiente de su lenguaje no verbal que de sus palabras, temiendo que fuera él quien le atacara en cualquier instante. El objetivo del psiquiatra era desentrañar cómo pensaba Robert, si todo en su mente era un delirio o si sus razonamientos eran los de un científico, y por tanto, los de Juan. La situación era de enorme tensión, pero Robert parecía no darse cuenta de ello.

—Correcto. Es un poco más complicado, porque tampoco se ven directamente esos rayos gamma, sino otras partículas creadas en la atmósfera al chocar esos rayos con los átomos de gas de nuestra estratosfera, pero simplificando, gracias a esos rayos sabremos todas las características de esa partícula misteriosa con una precisión de una centésima parte de una trillonésima. Pasaremos esos datos luego al LHC y entonces sí sabrán lo que buscar. Y si encuentran la partícula, nuestra teoría se confirma de forma absoluta.

—¿Y si no?

—Bueno, entonces habrá que seguir buscando, pero casi seguro que la encontrarán en cuanto les pasemos ese retrato robot que estamos haciendo, por llamarlo de algún modo. Porque de forma indirecta estamos viendo la partícula en esos rayos gamma, de la misma manera que vemos esos rayos gamma, sin verlos en realidad, por las partículas que se generan al chocar aquellos contra los átomos del aire. Vamos, que con total seguridad la estamos identificando, no es un espejismo ni mucho menos. Lo del LHC será al final un mero trámite, una confirmación. Al menos, esa es la idea.

—Caray, qué interesante. ¿Ves, Sonia? Él me lo ha explicado mucho mejor que tú.

—Te dije que lo hacía todo muy bien —aseveró ella, sonriendo.

—Entonces ¿dónde estudiaste, Robert? —disparó Javier.

—¿Yo? —Claramente Robert no se esperaba una pregunta así.

Sonia se sintió muy incómoda; mientras, la cafetera empezaba a humear. También había puesto en la cocina agua a hervir para el té.

—Sí. Tú.

Robert, repentinamente tenso, se quedó mudo durante unos instantes. Parecía que intentara recordar, y que le costara mucho hacerlo.

—En una universidad... una universidad...

—¿Cuál?

Sonia tragó saliva.

—Sí —dijo satisfecho, como si por fin se acordara—, en la Universidad Complutense. Soy físico, y luego me especialicé en astrofísica.

Javier miró significativamente a Sonia. Sabía que era la misma universidad donde Juan y Sonia, y él mismo, habían estudiado, y donde él había conocido a Sonia.

—Y, Juan...

—Robert —interrumpió, con cierta tensión en la voz.

—Sí, perdona. Robert, ¿qué tal van las jornadas de trabajo? ¿Duermes bien?

—No duermo —dijo con absoluta calma.

—¿No... duermes?

—No. En realidad no sé lo que es dormir, al menos no exactamente. Cuando este cuerpo duerme, yo desaparezco.

Javier se mantuvo frío; ahora sí que se enfrentaba directamente con el delirio. Nadie en su sano juicio diría algo así.

Sonia sirvió el café con pulso levemente trémulo. Para moverse y hacer algo con las manos, Javier cogió el agua, que ya hervía, y la sirvió en una taza, mientras Sonia ponía una caja con sobres de té chai en la mesa, mirándole con una enorme tensión.

—¿Desapareces? Nadie desaparece, Robert. No se puede desaparecer.

—Es cierto. La energía ni se crea ni se destruye. Solo se transforma. En realidad, viajo. Esa es una mejor respuesta. Supongo que es más realista. Aunque «realismo» no es un término exacto.

—¿Adónde viajas?

—Es un lugar cercano pero lejano, el lugar de donde vengo.

—¿Está aquí?

—Sí y no.

—¿Estudiaste allí?

—No. En la Complutense, ya te lo he dicho.

—Pero si vienes de ese lugar que está aquí pero no está...

—Eso es un poco borroso para mí. No me lo había planteado hasta ahora. —Robert parecía repentinamente aturdido.

—Está bien. Es interesante saberlo, no pasa nada. Porque cuando tú te vas, ¿quién está?

—¿Dentro de esta persona, te refieres? ¿De este cuerpo? —Robert se señaló a sí mismo.

—Yo no lo habría podido expresar mejor —dijo Javier, sorprendido por la franqueza con la que Robert se expresaba, una franqueza que sobre todo le resultaba enormemente inquietante.

—Bueno, entonces entra otro.

—¿Quién es?

—El otro.

—El otro. Comprendo. ¿Tiene nombre?

—No lo sé. Creo que me lo han dicho, pero se me ha olvidado. Se me olvidan ciertas cosas.

—A veces olvidamos cosas porque no queremos recordarlas.

Javier empezaba a identificar el cuadro clínico que tenía delante de forma indirecta. Podía sonarle a amnesia episódica o tiempo perdido, una patología relacionada precisamente con las personalidades disociadas, pero sobre todo con brotes psicóticos. Una luz de alarma se encendió en su cabeza.

—Es muy interesante eso que dices. ¿Y de alguna manera tú duermes, descansas, cuando ese otro está al mando de ese cuerpo?

—No. No lo sé. Sueño. Estoy en el lugar del que vengo.

—Ese que está lejos pero cerca.

—Ese mismo.

—Un mundo de sueños, sin reglas claras, ¿no?

—Eso es. Buena apreciación.

—¿Naciste en ese mundo?

—Nací en Madrid.

—Entonces no vienes de ese mundo.

—No lo sé.

—¿Estás siendo sincero en tus respuestas?

—Claro, no podría ser de otra manera.

—Son muy interesantes.

—Me alegra que lo sean para ti. Yo no miento —dijo Robert con tranquilidad.

Javier tomó un sorbo de su té.

—Así pues... estudiaste en la Complutense. ¿Cuál fue tu tesis?

—Bueno, sigo en ello, en realidad es esta, la que estamos corroborando con este experimento. Todo este proyecto es mi tesis doctoral. Y la suya —señaló a Sonia.

Javier miró intensamente a Sonia, que tomó un sorbo de su café, tensa. Sabía que tanto Sonia como Juan tenían como tesis precisamente aquella investigación. Era indudable que aquella personalidad usaba de alguna manera partes de los recuerdos de Juan, aunque no se identificaba en absoluto con él.

—Y en el lugar del que vienes ¿también tienes cosas que hacer? Quiero decir, familia, investigaciones, estudios.

—No. Allí no hay cosas como esas.

—¿No?

—Es difícil de explicar. Allí no ocurren las cosas, se sueñan. Es un lugar que no es lugar en un tiempo que no es tiempo. No hay dimensiones, ni objetos, pero sí están todas las dimensiones y todas las cosas. Es el lugar hacia el que los soñadores viajan cuando sueñan, un sitio en el que todo ocurre y nada ocurre. Sin espacio, con espacio, sin y con a la vez. No se puede explicar con vuestro lenguaje. Es algo que se experimenta.

—¿Y podríamos experimentarlo nosotros?

—Claro. Cada vez que os quedáis dormidos vais allí. Aunque solo veis una parte de ese lugar. Digamos que una sombra.

—¿Y tú naciste en ese lugar?

—Como te dije, no existe el pasado ni el tiempo en ese lugar; las cosas o las personas no son creadas allí, entran y salen y de alguna manera siempre han existido allí, porque allí no hay tiempo. No he nacido porque en el lugar del que provengo no se nace. Existes, simplemente. Sin más. Ya te dije que es un lugar que no es lugar en un tiempo que no es tiempo.

—Dijiste una vez que naciste cuando abriste los ojos, hace poco.

—Como todos los seres. Los que tienen ojos, claro.

—Y cuando la viste a ella.

Sonia miró a Javier con reproche, por sacar a colación algo que ella le había revelado como un detalle íntimo.

—Sí, entonces sí que nací —dijo, mirando intensamente a los ojos a Sonia y sonriendo.

—Es un bonito piropo —comentó Javier.

—Es la verdad. Yo no miento. Solo digo las cosas que siento, cuando las siento.

—Tu lenguaje es muy peculiar. Hablas muy bien, pero a veces unes las palabras de una manera que resulta poco común. Es como si vinieras de un lugar lejano, ciertamente.

—Es que estoy poco acostumbrado a utilizarlas. A ti te gusta —le dijo a Sonia—, me lo has dicho. Y también me has dicho que enseguida he mejorado.

—Sí —asintió ella.

—Entonces no eres Juan —quiso asegurarse Javier.

A Robert no le gustaba hablar de Juan, se le notaba. Se ponía tenso con solo oír aquel nombre. Su rostro adquiría un rictus de disgusto.

—Soy Robert.

—Pero Juan existe.

—Todos existimos.

—Juan es quien vivía, o vive, en ese cuerpo en el que estás ahora.

—Ahora no lo hace. Ahora mismo, quiero decir. Luego, quién sabe.

—¿Sabes dónde puede estar ahora?

—En el lugar del que vengo.

—¿Ese mundo de los sueños?

—Te he dicho que cuando sueñas vas allí. Él está allí ahora.

—¿Y cuánto tiempo permanecerá en ese lugar?

—No lo sé. Hasta que se despierte, supongo.

—¿Eso no te preocupa?

—No. Yo no soy Juan.

—Pero los dos compartís su cuerpo.

—No es suyo ahora. Y ya no lo compartimos.

—Entonces ¿Juan no regresará?

—No, si no quiere ella. Mientras él duerma, no. Y ella le hace dormir.

Javier se quedó mirando fijamente a Sonia con una expresión de alarma.

—¿Y ella quiere que vuelva? —insistió Javier.

—No.

—¿Y tú?

—Claro que no.

—Pero Juan nació en ese cuerpo. Es suyo. Digamos que si existe un concepto de propiedad de los cuerpos, tú eres, en cierta medida, un okupa. Él estaba antes.

—Yo sé usar este cuerpo mejor que él. Hago las cosas mejor. Pienso mejor. Soy mejor en este cuerpo.

—Bueno, nadie compite contigo. Juan no está compitiendo contigo, ¿no?

—No —dijo Robert, dudando. Miró un instante a Sonia, y se lo pensó de nuevo—. Sí. Competimos.

—¿Por qué?

—Por ella —señaló a Sonia.

—¿Quién gana por ahora?

—Yo.

—¿Eso te parece bien?

—Sí.

—Pero a lo mejor, si Juan está mucho tiempo en el mundo de los sueños, entonces ya se quedará allí y no regresará, y tú te podrás quedar aquí definitivamente.

—Esa es la idea.

—¿Para siempre?

—Claro. Estoy con ella. Con ella soy feliz. Y ella es feliz conmigo.

—Juan.

—Mi nombre es Robert.

—Juan no te gusta, ¿verdad?

—No.

—¿Por qué?

—Porque no es bueno para ella. No le da lo que necesita.

—Todo lo condicionas a ella.

—Ya te expliqué que yo nací al mirarla.

—Entonces tu existencia cobra sentido en función de Sonia.

—Creo que así es.

—Y sin ella no existirías.

—Probablemente no.

—Y sin Juan, tampoco.

—Juan no es necesario. Yo existo sin Juan.

—Robert, nos has contado que has estudiado en la Complutense y que tu tesis doctoral es justamente la de este experimento, ¿no es así?

—Es correcto.

—¿Cómo se llama tu director de tesis?

—James Henrikson.

Javier miró a Sonia, que hizo una leve afirmación.

—Mira qué interesante, Robert. Esas tres cosas le pasan a Juan. Y como comprenderás, no puede haber dos tipos haciendo la misma tesis en este mismo lugar con Sonia. Son ella y Juan.

—Eso es falso. En mi mundo sí puede pasar. Yo soy la prueba. Es un lugar que no es lugar en un tiempo que no es tiempo.

—¿Qué pasará si Juan regresa?

—Juan no va a regresar.

—¿Por qué?

—Porque yo no quiero que regrese.

—Antes decías que era decisión de Sonia.

—Yo tampoco quiero que regrese.

—Al parecer está dormido porque Sonia te ha dado somníferos. Eso le mantiene a raya. ¿Es correcto lo que digo?

—Sí. Es correcto.

—¿Te parece bien eso?

—En cierta medida no, no quiero que se haga daño a Juan, porque no es necesario.

—¿Puedes mantenerle en ese mundo del que hablas?

—No.

—Pero deseas estar en este mundo a su costa.

—Así es.

—Eso no está bien.

—Eso es lo que va a ser.

—No tienes derecho a hacerlo.

—Que yo sepa, nada lo impide.

La situación se había puesto tensa inesperadamente. Robert estaba ruborizándose y los tendones se marcaban en su cuello. Era como si estuviera manteniendo una gran lucha interior, como si una enorme tensión le hubiera invadido.

—¿Te sientes bien, Robert?

—Sí. Estoy bien.

—Entonces me podrás decir una cosa.

—¿Qué quieres que te diga?

—Te voy a proponer un escenario posible, ¿de acuerdo?

—De acuerdo.

—Como si fuera un cuento, ¿vale?

—Vale.

—Imagina que estás con Juan en una isla desierta en la que

no hay comida ni agua potable, y que tenéis una barca en la que solo cabe uno de vosotros. Una barca en la que se puede escapar de allí. El que se quede en la isla, morirá. El que coja la barca, al menos tendrá la oportunidad de navegar hasta encontrar un lugar habitado o ser encontrado por una embarcación que le recoja, con la promesa de que volverá a rescatar al otro con total seguridad. No podéis ir juntos. Uno se tiene que quedar en la isla. ¿Qué harías para solucionar ese problema?

—Mataría a Juan.

Javier se quedó paralizado. Casi se le cayó de las manos la taza de té.

—¿Puedes repetirlo?

—Le mataría.

—¿Por qué?

—Para coger la barca. Estamos en una isla, solos. Nadie va a verlo. Y él sobra. Yo tengo que sobrevivir.

—¿Por qué tienes tú que sobrevivir?

—Porque en mi destino me esperan.

—¿Te esperan, Juan?

—Robert —dijo Robert con un tono y una mirada que podría dar miedo al más pintado.

—¿Quién te espera? —insistió Javier.

—Sonia. Sonia me espera —dijo, señalándola con la cabeza.

—Entonces matarías a Juan en ese escenario que te he sugerido.

—Sí, y usaría su carne para alimentarme, aumentando de esa manera mis probabilidades de sobrevivir si la travesía en la barca es muy larga.

—Gracias, Robert, ha sido muy interesante.

—¿Lo he hecho bien, Javier?

—Estupendamente.

Javier miró a Sonia un momento. La joven comprendió el mensaje. Le estaba pidiendo hablar con ella a solas.

—Robert, si quieres, sube un rato más para seguir con el

trabajo —le dijo ella—. Nosotros prepararemos algo para cenar. ¿Te parece bien? Cuando esté todo, te avisaremos.

—Estupendo. Creo que hoy puedo terminar todo el repaso de los gráficos. Está quedando realmente bien, y la precisión de la centésima parte de la trillonésima ya está conseguida. Técnicamente, el artículo se podría publicar ya, tal cual está. Las observaciones que nos quedan servirán de confirmación, ya que la precisión no se puede aumentar más, es un asunto de limitación de la capacidad de nuestra tecnología actual.

—Genial entonces. Si quieres, ponte un rato en ello y así lo terminas.

—Eso haré.

Robert se levantó de la silla y subió las escaleras hacia la sala de control. Javier miró a Sonia con expresión grave. Le indicó, en silencio, que salieran al exterior a hablar.

Eran las seis y media de la tarde, y el sol se estaba poniendo sobre el mar de nubes. Sonia y Javier salieron fuera de la vivienda y empezaron a pasear alrededor del telescopio, que permanecía detenido, a la espera de que cayera la noche. Se estaba levantando un viento bastante desagradable.

—Joder, pinta mal la tarde —comentó ella—. Me comentó Tricia que hay una borrasca acercándose a la isla.

—Tú misma lo has oído, Sonia —dijo Javier, desentendiéndose del viento—. Por eso quería que estuvieras presente.

—Sí.

—Le mataría. Odia a Juan. Se pone tenso con solo nombrarlo. Le ensucia la boca. Si pudiera, lo escupiría.

—¿Qué has logrado con todas esas preguntas? No lo tengo claro.

—He intentado sonsacar información en un interrogatorio sencillo, pero no ha hecho falta mucho más. Es una persona incompleta, Sonia. Tiene partes de Juan; de alguna manera es Juan, pero ha suprimido los aspectos de él que no le gustan y se ha cambiado el nombre. Juan no quiere ser Juan. Tiene demasiadas cosas, demasiados asuntos pendientes en su personalidad. Debe de ocultarte muchas cosas, o bien eso cree. Y desea eliminarlas. Pero el problema no es ese, o no es solo ese. Robert está loco, Sonia. Nadie puede afirmar que viene del mundo de los sueños y decir tranquilamente que mataría a su rival en un ejemplo del dilema del prisionero, que es lo que le he planteado, para luego comérselo. Su solución es de depredador. Asesinas al otro, no hay testigos, y lo usas como fuente de proteínas. Eso lo dijo bien claro. Si no hubiera dicho eso, sería una respuesta infantil, de alguien que no sabe lo que es la muerte. Pero él lo sabe bien. Es consciente de lo que es asesinar. Sonia, Robert es un adulto incompleto. Un remedo de un ser humano.

—¿Qué es entonces? ¿O quién?

—Alguien con un síndrome esquizofrénico, un estado psicótico. Y eso le convierte en alguien realmente peligroso. Sonia, lo siento, tengo que llevármelo a una institución a que le vigilen. Es de la máxima urgencia que lo haga. Aquí hay un sitio en el que puede estar un tiempo, pero está pensado solo para internamientos de unos pocos días. Tengo que pedir permiso en Tenerife, o buscar un lugar por Madrid. Robert puede causar daños a los demás en cualquier momento.

—No lo ha hecho hasta ahora.

—Pero lo hará. Créeme. Sonia, tú sufres una especie de síndrome de Estocolmo. Estás enamorada de él, tienes un flechazo, y le idealizas. Él de alguna manera lo sabe y potencia las cosas que ve que te gustan de él. Es Juan negándose a sí mismo, intentando repetir su historia contigo, esta vez bien, mejor escrita, mejor vivida. Quiere reescribir el guion de vuestra vida.

—No tengo ningún síndrome de Estocolmo, Javier. No me insultes. Soy perfectamente consciente de lo que está pasando.

—No niego que lo seas, Sonia. Solo que tienes visión de túnel. No ves nada más que lo que quieres ver. Estás en peligro, y no lo voy a consentir. O salgo de aquí contigo, o salgo con él. Elige.

Sonia dio un paso atrás. El viento alrededor empezó a soplar con una fuerza que resultaba ya desagradable. Sonia recordó lo que le había explicado José sobre los temporales de vientos alisios que a veces azotaban la isla.

—Hay una tercera opción —le dijo a Javier.

—¿Cuál?

—Que te vayas ahora mismo y nos dejes en paz.

—Eso no se contempla, Sonia. No te voy a dejar en tal peligro.

—No existe ese peligro, Javier, créeme.

—Es un enfermo mental, con ramalazos graves de distorsión de la realidad. Son cuadros de gran violencia. Esta gente mata, Sonia.

—Por ahora, que yo sepa, eso no ha ocurrido. Lo habría notado, créeme —replicó ella con sarcasmo.

—¿En serio te quedarías aquí viviendo con alguien que podría estar sonámbulo de manera indefinida y que dice que viene del mundo de los sueños?

—De hecho es lo que he venido haciendo desde hace casi un mes y medio, y no me ha pasado nada.

—Sonia, no voy a discutir contigo. Me lo llevo al coche. O te llevo a ti. Y... —pensó un instante—. ¿Sabes qué? Creo que lo mejor para ti es lo segundo.

Javier cerró su mano en la muñeca de Sonia.

—¿Qué coño haces?

—Voy a sacarte de aquí.

—¡Suéltame!

Javier arrastró a Sonia, alejándola de allí mientras el sol teñía el cielo de rojos intensos y el viento, que ya era huracanado, los azotaba violentamente.

—¡Javier, no puedes hacerlo, estamos acabando el experimento! ¡Es demasiado importante!

—¡Más lo es que sigas viva! ¡No se conceden premios Nobel a título póstumo!

Caminaron unos metros, en los que ella forcejeó con Javier. El avance prosiguió hasta que él recibió una pedrada brutal en la cabeza que le hizo caer al suelo de bruces.

Era una piedra gruesa, de medio kilo, que rebotó en su cráneo. En su caída, Javier soltó a Sonia. Aturdido por la conmoción, se puso de rodillas y empezó a levantarse como podía mientras Sonia se alejaba de él dos pasos, tapándose el rostro con las dos manos.

Javier se palpó la cara con cuidado. Tenía la nariz rota, y su rostro empezaba a enrojecerse e hincharse. En cuestión de segundos su cara se cubrió de sangre, que manaba de su frente. Salía en tal cantidad que enseguida empezó a empaparle la camisa. Tenía el cuero cabelludo desgarrado y por él se podía ver la blancura obscena del cráneo. El viento era tan fuerte que la sangre que bajaba por su rostro era arrastrada por su piel, dibujando filigranas caprichosas en su semblante.

En dos pasos una figura alta surgió del contraluz solar. Llevaba una gruesa piedra en la mano derecha, con la que asestó un segundo golpe terrible en la cabeza de Javier. La piedra se llevó con ella un trozo de su cráneo y saltaron chispas, como si fuera pedernal.

Conmocionado y cubierto de sangre, Javier se giró y descubrió a Robert. Sonia lanzó un grito, aterrorizada. Javier sabía que no tenía muchas opciones, así que se enfrentó a aquel hombre, que de repente parecía mucho más alto y fuerte de lo que se suponía que era en realidad. En su estado de confusión, Javier pensó si ella no tendría razón y realmente Robert hacía cambiar a Juan físicamente. El aspecto de su agresor era imponente. Así y todo, le plantó cara y le dio un vacilante derechazo en la mandíbula.

—¡Por favor! ¡Quietos! ¡Detente, Robert! —chilló Sonia.

En silencio, Robert asestó otro golpe con la piedra que llevaba en la mano. Esta vez una cuarta parte del cráneo de Javier reventó, saltando por los aires, con seso, cuero cabelludo triturado y fragmentos de hueso esparciéndose en un surtidor que el viento convirtió en una especie de aerosol de briznas.

Javier cayó otra vez mientras su consciencia se evaporaba al desaparecer el cerebro que la sostenía, y se dejó ir hacia atrás. En cuclillas, Robert se inclinó sobre él, y nada más la cabeza de Javier tocó el suelo, empezó a golpearla con la piedra que llevaba en la mano con una violencia salvaje. Sonia empezó a gritar, espantada, sin poder contenerse.

Al tercer golpe, el cerebro de Juan no existía ya. Al séptimo la cara del psiquiatra había sido reducida a un amasijo de carne y huesos pulverizados. Al décimo, la piedra ya golpeaba el suelo rocoso, pues todo lo que había sobre el cuello de Javier era pulpa. Solo quedaba la mitad de su mandíbula inferior adherida a él.

Sonia gritaba con todas sus fuerzas en medio del vendaval que había invadido el Roque. No podía articular palabras, solo gritar. Un sonido espantoso surgía de su garganta, y le dolía, le dolía muchísimo. Sentía que su tráquea iba a reventar. Robert, cubierto de sangre y restos de Javier, la miró un instante, la agarró de la mano derecha y, sin decir palabra, la arrastró de vuelta hacia el habitáculo.

Tras ellos, el MAGIC-II había empezado a moverse, a bailar su danza peculiar con la Vía Láctea, ajeno al horror que ocurría a sus pies y al viento salvaje que golpeaba el paraje.

Robert arrastró a Sonia a la cocina. Con una fuerza brutal, la elevó por el aire y la depositó en una de las sillas. Cogió de la encimera una bolsa con bridas de plástico, de las que se usan para unir haces de cables, y con una de ellas aprisionó las dos muñecas de Sonia una contra la otra, atándolas a una pata de la mesa con una segunda brida. Ella lanzó un grito de dolor. La presión era insoportable.

Entonces Robert salió al exterior. Ella se quedó paralizada, horrorizada, incapaz de pensar con claridad.

En los alrededores del telescopio, donde el viento arreciaba, Robert cogió el cuerpo decapitado, lo elevó en el aire agarrándolo por un muslo, con una fuerza inusitada, se acercó con él de aquella guisa al borde del abismo y lo dejó caer.

A continuación regresó a la vivienda y se dirigió a la cocina. Miró a Sonia que, muerta de miedo, no podía articular palabra. Horrorizada, vio cómo Robert se acercaba al botiquín, sacaba varios somníferos del blíster y se los metía todos en la boca. Los masticó, mirándola fijamente, cubierto de sangre, y se los tragó. Acto seguido, se dio la vuelta y subió las escaleras hacia la sala de control.

Sonia se quedó en silencio durante varios minutos. De repente, lanzó un grito ahogado, luego otro, y otro. Solo podía hacer eso. Gritar. Gritó y gritó. Solo vivía en aquel momento para gritar. Respiraba para gritar. Cada inhalación era para construir un grito que le desgarraba la laringe. Gritar. Gritar. Para sacarse de dentro aquel recuerdo espantoso. Había visto cómo Robert destrozaba el cráneo de Javier. No lograba sacarse aquella imagen atroz de la mente. Por eso gritaba, gritaba y gritaba.

En la sala de control, Robert estaba elaborando los últimos gráficos del estudio. Su rostro estaba cubierto de cuajarones de sangre, restos diminutos de hueso desmenuzado y sesos. El viento hacía vibrar toda la estructura prefabricada de la vivienda.

—Queda poco, queda poco, un par de variables y lo tenemos; entonces seremos libres —murmuraba de forma casi imperceptible.

Abajo, Sonia gritaba, y gritó hasta que, hiperventilando, perdió el sentido y cayó de la silla al suelo, quedando como un guiñapo, tendida en el parquet de la cocina.

Y por pura piedad de su psique, se quedó completamente dormida.

47

—Este es mi mundo.

La voz profunda resonó en su mente cuando abrió los ojos. Estaba desnuda, de pie, en medio de una enorme pradera. Miró a su alrededor, la hierba se extendía por todos lados.

—¿Te gusta?

Sonia miró a su derecha, y Robert le tendió la mano, sonriendo. También estaba desnudo, como ella, y tenía una erección.

La joven se echó a reír y cogió la mano de él. Aquello de las erecciones parecía su estado natural.

—¿Ves como no te mentía? Aquí puede pasar cualquier cosa —le dijo.

Ante Sonia, el suelo empezó a abombarse y de la pradera surgieron enormes burbujas hechas de hierba. Ella se dio cuenta de que aquel lugar era real, tenía la certeza completa, como cuando una ecuación funcionaba, o cuando lograba demostrar un teorema. Era real, sí que lo era. Pero se trataba de sitio sin reglas. O al menos con otras reglas que nada tenían que ver con las del mundo de la vigilia.

Sonia no recordaba absolutamente nada de lo que acababa de ocurrir en el Roque de los Muchachos, solo sentía una perfecta sensación de paz.

—Aquí no hay tiempo ni hay nada —dijo Robert—. Y a la vez aquí está todo. Esto es solo una forma de verlo, pero hay muchas más. Tantas como cada visitante que viene aquí. En el fondo es un lugar hermoso, pero puede resultar chocante.

Como obedeciendo a la voluntad silenciosa de Robert, el espacio se hizo otro y se volvió agua, o algo parecido. Estaban sumergidos en un líquido irisado, caminando por una especie de ciudad muy antigua donde paseaban cosas que ella sabía que eran personas pero que no tenían forma de personas. A lo lejos, en aquel lugar sumergido, intuía una presencia inmensa, planetaria, inimaginable.

—¿Quién es? El que está ahí delante.

—Es uno que sueña, que está haciendo un sueño. Los sueños son como seres vivientes, crean mundos dentro de este mundo.

—No lo entiendo.

—No se puede comprender. No lo intentes. Solo quería que lo vieras. Es infinito, nunca es igual. Es eterno, y dura lo que el aleteo de un ave. Está vivo y muerto. Puedes recorrerlo todo el tiempo y no terminar nunca de verlo, y puedes guardarlo todo en un punto del espacio sin dimensiones. Este es mi lugar. De aquí nace mi conocimiento. Lo veo todo, lo sé todo, ya que puedo leer el libro de la creación que muestra la explicación de lo que sea. Aquí están todos los libros que son y serán, y ninguno de ellos. Y todas las voces, todo lo que llena cada punto del espacio de infinitos universos que contienen infinitos universos. Es el mandala universal. La estructura del todo que no es nada. El lugar que visitamos al soñar. De donde nace lo que es y donde desemboca lo que no es. El testigo de todo lo que fue y un lugar vacío. ¿Te gusta mi universo?

—Me aturde.

—Pues es solo una sombra.

A pesar de su confusión, Sonia tuvo una idea. Miró a Robert un instante, con una pregunta en los labios.

—Este es un lugar de cuatro dimensiones. En él el tiempo

es una dimensión más. Por eso has dicho que solo vemos su sombra.

—Así es.

—Entonces nuestro universo viene de aquí.

—Correcto.

—De alguna manera, cuando soñamos, visitamos este lugar cuatridimensional. De aquí surgimos, de aquí vino el Big Bang, de una estrella nacida en este lugar.

—Este es un universo de cuatro dimensiones, sí.

—Entonces también tengo razón en eso.

—Así es. Por eso existe, por eso existís. Mírate. Sois malas soluciones, cuerpos diseñados por procesos azarosos y ciegos de evolución biológica, máquinas que nadie diseñaría tan mal si no fuerais consecuencia de un proceso sin rumbo. Es absurdo preguntarse para qué existe todo esto, o qué sentido tiene en el gran esquema de las cosas. En este lugar, de donde yo vengo, no existen los cuerpos, no hay estas limitaciones que hay aquí, pero por otro lado allí, donde estáis, tenéis la suerte de que todo es previsible, los efectos siguen a las causas y los fenómenos solo son fenómenos.

—¿Estás diciéndome que los sueños existen y que están en otro cosmos diferente?

—Así es. Los tienes delante. En el universo del que ha nacido el vuestro. Y tú vas a poder demostrarlo.

—Por tanto es como si vinieras a ayudarnos a abrir una puerta de comunicación.

—En cierta medida es así.

—Creo que todo esto es una locura.

—También lo es. En este mi lugar, la locura y la cordura no existen. No tenemos límites en el sentido de que vosotros los tenéis, ni físicos, ni mentales, ni de tiempo, ni de espacio. Sí, supongo que desde el punto de vista de un ser humano es lo más cercano a estar loco. Ahora, sigue. Despierta, Sonia. Tienes muchas cosas que hacer.

48

Sonia abrió los ojos bruscamente, lanzando un gemido. Lo primero que hizo fue revolverse, asustada. Apenas podía ver nada. Estaba en un lugar mullido. Se incorporó, aspirando aire con desespero. Por fin cayó en la cuenta de que se hallaba en la cama, desnuda. Sus muñecas estaban heridas por las marcas de las bridas, que ya no llevaba. A su lado, Robert la miraba. Las paredes de la estancia vibraban por el salvaje viento que se había desatado fuera.

—Es una forma de belleza, pero a mucha gente le asusta.

Sonia le miró en la penumbra, sin comprender.

—Y no puedes visitarlo estando despierto. Solo puedes verlo cuando duermes —prosiguió Robert—. Sin embargo, es tu origen, todo y todos venís de allí.

El monstruo que había matado a Javier, Robert, estaba hermoso. Se había duchado y olía a almizcle. La excitó mirarle. Estaba desnudo, como ella. Como un acto reflejo, su sexo se empezó a humedecer. Ella intentó detener aquel comportamiento de su cuerpo, que no podía controlar.

—Déjame ir —le ordenó.

—No hasta que acabemos. Quedan pocos días. Esto cambiará tu vida.

—Hoy mataste a una persona, a alguien a quien yo quería.

—Se te habría llevado, y el objetivo es terminar este trabajo.

—No. El objetivo es... no hacer daño a los demás.

—Solo son sueños. Sueños de la naturaleza, o de Dios, si lo ves así. Todos somos sueños. Sueños que sueñan. Te lo digo yo, que lo sé, que vengo de allí. Los sueños de carne y los sueños como yo, que no somos materia, somos al final dos aspectos de lo mismo. La energía ni se crea ni se destruye, solo se transforma. Morir es pasar de un lado al otro del sueño. Nada se pierde, nada desaparece.

—¿Qué quieres de mí?

—Que duermas, que descanses. Ahora estamos solos. Nadie nos molestará. Nadie nos perturbará. Podemos terminar el trabajo con calma. Has de acabarlo. Eres la primera que lo sabe, quien revelará al mundo el nexo que une nuestros dos mundos. Que el Big Bang nació en ese mundo que visitaste hace un momento. La unión entre el sueño y lo real. Nadie va a parar eso. No lo voy a consentir.

—Dijiste que el artículo estaba prácticamente acabado.

—Y lo está.

—Me gustaría leerlo.

—Mañana. Ahora tienes que dormir, Sonia. Llevas días sin pasar una noche de descanso real.

—No puedo dormir, Robert. Ya no puedo.

—Sí que puedes. Te di un par de somníferos. Será cuestión de unos minutos.

—No... no... maldito seas... —se revolvió ella.

—No luches, Sonia. No tiene sentido. Déjate llevar por la marea. Mañana hablaremos. Sabes que he venido para hablar. Solo quiero hablar.

Eso fue lo último que Sonia oyó antes de caer dormida de nuevo.

49

Amanecía sobre la isla; el cielo estaba levemente nublado en las zonas costeras pero despejado en las alturas montañosas. Había sido una noche con un fuerte vendaval de los que periódicamente se desataban en la zona, pero ya había cesado. Todo volvía a la normalidad.

Gabino no se lo podía creer.

Dos en unos pocos días.

El cuerpo estaba completamente destrozado, y no tenía cabeza, de modo que el impacto debía de haber sido en extremo violento. Miró hacia arriba y se preguntó si aquello se iba a convertir en una costumbre. Las moscas, más madrugadoras que nadie a pesar del frescor matinal, habían empezado ya a darse un festín con la sangre y las vísceras esparcidas por el impacto con la dura roca.

Se acercó a sus cabras y se dispuso a caminar un buen trecho hasta tener cobertura suficiente como para poder hacer una llamada a aquella guardia civil tan atractiva y simpática que había conocido unos días antes.

En menos de dos horas, Almeida y Pérez estaban allí, observando el cadáver y mirando de reojo a Gabino.

—A ver si vas a ser tú... —le dijo ella, bromeando.

—¿Sabes lo improbable que es? —le comentó Pérez a Gabino—. Hoy no lo dudes, compra un décimo o apuesta al Euromillones. Mejor, las dos cosas. Tío, si tienes suerte en esto, prueba a ver, vamos, digo yo. ¿A qué hora lo encontraste?

—Media hora antes de cuando os llamé, más o menos. A eso de las siete y media.

—Sí, llamaste a las ocho.

—Estuve buscando cobertura media hora. Bueno, puede ser una coincidencia, ¿no? —dijo Gabino.

—En nuestro curro las coincidencias no existen, majo —respondió Almeida, enarcando una ceja.

A unos metros de ellos estaba el 4x4 de la Benemérita que usaba la pareja de guardias civiles. El terreno estaba formado por una mezcla de lapilli desmenuzado y tierra, por lo que era difícil recorrerlo en un vehículo que no fuera de la tracción adecuada y de carrocería alta.

Oyeron un rumor acercándose. Era una ambulancia, que llegaría seguramente con la orden de levantamiento y con alguien del SECRIM, la policía científica de la Guardia Civil, para tomar fotos. Era un chaval muy joven que hacía poco que había llegado destinado a la isla.

—Espero que no se atasquen con la ambulancia, que luego sacarlos será una pesadilla —dijo Almeida a su compañero.

—Bueno —dijo Gabino—, os dejo, tengo que alimentar a las cabras. Esas no esperan.

—No te vayas muy lejos, por si tenemos algo más que preguntarte —le comentó Pérez.

—Perded cuidado.

Almeida miró a Pérez. Se aproximaron al cadáver destrozado, y ella empezó a examinar el cuerpo de cerca. Pérez odiaba la familiaridad que tenía su compañera con los cadáveres. Y que se acercara tanto a ellos. No comprendía cómo podía soportarlo. Pero ella había estudiado ciencia forense y criminología, y le gustaban los detalles. Acto seguido, se irguió y miró hacia arriba, hacia la escarpada que, cortada a pico, se levantaba ante ellos.

—Es una caída limpia, sin salientes, ni fisuras. El otro cabrón cayó a trescientos metros de aquí. —Señaló hacia su derecha—. Allí había un montón de salientes y fue cayendo de uno a otro y rompiéndose un poco más en cada golpe. Aquí no. Una sola hostia. Huesos pulverizados. Cayó plano, de espaldas.

—Ya veo, ya —dijo Pérez, mirando en realidad hacia otro lado.

—Y entonces viene la pregunta, amigo.

—¿Cuál?

—¿Dónde coño está la cabeza?

—Joder. —Esta vez Pérez sí miró el cuerpo.

—No se le puede haber desprendido. Está todo destrozado en lo alto del cuello. Se diría que machacado. Conserva media mandíbula, y todo lo demás, hecho pulpa. No cuadra. Esto no ocurrió durante la caída. Este tipo cayó ya muerto, y sin cabeza sobre los hombros.

El vehículo se detuvo a pocos metros de ellos. Almeida se acercó a él mientras sus ocupantes se iban bajando y sacaban una camilla de la parte trasera de la ambulancia.

—El cliente está donde mi compañero —les dijo, con un suspiro cansado.

50

Cuando abrió los ojos, se hallaba sola en el lecho. El dormitorio permanecía desierto, y el reloj de la mesilla de noche marcaba las doce del mediodía. Ya no estaba maniatada.

Se incorporó despacio y miró a su alrededor. Se levantó. Tenía unas ganas incontenibles de orinar y corrió al cuarto de baño.

En la cocina había café preparado y tostadas. Sonia pasó de largo y subió por la escalera que llevaba a la sala de control. Se asomó a ella.

—Cincuenta —dijo la poderosa voz de barítono—. Un récord. Los positivos se realimentan. El artículo está totalmente terminado. Enhorabuena. Puedes enviarlo ya, si quieres. El mundo va a estar pendiente de ti durante mucho tiempo. Tienes una copia en tu ordenador, abajo. Por cierto, ¿sabes cuántos positivos sumas en total? Ciento noventa y cinco. Y esperabas dos como mucho.

Ella bajó por las escaleras, se vistió con lo primero que encontró, se dirigió a la cocina y encendió su portátil. En el centro del escritorio, el icono de una carpeta rezaba: EL FERMIÓN DE SONIA – VERSIÓN FINAL.

Abrió la carpeta y empezó a leer los documentos que contenía. Todos estaban en PDF. Leyó el artículo, que era perfecto, insuperable, en apenas quince minutos. Estaba firmado por ella y por Juan. Estudió las subcarpetas, los gráficos y un total de 2 GB de documentación muy bien ordenada, incluyendo los archivos con datos sin editar, en bruto, en el formato interno de los archivos del MAGIC-II. Todo transparente, todo exquisitamente dispuesto para la revisión por pares.

Sonia se levantó de la mesa de la cocina. Al darse la vuelta se encontró con Robert, que la miraba desde el umbral.

—¿Llevas mucho tiempo ahí? —preguntó ella.

—Un rato. No te quise molestar. ¿Te gusta cómo ha quedado?

—Es impresionante.

—Mándalo cuando quieras. El telescopio puede seguir funcionando automáticamente, no hay prisa. Los nuevos datos se archivarán y se añadirán en un anexo. No hacen falta ya, excepto para confirmar lo que ya hemos averiguado.

La voz la turbaba profundamente. Sabía lo que había pasado el día anterior, pero se sentía atraída por aquel hombre con un magnetismo irracional, puramente animal.

—Entonces me puedo ir —dijo ella.

—Si quieres, claro. La puerta está abierta.

—Ayer me ataste a la mesa de la cocina.

—No quería que te hicieras daño.

—Si salgo de aquí iré directa a la policía a denunciarte. He visto cómo matabas a una persona.

—Solo tengo que dejar de tomar las pastillas que hay en ese botiquín y en un par de horas desapareceré. Juan vendrá en mi lugar. Juan, que no sabe nada, que no es responsable de nada, excepto de ponerte un puñado de anticonceptivos en el café. Y él pagará por mí. ¿Eso es lo que quieres? ¿Que tu marido pague en la cárcel durante veinte años o más? ¿Lo has sopesado?

Ella dio un paso atrás.

—¿Por qué haces esto?

—Porque ha ocurrido, la situación es como es, no puedo cambiarla. Y porque no quiero que te arrebaten de mi lado.

—¿No?

—Te amo, y te deseo. A todo aquel que me impida estar contigo le haré lo mismo que le hice a tu amigo.

—Estás loco.

—No. Solo carezco de vuestras limitaciones y miedos. Sé lo que es morir, y no es nada, ya te lo he dicho. Es solo saltar de un mundo al otro. Cuando sabes eso, lo poco que supone arrebatar la vida, entonces comprendes muchas cosas.

—Hijo de puta, asesino cobarde.

Él se acercó a ella y la agarró de la cintura. La apretó contra él.

—También puedo atarte de nuevo contra la mesa.

—¿Qué más te da? Me voy, te denuncio, y si no eres de este mundo, si para ti el tiempo no existe, como aseguras, pues no pasa nada.

—Me pasa que dejaré de verte. Y eso se me antoja insoportable.

Sonia le miró por un instante; recordó la angustia indecible que había sentido cuando él no estaba y volvía Juan. Y comprendió que a ella le pasaría lo mismo.

—Estamos condenados a estar juntos, de alguna manera estamos enlazados.

Sonia intentó racionalizar sus sentimientos. El hombre que tenía ante ella, que la abrazaba en aquel momento, cuyo olor se le antojaba irresistible, había destrozado la cabeza de Javier hacía unas horas. Pero no podía evitar desearle y necesitar estar a su lado.

Se había hecho de noche y habían vuelto a la cocina para preparar algo de cenar. Antes de sentarse a la mesa, Robert abrió el botiquín y extrajo varias pastillas de la caja de somníferos, que se llevó directamente a la boca.

Fue entonces cuando llamaron a la puerta.

51

Los dos se quedaron paralizados. Robert hizo un gesto para que guardara silencio y esperara.

La llamada se repitió.

—Hola, soy Tricia —sonó una voz al otro lado de la puerta—. ¿Todo bien? Os he visto en la cocina por la ventana, al llegar. Traigo algunos dulces que hemos comprado en Garafía. Nos han llevado los jefes, que están de visita. Han bajado a Santa Cruz con Anna. ¿Hola?

Sonia se dirigió a la puerta, pasando ante Robert. Y la abrió.

La sonrisa desarmante de Tricia la esperaba al otro lado.

—Está refrescando un poco —dijo—. Tendría que haber traído algo de abrigo. No escarmiento, con el vendaval que hubo ayer, ¿verdad? Se dice vendaval, ¿verdad? ¿O ventolera? Bueno, mucho viento.

La joven entró en la vivienda. Portaba una cesta de mimbre, tapada con una pequeña servilleta de tela.

—No calculé bien la caminata. Pensaba que llegaría de día.

—Pasa —dijo Sonia, mirando de reojo a Robert—. Estábamos a punto de cenar, así que llegas justo a tiempo.

—Estupendo... —dijo Tricia, mientras su rostro se iluminaba.

52

Sonia intentó mantenerse entera. Tricia enseguida se fijó en las feas heridas que tenía en las muñecas, pero no dijo nada al respecto.

—Son unos pasteles superbuenos, artesanales, hechos en la isla, pillamos un montón, y como se han ido porque tienen una reunión en Tenerife, pues me han dejado sola en el telescopio con tantos dulces alrededor. Es un acto de crueldad. Vuelven en dos días. Bueno, pues ante el temor de comérmelos todos yo, que son mi perdición, pues me digo, nada, que me los llevo para que estos chicos tan simpáticos que están ahí solos en el MAGIC-II los disfruten también, ea, pues eso.

Tricia no podía evitar ser un torrente, era chispeante y divertida, pero también tenía una excelente intuición y desde el primer momento notó que algo no iba bien.

Sonia estaba demasiado tensa, tenía dos heridas feísimas en las muñecas y se veía abandonada, sin maquillar y con el pelo alborotado. Parecía que llevara varios días sin asearse, y tenía el rostro congestionado como si hubiera llorado. Juan, aquel astrónomo apocado, ahora se le antojaba el doble de grande, casi amenazador e intimidador, y miraba en silencio a todos lados.

Tricia pasó la cesta a Sonia, que se la tendió a su vez a Robert, quien se dispuso a colocar los dulces en varios platos.

—Vamos a acompañarlo con un poco de té que hice hace poco —dijo Sonia.

Cayó en la cuenta entonces de que el té lo había hecho la noche anterior para Javier, y se quedó repentinamente desolada. La presencia de Tricia en la casa rompió el hechizo que Robert parecía ejercer sobre Sonia y esta empezó a recordar el monstruoso asesinato de su amigo a manos del hombre que la tenía fascinada.

—Perdona, se me había olvidado, el té está ya frío. Mejor poner agua a calentar y hacemos uno nuevo.

—Bueno, no sé si he venido en el mejor momento —empezó a dudar la visitante ante el estado de Sonia.

Miró asustada a Tricia, como si de pronto fuera consciente de algo, y le hizo señas con la cabeza en dirección a Robert, aprovechando que este se daba la vuelta para coger más platos y ponía agua a calentar para hacer el té. Le suplicó con gestos que no se fuera, que se quedara a toda costa. En aquel momento la joven astrónoma ya comprendía perfectamente que en aquel lugar estaba pasando algo malo. Muy malo.

—Tienes un español estupendo, Tricia. ¿Dónde lo estudiaste? —dijo Sonia, adoptando un tono ligero.

—Lo mío tiene truco, es que mi padre es de Ponferrada, en León.

—Ah, con razón.

Mientras Robert se dedicaba a buscar las bolsas de té, Sonia dejó caer una servilleta al suelo y se agachó a recogerla. Tricia, captando sus intenciones, hizo lo mismo.

—Haz como yo cuando te lo diga. Sin preguntas —le susurró Sonia en apenas dos segundos, volviendo a erguirse rápidamente.

Robert no se apercibió de ello y se giró, casi a punto de pillarlas, hacia la mesa de la cocina, donde ya empezaba a hervir el agua.

En cuanto rompió el hervor, puso el agua en tres tazas en

las que había depositado sendas bolsitas de té y las tendió a las dos mujeres.

Sonia sabía que tenía muy poco tiempo para decidirse a actuar. La puerta de la vivienda estaba entreabierta, la había dejado así por descuido, pero Robert no se había dado cuenta. El agua estaba recién servida. Robert se giró para coger una cuchara. Cuando se volvió hacia ellas, solo pudo ver el final del movimiento de Sonia y el agua hirviendo cayendo sobre su cara. Sonia le había arrojado su té ardiente en pleno rostro. Ella agarró por la muñeca a Tricia y las dos salieron corriendo de la casa. Robert lanzó un alarido espantoso, notando cómo el agua le quemaba el rostro y uno de los ojos.

Sin hablar, solo oyendo los jadeos de la otra, las dos mujeres echaron a correr a través de la oscuridad hacia el sendero que iba hacia el Herschel. Sus ojos tardaron un poco en acostumbrarse a la poca visibilidad, y eso les hizo perder un tiempo precioso. Sonia se detuvo, tras correr un trecho, tirando de Tricia, agarrándola con la mano, para encender la luz de su móvil, que les serviría de linterna. Sin pararse, se orientó, y comprendió que habían girado casi en sentido contrario al del camino. Recuperó la trayectoria, lacerándose un brazo con los pinos que, en el lindero boscoso, estaban muy cerca de ellas, y emprendió la carrera. Repentinamente, una idea apareció en su cabeza: el camino secundario, que también llevaba al Herschel. Iba por otro lado, bordeando precipicios, era resbaladizo y utilizaba un viejo camino real, frecuentado por los campesinos y pastores en siglos pretéritos. Se acordó de dónde arrancaba, cuando se lo había señalado José semanas atrás, y porque lo había recorrido en un pequeño trecho hacía unos días por pura curiosidad. Juzgó que tomarlo sería arriesgado, sí, pero despistaría a Robert, que esperaría que abandonaran el lugar por el camino tradicional. Eso les daría algo de tiempo.

Tiró de Tricia bruscamente y se desvió por un sendero lateral. En apenas dos minutos estaban llegando al inicio del camino real. El suelo estaba repleto de piedras colocadas de manera estratégica para marcar el camino, y lo bordeaba un modesto vallado de madera. El riesgo de recorrerlo por primera vez y de noche era considerable, pero así seguramente tendrían una oportunidad de escapar.

Con el rabillo del ojo, pudo ver a Robert que salía del habitáculo y empezaba a correr en dirección al camino habitual. Su treta había funcionado. Sin darle más vueltas siguió por el trecho viejo.

—¡¿Qué está pasando?! —se atrevió a preguntar Tricia en un golpe de respiración.

—Ya te lo explicaré. ¡¡Ahora corre!! —suplicó Sonia tirando de ella.

Su carrera fue frenética, casi suicida. El suelo era estrecho y resbaladizo. Desde el lugar en el que se encontraban podía ver la luz de la linterna con la que Robert se estaba guiando por el camino tradicional, buscándolas. No tenía tiempo de detenerse, ya que el camino era más largo que el otro, y su objetivo era llegar al Herschel lo antes posible. Sin resuello, oía la respiración jadeante de Tricia, que iba tras ella, agarrándose a la cintura de su pantalón vaquero. En un momento dado, Tricia perdió pie y resbaló entre las húmedas piedras del camino real. Estuvo a punto de caer al vacío. Sonia la agarró del antebrazo en el último momento.

—Aguanta... aguanta —le dijo.

Sonia tiró de ella hacia arriba. La chica no dijo ni una palabra, ni siquiera gritó, para no revelar su posición a su perseguidor. Sonia, en un esfuerzo terrible, la elevó de vuelta hacia el camino, flexionando las rodillas y tirando con las dos manos del brazo de la chica. Agotada, se agarró a ella y siguieron corriendo.

Robert anduvo un trecho del camino hacia el Herschel y pronto comprendió que las dos mujeres no habían tomado la ruta por la que iba. No habrían llegado tan lejos con aquella oscuridad. Se detuvo y miró a su alrededor. La respuesta le llegó enseguida al ver el brillo de una luz en el risco desde donde se elevaba el camino viejo. Así que estaban allí. Apagó la linterna con la que se iluminaba y regresó sobre sus pasos hacia el MAGIC-II, guiándose solo por la escasa luz de las estrellas.

Una vez hubo llegado al telescopio, tomó la bifurcación y corrió hacia el viejo camino.

Cuando Robert se vio obligado a encender la linterna para poder ver el suelo resbaladizo del camino real en el que se había adentrado, Sonia vio el destello en la distancia. Comprendió que su engaño había durado bien poco. Robert avanzaba hacia ellas con unas zancadas enormes. Si Tricia no hubiera resbalado le llevarían más ventaja. Estaban perdidas.

La desigual persecución se prolongó por un cuarto de hora. Robert se fue acercando de forma inexorable, a pesar de lo irregular del suelo, y finalmente ya estaba justo tras ellas. Sonia apretó la carrera como pudo, pero no podía mantener el ritmo sin que Tricia tropezara, y no la iba a dejar atrás. Aquello las ralentizó aún más en su carrera y dio a Robert la ventaja necesaria para agarrar a Sonia con un cepo brutal. Las detuvo en seco. Sonia recibió un puñetazo en plena cara y Tricia, horrorizada por la violencia que estaba demostrando el hombre, se dejó llevar de vuelta al edificio hecho de contenedores.

Sonia estaba medio atontada por el puñetazo. Cuando pudo por fin recuperarse, se vio atada a la cama del dormitorio, con aquellas espantosas bridas de plástico, y con Tricia atada a su vez a ella. Estaban encerradas en la habitación, y la pobre chica sollozaba de terror.

—Por favor... por favor, dime lo que está pasando... por favor... que no sea de verdad... por favor... Dime que esto no es real... solo quería pasar una buena tarde con vosotros, solo pasar el rato...

—Tranquila, tranquila —le dijo Sonia, sin apercibirse de que tenía un ojo totalmente amoratado.

—¿Qué pasa... qué pasa...? Por favor, que no nos mate...

—No, no lo creo, tranquila... No nos va a hacer daño.

Pasaron así como una hora. La noche avanzaba sobre el

lugar, y solo oyeron pasos en el piso superior. Robert estaba trabajando en la sala de control.

—¿Qué vamos a hacer? —preguntó Tricia.

—Tenemos que intentar salir de aquí como sea.

Sonia intentó romper sus ataduras, pero solo consiguió que las bridas se cerraran y se le clavaran más en la piel, lo que le causaba un dolor terrible. Las dos mujeres estaban atadas de pies y manos, y en unas posturas, sobre el suelo, realmente dolorosas; al tener bridas que las ataban entre ellas por las muñecas y los tobillos no se podían apenas mover. La perspectiva de pasar una noche así, o el tiempo que fuera que las mantuviera su captor de aquella manera, era sencillamente espantosa.

—¡Robert! ¡¡Robert!! —gritó Sonia—. ¡Sácala de aquí, resolvamos esto los dos, pero déjala irse! ¡¡Por favor!!

El silencio por toda respuesta fue lo que obtuvieron sus súplicas, que siguió haciendo periódicamente. Al final, ya sollozaba, y las lágrimas hacían que le escociera terriblemente el ojo amoratado.

—Lo siento, Tricia, lo siento, lamento haberte metido en esta mierda...

—¿Qué le pasa? ¿Qué te ha hecho? ¿Está loco, es un maltratador?

—Es muy difícil de explicar... no tiene sentido... Pero escúchame, es un tipo peligroso. Ha matado a Javier, Tricia.

Se vieron ayer. ¿Cómo no se va a acordar. Además ayer lo llamó para pedirle su teléfono.

—¿Qué? ¿Qué estás...? ¿Qué estás diciendo? —preguntó la chica horrorizada, hiperventilando.

—Lo mató con una piedra, golpeándole, le destrozó la cabeza, se la arrancó a golpes. Lo vi, lo vi todo, esa imagen asquerosa me persigue, cierro los ojos y la veo, la veo, una y otra vez... Le destrozó la cara a golpes... Dios mío... lo ha matado —sollozaba Sonia, desesperada—. ¡¡Robert!! ¡Sácanos de aquí, hijo de la gran puta! —gritó, furiosa, en dirección al techo.

El silencio era la respuesta que Robert le daba a Sonia. Y algunos pasos calmados en el piso superior. Ella pensó que estaría estudiando la cantidad de positivos que se iban produciendo en tiempo real. Sonia habría deseado poder hacerlo, poder haber tenido una simple noche de observación tranquila en la sala de control de aquel telescopio, haber asistido tranquilamente a la aparición de los positivos, ese momento mágico en el que tus teorías de repente se hacen realidad, pero no había podido hacerlo. ¿Cómo había estado tan ciega, tan perdida? ¿Qué le había pasado? Se maldijo, una y otra vez, en silencio. Había confiado, se había entregado. Había pensado que Robert la había ayudado a salvarse del espantoso trauma que ahogó su infancia en miseria, culpa y miedo, y solo había acabado lacerada, herida y ahogada en miseria, culpa y miedo otra vez.

Pasaron las horas, y las dos mujeres intentaron darse calor a medida que el frío nocturno hacía mella en ellas. No había mantas con las que se pudieran cubrir, ni podían tumbarse a dormir. Solo podían mantenerse de tal manera que no se les desgarrara la piel por la feroz presa de las bridas que las tenían atadas de pies y manos, y esperar.

En mitad de la noche, cuando ya estuvo claro que Robert no iba a bajar de la sala de control, Sonia oyó en la penumbra el llanto de Tricia y notó un fuerte olor a orina.

—Lo siento, lo siento, no podía más... perdóname... me lo he hecho... me lo he hecho encima —gimió la chica, desesperada, avergonzada y espantada—. Yo solo quería ofreceros unos pasteles, pasar un rato con vosotros, charlar... nada más... que no me mate, por favor, que no me mate... Dime que no me va a matar... por favor... dile que me iré y no contaré nada... por favor...

—Tranquila, Tricia. No te va a matar. No nos va a hacer nada. Antes, le mato yo. Te lo juro. Tranquila, niña, intenta dormir un poco.

—Lo intento, pero me duele, me duele mucho...

—Lo siento. Siento haberte metido en todo esto.

Las dos mujeres se dejaron llevar por la desesperación y lloraron en silencio. Luego, ya de madrugada, fue Sonia quien no pudo más y se meó en las bragas, humillada, rota, pensando en los espantosos planes que el hombre que caminaba por encima de sus cabezas les tendría preparados. Seguramente se habría tomado tres o cuatro somníferos más, manteniendo a Juan bien lejos, bien acorralado, dondequiera que estuviera en aquel momento.

Ella probó una nueva táctica. Llamó a Juan a gritos, repetidas veces, le suplicó que viniera hasta desgañitarse. Pero no sirvió de nada. Solo las rodeaba el silencio. Acabó agotada y enronquecida.

La mañana acabó llegando, tras horas de agonía y dolor. Sonia, cada vez que estallaba en gritos, despertaba a una Tricia que estaba ya medio grogui. Maldecía a Robert y le amenazaba con matarle.

A eso de las siete de la mañana oyeron unos pasos que bajaban por la escalera que llevaba a la sala de control. Los pasos se acercaron a la puerta del dormitorio y esta se abrió. Robert entró y su expresión de asco reveló que no le gustaba nada el olor que invadía la habitación.

—Sesenta positivos. Un nuevo récord —le dijo a Sonia.

Depositó en el suelo una bandeja con dos tostadas medio chamuscadas. Sonia no pudo más y le escupió con todas sus fuerzas. El escupitajo no llegó a la cara de Robert, sino que cayó en su camisa. Él la miró sin hacer un gesto, sin mostrar otra cosa que una indiferencia espantosa. Luego salió del dormitorio. Dejó entreabierta la puerta, pues sabía que las dos mujeres apenas podían moverse.

—¡Hijo de puta! —chilló Sonia—. ¡¡Sácanos de aquí!! ¡Sácanos de aquí, malnacido!

Tricia estaba medio atontada y empezó a sollozar.

—Nos va a matar, nos va a matar, Sonia, solo quiere convertirnos en mierda y que le supliquemos que nos mate... me voy a cagar encima, no puedo más, me duele la tripa... me duele mucho, no puedo aguantarme... por el amor de Dios... Por favor...

Sonia guardó silencio. Tenía un chorro de odio sólido metido en el esternón. Y juró que se lo clavaría a aquel malnacido en el corazón en cuanto pudiera.

Pasó la mañana y llegó el mediodía. Sonia y Tricia, agotadas, apenas podían moverse. Cada leve movimiento que hacían les causaba un dolor indecible. Sus labios estaban pálidos y secos, y nadaban en sus propias heces. Tricia de vez en cuando sollozaba desesperada, y rezaba alguna oración en inglés.

Los pasos volvieron a eso de las tres de la tarde. Ambas estaban deshidratadas.

La puerta se abrió. Robert dejó en el suelo una bandeja con el contenido de una lata de atún y dos trozos de pan. Su rostro mostraba disgusto. El olor del dormitorio era bastante desagradable.

—Hijo de puta —le dijo Sonia.

—Por favor, no siento las manos, las tengo muertas, se me corta la circulación, soy diabética, por favor no me mate... —murmuró de carrerilla Tricia.

—Has demostrado que la materia oscura está hecha de una partícula que lleva tu nombre —dijo Robert a Sonia—. Has unido mi mundo con el tuyo. Deberías demostrar un poco más de dignidad.

—No. Lo que he descubierto es que hay personas hechas de materia oscura —rugió Sonia, ronca.

—Eso ha estado bien —dijo Robert—. Lo recordaré. Comed algo.

—¡No podemos! —estalló Sonia—. ¡¡No podemos, hijo de puta!! ¡¡NO NOS PODEMOS MOVER!!

—Por favor, por favor, déjeme ir, tengo que inyectarme insulina o me moriré... por favor... —suplicó Tricia.

Robert cerró la puerta y sus pasos se alejaron por el pasillo.

—¡¡Hijo de puta, es diabética, se va a morir aquí dentro!! ¡¡Se va a morir!!

Sonia miró perpleja a Tricia.

—¿Tienes que inyectarte?

—Sí, tengo que hacerlo una vez al día. Llevo demasiado

tiempo sin insulina, ayer se me fue de la cabeza con los dulces... no quiero morir... no quiero morir...

—Tranquila, cariño, tranquila. Aquí no va a morir nadie.

Pasó la tarde de una miseria a otra. Ambas mujeres no habían bebido nada desde el día anterior y apenas orinaron, pero se seguían meando encima. Sus ropas, pegadas, resecas y vueltas a mojar, estaban apergaminadas. Los charcos de sus propias meadas las rodeaban. No podían soportarlo más.

Sonia, desesperada, había forcejeado demasiado con las bridas y se había cortado seriamente una de las muñecas. La sangre manaba, poca, pero no se detenía. Empezó a temer que, si seguía así, se desangraría a lo largo de la siguiente noche. Optó por no moverse, aunque el dolor que sentía al forzarse en una postura que impedía que se cortara más con las bridas era ya insoportable.

En un momento dado, Tricia dejó de responder a Sonia y se quedó con la cabeza colgando hacia un lado. Desesperada, Sonia la llamó repetidas veces, sin éxito. Gritó y gritó, llamando también a Robert. Pero no obtuvo respuesta. Afortunadamente, sus gritos despertaron a Tricia que, a pesar de todo, recuperó el conocimiento.

53

Llamaron a la puerta de la vivienda varias veces. Sonia y Tricia estaban ya medio dormidas. Eran las ocho de la tarde, y la noche había caído sobre el lugar. Nadie había tocado el alimento, ya que no podían hacerlo con aquellas bridas imposibles que se cerraban al menor movimiento. El dormitorio apestaba a heces.

Cuando Sonia se dio cuenta de que estaban llamando a la puerta principal, Robert ya había amordazado a Tricia con cinta de embalar y estaba haciendo lo propio con ella, dando vueltas de cinta alrededor de su nuca y su boca, y pegando luego las cabezas de las dos con otro tramo de cinta. Tricia empezó a sollozar, aterrorizada.

Volvieron a llamar a la puerta. Finalmente, Robert salió del dormitorio, cerrando la puerta con llave, y fue a abrir. Las dos mujeres guardaron silencio, intentando escuchar. Pero el edificio estaba realmente bien aislado acústicamente; no era fácil entender la conversación que estaba ocurriendo en la puerta principal.

Robert se encontró con el agente Pérez, que le miraba con una sonrisa cansada.

—Buenas, espero que esté todo bien. Ya me conoce, pasé hace unos días con mi compañera, por la aparición de un astrofotógrafo que se había despeñado muy cerca de este telescopio.

—Ah, bien. ¿Y qué desea? —preguntó Robert con fría calma.

—Pues, mire usted qué coincidencia, ayer por la mañana el mismo pastor encontró despeñado a otro individuo. Están intentando identificarle, porque, bueno, no tiene cabeza, y eso no pasa por una caída, o al menos es difícil que pase. Le hemos dicho a Gabino, el pastor que lo encontró, que mejor juegue a la lotería, pero que deje de encontrar cadáveres —se rio ruidosamente—. A ver si nos hace caso. Pero claro, ha aparecido tan cerca de este lugar que, bueno, es un poco extraño. Dos en tan poco tiempo, ya me entiende. También hay un coche aparcado en el telescopio que hay al final del camino, y la documentación podría ser de la víctima. Están comprobándolo ahora mismo. Tampoco se sabe nada de la chica que está con una compañera en ese mismo telescopio, el Hirsel...

—Herschel —corrigió Robert.

—Eso es. Usted lo ha dicho. Al parecer tienen una conferencia en Tenerife los que sea que organizan las cosas de ese telescopio, pero se quedó una chica en él, sola, para no sé qué de unas observaciones, y tampoco está allí. Por proximidad, era por saber si ustedes habían visto algo raro.

Apenas eran audibles, pero unos gemidos inarticulados, ahogados por las mordazas de cinta de embalar, salían a duras penas de la puerta del dormitorio. El aislamiento del edificio no permitía que se oyeran desde la puerta principal. Robert no estaba dispuesto a que Pérez entrara en la vivienda, así que en ningún momento lo invitó a pasar dentro.

—No, no vimos nada —dijo al agente.

—¿No huele un poco mal aquí? —preguntó Pérez, extrañado.

—Es el desagüe. El pozo negro está medio lleno. Hay que llamar para que lo limpien.

—¿Y su compañera? La otra doctora que estaba con usted, esa chica tan guapa.

—Ha salido... fue a... Santa Cruz.

—¿Ah, sí? ¿La llevó alguien?

—Creo que el taxista del IAC. Marcelino.

—¿Marcelino, se llama? ¿Usted le conoce?

—Nos lleva y nos trae, poco más.

—Bueno, oiga, en serio, revise ese pozo negro, no sé cómo puede usted soportar esa peste.

—Uno se acostumbra a todo, agente.

—Bueno, pues a seguir bien.

—Hasta otra. Suerte.

—Gracias.

Robert cerró la puerta. Pérez se alejó del edificio. Ya se había hecho de noche y el enorme telescopio empezó a moverse automáticamente. El agente encendió su linterna reglamentaria e, iluminándose con ella, rodeó el habitáculo. Se encontró con Almeida, que estaba inspeccionando los alrededores.

—¿Cómo ha ido?

—Chungo.

—¿En serio?

—Ese tío tiene mierda acumulada ahí dentro. Huele fatal. Nadie puede vivir con esa peste. ¿Has visto algo?

—Una de las ventanas. Luces apagadas. Pero dentro parece que se mueve alguien. Dos personas en el suelo. No es demasiado normal, como comprenderás. Puede que estén durmiendo, pero estaban en unas posturas un poco extrañas, posiblemente maniatadas.

—No jodas.

—No jodo.

—Carajo.

—No me atreví a usar la linterna para no alertar a nadie, pero creo que sería bueno echar un vistazo ahora. Ojo, con cuidado. Arriba, en el prefabricado que tienen en el primer piso, hay unas cristaleras muy grandes. Hay que pasar pegados a la estructura de abajo, no me gustaría que nos vieran, ya me entiendes. Ir tranquis, no levantar la liebre hasta que ya sea imprescindible. Si hay que levantarla, claro, que a lo mejor son masoquistas y se lo están pasando pipa.

—Cosas más raras se han visto.

—Si yo te contara...

—Vale, vamos a echar un vistazo primero por el ventanuco ese.

Bastó un golpe de linterna para que vieran los dos cuerpos maltrechos atados a la cama con bridas. Las dos personas no parecían estar conscientes en aquel momento.

—Joder —dijo Pérez—. ¿Qué hacemos?

—No parecen masoquistas.

—Pues no.

—Bueno, estamos en el quinto carajo, y si pedimos refuerzos estamos jodidos, porque tienen que venir a pata y se les verá a la legua. ¿Cómo es el tipo de corpulencia?

—Parece fuerte. Le viste el otro día.

—Si se ha cargado a dos personas, hay que ir con cuidado.

—Joder, maldita sea, tenía que tocarnos a nosotros.

—A ver si los que vamos a tener que jugar a la lotería somos tú y yo...

—No tiene gracia, Almeida.

—Pues claro que no la tiene. Bueno, esta es la idea. Vuelves. Llamas. Te abrirá, que no es tonto. Te impidió la entrada antes, ¿verdad?

—Sí. Se puso en un lado, en plan tapón. No me dio opción a entrar.

—El que hace eso siempre tiene algo escondido. Un dicho de mi viejo instructor en la academia.

—Vale. ¿Y entonces?

—Pasa adentro. Ya sabes, adelante, a saco Paco. El tipo se verá forzado a dejarte entrar. Habla con él, todo muy casual. La estructura está clara. Los tres contenedores son, a ver: el de la puerta, que da a la cocina, escalera en medio a la sala de las cristaleras de arriba, y pasillo a la derecha a dormitorios, cuartos y baño. Yo entraré hacia el dormitorio mientras tú le distraes. Rápido y limpio. Cuidado con él. Si se pone chulo, lo esposas a un mueble. Busca algo fijo y pesado, una barra o un mueble que no se mueva.

—Ese tipo si lo esposas a una mesa se va con ella.

—Ya te digo. ¿Lo has pillado todo?

—Más o menos.

—Bueno, pues a ver si sacamos a esa gente de ahí sin que nos pase nada, que esta noche mi novio me quería invitar a cenar pizza.

—Pues vale.

Giraron pegados a la pared del habitáculo, en dirección a la puerta de entrada. Ella le detuvo un instante al ver que el espejo del telescopio pasaba ante ellos de tal manera que su reflejo habría sido visible desde la cristalera superior. Tuvo que agarrar a su compañero del faldón de la camisa para que se detuviera, cosa que el otro hizo.

—Pérez, que hay que estar en todo contigo, carajo —susurró.

—Lo siento.

Finalmente llegaron a la puerta principal. Almeida se detuvo a un lado, oculta por un saliente del contenedor que llevaba a la puerta. Sacó su arma, quitó el seguro, puso bajo ella la linterna e hizo una señal afirmativa a Pérez, que llamó a la puerta enérgicamente. No hubo respuesta. Tras dos llamadas más, por fin Robert abrió.

—Disculpe, pero he visto algo que puede interesarle.

—¿El qué, agente? —preguntó Robert, impidiéndole el paso.

—En su cocina.

El movimiento fue hábil. Pérez señaló hacia el fondo y Robert se giró. Pérez le empujó entonces para poder entrar en la vivienda, apartándole, y se dirigió hacia un punto del fondo de la cocina, siempre señalando hacia él. Eligió la cafetera al azar. Robert lo miraba confuso.

—Es la cafetera exprés... Yo tengo una igual... Son un peligro.

Almeida fue muy rápida. Aprovechando que Robert estaba distraído por la argucia de Pérez, entró en la vivienda haciendo una finta. Robert se giró y ella le deslumbró con la linterna que llevaba. Saltó a la derecha, entró en el pasillo y se puso ante la puerta del dormitorio, que estaba cerrada con llave; las otras dos, la del baño y la del cuarto de invitados, estaban abiertas. Robert, furioso, se dirigió hacia ella. Pérez se puso detrás de Robert y le dio un culatazo con su pistola.

Robert apenas lo sintió pero se giró hacia él y le agarró por las solapas, manteniéndolo en vilo. A Pérez se le cayó la pistola. Almeida eligió un blanco no vital en el cuerpo que levantaba a su compañero, y, mientras oía gritos ahogados de una mujer en el interior de aquel cuarto cerrado, acompañados de golpes, disparó e hirió en el muslo a Robert, que cayó de rodillas al suelo. Pérez recogió su arma y le encañonó.

—¡Quieto!

—¡Voy a disparar a la cerradura, cúbranse! —gritó Almeida hacia el interior del dormitorio, y acto seguido disparó.

La puerta cedió al instante, Almeida entró en el dormitorio, buscó el interruptor de la luz y lo encendió. La escena terrible que vio no la olvidaría fácilmente.

Dos mujeres cubiertas de sangre seca, orina y heces, en mitad de un charco rojizo. Parecían la reinterpretación macabra de una pintura prerrafaelita. Una gritaba que la desatara a través de una mordaza. La otra, también amordazada, estaba sin sentido. Les habían pegado cruelmente las cabezas con la misma cinta de embalar con la que las habían amordazado.

Cuando logró desatarlas, la que estaba grogui se cayó hacia un lado. La otra se hizo rápidamente un torniquete en una de las muñecas, que empezaba a sangrar profusamente.

—¿Qué le pasa? —dijo Almeida, buscándole el pulso a la otra.

—Es diabética. Puede tener un shock. No lo sé.

—Dios mío —gimió la guardia civil.

En aquel momento sonó un ruido, y Almeida oyó una maldición de Pérez. Robert, esposado a una silla, salía corriendo de la vivienda.

—¡Pérez, te lo dije!

—¡Lo siento, es que no había otro sitio!

—Pues le esposas las dos manos, alma de cántaro. ¡Ve tras él!

Almeida se giró hacia Sonia.

—Pon a tu amiga en la cama. Hay que darle azúcar. Bueno, primero encuéntrale el pulso; por favor, que todavía tenga. Yo regreso enseguida, ¿vale? Voy a ver si arreglo eso.

Sin esperar respuesta, salió a la carrera tras su compañero.

54

En el oscuro exterior, Pérez, casi sin resuello, corría tras Robert, que cojeaba ligeramente por la herida, pero no había perdido un ápice de su energía. La silla a la que estaba esposado no le ralentizaba. Pérez le disparó una vez, pero sin éxito. Robert tropezó, y justo corría ante el enorme telescopio cuando cayó de un salto, intentando no perder el equilibrio, dentro de la parte inferior de su espejo. Se giró y vio ciento ochenta grados del mundo, distorsionado y aumentado, rodeándole. El paisaje, la Vía Láctea y los dos guardias civiles que iban tras él se veían agigantados en el telescopio. Los espejos, decenas de ellos, cada uno del tamaño de una mano humana, multiplicaban el lugar en la forma de un extraño mosaico.

El telescopio empezó a moverse entonces, orientándose hacia un nuevo blanco. Robert estaba aturdido, y cuando Almeida saltó al interior de la cavidad de espejos peleó con ella con saña y violencia, pero algo le pasaba, notaba que perdía por momentos el control de sus movimientos. Era un tremendo e inesperado sueño lo que estaba sintiendo. Había olvidado tomar una nueva dosis de somníferos. Maldijo su mala suerte. Pero no quería acabar así. Golpeó a la agente con la silla que arrastraba con tal brutalidad que la hizo caer al suelo a cuatro patas, protegiéndose. Entonces su compañero saltó al interior del espejo, que seguía su lento movimiento, y golpeó a Robert con la culata de su pistola, de nuevo sin éxito.

En aquel instante algo ocurrió en los espejos. Un haz de luz láser de tono rojo empezó a crear una maraña de luz, como una telaraña, entre ellos. Era la calibración automática. Robert quedó cegado unos instantes por varios rayos que incidieron directamente en sus ojos. Lanzó un grito de dolor.

Almeida, aprovechando el instante de confusión de Robert, y en un movimiento rápido, sacó su arma reglamentaria, apuntó y le hirió otra vez, en esta ocasión en el brazo derecho. Aprovechó el momento para coger sus propias esposas y esposarle al espejo principal del reflector, que colgaba ante ellos de una gruesa y resistente barra de hierro, en un movimiento certero y preciso.

—Ahora sí, Pérez. Así se hacen las cosas, carajo.

—Vale, pues gracias —jadeó su compañero, intentando recuperar el aliento.

Rodeados de haces de luz láser, parecía que todos los participantes de aquel drama estuvieran encerrados en una cárcel de luz roja.

Dos horas más tarde, el aparcamiento del Herschel estaba lleno de vehículos, y un equipo de emergencias sanitarias se llevaba a Tricia, que había recuperado el conocimiento, en una silla de ruedas plegable hacia una ambulancia. Sonia salió por su propio pie del habitáculo y vio cómo Robert, esposado, era trasladado hacia el aparcamiento por dos guardias civiles. Le sorprendió lo encorvado que iba y que le costara caminar. El chico del SECRIM, el único agente especializado en criminalística que la Guardia Civil tenía en la isla, hacía discretamente sus pesquisas por los alrededores, tomando fotos y moviéndose con un ritmo pausado que a Sonia se le antojó una película a cámara lenta. Sentía que todo lo que la rodeaba en aquellos momentos estaba sumergido en un aire algodonoso, irreal, como soñado. En aquel momento, Almeida se acercó a Sonia y la sacó bruscamente de su estado abstraído.

—Perdona que te incordie, enseguida te llevan a ponerte puntos en esas heridas de las muñecas. Necesitamos que nos ayudes a encontrar el sitio donde ese tipo mató a tu amigo. El tal Javier. Me dijiste que fue por ahí, ¿verdad? —Señaló hacia el lindero del pinar.

—Sí —dijo Sonia, bajándose de la ambulancia y guiando a la agente a una zona cercana, que estaba manchada de sangre—. Fue aquí.

—Gracias.

Almeida miró el lugar un momento, recorriéndolo con su linterna, viendo un charco de sangre seca y restos de materia orgánica, una gran piedra ensangrentada y un reguero que se dirigía al lindero del pinar. Después condujo a Sonia de vuelta a la ambulancia, que se la llevó inmediatamente.

La guardia civil se giró hacia el chaval de la científica. Tenía aspecto de novato y la sudadera reglamentaria que llevaba puesta le quedaba grande.

—Ahí está el sitio donde mató al que encontramos ayer —dijo Almeida—. Hay una piedra llena de sangre y restos. Apostaría que fue el arma homicida. El tipo ni se molestó en esconderla, ¿a quién se le ocurre? Luego hay un reguero hacia los pinos. Cuando acabes, ya de día, busca en la zona por la que cayó el otro tipo, el fotógrafo. Me da que se lo cargó de la misma manera: a golpes de piedra. Pero documéntalo bien, que luego ya sabes lo que pasa con el juez. Hay que dejárselo todo mascadito, no sea que después nos vengan los problemas.

Finalmente, Almeida se acercó a Pérez, que estaba observando el trajín que había en el paraje.

—Las chicas, además de víctimas, son testigos. Hay que interrogarlas mañana. Entonces haremos el informe. Qué mierda. A la hora que es ya me he quedado sin pizza, y no he llamado a mi novio.

—Pues llámale.

—A la entrada hay una señal que dice que apagues el móvil. ¿No lo has hecho?

—¿Qué señal?

—Coño, pasamos junto a ella al venir. Ponía que para no afectar a los equipos se apagaran los móviles a partir de un cierto punto. Joder, Pérez, lo vimos la otra vez que vinimos, si es un perrito te muerde.

—Vaya, pues no la vi esta vez, te lo juro. Se me fue de la cabeza por completo.

—O sea, que tienes el móvil encendido.

—Claro.

—Pues a la porra, entonces.

Almeida sacó su móvil de un bolsillo del pantalón, lo encendió y se sorprendió al ver una solitaria barrita de cobertura. Decidió aprovechar su buena suerte e hizo una llamada. La voz al otro lado sonaba entrecortada, pero podía entenderla.

—Cari, que no voy a poder. ¿Me oyes?... lo de la pizza... lo siento... luego te cuento... Que luego te cuento. Vale. Espérame despierto si quieres. Venga. Beso. Chao. Espero que me haya entendido.

Colgó lanzando un suspiro y miró hacia el telescopio.

—Es imponente, ¿verdad?

—Sí que lo es —respondió Pérez.

—¿Para qué carajo lo usarán?

—A saber.

—Pero es imponente.

55

Sonia y Tricia permanecieron ingresadas hasta el día siguiente en el hospital de Santa Cruz de La Palma tras ser atendidas en los servicios de urgencias. El pronóstico de Sonia era bueno. A lo sumo una leve deshidratación y una pérdida de sangre que por fortuna se atajó a tiempo. Pudo ducharse tras darle varios puntos en las dos muñecas en el baño de la habitación a la que la subieron, a falta de un alojamiento mejor. Cuando le pidieron que se identificara, se acordó de que se había dejado hasta la cartera en el MAGIC-II. El corte más profundo, le contó la enfermera que le hizo la sutura, había estado a punto de ser algo serio. Si hubiera seguido con aquellas bridas un par de horas más, la herida se habría desgarrado hasta afectar a los tendones, y probablemente Sonia se habría desangrado en cuestión de minutos. Tuvieron que ponerle cuatro puntos internos aparte de los externos para cerrar bien la herida.

El estado de Tricia fue preocupante durante varias horas. Sus constantes no había manera de estabilizarlas, de modo que permaneció en la UCI gran parte de la noche. Al día siguiente ya estaba mucho mejor y fue trasladada a planta.

Por la mañana, cuando estuvieron mejor, las interrogaron Almeida y Pérez. Tricia contó toda su espantosa experiencia, y a la vez relató cómo Sonia le había explicado la forma en la que Javier había sido asesinado.

Sonia pasó por la penosa experiencia de tener que relatar su relación con Juan y ocultar sus andanzas con Robert, esperando no complicar aún más las cosas. Al final del interrogatorio quiso saber cómo se encontraba Juan, y la llevaron a la planta hospitalaria en la que estaba internado. Había llegado con dos heridas de bala superficiales y diversas contusiones que no suponían un riesgo serio para su vida. Sin embargo, cuando intentaron estabilizarlo perdió el sentido y comprobaron que había entrado en coma. Estaba en la UCI, con las constantes estables. Le habían curado las dos heridas de bala, y lo más preocupante era que tenía quemaduras de primer y segundo grado en el rostro que llegaban al tejido de la conjuntiva del ojo. No se atrevían a aventurar cómo evolucionaría esa lesión, ya que la córnea había resultado gravemente afectada. Seguía en coma y la policía aguardaba a que Juan despertara para tomarle declaración antes de que pasara a disposición judicial.

A lo largo del día llevaron a Sonia al MAGIC-II para un pequeño interrogatorio extra *in situ*. La trasladó Almeida, que tomó nota de sus declaraciones. El chaval del SECRIM —así le llamaban, «el chaval», pues apenas tenía veintidós años— había encontrado una segunda escena del crimen, donde, se suponía, Juan habría asesinado al astrofotógrafo que había sido encontrado despeñado, usando también una piedra, de la misma manera que había acabado con la vida de Javier. Sonia se mostró realmente sorprendida por ello. De repente recordó que en algún momento que habían hablado del rondador nocturno del telescopio, él le había dicho que no volvería a molestarla. Entonces un escalofrío atroz recorrió su cuerpo. Robert lo había matado a golpes, y lo había hecho, al parecer, para protegerla.

Entró en el habitáculo, que tenía un precinto que le permitieron romper. El lugar apestaba, y pasó en él solo el tiempo imprescindible para recoger sus cosas, hacer el equipaje de cualquier manera y ponerlo en su trolley, y coger su documentación y su ordenador. Por pura curiosidad subió a la sala de control. El sistema estaba en parada de seguridad. La pelea que había ocurrido sobre el telescopio había desbaratado el sistema de movimiento hidráulico y un par de pulsos electromagnéticos habían bloqueado la unidad de análisis que permanecía en su baño ultrafrío de nitrógeno líquido. Seguramente a causa de los teléfonos móviles de la gente que había acudido durante la noche anterior al MAGIC-II. El telescopio sería totalmente inútil durante cierto tiempo. Pero Sonia tenía en su ordenador portátil el artículo terminado. Lo mandaría por transferencia de ficheros en cuanto tuviera acceso a una conexión wifi. No iba a esperar más. También recogió las pertenencias de Juan y las puso en su trolley, que dejó en la cocina de la vivienda, señalándoselo a Almeida, que lo recogió.

Cuando salió del habitáculo, Almeida la esperaba contemplando un mediodía de un azul intenso. Alrededor de la isla no había ni una nube, y mar y cielo se unían en un todo realmente deslumbrante.

—Un día del carajo —dijo Almeida.

—Sí que lo es.

—Te sientes realmente especial con estas vistas. Desde aquí arriba, los problemas de la gente, y los de uno, desaparecen un poco.

—Una pena que no sea así —dijo Sonia.

—Será mejor que regresemos al coche.

Ambas empezaron a recorrer el camino que llevaba al Herschel.

—¿Qué pasará ahora? —inquirió Sonia mientras caminaban.

—Te interrogaremos un poco más, sobre todo para saber si notaste algo extraño en Juan, tu marido, antes de que te... —se corrigió— os secuestrara. Luego coordinaremos con la científica y le interrogaremos en cuanto despierte. Si todo va bien, la jueza que nos ha tocado, que por cierto es muy maja, hará la instrucción y en unos meses habrá juicio. ¿Dónde vives?

—En Madrid.

—Espero que puedas regresar en unos días. No creo que lleve mucho más. Los experimentos que estabais haciendo aquí arriba ¿fueron bien?

—Sí. Realmente bien.

—Bueno, me alegro de que al menos algo esté bien en medio de toda esta mierda.

—¿Y Juan? ¿Qué pasará con él?

—Bueno, eso lo decidirá la jueza. Pero las evidencias son tan grandes que lo más probable es que se dicte prisión incondicional hasta el momento del juicio. Son dos asesinatos con especial ensañamiento y violencia, dos secuestros y dos intentos de homicidio. Por cierto, me interesa lo de tu amigo, el tal Javier. ¿Qué pasó entre ellos? ¿Pudo ser un asunto de celos?

—No lo sé. Salieron fuera, él, Javier, estaba de visita, ya te lo conté. Cuando quise ver lo que pasaba, le estaba golpeando con la piedra.

—Evaluarán psicológicamente a tu marido y te preguntarán por si hubo antecedentes de violencia de género. ¿Hay algo en ese sentido?

—No. Nada. En ningún momento.

—En fin, lo siento, en cualquier caso. Que tu marido haga todo eso, y encima te secuestre e intente matarte... en fin. Creo que estabais recién casados, ¿no?

—Sí. De hecho, planeábamos salir de luna de miel cuando surgió esto del experimento.

—¿Adónde?

—Tailandia.

—Mola.

—Y estábamos intentando tener un hijo.

—Joder, lo siento. Vaya mierda. Pues en una temporada muy larga me temo que no va a ser viable.

—Ya —dijo Sonia, cabizbaja.

—En fin, al menos estás viva. Bueno, ¿tienes dinero? Para alojarte en Santa Cruz, me refiero. Conozco un par de hoteles con los que tenemos convenio. Pero tendrás que adelantar un par de noches, hasta que se decida terminar esta parte inicial de la investigación. Ya te digo, serán unos días. No mucho más.

—Estaré para lo que se necesite y el tiempo que haga falta. Luego, si es posible, me gustaría volver a Madrid.

—Claro. Mientras no salgas del país, no hay problema. Y si sales, con que avises, todo correcto.

—De acuerdo.

—Una cosa, probablemente te interrogaremos. Te leeremos antes tus derechos, y podrás pedir no declarar o llamar a tu abogado, incluso declarar ante el juez al que le corresponda este caso. Tú decides, ¿vale?

—Creo que preferiré declarar.

—Bueno, es decisión tuya. Oye, Sonia —dijo Almeida—. Te veo muy entera. Eso está bien. No sé cómo estaría yo si me hubiera pasado lo que a ti.

—Estoy hecha mierda.

—Bueno, pues lo disimulas bien.

—Gracias, supongo.

Almeida sonrió con amargura. El resto del camino hasta el 4x4 de la Guardia Civil que las esperaba, aparcado junto al ahora vacío Herschel, lo hicieron en silencio. Cuando se acercaban al vehículo, Almeida se detuvo ante la placa que mostraba el nombre del telescopio.

—¿Quién era el tal William Herschel?

—Un astrónomo inglés. Bueno, inglés y alemán, del siglo XVIII. Descubrió el planeta Urano, un montón de nebulosas, fue de los primeros en sugerir que la Vía Láctea era una galaxia, y además era músico.

—Un coco. Molaba el tipo, entonces.

—Sí. Molaba.

Almeida la dejó en un modesto hotel de Santa Cruz de La Palma. El hospital estaba a diez minutos caminando, y Sonia podría acercarse a visitar a Tricia, quien permanecería un día más en observación.

Cuando Sonia entró en su habitación del hotel, lo primero que hizo fue encender su ordenador, conectarse al wifi y lanzar el envío de su artículo, en un archivo ZIP, utilizando FileZilla, un programa gratuito de transferencia de ficheros. Lo remitió a su mentor, que a su vez lo enviaría a la redacción de *Nature* por los canales adecuados, al IAC, ya que su contrato la obligaba a ello, y a su lugar de trabajo, el CIEMAT, donde había pedido excedencia por los meses de duración del experimento, más otros tres durante los que, había pensado en su momento, se dedicaría a redactar el texto del artículo, pero todo había ido mucho más rápido. Gracias a Robert. O a pesar de él.

Robert. Aquel nombre le hacía sentir un estremecimiento.

56

Los siguientes días los pasó entre interrogatorios en la comisaría y visitas al hospital. Tricia recibió pronto el alta y volvió a trabajar al Herschel con Anna. Se habían perdido algunos días de observación, pero esperaban recuperarlos. En un mes terminarían su trabajo y se marcharían, pero Tricia tendría que mantenerse localizable, ya que la llamarían como testigo a declarar en el juicio.

Sonia decidió asistir al funeral e incineración de Javier. Se mantuvo a una prudente distancia en todo momento, procurando pasar totalmente desapercibida, y pudo ver en la ceremonia a una desconsolada Cora, que llevaba de la mano a su hija de siete años. No se presentó a ellas ni las saludó. No le pareció adecuado hacerlo.

El resto del tiempo Sonia lo pasaba en el hospital, sentada en silencio junto a la cama donde Juan dormía en un largo coma del que parecía no querer despertar. Durante días le veló, y permaneció junto al lecho horas y horas. Juan no tenía familia directa. Sus padres habían muerto en un accidente cuando él apenas había cumplido veinte años, y no tenía hermanos, de modo que nadie fue a visitarle, aparte de Sonia. Ella no acertaba a explicarse por qué hacía aquello. Solo sabía que necesitaba permanecer junto a él. Esperar. Su conciencia la impelía a aguardar a que alguien que no fuera Juan despertara en aquella habitación, temiendo que realmente su peligroso juego con somníferos le hubiera matado de alguna manera. Ella lo había deseado secretamente. Que desapareciera y que Robert tomara su lugar, y tal vez lo había conseguido, muy a su pesar.

Transcurrieron dos semanas, durante las cuales mantuvo contacto por email con James Henrikson, que, sinceramente impresionado por su artículo, lo había remitido a *Nature* sin correcciones ni comentarios, y donde estaba pasando la revisión por pares, algo que llevaría varios meses todavía.

El MAGIC-II seguía averiado, por lo que el siguiente grupo de investigadores que lo iba a usar tendría que esperar. Sin embargo, las reparaciones se iniciaron pronto, supervisadas por José Guerra, ya que el nuevo grupo de investigadores llegaría desde Noruega en unas semanas. Almeida y Pérez aprovecharon que él estaba en las instalaciones para interrogarle de cara al caso. Almeida también ordenó al chaval del SECRIM que fotografiara todo el interior del habitáculo para tener una referencia física exacta del estado de la instalación antes de que se modificara para el próximo experimento. Asimismo, se crearía una representación en 3D del lugar usando las fotografías como texturas para crear una simulación de cómo, según Sonia y Tricia, habían sucedido los acontecimientos.

Sonia subió varias veces al MAGIC-II durante aquellos días. Para aportar todos los datos que pudo a los investigadores y para supervisar las reparaciones del telescopio, a petición precisamente de Henrikson. Sus días siempre terminaban en el hospital, junto a la cama de Juan que, terco, permanecía dormido, indiferente a todo lo que ocurría a su alrededor. Era como si no quisiera despertarse ya, como si supiera el destino que le aguardaba y prefiriera mantenerse ajeno a todo ello. Sonia no paraba de preguntar a médicos y enfermeras por señales esperanzadoras, pero el pronóstico sencillamente no existía: Juan despertaría en algún momento, o no. No se podía afirmar nada más. El coma era un misterio insondable y no se podían hacer previsiones.

Pasó una semana más, y luego otra. Ella empezó a permanecer más tiempo en el hotel y a planear su reingreso al CIEMAT a medida que llegaba el final del período de gracia. Organizó su trabajo y, como esposa de Juan, firmó todos los papeles que le pidieron.

Y fue justo el día anterior a su partida cuando Juan abrió los ojos.

Ella se había pasado por la habitación que ocupaba para, de alguna manera, despedirse. Le cogió de la mano, y, entonces, los dedos de él se cerraron levemente en los suyos. Con igual lentitud, abrió los ojos, la miró y parpadeó despacio.

Su voz sonó en aquel momento ligeramente ronca, ya que aquel cuerpo llevaba semanas sin hablar.

—Sonia. Sonia —susurró.

—Hola, Juan. Nos has tenido muy preocupados —le dijo ella, con un escalofrío a medida que se oía decir algo que ya creía que nunca diría.

—Perdóname —le dijo, con unos ojos repentinamente desesperados. Había adelgazado mucho tras aquellas semanas de total postración, y su mirada estaba llena de una angustia hambrienta.

—No hay nada que perdonar. Ya pasó.

—Te ruego que me perdones. Lo necesito. Lo siento. Quiero arreglarlo. Me equivoqué.

Sonia clavó su mirada en aquellos ojos suplicantes.

—Te perdono, Juan. Te perdono.

—Gracias —le sonrió.

Entonces Sonia comprendió el motivo de la desesperación de Juan. Él había estado totalmente ausente desde que le había empezado a sedar de forma continuada, cuando solo deseaba estar con Robert y hacer desaparecer todo rastro de Juan. Y su mente se había quedado atrapada en aquel momento atormentado, en el que los dos se mantenían en silencio, sin decirse nada que no fuera imprescindible, en el que ella le castigaba sin cesar por haberla dopado en secreto a base de anticonceptivos. Juan estaba anclado en un momento del pasado, y, claramente, no sabía nada de Robert.

Pero ella sabía bien que Robert iba a hacer pagar a un inocente, o al menos eso consideraba Sonia. Porque Robert había desaparecido sin dejar rastro. Y Juan iba a ser castigado por los crímenes que el otro había cometido.

Solo dos personas sabían de la existencia de Robert, y una de ellas estaba muerta. Sonia juzgó desde el primer momento que cuanto menos hablara de aquel asunto, mejor sería para ella.

Juan le apretó la mano con algo parecido a la desesperación. Ella le sonrió y dio un paso atrás, soltándole. Tras un instante, salió corriendo al pasillo a avisar a las enfermeras de que él había despertado. En realidad, estaba escapando. No quería mirarle a los ojos. No en aquel momento.

Retrasó su vuelo a Madrid y estuvo con Juan unos días más mientras se gestionaba su traslado al centro penitenciario de Santa Cruz de La Palma, donde sería interrogado y posteriormente ingresado en cuanto le dieran el alta del hospital, ya que la jueza había decidido que Juan pasara a prisión preventiva incondicional, no solo por la gravedad de los crímenes y las pruebas irrefutables que la Guardia Civil había presentado en su contra, sino por la protección de Sonia ante el secuestro que habían sufrido ella y Tricia y el intento de doble homicidio al que se había extendido lo ocurrido. En una primera instancia, había decretado prisión preventiva de un año, prorrogable durante seis meses más.

Le veló todos los días. Pero lo que quería comprobar en realidad era que Robert no se manifestara cuando dormía; por eso permanecía junto al lecho.

Finalmente, Sonia regresó a Madrid. Sus compañeros del CIEMAT la recibieron el primer día con una mezcla extraña de tristeza y celebración. Ella llevaba varias semanas de retrasos en su menstruación, que había achacado a la tensión de aquellos días. Pero una visita a su ginecóloga le reveló que estaba embarazada de seis semanas. Ella no había advertido cambios físicos, pero diez días después de la noticia empezó a notarse ya un poco de barriguita. Durante un tiempo casi rechazó la idea, porque sabía perfectamente quién era el padre. Guardó el secreto mientras pudo, temiendo que el ser que llevaba en su seno heredara algo de lo malo de Robert.

Su artículo fue aprobado por *Nature* y saldría a la luz en un par de meses. La voz se había extendido, y en el CERN pedían con urgencia el material para reorientar la búsqueda de la partícula responsable de la materia oscura, que ya iba siendo conocida internacionalmente como el fermión de Sonia. Empezaron a llegar mails con peticiones para entrevistas, y de repente se vio convertida en una celebridad. Finalmente, reveló su estado de buena esperanza, lo que contribuyó a su fama internacional. Para la prensa resultaba muy atrayente una científica atractiva, embarazada y joven.

El artículo se publicaría firmado por ella y por Juan, aunque su mentor le había dado a elegir, al conocer la difícil situación en la que su marido se encontraba. Pero ella quiso que fuera así. No podía añadir más culpa a la que ya sentía. Si explicaba y hacía público lo que había vivido, sería objeto de descrédito. Así que había elegido. Con su silencio, Juan pagaría por crímenes que no había cometido. Sonia, en soledad, se decía a sí misma que a lo mejor no era así, y que, como se había repetido a sí misma mientras él permanecía en coma, Robert estaba dentro de Juan de alguna manera. Decirse aquello la consolaba por un lado, porque entonces podía liberarse de la culpa, pasándosela a Juan. Pero ella sabía perfectamente que nada era tan fácil, y que jamás podría hablar con nadie de aquel asunto. Algo a lo que ya estaba acostumbrada, por otro lado. Así que finalmente asentó aquella explicación en su mente. Se había enamorado de un sonámbulo. De alguien que nunca había existido. Se enamoró de un sueño que Juan había tenido una noche y que se hizo con su cuerpo y con su alma. Un sueño en el que Juan se había reinventado para ella, dándole lo que ella necesitaba, lo que ella no encontraba en él, pero que residía en algún lugar de su interior. Robert, entonces, siempre habría sido un Juan sin inhibiciones, sin miedos, con la fuerza que ella había esperado de él. Juan había inventado a Robert para ella. Aquella explicación le bastaba. No se la creía del todo, pero tendría que ser suficiente. Prefería no hacerse más preguntas y dejar que el tiempo fuera pasando.

El artículo se publicó finalmente en *Nature*. Y fue una revolución instantánea. Causó, como era de prever, tanta euforia como frustración, y decenas de equipos de investigadores se lanzaron a reproducir los experimentos y a comprobar una y otra vez los datos que habían utilizado en el MAGIC-II. En el CERN, tras alimentar al LHC con los parámetros físicos del fermión que habían deducido en el Roque de los Muchachos, se iniciaron las pruebas, y el éxito llegó en apenas dos semanas, cuando ella cumplía el sexto mes de embarazo. El fermión de Sonia existía. La materia oscura tenía por fin su partícula, y el universo, como deducción de todo ello, había surgido de la explosión en agujero negro de una estrella cuatridimensional en otro universo inimaginable, en el que Sonia había estado en sueños, tal vez en una alucinación, tal vez, quería creer secretamente, de forma física.

Los meses pasaron y nació Adela. Era preciosa, vivaz, llorona y ruidosa, y exploraba su pequeño mundo con ojos ávidos. La cuidó sola, pues sola estaba, y para ella fue el acontecimiento más importante de su vida. Ya le daba igual si se hablaba de ella o no en los corrillos del Nobel. Sonia volvió a hablar con su madre por teléfono y quedaron en que se verían en unos meses, para que conociera a su nieta.

La noticia llegó inesperadamente mediante una llamada desde Estocolmo. Ella y Juan habían recibido el premio. Llegó entonces la fama mundial, las entrevistas a cientos, las invitaciones, los viajes, todo condicionado siempre al cuidado de su pequeña. Pero con todo ello llegaron también las preguntas incómodas. Su marido estaba en la cárcel, esperando juicio por varios crímenes. Era el primer ganador de un premio Nobel en aquellas circunstancias y aquello alimentaba el morbo de la prensa, desde la más seria hasta la más frívola.

Por fin llegó el día del juicio, cuando tuvo que parar toda la frenética actividad en la que se había sumido, entre biberones, pañales, viajes, entrevistas y sesiones fotográficas. Sonia tenía ya fama mundial al regresar a la isla con Adela en brazos. Se alojó en el mismo hotel en el que se había quedado la vez anterior, puerta con puerta con Tricia, que había llegado para declarar como testigo. Sonia había elegido un abogado de la isla que había trabajado para Javier y que hizo un estupendo trabajo. El lugar se llenó de periodistas. Caminar por la pequeña Santa Cruz de La Palma se le hizo difícil en aquellos días.

José Guerra fue el primer testigo en declarar, pero no aportó nada interesante al juicio, calificando a los dos astrofísicos de «perfectamente normales». Saludó a Sonia al final de su declaración y la felicitó, recordándole lo de la firma en la nevera, que dijo que iba a enmarcar.

Tricia, en su declaración, describió el secuestro con pelos y señales; se informó al tribunal, además, de que había estado a punto de morir a causa de que nadie la había medicado para la diabetes que padecía mientras estuvo en cautividad. Juan no recordaba nada de todo lo que se estaba declarando, y, con total sinceridad, afirmó que tenía un enorme lapsus de memoria desde una tarde, apenas pasado un mes desde el inicio de su estancia en el Roque de los Muchachos, hasta el momento en que despertó del coma; una semana completa había desaparecido de su mente.

Por su parte, el abogado de Juan, que había sido elegido de oficio, intentó una estrategia que vinculara de alguna manera a Sonia en los crímenes, lo que no gustó nada ni al juez ni a la prensa, que acusó a la defensa de juego sucio. Era un hombre joven y con ganas de destacar, por lo que usó tácticas un tanto inesperadas y escasamente ortodoxas. Al final recurrió a la desesperada al pasado de Sonia, intentando despertar una sombra de sospecha que sirviera de eximente a su defendido. Pero entonces fue Juan quien no entró al trapo. Él sabía cosas de ella, como sus problemas emocionales y psiquiátricos, pero no dijo una palabra, ciñéndose a que no recordaba nada de lo sucedido a partir de un día determinado de su estancia en el Roque de los Muchachos.

La prueba pericial presentada por el SECRIM era incuestionable. Las piedras usadas para matar a Javier y al astrofotógrafo tenían restos de la piel y de sangre de Juan, pues eran muy ásperas y le habían causado heridas al manejarlas, pequeñas laceraciones en las manos. Una prueba de ADN determinó que las había utilizado y no había más rastros en ellas, aparte de la sangre de las víctimas.

Gracias a un par de periciales psiquiátricas bien seleccionadas por el abogado de Juan, que cambió de estrategia y se mostró más hábil en ese aspecto, al acusado se le aplicó la hipótesis de una demencia transitoria. Oficialmente, se aceptó su versión de las pérdidas de memoria como consecuencia de alguna patología, lo que alivió mucho a Sonia. Juan fue condenado a veinte años de cárcel por dos asesinatos y otros dos en grado de tentativa, amén del doble secuestro, con la eximente de enajenación con amnesia lacunar psicogénica no simulada, según una jurisprudencia establecida en 1989 por la Sala de lo Penal del Tribunal Supremo, y que el abogado de Juan supo utilizar con habilidad. Con buen comportamiento, podría tener acceso a los beneficios penitenciarios en unos años, probablemente menos de siete, que pasaría internado en la única cárcel de la isla, situada en la misma ciudad de Santa Cruz de La Palma.

El día de la lectura del veredicto la sala estaba repleta de periodistas. El caso de Sonia se había convertido en la comidilla del mundo. Un doble Premio Nobel español, el primero en física de todos los tiempos, y uno de sus ganadores era condenado por homicidio tras dejar embarazada a su mujer. Las fechas de la concepción de Adela coincidían con el espacio en blanco de la memoria de Juan, y la prensa explotó especialmente aquel detalle, con programas televisivos en los que algunos invitados, supuestos expertos en psiquiatría, teorizaban sobre lo que podría haber ocurrido.

Se tuvo que reforzar la seguridad del pequeño edificio de los juzgados de Santa Cruz de La Palma, dada la expectativa generada. Sonia, al concluir la sesión final, salió por una puerta lateral, escoltada por dos policías, llevando el carrito de bebé donde descansaba su hija. Y allí se encontró con Almeida y Pérez, que habían asistido entre el público. Los saludó amigablemente.

—Bueno, ahora es usted una celebridad —dijo Almeida, estrechándole la mano. La agente ya no la tuteaba al dirigirse a ella—. Y felicidades por la maternidad.

—Gracias. Me habría gustado haberlo sido solo por el premio, no por todo esto que ha pasado.

—Bueno, las cosas nunca ocurren como las hemos planeado. Mire, en ese carrito lleva algo bueno, ¿no?

—Así es.

—¿Volverá por la isla?

—Sí, vendré a visitarle, pero intentaré que le trasladen a Madrid.

—Que vaya todo bien —dijo Almeida—. ¿Cuándo le dan el premio?

—En unos meses.

Sonia siguió camino, acompañada de sus escoltas policiales. Almeida se la quedó mirando hasta que dobló la esquina que llevaba a los aparcamientos subterráneos y desapareció de su vista.

—¿Sabes cuando crees que sabes algo de un caso pero al final no te acaba cuadrando nada? —dijo Almeida a Pérez.

—Bueno, eso te pasa siempre, jefa.

—No jodas, Pérez. Aquí hay algo más. Estoy segura. Demasiadas amnesias. Demasiados silencios. Faltan piezas.

—Pues el caso está cerrado.

—Ya me he dado cuenta, Pérez. Ya me he dado cuenta.

—¿Y se te ocurre algo al respecto?

—No mucho, majo. Si esos dos planearon o coordinaron algo, lo pensaron muy bien.

—¿A qué te refieres?

—A que de alguna manera él podría querer protegerla. O viceversa.

—¿Viceversa? El que se ha comido todo el marrón desde luego es él, que está a punto de pasar unos cuantos años a la sombra.

—Por eso. Y ella con la hija, con un Premio Nobel, y él también... es todo muy extraño.

—¿Qué puede haber pasado?

—No tengo ni idea.

—Pero todas las pruebas y todos los indicios apuntan a él.

—Sí, pero tú lo has visto igual que yo, en las declaraciones y en el juicio. Ese hombre no sabe lo que ha pasado. Le ves la cara y es como si no se lo creyera, como si lo estuviera soñando todo.

—Es verdad. No conserva ningún recuerdo de lo sucedido.

—Tengo un sexto sentido para esas cosas, ya lo sabes.

—Miedo me das.

—Hablo en serio, Pérez.

—Y yo.

—Ese hombre está seguro de que no lo hizo —dijo Almeida, lanzando un suspiro—. Pero guarda silencio. Acepta lo que le ha tocado. Se ha beneficiado de los eximentes, pero podría haber jugado a eso más agresivamente, por lo que creo que es sincero, que no tiene una agenda oculta. Así que hay cosas que se me escapan. Y tengo dos preguntas.

—Dispara.

—¿Por qué ella se quedó tanto tiempo velándole cuando estaba en coma?

—Porque era su marido, porque le quería. No sé.

—¿Te quedas a velar a alguien que te ha intentado asesinar?

—Ya lo pillo.

—Y lo otro, la nevera que tienen en la cocina del observatorio.

—¿Qué nevera?

—La nevera de la cocina. No me di cuenta hasta esta mañana. Me puse a mirar las fotos que hizo el chaval, y entonces lo vi. Demasiado tarde. Pero ahí está.

—¿Fotos? Me estoy liando, jefa.

—Las fotos forenses del SECRIM. La nevera en la que firman todos los equipos que han usado el telescopio. El chaval sacó unas cuantas fotos de esas firmas, y en una de ellas se puede ver claramente la firma de ellos dos, o al menos se supone que de ellos dos. Pusieron la fecha: el mismo día de la muerte de Javier, el psiquiatra. Pero en esa firma aparece otro nombre. Es una caligrafía un poco liosa, hay que prestarle atención para darte cuenta.

—No jodas.

—Debería poner «Sonia y Juan», ¿no?

—Claro.

—Pues pone «Sonia y Robert».

—Hostia, no lo sabía.

—¿Quién cojones es Robert? ¿Me lo explicas?

—Joder, ni idea.

—Cotejé la firma. Tendría que pedir un peritaje caligráfico, pero no parece a primera vista que lo haya escrito Juan. ¿Por qué carajo firmaron así? ¿Tuvieron una visita que no sabemos?

—Pero poco se puede hacer ya. Y son pruebas circunstanciales, me temo.

—Efectivamente, es cosa juzgada, a no ser que recurran, pero no tiene pinta. Se podría añadir alguna evidencia, si es de peso. Eso sí, no tengo ni idea de cuál ni cuándo, aunque nunca se sabe. Habrá que tener vigilada a esa chica.

—No va a ser difícil. Está saliendo todos los días en la prensa últimamente. Entonces no das el caso por cerrado.

—Un caso no está cerrado nunca. Como decía George Lucas, tú nunca terminas una película, solo la abandonas.

Este caso, por ahora, lo dejamos abandonado. Bueno, Pérez, ¿te tomas un cortado?

—Vale. Uno de esos de leche condensada.

—Eres un goloso. Acabarás hecho un boliche a los sesenta.

—Eso si llego.

—Pues claro que vas a llegar, ¿por qué no?

La pareja de guardias civiles siguió camino.

57

Sonia regresó a Madrid, a atender su trabajo y a cuidar de Adela. No sabía qué hacer con su matrimonio, si romperlo o no. Juan la llamaba por teléfono de vez en cuando, y ella le trataba con todo el cariño que podía y le mandaba fotos de la niña a través de su abogado, pero la distancia y el tiempo les hicieron irse distanciando.

Ella inició una relación sentimental con un compañero del CIEMAT que siempre le había interesado y que estaba encantado con ayudarla a cuidar de la pequeña y ser un padre para ella. Se llamaba Joaquín y era un loco del *running*. A ella eso de correr a toda costa le parecía una actividad poco atractiva, amén de que desgastaba las articulaciones, pero nunca se lo dijo. Tampoco se preocupaba de asistir a sus competiciones, pues tenía una hija a la que atender. Simplemente dormía con él y le toleraba. Era todo lo que podía dar a alguien en aquel momento de su vida. Y él lo aceptaba, de modo que los dos parecían estar conformes con aquella relación.

Durante aquellos meses nació una nueva rama de la física, que iba a observar el universo a través de la materia oscura. Ahora se podían planear nuevos experimentos usando directamente el fermión de Sonia, similares a los que se realizaban con las ondas gravitacionales.

El día de la entrega de los premios, Sonia leyó un discurso corto pero sentido, en el que agradecía a Juan, a pesar de todo, su colaboración y entrega, y compartió el Nobel con él. No podía recogerlo en persona por razones obvias —ella no había podido conseguirle un permiso penitenciario extraordinario, a pesar de que lo había peleado—, pero prometió que se lo entregaría en los próximos días.

Le habría gustado contar en Estocolmo la verdad, que ella había tenido la idea, sí, y que Juan la había ayudado como había podido, pero que los dos eran experimentadores mediocres, lo suyo era la física teórica. Y que entonces había surgido Robert, un hombre que construyó y dio sentido a todo el experimento que llevó a confirmar sus hipótesis.

Pero Robert, un sueño, no existía sino en el recuerdo de ella, en el de nadie más.

La prensa se ocupó mucho de su caso durante meses. Otros premios Nobel se habían concedido a personas encarceladas, como Liu Xiaobo. Pero nunca se había otorgado a un convicto por asesinato. Y los medios se encarnizaron mucho con aquel detalle. Sonia pasaría a la historia de la física por compartir su descubrimiento con un asesino convicto. Ella pensó que era el precio a pagar por la inmortalidad. Después de todo, Marie Curie tuvo que sufrir el escarnio público por su relación con Paul Langevin tras la muerte de Pierre Curie. Sabía que era una comparación bastante pobre, pero le servía de consuelo.

Había conseguido lo que había soñado. Había cambiado el mundo, al menos en el pequeño ámbito de la física, su nombre se recordaría en los libros de texto durante generaciones y generaciones, había desvelado uno de los misterios más profundos del universo y había sido madre.

Pero en el fondo sabía que todo aquello se lo debía a alguien que oficialmente no existía excepto en su recuerdo.

A un sueño que cobró vida y luego se hizo pesadilla.

EPÍLOGO

La cárcel de Santa Cruz de La Palma era un edificio viejo, de planta de los años treinta, y, aunque se le habían hecho varias reformas, no habían sido muy piadosas con él. Las paredes estaban desconchadas por la humedad y todo en el interior tenía el aroma rancio de algo ya pasado, vetusto y olvidado.

Le habían dado poco más de media hora para hablar con Juan. Hacía tiempo que no le llamaba, y Sonia había pedido el encuentro dos meses atrás. El proceso era lento y penoso, pero al final le habían dado fecha y hora. Había llegado a la isla una hora antes, y tenía el vuelo de regreso previsto para la tarde de aquel mismo día. La había llevado a la penitenciaría Marcelino, que la esperaba en aquel momento en el aparcamiento de la cárcel.

Sonia entró en el edificio y un funcionario de Instituciones Penitenciarias la acompañó al locutorio. El espacio, una sala de unos cien metros cuadrados, tenía diez mesas de formica con posiblemente más de cincuenta años de antigüedad, y a ambos lados dos sillas, algunas del mismo modelo que la mesa, otras de aspecto bien diferente.

Habían pasado cuatro años. Adela se había quedado en Madrid con Joaquín.

El tiempo de visita estaba limitado a cuarenta minutos. Juan entró en la sala con algo de retraso. Estaba envejecido, y su aspecto era de cansancio. Sonia acababa de llegar de Kuala Lumpur, de un congreso al que la habían invitado. Había hecho escala en Tailandia y había paseado por Bangkok y Phuket, una de las excursiones que habían previsto para su luna de miel. Juan se sentó en la silla ante ella.

—¿Estás bien? —le preguntó Sonia.

—Bueno, no va mal. Llaman mucho pidiendo entrevistas, pero las rechazo todas. No llaman para preguntar sobre el descubrimiento, sino para hablar de los asesinatos. Y de eso no tengo nada que decir, porque no recuerdo nada. ¿Tú?

—Muchos viajes, mucho trajín. Bueno, me mantengo ocupada.

—¿Adela está bien?

—Está feliz. Crece muy rápido.

—Me alegro. Mándame alguna foto cuando puedas, por favor.

—Lo haré.

—Me alegra que la partícula tenga tu nombre. Es la primera partícula fundamental que tiene nombre de mujer.

—Se lo pusiste tú. Es el mayor halago que jamás me han hecho. Como si me regalaras un ramo de flores cada vez que oigo el nombre o lo leo en un artículo.

—Es una vieja técnica para quedarte con la chica.

Sonia sonrió.

—Voy a casarme.

—Lo imaginaba.

—Para eso necesito divorciarme de ti.

—Mándame los papeles cuando quieras.

—¿No te importa?

—A estas alturas poco me importa ya, Sonia.

Sonia bajó la mirada, desolada.

—Pero me gustaría saber la verdad —prosiguió Juan.

—¿La verdad?

—Eres una de las personas más inteligentes que conozco.

No hace falta que te diga más. He leído muchas veces el artículo. Queda bastante poco de mis aportaciones. Alguien lo corrigió y lo mejoró. ¿Fuiste tú?

Ella sonrió.

—Si te lo contara, no te lo creerías.

—Prefiero que lo intentes.

—Lo escribiste tú, o alguien que eres tú. Lo escribiste siendo la persona que querías ser. Bueno, eso es lo que creo.

—Yo no quise nunca matar a nadie, Sonia. Es fácil volverse loco aquí dentro, y más aún cuando no sabes lo que hiciste, o si lo hiciste realmente. Me he llegado a inventar recuerdos, a imaginarme historias. Nunca he pretendido nada, pero creo que tengo derecho a la verdad.

—Esa es la verdad, Juan. Fuiste tú.

—Yo no hago esas cosas. Y no estoy loco.

—Las hiciste. Las huellas están ahí, los testigos, las pruebas. Al menos, tu cuerpo lo hizo.

—Mi cuerpo tal vez sí, pero yo no.

—Te mandaré los documentos del divorcio para que los firmes —zanjó Sonia.

—Me parece bien. Pero cuando salga, haré lo posible por averiguar la verdad. Creo que me lo debes.

—Puedes hacer lo que quieras.

—Te pedí perdón muchas veces. Todo eso ya pasó. Ahora quien me debe algo creo que eres tú.

—Tal vez.

—Pues cuando esté fuera, volveremos a hablar.

Juan se levantó de la silla bruscamente. El policía que guardaba la puerta del locutorio le miró, se acercó a él y le escoltó de vuelta a su celda.

Sonia se quedó varios minutos sentada a la mesa del locutorio, con la mirada perdida. En realidad, había conseguido algo que había hecho ya anteriormente con un recuerdo de su infancia. Había guardado en un agujero negro de su conciencia todo lo ocurrido. Y, poco a poco, su memoria la ayudaba a mantenerlo lejos. Había funcionado una vez y funcionaría de nuevo. Pero aquello no impedía que sintiera una oscuridad, un vacío espantoso en su interior. Como había pasado con el remoto recuerdo que había vuelto a ocultarse a sí misma.

Un vigilante de la penitenciaría tuvo que acercarse a ella y hablarle para sacarla de sus pensamientos. Tenía que irse.

Se encaminó hacia el aparcamiento, donde Marcelino la esperaba fumando un pitillo, apoyado en el capó de su taxi, como solía hacer. Y regresó al aeropuerto, de vuelta a Madrid.

En el despegue, el avión pasó por encima del Roque de los Muchachos, girando en dirección norte. Sonia pudo ver entonces las cúpulas de los telescopios asomando por encima del mar de nubes que atravesaron, y, aislada, la esfera del MAGIC-II, cuyo enorme espejo múltiple destelló bajo el intenso sol que reinaba sobre la isla, que parecía flotar en aquel momento entre las nubes bajas.

CODA

Estaba en un lugar que parecía sacado de los paisajes que se ven al fondo de los cuadros de Leonardo o de Tiziano. Esos lugares entre bucólicos y soñados, con brumas y árboles de formas extrañas que el Bosco a veces poblaba con seres extraordinarios. Seres como los que estaba contemplando en aquel momento. Cosas que pendían de un árbol, que semejaban frutos pero que resultaban ser animales que se desplazaban colgando hacia abajo. Sus cuerpos eran de diversos colores. Observó el paisaje, asombrada.

—El lugar donde soñamos tiene todas las formas que queramos que tenga. —La voz de Javier sonó a su lado.

Ella se giró y le vio. Estaba apenas a un metro de ella. Sonriente, con la misma ropa que llevaba la última vez que le vio vivo.

—Pero Javier... Tú no puedes estar aquí. Tú estás muerto.

—Es que no soy Javier —le dijo.

Parpadeó y se dio cuenta de que, efectivamente, Javier no estaba a su lado, sino Juan.

—Estos mundos —dijo— no están en ninguna parte, pero están en todas. Cada lugar soñado está en alguna parte de este universo. Así son las cosas. Y de aquí venimos.

—Juan —le dijo ella—. Tú no puedes estar aquí. Tú estás en la cárcel.

—Es que no soy Juan —le dijo.

Entonces ella parpadeó de nuevo, y se dio cuenta. Quien estaba a su lado era Robert, que la miraba con sus ojos profundos y bellos, y que esbozó una sonrisa. Se preguntó si estaba soñando.

—Pues claro —asintió Robert—. Esto es un sueño.

—Así pues, ¿me he despertado dentro de un sueño? ¿Lo que he vivido lo soñé? ¿Esto es real?

—Aquí esas cuestiones no tienen respuesta. Bienvenida a mi mundo, Sonia —dijo con aquella voz de trueno lejano que la hacía vibrar de pies a cabeza—, que ahora también es el tuyo.

Entonces ella intentó gritar, pero de su garganta no surgió ningún sonido.

AGRADECIMIENTOS

Quiero expresar mi agradecimiento a Iván Giménez, miembro del equipo de relaciones públicas del Instituto de Astrofísica de Canarias (IAC), por hacernos sentir como en casa; así como a Luis Alberto Rodríguez, del Gran Telescopio de Canarias, y a Eduardo Colombo y Victor Acciari, del Grupo de Astrofísica de Partículas del IAC en los telescopios MAGIC, por sus explicaciones sobre el efecto Cherenkov y su uso para detectar posibles indicios de materia oscura en el universo profundo. Doy también las gracias a Santiago Vicente Sánchez Rodríguez, nuestro gentil cicerone en la isla de La Palma.